DE DAG VAN

DE WAARHEID

SUE WALKER

DE DAG VAN DE WAARHEID

UITGEVERIJ LUITINGH

Copyright © 2005 Sue Walker
© 2006 Nederlandse vertaling
Uitgeverij Luitingh ~ Sijthoff B.V., Amsterdam
Oorspronkelijke titel: *The Reckoning*
Vertaling: Lidwien Biekmann
Omslagontwerp: Wouter van der Struys
Omslagfotografie: Jonathan Andrew/Corbis

ISBN 90 245 5734 8 / 9789024557349
NUR 305

www.boekenwereld.com

Voor Susan Allen en Martin Farrow
Echte vrienden

De ruitenwissers konden de stortbui niet bijbenen. Zijn koplampen wisten de duisternis op die vreselijke avond maar nauwelijks te doorboren. Nog één bocht en dan moest hij het kunnen zien liggen. Ja, daar was het. Een klein, zwak, geel licht dat over het kolkende water van de Firth of Forth scheen. De jeep slingerde gevaarlijk toen hij de laatste bocht nam.

'Verdomme!'

Hij vervloekte alleen zijn slechte rijgedrag. Niet de wagen. Niet het weer. Toen hij terugschakelde, merkte hij dat het trillen van zijn linkerhand verergerd was. Zijn rechterhand zou net zo sterk beven als die niet zo krachtig om het stuur geklemd zat. Zijn knokkels waren er wit van. Ondanks de hermetisch afgesloten jeep kon hij de vrieskou voelen. En hoorde hij het angstaanjagende gejank van de wind die alles wat rechtop stond aanviel, ook de jeep. Het gebrul van de zee klonk van dichtbij. De toegangsweg naar het gebouw liep langs het klif, en de regen striemde op de geasfalteerde weg neer.

Zijn koplampen gleden over het bruin-witte houten naambord. ST. BALDRED'S HOSPICE. Hij had altijd al van het bestaan van deze instelling geweten, toen hij jong was al, maar het was een plek die je liever negeerde. Vergat. Een onzichtbaar oord. Iets waar volwassenen alleen fluisterend over spraken, waar soms oudere buurtbewoners in verdwenen en vervolgens nooit meer uit kwamen.

De verpleegkundige had hem blijkbaar horen aankomen, ondanks de gierende wind. Ze stond ernstig maar verwelkomend bij de ingang; haar silhouet tekende zich spookachtig af tegen de nauwelijks verlichte hal.

'Meneer McAllister?'

Ze ging hem voor naar een kleine, zorgvuldig ingerichte ontvangstruimte, waar het tot zijn genoegen erg warm was. Hij zag nu pas dat ze gewone kleren droeg. Hier deden ze niet aan kille, formele ziekenhuisuniformen.

'… als u daar dus even wilt plaatsnemen? Ik ben verpleegkundige Lizzie Henderson. We hebben elkaar een paar uur geleden telefonisch gesproken.'

Ze ging bij hem zitten, dichtbij maar niet te dichtbij. Een troostrijke maar professionele afstand? Het leek alsof ze ergens op wachtte. Hij wilde alleen maar naar hem toe.

'Meneer McAllister. Ik vind het heel vervelend, maar uw vader is drie kwartier geleden gestorven. We hadden verwacht dat het nog wat langer zou duren. U weet geloof ik wel dat hij de laatste dag met morfine in slaap werd gehouden...'

Hij zweefde van haar weg.

Opluchting.

Ja, dat was zijn eerste reactie, opluchting. Maar opluchting waarover? Daarna kwam de schok. De realiteit die tot hem doordrong. Het definitieve. Hij was er niet meer. Nu was hij helemaal, totaal, voor altijd weg.

'... hem zien, meneer McAllister?'

'Ik... Sorry, wat zei u?'

Ze was wat dichter bij hem gaan zitten. Hij zag dat ze bezorgd keek. 'Ik vroeg of u hem nu misschien wilt zien?'

Hij knikte en liep achter haar aan de kamer uit. Overal was het stil. Er brandden alleen een paar zwakke lampen. Net voldoende om te kunnen zien hoe ze moesten lopen. Hij waagde een blik in de donkere, stille kamers waar ze langskwamen terwijl ze door de gangen liepen. Het was hier anders dan in een ziekenhuis. Een sterfhuis. Een huis van stilte. Van vrede? Voor sommigen misschien.

Zonder het te merken was hij achter haar aan de laatste kamer binnengegaan. Ze bleef bij een gesloten gordijn aan het eind van de kamer staan. Hij bleef recht voor zich uit kijken en zag vanuit zijn ooghoeken twee, of misschien drie andere bedden aan elke kant van de kamer. Er brandde alleen een schemerlamp.

Zonder een woord te zeggen schoof ze het gordijn open, boog haar hoofd, zegenend bijna, en liet hem passeren. Toen liep ze geluidloos weg. Eerst dacht hij dat er een verschrikkelijke vergissing was gemaakt. Een afschuwelijk misverstand! Dit... dit... skeletachtige omhulsel kon niet zijn vader zijn! Waar was de lange, gespierde gestalte die hij zich zo goed herinnerde? Hij had de lichaamsbouw van zijn vader geërfd, wat hem altijd onaangenaam aan zijn afkomst herinnerde.

'God, nee, dat is niet...'

Maar het was hem wel. Het was alsof hij een negatief zag. Een beeld dat over een ander beeld geprojecteerd werd. Hij zag het aan de oogkassen; die waren altijd al zo groot en diep geweest, net als de zijne. Aan de botten rond zijn slaap. Prominent maar fijn, net als de zijne. Maar het waren vooral die handen. De dunne, bijna vrouwelijke vingers. Precies de zijne. Hij was echt de zoon van zijn vader. Maar verder, die verzameling botten in die zak van vergeeld vel? Hij drukte zijn hand tegen zijn mond. Om de golf van misselijkheid te onderdrukken. Om een kreet van afschuw te smoren. En misschien ook het verdriet te verdringen? Hij deed voorzichtig een stapje naar voren en raakte met zijn vingers de rug van die dode hand aan. Koeler al, maar nog niet doods koud. Vreemd. Net alsof hij buiten was geweest op een herfstdag, zonder handschoenen. Of op de boot, als hij de zeilen had gehesen...

Hij deed een stap naar achteren. Nu zag hij pas wat ze hadden gedaan. Ze hadden hem netjes neergelegd. Een schone pyjama aangetrokken. Schone lakens op het bed gedaan. Iemand had een roos op het kussen gelegd, vlak bij zijn linkerslaap. Een weelderige rode roos, een vreemd anachronisme in dit seizoen.

Die roos werd hem te veel. Hij rende struikelend naar de voordeur, snikkend en kokhalzend, dankbaar voor de regen die over zijn gezicht striemde terwijl hij naar de jeep rende. Hij reed slippend de oprijlaan af en grijnsde half door zijn gesnik heen. Hij zag een bliksemschicht door de wolken heen en hoorde de eerste zweepslag van de donder. Eindelijk zou het gaan onweren.

'Toe dan, barst maar los, godverdomme!'

Toen hij de zee bereikte, gehoorzaamde de hemel hem. Hij keek nog één keer achterom naar de hospice, die nu in een blauwzilveren stroboscooplicht gezet werd. Het gotische, dreigende gebouw tekende zich af tegen de zee. Een donker oord, vol angst en lijden. Hij knikte goedkeurend.

Zijn vader had niet op een betere plek kunnen sterven.

'Schateiland'

Fidra in de Firth of Forth behoort tot een groep van vijf eilandjes voor de kust van het Schotse East Lothian. Er wordt algemeen aangenomen dat dit eiland model heeft gestaan voor *Schateiland* van R.L. Stevenson. Die aardige relatie met een van de geliefdste kinderboeken ter wereld mag ons echter niet de ogen doen sluiten voor de historische schatten van het eiland.

Historici, archeologen en lokale volksverhalen schetsen een tamelijk kleurrijk beeld van dit kleine eiland. Op Fidra heeft zich in de loop der eeuwen enorm veel afgespeeld, voornamelijk op religieus gebied. Er zijn resten gevonden van een middeleeuws klooster, en dan is er nog de ruïne van een kapel die door monniken werd gebouwd en die werd gebruikt als pelgrimsoord voor nonnen uit de omgeving. Het klooster zou zijn gebruikt als ziekenhuis voor pestlijders. Het is gezien die geschiedenis dan ook niet verbazingwekkend dat er verhalen de ronde doen over een figuur met een donkere kap die rondspookt op het eiland: 'De duistere monnik van Fidra'.

Dit zijn verre echo's uit voorbije tijden, die al bijna in de vergetelheid zijn geraakt. Maar in de twintigste eeuw heeft het eiland een verontrustender en bloediger reputatie gekregen.

Fidra, dat Noors zou zijn voor 'Vereneiland' of 'Eiland van veren', vanwege de vele broedende watervogels, is in het collectieve bewustzijn van de plaatselijke bevolking een oord dat gemeden moet worden. Hier spookt volgens sommigen meer rond dan de geest van een monnik van achthonderd jaar geleden.

Fragment uit *Fidra – geschiedenis van een eiland* van Duncan Alexander, Whitekirk Publishing, eerste druk, 1978.

I

Juni 1973

'Is het echt waar, pap?' Hij moest schreeuwen om zich verstaanbaar te maken boven het lawaai van het klapperende zeil en de golven die tegen de boot sloegen.

'Is wat waar, jongen?'

'Dat Fidra het échte Schateiland was?'

Miller keek naar zijn vader, die aan het stuurwiel stond, zijn ogen half dichtkneep tegen de zon en naar de aanlegsteiger tuurde. Zijn vader lachte en stak zijn hand naar hem op.

'Ha! Nou, dat kun je beter aan dokter Buchan vragen, die weet alles van Robert Louis Stevenson. Dat is toch zo, Forbes? Of weet jij het misschien, Catriona? Jij bent toch ook een deskundige op dat gebied? Misschien weet jij er nog wel meer over dan je vader!'

Dokter Buchan lachte voluit, ondanks de pijp die in zijn ene mondhoek bungelde. 'O ja, dat meisje van mij weet alles van Stevenson!'

Miller keek naar dokter Buchan, die naar hem toe liep en in het voorbijgaan zijn grote hand even tegen Catriona's wang legde. Hij zag er vandaag helemaal niet uit als hun huisarts, met die sportieve broek en die hemdsmouwen. Hij bleef staan, woelde even door Millers haar en grijnsde nog eens vrolijk naar hem. Miller mocht dokter Buchan graag. Hij vond het helemaal niet eng als hij naar de dokterspraktijk moest. Dokter Buchan was altijd aardig. Hij had zelfs stripboeken en snoep voor hem meegenomen toen hij waterpokken en de mazelen had. Trouwens, het was een vriend van zijn vader, en Catriona was zijn dochter, dus hij móést wel aardig zijn.

Catriona zag er vandaag leuk uit, héél leuk zelfs. Zo volwassen. Hoe oud was ze nu, veertien? Maar drie jaar ouder dan hij. Even oud als zijn broer, Greg. Toch zag ze er bijna net zo oud uit als hun oudere zus, Mhari, die al bijna van school ging! Catriona was in elk geval langer, en ook veel zelfverzekerder, al probeerde Mhari dat te compenseren door hartstikke bazig te doen.

Catriona was naast hem gaan staan en riep lachend naar zijn vader: 'Dat is echt zo, meneer McAllister! Ik weet best veel over Fidra en Robert Louis Stevenson. Daarom heet ik ook Catriona.'

Ze keek Miller aan. 'Dat heb ik jou trouwens tig jaar geleden al verteld, Miller! Stommerik! "Catriona" is de titel van het vervolg van *Ontvoerd*. En *Schateiland* is inderdaad gebaseerd op Fidra. Zo is het toch, pappa?'

Hij vond het vreselijk om een stommerik genoemd te worden. Vooral door Catriona. Maar Miller wist dat ze hem niet echt stom vond. Ze glimlachte nog steeds naar hem. Catriona was altijd aardig tegen hem als ze werd uitgenodigd om mee te gaan naar het eiland. Elke zomer zei ze weer dat hij zo'n geluk had dat zijn ouders een eiland hadden. Een eiland met zo'n leuk huis. Hij vond het ook fijn als ze 's winters bij hen thuis was, op het vasteland, en door de verrekijker naar Fidra keek en uitrekende hoe lang het nog duurde totdat ze er in de zomer weer naartoe zouden gaan.

Hij keek stiekem nog eens naar haar. Ze keek naar haar vader, en wachtte tot hij iets terug zou zeggen. Dokter Buchan zag er grappig uit terwijl hij boven de wind uit probeerde te komen en tegelijk zijn pijp in zijn mondhoek geklemd hield.

'Ja hoor, Miller, Cattie heeft gelijk. Stevenson ging vaak op vakantie hier in North Berwick, dus hij had genoeg tijd om spannende verhalen te bedenken met die geweldige fantasie van hem. En Catriona is inderdaad vernoemd naar Catriona Drummond, het liefje van David Balfour, de held uit *Ontvoerd*. Het vervolg is naar haar vernoemd.'

Mhari stond op en liep langs dokter Buchan.

'Ja, ja, maar dat hebben we al zo vaak gehoord, Miller, dat weet je best. Waarom stel je altijd dezelfde vragen? Steeds als we hier 's zomers voor het eerst weer naartoe gaan, stel jij dezelfde vraag. Idioot!' Mhari stompte hem tegen zijn bovenarm en fluisterde tegen hem: 'Sukkel! Je wil gewoon aandacht van die stomme Catriona, maar ze is veel te oud voor jou, broertje van me, het is maar dat je het weet.'

Hij had er de pest aan als zijn zus zo deed. Dat gebeurde de laatste tijd steeds vaker. Waarschijnlijk was het een van de redenen dat hun moeder dit weekend niet was meegegaan. Mam was al dagen chagrijnig. 'Snauwen en grauwen,' noemde Greg haar manier van doen. Zo was mam wel eens vaker. Maar de laatste tijd hartstikke vaak, en de afgelopen week had ze erg veel geruzied met Mhari. Om het nog erger te maken, was Mhari vandaag ook nog eens in een rotbui. Hij dacht dat ze diep in haar hart misschien wel een beetje jaloers was op Catriona. Omdat die zo knap was. Mhari kon dat niet hebben. Mhari was ontzettend ijdel en zat zichzelf altijd te bekijken in spiegels en winkelruiten. Ze deed ook een beetje hypocriet tegen Catriona, want ze deed alsof ze haar aardig vond terwijl dat eigenlijk niet zo was. Hij zag dat Greg een gek gezicht trok naar Mhari en hem een knipoog gaf. Hij hoopte maar dat het een leuk uitstapje zou worden.

'Oké, we leggen over een paar minuten aan. Mhari, wil jij Bella even vasthouden?'

Zijn vader was druk bezig met manoeuvreren, maar had toch nog tijd Bella over haar kop te aaien, hun bruine labrador, die door het dolle heen raakte bij het vooruitzicht uit de boot te mogen.

'Gregor! Miller! Help even met het zeil!'

De bevelen van zijn vader verwaaiden in de wind, maar Miller stak zijn duim op om te laten merken dat hij het had gehoord. Dit was zijn lievelingswerk, met de boot helpen. Terwijl hij naar zijn vader toe liep, keek hij eens goed naar Fidra. Het zag er vandaag bijzonder groen, weelderig en sprankelend uit, en de zon scheen fraai op de verschillende rotslagen. Het was een perfect eiland. Niet zo klein dat je je nergens kon verstoppen, en niet zo groot dat je er kon verdwalen. Het had een gekke vorm, een lange, dunne staart met een bobbel aan het eind. De trots van het eiland was de vuurtoren. Hij was dol op die vuurtoren. En dan nog het huis. Hun huis! Het lag hoog, maar op een beschutte plek, rechts van de aanlegsteiger. Pappa had het in het voorjaar van binnen en van buiten laten schilderen. Het zag er fris en helder uit.

Het was een simpel, vierkant, witgekalkt gebouw, dat vroeger een weerstation was geweest.

Het mooiste aan het huis waren de twee enorme glazen schuifdeuren die naar een metalen uitkijkpunt leidden, het observatieplateau, dat ook helderwit geverfd was. Daar had je een weids uitzicht over zee, de Firth of Forth, en de vissersdorpjes. En je kon daar de hele kust van East Lothian bespioneren! Hij kon bijna niet wachten tot ze er waren. Eerst maar eens zien dat hij als eerste uit de boot was, zodat hij Catriona aan land kon helpen.

Het werd vast een fantastisch weekend.

2

Miller schopte een verdwaalde steen van het pad. Hij voelde zich een beetje moedeloos. De twee volwassenen en Catriona en Greg waren aan de andere kant van het eiland gaan vissen. Pappa had gezegd dat hij wel een eind mocht gaan lopen, maar dat hij Bella niet mocht meenemen. Ze moest bij pappa blijven, in elk geval de eerste uren dat ze op het eiland waren. Hij wilde niet dat ze de vogels aan het schrikken zou maken.

Zijn vader had hem de gebruikelijke preek gegeven die hij aan het begin van elke zomer afstak: *'Niet in de buurt van het klif of van de oude ruïne komen.'* Het klif was trouwens toch eng, want het liep loodrecht naar beneden, de Firth of Forth in, dus daar bleef hij wel uit de buurt. En de ruïne van de kapel aan de noordwestkant van het eiland was altijd al verboden terrein geweest. Volgens zijn vader was die ruïne al gevaarlijk sinds het jaar nul, en daarom was er een muurtje om het terrein gemaakt. Er was niet meer echt een gebouw, alleen een paar ingestorte muren en een gevaarlijke fundering. Hij was er een keer samen met Greg een kijkje gaan nemen. Ze hadden een paar stenen uit het gestapelde muurtje gehaald, maar ze hadden alleen maar een houten hek en resten van een muur gezien. Toen waren ze al door hun vader betrapt. Hij was ontzettend kwaad geworden en had gezegd dat ze wel onder het instortende puin bedolven hadden kunnen worden. Wel een beetje overdreven, had Greg gezegd, maar bij hun vader kon je het beter bij één waarschuwing laten. *Blijf daar uit de buurt.*

Vandaag werd het dus vogels kijken, en hij was niet de enige. Mhari was chagrijnig op pad gegaan om papegaaiduikers te gaan zoeken, met zíjn verrekijker! Ze zei dat ze die van haar vergeten was. Ze waren nog geen halfuur van boord en toen was ze al gaan zeuren dat ze zich zo verveelde en dat ze te oud was voor 'zulke kinderachtige uitstapjes'. Maar dokter Buchan had haar mooi te pakken genomen. Hij had gezegd dat hij daar dan zéker te oud voor was op zijn respectabele leeftijd van... nou ja, hoe oud hij dan ook maar was. Veel te oud om te onthouden! Hij had gezegd dat hij dan maar beter naar huis kon gaan en was zijn sandalen en sokken gaan uittrekken en had gedaan alsof hij terug wilde zwemmen. Iedereen moest lachen, behalve Mhari natuurlijk. Ze kon niet tegen grapjes. De laatste tijd in elk geval niet. Greg zei dat ook al, die zei dat hij genoeg had van dat 'bazige gedoe' van haar en dat hij wou dat ze 'opsodemieterde' naar de universiteit. Maar voorlopig bleef Mhari hier. Ze moesten eerst nog de hele zomer met haar doorbrengen voordat ze ging studeren.

Hij schopte nog een steentje weg en gooide zijn hoofd in zijn nek om de volle laag van de warme wind op te vangen. Het was vandaag echt warm, en heel helder. Dat vrolijkte hem op. Als ze hier 's zomers voor het eerst kwamen, voelde hij zich meer dan alleen maar blij. Hij voelde zich anders; vrij, zorgeloos. Veilig. Hij werd een andere Miller. Dat effect had het eiland altijd op hem. Hij kon hier, op deze mooie, besloten plek, doen wat hij wilde zonder dat iemand zich ermee bemoeide. Hij kon elke dag op het zachte, veerkrachtige mos gaan liggen, met zijn gezicht in de zon, en naar de vogelgeluiden luisteren, naar het gekrijs van de meeuwen, en zich in zijn hoofd proberen voor te stellen wat er allemaal door de lucht vloog. Aan het eind van de zomer zag iedereen – zijn broer en zus, pappa, de Buchans, en mamma, als ze meeging – er gezond, bruin, vrolijk en gelukkig uit. Het eiland maakte hen allemaal een beetje anders. Anders op een goede manier. Zelfs pappa en mamma liepen hier heel soms weer hand in hand. Dat gebeurde op het vasteland nóóit! Catriona deed veel ontspannener en vriendelijker tegen hem. Mhari vergat dat ze bazig was. Ja, op Fidra was iedereen leuker. Het leek wel toverkracht. Het was dus toch een echt schateiland.

Hij had zin om even lekker in de zon te gaan liggen, maar hij besloot om dat toch niet te doen. Eerst wilde hij kijken of alles er nog was. Stom eigenlijk. Je had hier alleen maar mos, gras en stenen, en dat kon moeilijk verdwijnen. Toch vond hij het leuk om even een snelle inspectie uit te voeren. Fidra begroeten.

Hij glimlachte. Hij vond het prettig om alleen te zijn, maar hij zou het leuker hebben gevonden als Catriona of Bella met hem meegekomen was. In elk geval wist hij waar iedereen was, behalve Mhari, maar als die op zoek was naar papegaaiduikers, zat ze waarschijnlijk aan de andere kant van het eiland. Papegaaiduiker: *Fratercula arctica*. Een prachtige kleine vogel met vleugels die gesmeerd werkten als je ze in de lucht zag. Hij luisterde naar het bekende geluid van de zilvermeeuwen. *Larus argentatus*. Een nogal streng kijkende vogel, altijd zo'n verongelijkte uitdrukking op z'n kop. Verdomme, had hij zijn verrekijker maar! Echt weer iets voor Mhari. Hij klauterde over een helling naar beneden en ging op het geroep van de meeuwen af. Het klonk alsof ze lachten. Soms, vooral als hij 's ochtends wakker werd, klonken ze als miauwende katten.

Halverwege de helling gleed hij uit, maar hij kwam gelukkig zacht terecht op het sponzige gras. Het gelach van de meeuwen klonk nu een beetje vreemd. Het leek meer op gekrijs, en hij hoorde een raar gefladder achter een groot rotsblok rechts van hem. Toen hij er voorzichtig omheen liep, zag hij wat er aan de hand was. Twee volwassen mannetjesmeeuwen waren met elkaar in gevecht. De een was er slecht aan toe: hij bloedde hevig uit zijn kop en borst en een van zijn vleugels hing slap langs zijn lijf. Overal lagen grijze en witte veren. Zonder na te denken rende hij eropaf. De overwinnende meeuw vloog met een kreet en een majestueuze vleugelslag weg. Zijn slachtoffer hipte wat rond en probeerde vergeefs weg te vliegen. De vleugel leek gebroken en het dier piepte zacht. De tranen sprongen Miller in de ogen. Hij moest zijn vader halen, die zou die meeuw wel kunnen helpen. Misschien kon hij hem naar het vasteland brengen, naar een dierenarts, dat had hij wel vaker gedaan met gewonde vogels. Miller liep langzaam achteruit.

'Rustig maar, rustig maar, ik zal je geen kwaad doen. Ik ga hulp voor je halen… Had ik maar wat vis of brood bij me voor je. Arm dier, arme kleine meeuw.'

'Tegen wie heb je het, Miller? Je bent zeker gek geworden. Gek. Krankjorem. Gestoord.'

Miller draaide zich om. Boven hem, op de helling waar hij net vanaf was gekomen, stond Mhari, met zijn verrekijker om haar hals.

Hij wees achter zich. 'Een meeuw, kijk, hij heeft gevochten en is er heel slecht aan toe. Ik ga pappa halen.'

Mhari liet zich van de helling glijden en liep naar de gewonde vogel toe. Ze trok een pruilmond. 'Die gaat dood. Als dat beest z'n vleugel heeft gebroken, is-ie naar de kloten.'

Hij vond het afschuwelijk als ze zulke taal uitsloeg. Pappa (en mamma!) zouden laaiend zijn als ze haar zo zouden horen.

Ze keek op van de vogel, die nog steeds probeerde weg te komen, en keek hem aan. 'Volgens mij moeten we hem afmaken. Om hem uit zijn lijden te verlossen.'

'Nee, nee! We moeten hulp halen! Ik ga naar pappa.'

Ze zette haar handen in haar zij en schudde haar hoofd. 'Er is helemaal niets meer aan te doen, kijk maar naar dat beest. Dokter Buchan heeft gelijk. Ik hoorde hem een keer tegen Catriona zeggen dat je je in zo'n natuurgebied als dit nooit met de natuur moet bemoeien. Het is misschien hard, maar dieren in het wild kun je beter met rust laten. Daar ben ik het mee eens, alleen vind ik dat je ze wel mag helpen. Door het onvermijdelijke een beetje te versnellen.'

Voordat hij iets terug kon zeggen, raapte ze een zware steen op.

'Nee, Mhari! Nee!'

Maar ze had zich al omgedraaid en hield de steen hoog in de lucht. Hij draaide zich om en rende weg, met zijn vingers in zijn oren om het niet te hoeven horen. De tranen liepen over zijn wangen zijn mond in. Boven zijn hoofd dwarrelden zachte donsveertjes van de stervende vogel mee op de warme wind.

3

'Die jongen is erg van streek. Het is een gevoelige knaap, heel gevoelig. Ik maak me wel eens zorgen om hem. Ik bedoel, hij is ontzettend jong voor zijn leeftijd, in sommige opzichten. Dat is op zich niet erg, maar het kan ook verkeerd uitpakken. En hij is ook heel slim, misschien wel een beetje te.'

Miller zat in een hoekje boven aan de trap en tuurde tussen de spijlen van de houten trapleuning door naar beneden. Zijn vader en dokter Buchan zaten samen in de studeerkamer. Bella lag aan zijn vaders voeten te slapen. Ze hadden beiden een glas in hun hand en er stond een fles dure whisky op de grond tussen hen in. Dokter Buchan hief zijn glas.

'Niks mis met een slim kind. Die Miller van je is een fijne knul. En gek op de natuur. Een ornitholoog in de dop, als je het mij vraagt. Daarom trekt hij zich dat voorval met die meeuw natuurlijk ook zo aan. Zo te horen denk ik dat jouw Mhari de juiste beslissing heeft genomen. Trouwens wel kranig voor een meid om zoiets te doen.'

'Het is een verstandig meisje. Je zult wel gelijk hebben. Over de meisjes gesproken, hoe gaat het nu eigenlijk met jouw Catriona? Ze ziet er zo bloeiend en blakend uit. Je hebt het echt fantastisch gedaan, Forbes.'

Miller kroop een stukje naar achteren en fronste zijn wenkbrauwen. Hij kon zich Catriona's moeder niet meer herinneren. Hij had zijn vader een keer horen zeggen dat ze 'een fantastische vrouw' was. Ze was gestorven aan kanker of zoiets vreselijks toen Catriona nog jong was. De moeder van dokter Buchan zorgde soms ook voor Catriona. Ze zei dat haar oma heel aardig was. Miller zag zijn grootouders niet vaak, maar gelukkig had hij wel een moeder. Die arme Catriona. Het was vast rot om geen moeder te hebben. Die arme Catriona. Stel je voor dat Greg, of zelfs Mhari, zou doodgaan. Afschuwelijk.

'*Hé, jij daar!*'

Iemand trok aan de mouw van zijn pyjama. Mhari. 'Jij hoort in bed, kleine luistervink. Hup! Ik ga beneden televisiekijken.'

Hij probeerde zich los te trekken. 'Oké, ik ga al!'

Ze was duidelijk in een veel beter humeur dan vanmiddag. 'Trusten, Miller... Enne... dat met die meeuw, dat móést ik wel doen. Hij had vreselijke pijn. Later begrijp je dat wel.'

Hij draaide zich om en liep terug naar zijn kamer, maar binnen een halve minuut was hij alweer terug. Hij was niet moe en Greg lag te slapen zodat hij niet kon gaan lezen. Greg werd woest als hij dat deed, zelfs met een zaklamp. Hij werd er altijd wakker van. Plotseling doemde Bella op, kwispelend. 'Hé, meisje, wat doe jij hier?' Hij gaf haar een kus op haar zachte kop, sloeg zijn arm om haar nek, installeerde zich op de bovenste trede en leunde tegen de hond. Beneden had Mhari de televisie aangezet, waardoor hij de volwassenen niet meer kon horen.

'*... de politie van Lothian en Borders meldt dat het zoeken naar de vijftienjarige Eileen Ritchie uit Garvald doorgaat, en dat er een huis-aan-huisonderzoek wordt gehouden. Eileen is gisteravond voor het laatst gezien toen ze haar hond uitliet aan de rand van de Lammermuir Hills. De politie heeft toegegeven dat het "zeer waarschijnlijk" is dat haar verdwijning in verband staat met de verdwijning van twee andere meisjes uit East Lothian de afgelopen jaren. Vandaag heeft de radeloze moeder, mevrouw...*'

'Mhari! Zet dat eens uit! Dat ding staat veel te hard, straks wordt iedereen wakker. Bovendien is het geen geschikt onderwerp voor in de vakantie.'

Miller kwam overeind. Bella keek op en spitste haar oren. Het was niets voor zijn vader om zo kortaf te doen. Mhari keek heel verbaasd toen hun vader naar de kamer beende, de televisie uitzette en weer terugliep naar de studeerkamer en de deur met een klap achter zich dichtsloeg.

Vijf minuten later stond Miller in Mhari's kamer. 'Waarom heeft pappa ineens zo'n rothumeur?'

Ze haalde haar schouders op en plukte een verdwaald draadje van de deken op haar bed. 'Ik heb geen idee. Jij bent hier de luistervink. Waar hadden ze het over?'

'Niks bijzonders. Gewoon, koetjes en kalfjes.'

Mhari schudde haar hoofd. 'Pappa is de laatste dagen wel vaker kortaf. Volgens mij is er iets aan de hand.'

Hij werd wakker van het gekrijs van de meeuwen, wat hem meteen een treurig gevoel gaf door de herinnering aan de vorige dag. Maar nadat ze met z'n allen waren gaan zwemmen bij de steiger, voelde hij zich een stuk beter.

'Kom mee, Miller! Tijd om de boot in te laden. Mamma haalt ons af in de haven.'

Zijn vader deed weer gewoon. Eigenlijk deed iedereen vandaag normaal. Hij hielp met het sjouwen van de bagage naar de boot.

'Bedankt, jongen. We gaan snel weer terug, hoor, en de volgende keer kunnen we langer blijven, dan is het zomervakantie! Het is de laatste tijd al zulk mooi weer, ik hoop dat het een bloedhete zomer wordt!'

Miller knikte, glimlachte terug en hees de tassen aan boord.

Het zeilen ging vlot, ook al leek de haven altijd bedrieglijk dichtbij. Het was nog vroeg, dus als ze thuis waren, was er nog een paar uur zon. Hij kon met Bella, en misschien ook met Greg, Berwick Law beklimmen. Honderdtachtig meter omhoogrennen. Wie het eerst boven was. Bella won dat spelletje altijd, en meestal speelde Greg vals door hem te laten struikelen. Maar als hij de verrekijker meenam, zou hij daar vandaag vast een prachtig uitzicht hebben.

Hij keek naar Catriona. Ze was opgetogen omdat zijn vader haar had gevraagd het zeil te hijsen. Ze deed het heel goed, en trok met haar slanke handen aan de val tot het zeil bol stond. Jammer dat hij haar niet wat meer had gezien de afgelopen dagen. Na dat gedoe met die meeuw had ze zich een beetje afzijdig gehouden. Hij wist zeker dat zij hem wél begreep. Onder het eten had ze tegen hem gezegd dat ze het heel erg vond van die meeuw.

Er waren allerlei dingen te doen toen de boot de haven binnenvoer. Miller keek naar de kade. Waar was mamma? Bella zag haar het eerst en begon als een idioot te blaffen. Ze zwaaiden allemaal naar haar, maar ze leek helemaal niet blij. Ze stak haar hand een beetje halfslachtig op. Toch niet wéér een slecht humeur? O, als dat echt zo was, zouden zij en Mhari de rest van de dag natuurlijk weer met elkaar overhoopliggen. Die twee konden absoluut niet met elkaar overweg.

Zijn vader en hij lieten de anderen het eerst uitstappen. Ze waren net begonnen met het uitladen van de tassen, toen er twee mannen uit de richting van een geparkeerde auto aangelopen kwamen. Ze waren vreemd gekleed voor deze omgeving, in nette pakken.

'Meneer McAllister?'

Hij keek naar zijn vader, die zich glimlachend omdraaide, met zijn ene voet op de kade en zijn andere nog op de boot. Hij kwam aan wal en draaide zich naar de mannen om. Misschien kwamen ze uit Edinburgh. Van zijn werk, bij de bank.

'Dag, heren. Wat kan ik voor u doen op deze mooie dag?'

De langste van de twee liep op hem af en zei zacht iets in zijn oor. Voordat de man nog iets kon zeggen, gebeurde het. Zijn vader draaide zich als in slow motion om, naar de boot, en klapte dubbel alsof hij plotseling pijn had. Zijn gezicht was lijkbleek geworden, alsof hij zou gaan flauwvallen, en hij ging op de trede van de kade zitten met zijn hoofd in zijn handen. Toen legde een van de twee mannen zijn hand op zijn vaders arm en trok hem overeind, alsof hij iets ergs had gedaan.

4

Eind september 2005

De samenzwering van de elementen had hem niet verrast. De onweersbui die was losgebarsten toen hij bij de hospice wegreed, had het hele weekend geduurd en had een ravage aangericht langs de kust. Nu was alles loodgrijs; de lage regenwolken raakten de zee en de horizon was verdwenen in de kille zeemist. De zon had zich de hele middag nog niet laten zien en zou dat ook niet meer doen. Vandaag zou het de hele dag schemerig blijven. Hoe toepasselijk.

Hij was vergeten hoe weids het uitzicht vanuit zijn ouderlijk huis was; aan de ene kant keek je uit op de haven van North Berwick, en aan de andere kant op de spectaculaire veertiende-eeuwse kasteelruïne, Tantallon Castle. Dat kasteel was ooit de vesting geweest van de beruchte Red Douglas en stond, net als zijn ouderlijk huis, boven op het klif, maar dan een eind verder op de landtong. De oude kasteelruïne torende dramatisch uit boven het vaak kolkende water van de Firth of Forth. Hij wist nog dat hij als kind gefascineerd was door de lichtval en de verschillende stemmingen die het kasteel daardoor kreeg: op sommige dagen leek het groter en somberder dan anders, maar soms, meestal op prachtige zonnige dagen, maakte het een veel minder dreigende indruk.

Boden alle gebouwen maar datzelfde gevoel van geborgenheid en veiligheid, ook het huis waarin hij zich nu bevond. Een eenvoudige maar robuuste vrijstaande victoriaanse villa. Twee verdiepingen, zes slaapkamers. En net zoals vanaf het observatieplateau op het eilandhuis, had je hier een panoramisch uitzicht over de zee en de kust. Je kon hier naar hartenlust naar buiten kijken.

Eindeloos ver. Vroeger had hij het hier allemaal zo enorm gevonden. Nu was het vooral leeg. Twee jaar geleden was hij hier voor het laatst geweest, na de dood van zijn moeder. Wat een dag. De verandering die het huis had ondergaan, had hem toen erg aangegrepen. Ooit was dit zo'n vrolijke, veilige plek geweest. Daar was niets meer van over, behalve de herinnering aan zo lang geleden. Hij wierp nog een laatste blik op het donkere silhouet van de kasteelruïne en liep weer de kamer in. Hij rilde. De centrale verwarming was al uren aan en er brandde een kolenvuur, maar hij kon het maar niet warm krijgen. Hij herinnerde zich niet dat hij het hier als kind zo koud had gehad, of zo donker had gevonden, niet letterlijk en niet figuurlijk. Dat was later pas gekomen. Maar vandaag slurpte de grijze namiddag het licht op uit de woonkamer, ondanks de grote ramen die uitkeken op de Firth. Hij moest eigenlijk een lamp aandoen, maar hij vond het wel prettig om zich te verschuilen in de opdringende duisternis. Alsof hij in zijn schulp kroop. Was het maar zo gemakkelijk.

Hij liep door de hal naar wat vroeger de televisiekamer was. De twee versleten leren stoelen stonden er nog, maar de Schotse kleden waren weg. Wat had hij het 's winters altijd heerlijk gevonden, om hier lekker weggekropen naar een kinderprogramma op de televisie te kijken. Hij en Greg renden na school altijd keihard naar huis. En die treinreis elke dag naar hun school in Edinburgh en weer terug! Verbazingwekkend genoeg was dat voor hen een avontuur geweest, in plaats van twee saaie uren, zoals voor de meeste forenzen. Als ze dan eenmaal thuis waren, op die donkere wintermiddagen, vochten ze om de beste plaats, de stoel die het dichtst bij de televisie stond. Hij liet zich daar nu in vallen en voelde weer dat zachte leer. Hij moest eigenlijk gaan slapen, maar hij was rusteloos. Het was tegen vieren. Straks zou het helemaal donker worden. Mooi zo.

Hij dwong zichzelf om weer overeind te komen. Tijd om nog eens door het huis te dwalen. Dit weekend had hij veel rondgedoold in het huis, als hij weer eens wakker was geschrokken uit een onrustige slaap. Hij had alle lievelingsplekjes uit zijn jeugd opgezocht. Hij was in de kelder en op zolder op jacht geweest naar jeugdherinneringen, hij had in de tuin gezeten en hij had tevergeefs geprobeerd om de steeds terugkerende beelden van zijn vader uit zijn hoofd te krijgen. En om niet naar de zee te kijken, vooral niet naar Fidra.

Hij liep door de keuken. De wodkafles was halfleeg: het restant van het middel waarmee hij gisteravond de vergetelheid had gezocht. Stom. Hij stopte de fles in de diepvries, pakte een handvol ijs, deed dat in een glas, haalde een grote fles mineraalwater uit de koelkast en nam het glas en de fles mee naar de woonkamer. Terwijl hij door de hal liep, schonk hij in en nam een paar slokken. Hij zag zichzelf in de spiegel van de hal. Wat zag hij eruit! Verwilderd, ongeschoren, verkreukelde kleren. Hij leek wel een zwerver. Maar hij wist dat dat niet alleen werd veroorzaakt door een slapeloos weekend en een sterfgeval. Lichamelijk was hij absoluut op de verkeerde weg. Zijn kaak had niet meer die scherpe lijn, en het zou vast niet lang meer duren voordat hij een onderkin kreeg. Vroeger hield hij zijn conditie trouw op peil, maar daar was langzamerhand de klad in gekomen. Helemaal verkeerd. *Doe daar nou in vredesnaam wat aan, man!*

De telefoon ging, de vaste. Hij had zijn mobiel expres niet opgeladen. Wilde niet gestoord worden. Wie kon dat in godsnaam zijn? Hij wachtte tot het antwoordapparaat aanging.

'Miller? Met Mhari. Ben je er niet? Je ging daar toch het weekend heen? Waar zit je in godsnaam? Ik neem aan dat je mijn brief nog wel hebt gekregen voordat je uit Londen vertrok? Als het goed is, is het huis min of meer bewoonbaar, ik heb mevrouw Watt gevraagd om het te luchten en schoon te maken, dat doet zij ook altijd als wij komen. Ik kom woensdagmiddag en dan moeten we donderdag om drie uur bij de advocaat zijn. Ik vind het eerlijk gezegd wel een beetje onbehoorlijk om daar vóór pappa's crematie al naartoe te gaan, maar hij zei dat hij ons zo snel mogelijk wilde spreken. Gregor weet niet zeker of hij het haalt, dat viel natuurlijk wel weer te verwachten, maar hij heeft gezegd dat hij in elk geval wel naar de crematie komt. Het lijkt me trouwens niet verstandig als wij daar al te veel op rekenen. Ik neem aan dat jij in elk geval wel naar de crematie gaat? Toch? Shit, neem nou eens op, ik heb de pest aan bandjes inspreken. Toen ik vrijdag bij pappa wegging, had ik zeker gedacht dat hij het weekend nog wel zou halen. Dat dachten ze daar ook. En ik moest echt terug naar St. Andrews. Op mijn werk is alles goed geregeld, ik mag van de universiteit zo lang vrij nemen als ik wil, maar de kinderen kunnen me niet zo lang missen, snap je, en het verlies van hun grootvader is voor mij ook niet gemakkelijk, dat ligt zoals je weet nogal gecompliceerd. Maar ik vind het vreselijk dat ik er niet was, dat hij helemaal alleen is doodgegaan. Het personeel is heel lief en zo, maar… o, shit! Waar bén je toch, Miller? Bel me meteen terug als je er bent.'

Typisch de bazige Mhari. Niet: 'Hallo, hoe gaat het?' of: 'Leuk dat we elkaar weer zien.' Er kon zelfs geen simpel 'dag' af. Alleen maar met zichzelf bezig, zoals altijd.

Hij liep naar zijn half uitgepakte tassen en haalde de envelop eruit. Hij ging in een stoel bij het raam zitten, maar het was nu echt te donker. Hij deed een lamp aan en legde de brief voor zich. Hij had hem al tig keer gelezen, maar het kon geen kwaad om zich er nog eens flink over op te winden.

Lieve Miller

Na ons telefoongesprek van gisteren heb ik het gevoel dat ik mijn gedachten op papier moet zetten. Ik geloof dat je mij verkeerd hebt begrepen, misschien zelfs met opzet. Je weet dat onze vader stervende is. De vorm van kanker waar hij aan lijdt is heel agressief en hij verkeert al in het laatste stadium. Hij mag godzijdank de laatste periode in St. Baldred doorbrengen: gelukkig is er nog een beetje compassie en menselijkheid in de wereld. De directeur is fantastisch en hij heeft de autoriteiten overgehaald om pappa daar een waardig einde te gunnen.

Jij hebt geen idee hoe erg pappa heeft geleden. Zoals je weet, kwam de diagnose heel plotseling, als een donderslag bij heldere hemel. Maar toch is pappa er hartverscheurend flink en stoïcijns onder gebleven. Hij zegt dat het leven na vijfenzeventig jaar genoeg van hem heeft (en hij misschien ook van het leven?) en dat zijn tijd kennelijk is gekomen. Hij is vooral bang voor de pijn, maar ze hebben hem verteld dat hij vooral steeds vermoeider zal worden en dat hij steeds minder zal kunnen doen. Dat gaat bij die vorm van kanker blijkbaar zo. De hospice heeft me ervan verzekerd dat ze eventuele pijn op een zo menselijk mogelijke manier zullen bestrijden.

Ik smeek het je, Miller, ga alsjeblieft, alsjeblieft bij pappa op bezoek. Het zou hem echt helpen om de dood onder ogen te zien. Kun je dan in godsnaam niet een béétje menselijkheid opbrengen? Ik weet dat jij en ik het in wezen oneens zijn over pappa, maar een hond die op sterven ligt behandel je nog niet zo. Pappa heeft erg veel pijn en verdriet, het is echt afschuwelijk voor hem, ondanks het vrolijke gezicht dat hij nog steeds trekt.

Denk daar nou eens aan, en doe je plicht als zijn jongste kind (en zijn lieveling, dat heb ik tenminste altijd gedacht).

Mhari.

Hij schoof de laatste pagina van de brief van zich weg en dronk de laatste druppels ijswater uit zijn glas op. Nou, ze kon tevreden zijn, want hij had naar haar pijpen gedanst. Weliswaar pas op het allerlaatste moment, en weliswaar te laat, maar hij was wel gegaan. Hij wist eigenlijk niet precies waarom. Misschien omdat zijn moeder dat zou hebben gewild, als ze nog had geleefd. Misschien uit fatsoen. Wat de reden ook was: hij vermeed angstvallig om er verder over na te denken.

Hij dronk nu rechtstreeks uit de fles, met opzet onbehoorlijk. Er gleden straaltjes water langs zijn kin. Mhari zou dat afkeuren. Van dat idee knapte hij een beetje op. Jezus, wat overdreef ze toch altijd. *Pijn? Verdriet? Afschuwelijk?* Ongetwijfeld. Maar waarom zou zijn vader verdomme niet het ergste mee hoeven te maken wat het leven in petto had? Nee, het klopte precies met zijn karma.

Hij had het verdiend.

5

Hij had besloten om met de trein naar het gesprek in Edinburgh te gaan, want dan kon hij na afloop de eerste de beste pub opzoeken, mocht dat nodig zijn. Het was treurig om toe te geven, maar het was wel waar. Het ging steeds verder bergafwaarts met hem. In elk geval had hij dat zelf nog wel in de gaten. En de symptomen waren allesbehalve prettig. Terwijl hij in de verlaten coupé zat, bracht hij ze voor zichzelf in kaart.

Het belangrijkste, en tegelijk het treurigste, was dat hij totaal geen zin meer had in sporten, hoewel hij dat vroeger zo fanatiek had gedaan. Hij greep elk slap excuus aan om eronderuit te komen. Meestal hield hij zichzelf en anderen voor dat hij moest 'overwerken'. Dat sporten, of liever gezegd de afwezigheid daarvan, leek op het eerste gezicht misschien iets oppervlakkigs, maar dat was het absoluut niet. Het symboliseerde een zorgwekkend verlies van controle over zijn leven. Hij had altijd vaste gewoontes gehad in zijn leven, en hij vond het prettig dat hem van buitenaf gewoontes en vaste rituelen opgelegd werden. Dat gaf hem het idee dat hij alles in de hand had, hoe hij zich ook voelde. Zijn conditie op peil houden was iets wat hij al heel lang deed, en dat hij daar zelf opzettelijk mee was gestopt, baarde hem meer zorgen dan hij wilde toegeven.

Er was wel iets voor in de plaats gekomen. Hij maakte wandelingen door het centrum van Londen, ging soms een goed uitgekozen donkere en anonieme kroeg binnen, of bezocht zijn favoriete filmhuis, waar hij kon vluchten in een andere wereld. Wat hij ook deed: het betekende in elk geval dat hij meestal te laat thuiskwam om zijn vrouw en kinderen te zien. 'Ik ben maar in de logeerkamer gaan slapen, ik wilde je niet wakker maken.' Hoe vaak zou hij dat de laatste tijd hebben gezegd?

Zijn achteruitgang had allerlei oorzaken. Het was natuurlijk niet alleen die kwestie met zijn vader, ook al was dat de katalysator geweest van een beroerde periode die hij de afgelopen tijd had doorgemaakt. Het bericht dat hij drie maanden geleden had gekregen over die ongeneeslijke ziekte had hem enorm van streek gebracht, en hij had gemerkt dat zijn gedrag in die periode was verslechterd. Hij had meteen geweten dat er een soort van afrekening zou komen. Hij had geprobeerd om dat maar even te vergeten, iets waar hij anders erg goed in was, maar wat hem deze keer niet lukte. Het vooruitzicht dat hij hierheen zou moeten gaan, had hem enorm beangstigd. Waar moest hij de reserves vandaan halen om dat te kunnen doen? Hij was nu al emotioneel uitgeput.

Maar dat was nog niet alles. De problemen thuis vraten aan hem. Zou hij hier misschien ook heen zijn gegaan omdat hij daardoor zijn leven in Londen tijdelijk kon ontlopen? Nikki deed alsof ze niet merkte dat het niet goed met hem ging. Dingen negeren, belangrijke dingen, nergens over praten, dat was typisch Nikki. In dat opzicht pasten ze in elk geval uitstekend bij elkaar. Hij zat eigenlijk te wachten tot ze tegen hem zou zeggen dat hij weer naar die idiote mannenpraatgroep moest gaan waar ze hem naartoe gestuurd had toen mamma net was overleden. Hij snapte nog steeds niet hoe hij dat over zijn kant had kunnen laten gaan. Ze had hem op een kwetsbaar moment bij zijn lurven gepakt, misschien wel het kwetsbaarste moment van hun hele huwelijk. Hij lag emotioneel in puin, meer nog dan toen hij had ontdekt dat ze een verhouding had. Al ruim een jaar zelfs, zonder dat hij er ook maar iets van had gemerkt. Dat toonde maar weer eens aan hoe weinig aandacht hij voor haar had, was Nikki's – voor een deel terechte – rechtvaardiging geweest. Ze hadden nooit echt goed gesproken over de oorzaken van haar ontrouw. Toen was mamma doodgegaan en zat zijn hoofd te vol om er zelfs maar aan te kunnen denken. En uitgerekend op dat moment had Nikki hem naar die praatgroep gestuurd. Hij had zich niet aan de indruk kunnen onttrekken dat dat vooral was zodat zíj de scherven niet hoefde op te ruimen.

Wat was die mannengroep een kwelling geweest. Het was nog

erger dan hij zich in zijn meest cynische bui had voorgesteld, en hij was er na een aantal keren niet meer naartoe gegaan. In plaats daarvan ging hij samen met een andere spijbelende man een biertje drinken en een potje biljarten in een kroeg in de buurt, terwijl hun echtgenotes in de veronderstelling verkeerden dat ze braaf op de bijeenkomsten waren. In zekere zin had dat een kinderlijke tevredenheid opgeleverd. Alsof hij Nikki strafte omdat ze hem iets liet doen waarvan ze toch moest weten dat het totaal niet bij hem paste. De wekelijkse uitstapjes waren alleen gestopt omdat zijn lotgenoot een baan buiten Londen kreeg. Jammer, want hun avondjes in de kroeg hadden hem meer geholpen dan een groepstherapie ooit zou kunnen doen. De dokter had hem in de loop der jaren een aantal keren naar iemand toe gestuurd, maar die mensen waren honderd keer zo competent als de leider van de mannenpraatgroep. Waarom hij Nikki daar nooit iets over had verteld, was juist onderdeel van zijn probleem. Het had allemaal te maken met zijn vader, en daar wilde hij het niet met haar over hebben. Zij had op haar beurt ook geen behoefte om het onderwerp aan te snijden. Een vicieuze klotecirkel van blijmoedige mislukking. Misschien kon hij het haar niet kwalijk nemen dat ze hun huwelijk zo had beschadigd. Hij was daar de afgelopen jaren zelf ook voor verantwoordelijk geweest, al had hij vooral zichzelf beschadigd, en, stom genoeg, degenen om wie hij juist zo veel gaf.

Er was één ding dat hem erg had verbaasd toen hij Nikki had verteld over de ziekte van zijn vader en, later, over zijn voornemen om naar hem toe te gaan. Tot zijn verbijstering had ze gezegd dat ze met hem mee wilde gaan, met de kinderen! Daar had hij natuurlijk een stokje voor gestoken. Hoe haalde ze het zich in vredesnaam in haar hoofd? Hij wilde niet dat zijn kinderen te maken kregen met de dood, of met begrafenissen. Zeker niet die van een grootvader van wiens bestaan ze niet eens op de hoogte waren. Ongelofelijk!

Hij zuchtte en keek uit het raam terwijl de trein wegreed van het station North Berwick. Hij richtte zijn blik op het kustlandschap en de herfstzon die prachtig schitterde op het water van de Firth of Forth. Hij keek naar de rustige golven, tot het eiland Fidra in zicht kwam. Toen wendde hij zijn blik af. Het was moeilijker het eiland vanuit zijn ouderlijk huis te negeren, omdat je het vanuit de hele westkant van het huis kon zien. Daarom was hij nauwelijks aan die kant van het huis geweest sinds hij hier was.

Dat was een van de redenen waarom hij hier nooit meer had willen komen, zelfs niet toen mamma nog leefde, en zelfs niet toen Mhari hem had gesmeekt om er eens samen met haar, zijn gezin en het hare naartoe te gaan. Ze konden toch wel eens teruggaan naar het eiland, net zoals toen ze zelf jong waren, zei ze vaak. Daar ging het nu juist om. Hoe kon ze hun laatste uitstapje als zogenaamd gelukkig gezinnetje naar het eiland vergeten? En vooral wat er daarna was gebeurd? Zij had ervoor gekozen de herinneringen daaraan uit haar geheugen te wissen, want ze was er, toen haar kinderen kleiner waren, minstens eens per jaar naartoe gegaan. Mamma was er ook nooit meer geweest. Ze was dan wel verdomd vastberaden geweest om in de streek te blijven, ze had de boten gehouden, maar ze zette geen voet meer op Fidra. Zij had ook die laatste dag in haar geheugen gegrift staan, toen ze op de kade op hen stond te wachten. Lachend, zongebruind, moe van de hele dag, vrolijk, totdat…

Hij vond het niet echt prettig om weer in Edinburgh te zijn. Te veel herinneringen aan zijn rottijd als puber, zijn frustraties als volwassene en zijn mislukte carrière. Daar zat hij dan, in een advocatenkantoor. Een Edinburghs advocatenkantoor. Net zo een als hij zelf had gehad.

'Meneer McAllister? Mijn naam is Russell Sinclair. Fijn dat u op zo'n korte termijn kon komen. Ik wilde u graag onder vier ogen spreken voorafgaand aan de bijeenkomst donderdag met uw broer en zus, waarbij het testament officieel zal worden geopend.'

Miller schudde zijn magere hand, waarvan de huid dun en bleek was als papier, ging in de aangeboden stoel zitten en keek toe terwijl Sinclair de papieren op zijn bureau recht legde. Het was een oudere man en hij zag er broos uit.

'Meneer McAllister, ik heb uw vader meer dan veertig jaar gekend. Douglas en ik waren al bevriend voordat die hele kwestie zich voordeed. Ik herinner me zelfs dat ik u een paar keer heb gezien toen u nog maar een klein knaapje was. U lijkt heel erg op hem, als u me niet kwalijk neemt dat ik dat zeg. Een buitengewone gelijkenis.' Hij zweeg, in gedachten verzonken, alsof hij niet precies wist hoe hij verder moest gaan.

'Eens kijken. Het is misschien wat ongebruikelijk, maar uw vader heeft mij gevraagd om zijn nalatenschap af te wikkelen. Testamentverificatie is niet helemaal mijn richting, maar ik heb zeer specifieke aanwijzingen van uw vader gekregen. En ik heb specialistisch advies ingewonnen. Het is namelijk zo... Dit is nogal moeilijk. Ik begin even overnieuw. Uw vader heeft – zeker voor u – een tamelijk verrassend testament opgesteld. Feitelijk zou het misschien een schok voor u kunnen betekenen.' Hij zweeg opnieuw, en kuchte inleidend en beleefd. 'Meneer McAllister, uw vader heeft u het huis op het vasteland, het huis op Fidra en Fidra zelf nagelaten. O ja, en een van de boten.'

Miller ging rechtop zitten en realiseerde zich dat er een stilte viel. Verdomme. Hij had helemaal niet opgelet. Zijn gedachten waren afgedwaald naar de tijd dat hij zelf advocaat was in Edinburgh. Nu pas merkte hij dat de enigszins saaie maar geruststellende stem van de oude man zweeg.

'Sorry, wat zei u? Hij heeft mij een van de boten nagelaten? Wat een ongelofelijke grap...'

Russell Sinclair onderbrak hem. 'O, nee, meneer McAllister, uw vader heeft u alles nagelaten. Althans het onroerende goed. Het huis op het vasteland, het huis op Fidra en het eiland zelf. U krijgt dat allemaal.'

Miller kwam zó plotseling overeind uit zijn stoel dat die bijna omverviel. 'Wát? Maar dat is belachelijk, dat is krankzinnig! Ik haatte hem. Ik háátte die man!'

Russell Sinclair stond op en liep naar de andere kant van het kantoor. 'Dat kan zo zijn, meneer McAllister. Ik ben op de hoogte van uw... positie in dezen, maar wat uw gevoelens ook zijn, het is duidelijk dat uw vader veel van u hield.'

Hij liet zich door de advocaat een veel te zoete kop thee aansmeren, al had hij liever iets sterkers gehad.

'Maar ik begrijp het niet! Waarom? Waarom aan mij, waarom niet aan Mhari of Greg? Zij hebben altijd volgehouden dat hij onschuldig was. Zoals u weet, en zoals mijn vader zeker wist, ben ik er altijd van overtuigd geweest dat hij schuldig was. Jézus, Mhari zal laaiend zijn. Ze zal het trouwens wel gaan aanvechten.'

Maar Russell Sinclair schudde zijn hoofd. Het leek of hij vermoeid raakte en zijn stem klonk zwakker. 'Dan ben ik bang dat zij geen schijn van kans maakt. Ik weet dat u rechten hebt gestudeerd in Schotland, meneer McAllister, misschien kunt u zich nog het een en ander van erfrecht herinneren? Misschien ook niet. Volgens de Schotse wet kan het niet zo zijn dat één kind zomaar alles van de ouders erft. Zo eenvoudig ligt het niet. Ik zal u niet met de details lastigvallen, maar het komt er kort gezegd op neer dat Mhari en Greg nu aanzienlijk meer krijgen van uw vader dan wanneer zij het testament zouden aanvechten, in het gelijk zouden worden gesteld en hun wettelijk deel zouden krijgen. Dat is een kwestie van een simpel rekensommetje.'

'Fantastisch! Dat is net wat ik nodig heb, nog een familievete!' Miller zette zijn kopje te hard op het schoteltje en keek naar het onbewogen gezicht van de advocaat. 'Nou, meneer Sinclair, dan heb ik geen keus. Ik zal beide huizen ontruimen en verkopen. Het huis aan de wal zal wel wat waard zijn. Spectaculair uitzicht op zee, enorme tuin aan de achterkant. Zo'n victoriaans landhuis zal wel goed in de markt liggen.'

Hij ging staan en gaf de advocaat een hand.

'En dat roteiland en het huis daar? Ik vraag me af of iemand dat wel zal willen kopen, met zo'n geschiedenis. Misschien kan ik het wel doneren aan de vogelbescherming! Ik wil er zo snel mogelijk van af. Verdeel de opbrengst maar in drieën, daar kan de wet vast geen donder tegen doen. Zou u dat voor mij kunnen regelen, meneer Sinclair?'

'Ik ben bang van niet, meneer McAllister. Ik ga met pensioen, dit is mijn laatste week hier. Wel een treurige week, met de afwikkeling van het testament van uw vader. Want ziet u, ik geloof nog steeds dat hij onschuldig was. Ik heb dat alleen nooit kunnen bewijzen. Zoals ik al zei, heb ik uw vader redelijk goed gekend, later zelfs héél goed, en ik kan u in alle eerlijkheid zeggen dat hij niet in staat was tot de misdaden waarvoor hij is veroordeeld.'

Sinclair zweeg en begon weer wat papieren recht te leggen, alsof hij na wilde denken over wat hij nu zou gaan zeggen.

'Ik vraag me af waarom u altijd zo vast overtuigd bent geweest van zijn schuld. U was toch nog maar elf, meen ik, toen hij werd gearresteerd. Douglas heeft altijd volgehouden dat hij onschuldig was. Tegenover iedereen, ook tegenover u. Weet u misschien iets waar niemand anders van op de hoogte is?'

Miller merkte dat de toon van de advocaat niet meer zo bescheiden en vriendelijk was, maar een beetje verwijtend werd. Of werd hij nu emotioneel? Moeilijk te zeggen. Wat deed het er ook toe. Hij wilde hier weg. Weg uit dit benauwende kantoor. Hij wilde zo snel mogelijk bedenken hoe hij van zijn erfenis af kon komen.

'Luister, meneer Sinclair, tot het moment waarop hij werd gearresteerd, was mijn vader het allerbelangrijkste in mijn leven. Ik aanbad hem. Ik bewonderde hem. Het zou een understatement zijn als ik zou zeggen dat ik me door hem verraden voelde. Het is niet zo moeilijk om een kind te bedriegen, weet u? Maar ik was een vrij opmerkzaam kind, en toen het masker eenmaal van mijn vaders gezicht was gevallen, was er voor mij geen weg meer terug. Zoals de moderne forensische psychologie heeft laten zien kan zelfs de ergste psychopaat zijn geliefden voor de gek houden. En mij heeft hij zéker voor de gek gehouden. Tot zijn ontmaskering. Natuurlijk weet ik niet iets wat u of de anderen niet weten. Ik weet alleen dat de bewijzen tegen hem heel overtuigend waren. Indirecte bewijzen, maar toch. Het enige wat hij daartegen in kon brengen was: "Ik heb het niet gedaan." Niet bepaald geloofwaardig. Nee, hij heeft het wél gedaan, daar ben ik volledig van overtuigd.'

Hij drukte de uitgestoken hand van de advocaat, wiens gezichtsuitdrukking inmiddels verre van neutraal was. Hij keek verdrietig en plechtig. 'Dag, meneer McAllister. Ik zie u en uw broer en zus overmorgen voor de formele opening van het testament. Een van mijn collega's zal u kunnen bijstaan met alles wat er na deze week nog moet gebeuren. U zult nog wel het een en ander willen weten op het gebied van bijkomende zaken als successierechten en dergelijke. Ik kan u alvast rustig vertellen dat uw vader heel verstandig te werk is gegaan als het ging om het veiligstellen van zijn bezittingen voor zijn kinderen. Maar daarover kan ik u bij ons volgende gesprek meer vertellen. Intussen zal ik u vast het archief doen toekomen dat ik nog van de rechtszaak heb, als u daarmee akkoord gaat. Ik zorg dat het morgenochtend per koerier wordt gebracht, schikt dat?'

Miller knikte en liep naar de voordeur, maar er ging maar één gedachte door zijn hoofd. *Prima, doe dat maar als u dat wilt. Dan gooi ik alles rechtstreeks in de haard.*

6

Het was een puinhoop in huis. En met hem was het al even slecht gesteld. Hij was in zijn lievelingsstoel in slaap gevallen bij een of ander dom televisieprogramma. Een halfleeg bierblikje zat tussen zijn arm en de stoel geklemd en de grond was bezaaid met lege bakjes afhaaleten.

Hij was de vorige dag geschokt uit het kantoor van Russell Sinclair gekomen. Hij was wezenloos naar Waverley Station gelopen, had geduldig op de trein gewacht en was toen ze er waren haastig naar huis gelopen, waar hij zich had opgesloten in de televisiekamer en er gedeeltelijk in was geslaagd om alles uit zijn hoofd te zetten. Hij had bijna een hartstilstand gekregen van schrik toen er op de deur gebonsd werd. De koerier had hem vragend, en mogelijk afkeurend, aangekeken, een handtekening geëist, en de doos voor zijn blote voeten op de grond gezet.

Toen hij had opgeruimd, was het gevoel van teleurstelling en schaamte niet verdwenen. Het gesprek met de advocaat was ongetwijfeld de druppel geweest, maar hij was te oud en te vermoeid om iemand anders de schuld te geven van deze... deze puberale puinhoop. Het was beschamend.

De doos stond hem nog steeds aan te kijken vanaf de tafel bij het raam. Hij voelde zich maar nauwelijks beter nu hij zich had gedoucht, zonder zich te scheren. Hij was niet in de stemming om er fris geschoren bij te lopen. Mhari zou vast tegen hem uitvaren als ze er was. Tegen hem zeggen dat hij er sjofel uitzag. Prima. Daar zou hij niet tegenin gaan. Maar hij had geen zin om nu over zijn zus te gaan piekeren. Hij had nog een paar uur voordat hij haar onder ogen moest komen. Hij nam een slok koffie en scheurde de envelop open die op de doos vastgeplakt was.

Geachte meneer McAllister

Hierbij zend ik u het gehele archief betreffende de rechtszaak tegen uw vader, Douglas Cameron McAllister, gehouden van 24 oktober tot 15 november 1974 in het Hoogge-
rechtshof te Edinburgh. U treft in de doos een inhoudsopgave
aan van het dossier, maar zoals u zich misschien kunt voorstellen, is die inhoud verre van compleet. Er zijn allerlei do-
cumenten en dergelijke zoekgeraakt, en sommige zijn naar
mijn stellige overtuiging met opzet door de autoriteiten uit
het dossier verwijderd.

Ik vertrouw erop dat u het kunt opbrengen om het restant van het archief goed te bekijken. Ik smeek u zelfs om
dat te doen en ik wil nogmaals benadrukken wat ik u gisteren al heb gezegd: ik ben al mijn hele leven werkzaam in het
strafrecht en ik ben overtuigd van de onschuld van uw vader. Bovendien ben ik ervan overtuigd dat hij, als hij nu be-
recht zou worden, zou worden vrijgesproken. De bewijzen
tegen hem zijn onvoldoende voor een veroordeling. Ik moet
zelf echter de hand in eigen boezem steken, want ik heb hem
na zijn arrestatie zelf juridische bijstand verleend. Ik was
misschien niet de aangewezen persoon om dat in zo'n zware zaak te doen, maar ik was zijn vriend, en bovendien heb
ik kosten noch moeite gespaard om de beste strafpleiter voor
hem te zoeken en het beste advocatenteam samen te stellen.
Maar we hebben hem geen van allen kunnen redden. Daarbij wil ik nog vermelden dat uw vader, en dat is heel kenmerkend voor hem, mij of de andere leden van het advocatenteam nooit enig verwijt heeft gemaakt.

Hoe hij het al die jaren heeft uitgehouden, zal voor mij altijd een raadsel blijven. U bent er uiteraard van op de hoogte dat ons strafrechtsysteem zeer bestraffende maatregelen
kent voor degenen die weigeren zich bij de uitspraak neer te
leggen en zich in hun straf te schikken. Zolang uw vader bleef
volhouden dat hij onschuldig was, bestond er geen enkel vooruitzicht op een vervroegde vrijlating. In mijn ogen draagt dat
feit nog eens extra bij aan het onrecht dat hem is aangedaan.

Ik heb u alles gestuurd, inclusief dossierstukken die u strikt genomen niet mag zien, zelfs nu niet, maar ik weet geen andere oplossing. Met alle plezier wil ik met u van gedachten wisselen over alles wat deze zaak betreft, maar net als uw vader ben ook ik het slachtoffer van een verslechterende gezondheid. Mocht u mij dus nog ergens over willen spreken, dan raad ik u aan daar niet te lang mee te wachten. Ik verwacht binnen afzienbare tijd nogmaals mijn spijt te kunnen betuigen jegens uw vader aangaande mijn falen in deze zaak, maar ditmaal zal dat in de vrede van een volgend leven gebeuren.

Vernietig dit archief alstublieft niet, zeker niet zonder het eerst door te nemen. Douglas heeft mij verteld over uw intelligente en onderzoekende aard, en over uw sterk ontwikkelde rechtsgevoel. Dat zijn kwaliteiten die zich al op jonge leeftijd bij u hebben geopenbaard, en die u wellicht ook hebben doen besluiten een juridische carrière na te streven?

Gebruik uw onderzoekende geest goed. <u>Uw vader was onschuldig</u>.

Hoogachtend,

Russell L. Sinclair

De laatste activiteit van Russell Sinclair als advocaat was kennelijk een pleidooi afsteken namens een dode en algemeen gehate man.

Miller zuchtte ontdaan. Ondanks zijn uitputting, zijn frustraties over zichzelf en zijn boosheid, zijn woede zelfs, dat hij dit allemaal moest gaan afhandelen, zou het behoorlijk lastig worden om dat rotarchief te negeren. Zou het niet gewoon verstandig zijn om er toch even naar te kijken? Of was het zijn goed recht om het zonder meer weg te doen? Die smeekbede van Russell Sinclair kon hij toch simpelweg afdoen als het treurige slotpleidooi van iemand die werd verteerd door schuldgevoelens over de grootste misser uit zijn carrière?

Hij deed het deksel van de doos. Er zaten vier dossiermappen in, met de rug naar boven. Rechtszaakarchief i, Rechtszaakarchief ii, Rechtszaakarchief iii, Rechtszaakarchief iv. Aan de zijkant, tussen de mappen en de doos, zaten nog wat papieren gestopt. De inhoudsopgave van het dossier. En nog iets, een fotokopie van een A4 met een handgeschreven uitleg bovenaan: *Uitspraak, rechter Lord McLeish, 15-11-74.* De tekst voerde hem rechtstreeks terug naar dat zenuwslopende ogenblik waarop hij stokstijf tussen zijn lijkbleke moeder en zijn verstijfde broer en zus zat.

'*Douglas Cameron McAllister, de Schotse rechtspraak heeft zelden, misschien wel nooit, met iemand zoals u te maken gekregen. We kunnen daar alleen maar dankbaar voor zijn...*'

Hij sloeg met zijn vuist op het papier en kon niet meer verder lezen. Die ijzige, meeslepende woorden van de rechter hadden nog weken na de uitspraak door zijn hoofd gespookt. Ze hadden voor hem het einde betekend. Nu was het duidelijk. De onherroepelijke schuld van zijn vader. De klap die hij op dat moment had gekregen, had elke herinnering aan 'gelukkiger tijden' uit hem weggeslagen. Vanaf die afgrijselijke dag op de kade had zijn vader alleen maar een ongelofelijke ellende over hen uitgestort, over zijn moeder, zijn zus en zijn broer. Ze hadden de rest van Millers jeugd niet één gelukkig moment meer gekend. Zijn moeder had jarenlang geprobeerd om vrolijk te doen omwille van de kinderen, maar hij had zich niet voor de gek laten houden. Nee, hij had gezworen om zich nooit meer door zijn ouders voor de gek te laten houden.

Miller smeet de fotokopie op de grond. Waarom was hij teruggegaan? Waarom had hij gehoor gegeven aan die uitnodiging van de advocaat? Waarom, na de hel waar ze doorheen waren gegaan? Waarom moest hij zich nu weer bezighouden met de nachtmerrie die zijn vader was?

7

Juni 1973

'Kom op, Miller, tijd om een hapje te eten!'

Met tegenzin ging Miller op zijn stoel naast Greg zitten en keek hem tersluiks aan. Greg staarde naar zijn bord met witte bonen in tomatensaus en toast. Daarna probeerde hij de blik op te vangen van Mhari, die tegenover hem zat. Maar zij keek naar dokter Buchan, en vroeg met een vreemd hoog stemmetje: 'Waarom? Waarom moest pappa met de politie mee? En waarom hebben ze hem meegenomen naar Edinburgh? Heeft het iets met zijn werk te maken? Is er soms iets gebeurd op de bank? En waarom is mamma met hem meegegaan? Wat is er aan de hand?'

'Stil nou maar, Mhari, het komt heus wel goed. Echt.'

Miller keek naar dokter Buchan, die vriendelijk naar haar, en naar hem en zijn broer glimlachte. Hij probeerde terug te lachen en nam een hap bonen. Ze waren te heet. Hij legde zijn vork op zijn bord, deed zijn rechterarm onder de tafel en klopte op zijn knie. Zoals hij al hoopte, kwam Bella gehoorzaam bij hem zitten en duwde haar neus troostend in zijn hand. Dokter Buchan boog zich over de tafel heen, met zijn handen in elkaar en zijn gedoofde pijp tussen zijn vingers.

'Hoor eens, jongens, jullie moeder heeft gevraagd of ik even bij jullie wil blijven tot zij terugkomt. Het kan misschien laat worden, maar ze belt zodra ze kan.'

'Maar wat is er nou aan de hánd?'

Mhari zette haar theekop met een klap op tafel. Ze keek alsof ze elk moment in tranen kon uitbarsten. Miller zag het aan haar gezicht. Maar het vreemde was dat zijn zus niet verdrietig of humeurig keek. Het leek er helemaal niet op dat ze weer eens zo'n bui zou krijgen. Nee, ze keek... báng. En haar stem klonk ontzettend hoog en afgeknepen.

'Volgens mij is er iets mis, vertel ons alstublieft wat er aan de hand is!'

Hij voelde dat Greg verstarde. Hij deed ook zijn hand onder tafel om Bella te aaien, en toen hun handen elkaar raakten, kneep Greg geruststellend in de zijne.

Dokter Buchan schraapte zijn keel en begon met zijn lege pijp te spelen.

'Goed, Mhari, jongens. Ik weet zelf ook niet precies wat er aan de hand is. Volgens mij is er een vergissing gemaakt en dat zal jullie vader heus wel oplossen, maar daarvoor moest hij even mee naar het politiebureau in Edinburgh. Maken jullie je nu maar geen zorgen. Kom, eet maar lekker je bordje leeg en dan kunnen we straks misschien een potje monopoly doen, oké?'

Miller voelde zich gerustgesteld. Als dokter Buchan zei dat het wel in orde zou komen, dan was dat zo. En hij had best zin in monopoly. Hij propte een hap bonen met toast in zijn mond, knikte enthousiast en zei met volle mond: 'Leuk, monopoly. Dat hebben we deze zomer nog niet gedaan. Doet Catriona ook mee? Waar is ze eigenlijk?'

Dokter Buchan glimlachte geforceerd. 'Catriona is thuis, ze moet een biologiewerkstuk maken. Jij en Greg hebben ook vast nog huiswerk, maar dat zullen we vanavond maar even vergeten, of niet? Niet tegen je moeder zeggen hoor, dat is ons geheim, afgesproken?'

Miller zag tot zijn opluchting dat Greg glimlachte, en dat zelfs Mhari weer wat gewoner keek. Ze aten zwijgend hun bord leeg en daarna schoof Mhari haar stoel naar achteren en stond op.

'Ik ben klaar, ik ga naar mijn kamer. Ik heb niet zo'n zin in Mono...'

Ze werd onderbroken door het gerinkel van de telefoon. Bella schrok en blafte één keer. Dokter Buchan liep verrassend snel naar de telefoon om Mhari voor te zijn.

'Hallo... ja... ja, ze zijn hier... juist. O, goed... tot dan.'

Miller verwachtte dat Mhari de dokter meteen zou gaan ondervragen. Maar dat was niet nodig. Het was al af te lezen op zijn gezicht.

'Jullie moeder is onderweg, maar… Nou ja, het is zo dat jullie vader daar een nachtje moet blijven.'

Mhari begon weer opnieuw. 'Daar blijven? Bij de politie? Bedoelt u op het polítiebureau? Waarom?' Deze keer ging ze vast echt huilen.

Miller keek naar dokter Buchan, die naar haar toe liep. Hij herkende de signalen ook. 'Je vader… Het spijt me, maar jullie vader is gearresteerd.'

Mhari's gesnik was het enige geluid dat de stilte verbrak. Miller knielde op de grond om Bella een kus op haar kop te geven en drukte haar zo stevig als hij kon tegen zich aan.

8

Miller kon zich niet herinneren wanneer hij voor het laatst in een taxi had gezeten. De politie had pappa's auto meegenomen. De Mini van zijn moeder stond er nog wel, dus hij snapte niet waarom ze daar niet mee konden gaan. Ze had nauwelijks een woord gezegd tijdens de treinreis van North Berwick naar Edinburgh, en als ze wel iets zei, klonk het kortaf. Hij en Greg hadden zich dus maar koest gehouden, net als Mhari, die waarschuwend haar vinger tegen haar lippen had gehouden. Mamma deed alsof ze in een damesblad las en Greg zat met zijn neus in een voetbalstripverhaal. Hij keek hem niet één keer aan, ook niet toen hij hem twee keer een por gaf met zijn elleboog.

Nu boog mam zich naar voren en zei tegen de taxichauffeur: 'Zet u ons hier maar af, alstublieft.' Ze draaide zich om. Ze keek nors. 'Mhari, stap jij met de twee jongens uit en wacht op de stoep tot ik heb betaald. Kom, even snel graag.'

Mhari trok hem hard aan zijn mouw. 'Kom mee, slome, uitstappen. Opschieten, Greg!'

Greg stopte het opgerolde stripboekje in de achterzak van zijn spijkerbroek. Hij keek heel chagrijnig. En zo klonk hij ook. 'Wat is er met mamma? En waar zijn we eigenlijk, waarom stappen we hier al uit? We zijn er nog niet eens!'

Miller zag dat zijn moeder geld uit haar portemonnee haalde en hem intussen een boze blik toewierp. 'Ze wil niet dat de taxichauffeur ons bij de gevangenis afzet,' fluisterde ze. 'Te gênant. En hou je kop, ze komt eraan.'

'Goed jongens, een klein stukje lopen en dan is het straks aan de linkerkant. Een beetje vlug, graag!'

Miller liep achteraan, en verbaasde zich erover dat Mhari hun moeder een arm gaf en die bemoedigend drukte.

'Jullie vier mogen doorlopen en aan een tafel in de bezoekersruimte plaatsnemen. Daar, ziet u, waar nog meer bezoekers zijn. Ik zal deze tassen aannemen. In het vervolg dient u een sticker of een kaart te bevestigen aan de spullen voor uw man met daarop: "Gevangene sg5567." De gevangenen worden allemaal aangeduid met hun nummer, ik dacht dat u dat wel wist.'

Zijn moeder wilde iets terugzeggen tegen de dikke, onvriendelijke gevangenbewaarder, maar Mhari trok haar zacht mee aan haar arm. 'Kom maar, mam. Kijk, daar kun je thee halen.'

Twee minuten later werden hij en Greg naar de balie gestuurd om een pot thee en vijf koeken te halen, ook eentje voor pappa. Miller was blij dat er een rij stond. Nu kreeg hij eindelijk de kans om Greg de vraag te stellen die hem de hele ochtend al dwarszat. 'En, weet je het al? Mhari heeft het vast alleen aan jou verteld. Wat is er aan de hand? Pappa zit hier al vanaf maandag. Dat is dríé dagen! Hij zou hier nooit zitten als hij niet iets had gedaan. Weet jij wat hij heeft gedaan? Heeft hij de bank beroofd?'

Maar Greg lachte een beetje spottend naar hem. 'Nee, dat denk ik niet! Mhari vertelt mij ook nooit iets belangrijks. Maar weet je, toen ze pappa zondag uit de haven hadden meegenomen, en we even later thuiskwamen, zag ik dat dokter Buchan dit onder de bank stopte. Ik denk dat hij het later vergeten is, door al het gedoe. Ik was het zelf ook vergeten, tot ik vanmorgen Bella's tennisbal zocht. En ik heb mamma tegen Mhari horen zeggen dat we geen kranten mogen lezen. Daarom mochten we van haar niet naar school, en mogen we het nieuws niet zien. Ik heb gehoord dat zij en Mhari het daarover hadden. Hier, maar zorg dat mamma het niet ziet. Ik ga wel achter je staan, dan ziet ze je niet.'

Miller was blij dat ze een tijdje moesten wachten. Hij pakte het stripboek van Greg aan waar een uitgescheurd krantenartikeltje tussen was gestopt en begon te lezen.

Toen ze bijna aan de beurt waren, gaf hij het terug. 'Nou en? Daarom zit pappa hier toch niet? Doe niet zo stom, zeg, het zal toch wel iets met de bank te maken hebben?'

Maar Greg schudde zijn hoofd. Hij betaalde de thee en de koeken, pakte het blad van de toonbank en liep ermee naar het tafeltje waar Mhari en hun moeder zaten. 'Nee. Het klopt precies met wat ik heb gehoord nadat ze pappa hadden gearresteerd. Ik wilde je dat al eerder vertellen, maar dat mocht ik niet van Mhari. Nou ja, ik kan het nu net zo goed wel doen. Ik hoorde dat mamma met dokter Buchan zat te praten, en toen zei ze: "Ze hebben de hondenriem gevonden. In de tuin." Dit is echt menens, Miller. En het gaat niet over de bank. Serieus.'

Ze waren net bij het tafeltje toen er een bel ging. Een rij mannen kwam door een zijdeur naar binnen, achter elkaar aan. Ze droegen dezelfde broeken en overhemden en ze keken ernstig. Zijn vader was de elfde in de rij. Hij was magerder en hij zag er moe uit. Zijn moeder stond op en gaf hem een kusje op zijn wang, maar deed een stap naar achteren toen hij haar wilde omhelzen. Zwijgend omhelsde zijn vader Greg en Mhari, die zich aan hem vastklemden alsof ze hem nooit meer wilden loslaten. Maar Miller deed afwerend.

'Kom op, Miller, kerel van me. Je ouwe vader heeft je gemist. Geef me eens een knuffel.'

In plaats daarvan smeet Miller het stripboek met daarin het uitgescheurde krantenknipsel op tafel. Hij hoorde dat zijn moeder geschrokken naar adem hapte. En toen maaide hij met zijn arm over de tafel zodat de hete thee over iedereen heen kwam, ook over hemzelf.

'Waarom? Waarom? Wáárom?'

Hij draaide zich om en rende langs de uitgestoken armen van zijn vader naar de uitgang, waar hij van de grond werd geplukt door een reus van een gevangenbewaarder. Hij hoorde dat zijn vader iets schreeuwde. Hij wurmde zich los, draaide zich om en keek wat er gebeurde. Zijn vader werd door twee bewakers meegenomen, de zaal uit. Hij verzette zich hevig en probeerde om zich heen te slaan. Iedereen keek naar hem. Zijn moeder en zijn grote zus stonden snikkend en ontroostbaar met de armen om elkaar heen geslagen, terwijl Greg stokstijf was blijven staan, met een bleek, wezenloos gezicht.

Het was een aanblik die hij nooit meer zou vergeten. De aanblik van een totaal verwoest gezin.

Die noodlottige zondag

Aan het begin van de zomer van 1973 kwam er een einde aan de bescheiden reputatie van Fidra als archeologisch, kerkelijk en ornithologisch interessant oord, en kreeg het eiland een belangrijke plek in de annalen van de Schotse misdaadgeschiedenis.

In 1973 was Fidra al gedurende generaties familiebezit. De toenmalige eigenaar, Douglas McAllister, was een gerespecteerd bankier die een topfunctie bekleedde bij een bank in het nabijgelegen Edinburgh. Hij was getrouwd met Ailsa, toegewijd liefdadigheidsvrijwilligster, en ze hadden drie kinderen, Mhari (toen 17), Gregor (toen 14) en Miller (toen 11). Iedereen in de omgeving mocht het gezin graag.

Op een zondag in de vroege zomer van 1973 kwamen de vader, zijn kinderen en wat vrienden terug van een kort verblijf in het eilandhuis van de familie McAllister. In de haven werden ze opgewacht door Ailsa McAllister. Een paar aanwezigen hebben later verklaard dat ze al het gevoel hadden dat er iets aan de hand was, omdat Ailsa zich zo somber gedroeg. Maar niemand had kunnen vermoeden wat er stond te gebeuren, behalve mevrouw McAllister, die 's ochtends, voordat ze bezoek van de politie had gekregen, in de lokale zondagskrant het laatste nieuws had gelezen over een verontrustende zaak die zich in de buurt afspeelde.

POLITIE ZOEKT 'VASTBERADEN' NAAR
VERDWENEN MEISJES

Een bron in de omgeving van het onderzoek naar de verdwijning van drie jonge meisjes uit East Lothian, waarvan de eerste al in 1969 verdween, heeft tegenover *The Sunday*

Herald verklaard dat de politie 'vastberaden is om voortgang te boeken in deze zaak'. Deze uitspraak volgt op weer een verdwijning, die doet denken aan de vorige twee.

Eileen Ritchie, 15 jaar oud, verdween vorige week vrijdag in de buurt van het dorp Garvald, aan de rand van de Lammermuir Hills. Ze had haar golden retriever Angus uitgelaten. Toen de hond alleen terugkwam, zijn de ouders Eileen eerst zelf gaan zoeken. Toen dat niet lukte, hebben ze de politie gealarmeerd. De twee vorige verdwijningen waren in de winter; de politie verbaast zich erover dat deze ontvoering tijdens de drukke zomermaanden heeft plaatsgevonden omdat het in de natuurgebieden dan vaak druk is. De twee andere vermiste meisjes zijn Jacqueline Galbraith, 14 jaar oud, die in februari 1972 verdween vlak buiten Dirleton, en Alison Bailey, 15 jaar, die in november 1969 verdween van het strand bij Yellowcraigs. Net als Eileen lieten ook deze meisjes hun hond uit. In alle drie de gevallen werd de hondenriem vermist.

Onze bron bij de politie meldt verder: 'De families hebben vier lange, angstige jaren door moeten maken en we zijn nu vastberaden om uit te zoeken wat er met deze meisjes is gebeurd. Er zijn al enorm veel tips binnengekomen over de verdwijning van Eileen en we gaan door met ons huis-aan-huisonderzoek.' De bron heeft ook toegegeven dat er al een belangrijke doorbraak in het onderzoek is, maar wilde daar verder niets over zeggen.

Wat Ailsa niet kon weten toen ze dit artikel las, met het warme inlevingsvermogen van een liefhebbende moeder, was dat binnen enkele uren haar leven op zijn kop zou worden gezet door de arrestatie van haar echtgenoot in verband met de verdwijning van deze drie jonge meisjes.

Een gebeurtenis die het eerst zo hechte gezin kapot zou maken.

Fragment uit *Fidra – geschiedenis van een eiland* van Duncan Alexander, Whitekirk Publishing, eerste druk, 1978.

9

Eind september 2005
Ze kon zich niet herinneren wanneer ze Miller voor het laatst had
gezien. Anderhalf jaar geleden misschien? Ja, nog één keer na de
begrafenis van mamma. Ze had toen met haar man en kinderen
een nogal ongemakkelijke en vervelende kerst bij hem doorgebracht in Londen. Nu zag hij er heel anders uit. Hij leek niet alleen ouder, door de donkere kringen onder zijn ogen, maar waar
was de fitnessfanaat, de gespierde, gezonde man die haar altijd zo
aan haar vader deed denken? Greg had het tengere, soepele lichaam van hun moeder. Dat had zij ook wel graag willen erven.
Eigenlijk leek zij op geen van haar beide ouders. Ze was blond in
plaats van donker. Kort in plaats van lang. Onopvallend in plaats
van knap. Haar moeder was erg mooi geweest, maar ook heel nerveus, soms zelfs een beetje labiel, waardoor ze dan krampachtig
en gespannen leek. Gelukkig had zij dat niet van haar geërfd. Maar
over het algemeen was zij door al die verschillen het spreekwoor-
delijke kind van de melkboer. Maar ze had wel de beste hersens,
dankzij haar vader. Je kon nu eenmaal niet alles hebben. Miller
had dan misschien zijn fraaie, donkere uiterlijk geërfd, maar hij
sprong daar niet zo zorgvuldig mee om als vroeger. Hij zag er wel
beter uit dan de meeste mannen van zijn leeftijd, en hij was zeker nog niet verweekt, maar die frisse, superfitte, haast dierlijke
vitaliteit was hij kwijt. En hij had zeker een week niet eens de
moeite genomen om zich te scheren. Walgelijk.

Terwijl Miller in de keuken bezig was, ging Mhari op onderzoek uit in de kamer. Mevrouw Watt kon het hier nooit zo achtergelaten hebben. Vuile koffiebekers, glazen, een paar borden.
En al dat afval!

'Miller! Wat een rotzooi hier. En die bierblikjes, zijn die van jou? Niet van mij, en zeker niet van mevrouw Watt!'

Geen antwoord. Misschien had hij haar niet gehoord. Thuis kon hij zich met geen mogelijkheid zo misdragen. Nikki zou tegen hem zeggen dat hij moest opruimen of anders moest oprotten. Nikki was zelf trouwens ook een fitnessfanaat. Als echtgenote stelde ze misschien niet zoveel voor, maar ze was wel een verantwoordelijke moeder. Meestal tenminste.

Dat deed haar ergens aan denken. Ze hoopte dat Neil het zou redden, in zijn eentje. Meestal ging hem dat vrij hopeloos af, maar nu waren de kinderen alweer wat groter. Waarschijnlijk vonden ze zijn slappere regels, of liever gezegd zijn gebrek aan regels, wel leuk. Ze zou straks wel even naar huis bellen. Ze hoorde dat de keukendeur opengeduwd werd. Miller kwam binnen met twee bekers koffie.

'Ik mag toch wel een biertje nemen? Ik ben een grote jongen geworden, hoor, Mhari. Ik mag al alcohol drinken. Hoewel vijf blikjes bier in een heel weekend niet bepaald geldt als drankmisbruik. Ik denk dat die Neil van jou heel wat meer achteroverslaat als hij moet "overwerken" in zijn studio.'

Die opmerking kon ze beter negeren. Ze hadden belangrijkere zaken te bespreken.

'Nou, heb je al iets van Greg gehoord? Komt hij op de crematie, en neemt hij dinges mee... hoe heet die architect ook alweer, die ook op mamma's begrafenis was?'

Ze wist dat Miller het altijd grappig vond als zij haar ongenoegen liet merken over Greg en zijn partner. Hij wist best dat ze hem niet mocht. Dat zag ze aan dat halve glimlachje van hem.

'Je bedoelt Guillermo, niet "die architect". Hij en Greg zijn al acht jaar samen. Maar hij komt niet mee. Lijkt me niet waarschijnlijk, nadat jij zo tegen hem van leer bent getrokken na mamma's begrafenis. Een verhitte discussie over de Basken is bepaald geen geschikt gespreksonderwerp op een begrafenis. Greg komt in elk geval met de eerste vlucht die hij kan krijgen. Kennelijk waren alle vluchten vanuit Bilbao volgeboekt, dus hij is er pas aan het begin van de middag.'

Ze knikte kort. 'Mooi. Dus nog op tijd voor de advocaat.'

Miller keek naar Greg, die, hoewel hij al dronken was, nog een fles rode wijn opentrok, zich op de bank in de woonkamer liet vallen en zijn ogen dichtdeed. Het voorlezen van het testament was hun niet in de koude kleren gaan zitten. En Greg was door de wijn en de reis aan het einde van zijn Latijn. Miller draaide zich om en keek uit over zee. Het vuurtorenlicht van Fidra knipperde zijn waarschuwing. Er was een wind opgestoken, die zacht aan de ruiten rammelde en door de spijlen van het balkon floot. Hij nam een slokje wijn. Gek genoeg was hij juist nuchter en alert gebleven, al was dat misschien ter compensatie van de dronkenschap van Greg. Hij kon Mhari niet haar gang laten gaan als zij allebei uitgeschakeld waren. Ze was godzijdank vroeg naar bed gegaan, nadat ze bijna de hele middag en avond had zitten telefoneren in wat vroeger de studeerkamer van hun vader was geweest. Waarschijnlijk om Neil de huid vol te schelden.

Hij wist dat het stom van hem was geweest om Mhari niets te vertellen over het testament voordat ze naar de advocaat gingen. Dat had hem de vorige avond tijdens het eten de hele tijd dwarsgezeten terwijl zij vertelde over haar carrière, haar kinderen en haar man. Afgewisseld met opmerkingen dat Miller er zo 'ontzettend moe' uitzag. Waarmee ze bedoelde dat ze vond dat hij zichzelf verwaarloosde. Daar kon hij weinig tegen inbrengen; in plaats daarvan had hij haar gezeur genegeerd en nog meer wijn achterovergeslagen, alleen maar om haar te pesten. Gelukkig was ze verstandig genoeg geweest om het onderwerp Nikki, de kinderen en zijn werk te vermijden. Dat laatste, bedrijfsrecht, vond Mhari ongetwijfeld saai. Dr. Mhari McAllister, gespecialiseerd in de Brontës, die wijd en zijd werd uitgenodigd om lezingen te geven en waarschijnlijk een leerstoel aangeboden zou krijgen 'in de nabije toekomst' aan St. Andrews, de meest hippe universiteit van Schotland en haar alma mater. En ze had heel enthousiast verteld over een aanbod voor een hoogleraarschap in de Verenigde Staten.

Miller glimlachte. Dat mocht dan zo zijn, maar de eeuwig onzekere Mhari zou dit land nooit voorgoed verlaten, zelfs niet als ze daar een veel leuker leven door zou krijgen. Alles moest bij haar altijd strak geregeld en dicht in de buurt zijn. Jezus, ze kon niet eens die waardeloze Neil en haar verwende kinderen een paar dagen alleen laten zonder een lijst mondelinge (en waarschijnlijk ook schriftelijke) instructies over wat ze moesten eten, hoe ze dat moesten koken, wanneer ze naar bed moesten gaan, wanneer ze godverdomme adem moesten halen! En wat Neil betrof, dat was een bloedzuiger, een klaploper, het toppunt van een waardeloze echtgenoot. Zijn werk? *'Ik ben beeldhouwer. Bezig met mijn oeuvre. Binnenkort waarschijnlijk een expositie.'* Wat een flauwekul. Hij maakte al jarenlang dezelfde rommel! Eigenlijk was Neil gewoon een oplichter. Tweederangs kostschool, ouders die hun geld hadden verspild aan door hebzucht en slecht advies ingegeven strooptochten op de aandelenmarkt, en die Neil, enig kind, vreselijk hadden verwend en niet hadden voorbereid op een leven in de echte wereld. Hij betwijfelde of Neil ooit genoeg had verdiend aan zijn 'beeldhouwkunst' om brood op de plank te krijgen voor zijn kinderen. Nee, het was Mhari die de kost verdiende. Mamma had ook enorm bijgesprongen, vooral de eerste jaren. Mhari had absoluut veel meer financiële hulp gekregen dan Greg en hij. Iets wat ze zelf allang was vergeten.

'Watisser, Mill?'

Hij dacht dat Greg in slaap gevallen was.

'Ik zit er niet mee hoor, Mill. Met pappa's testament bedoel ik. Weet je toch. Ik zit meer met pap. Dattie dood is. Ik bedoel, was ik er maar geweest. Ik bedoel, ik weet wel dat jij er anders over dacht maar... 't Is in elk geval treurig, afschuwelijk om zo dood te gaan. Die ziekte, die pijn. Ik heb in de jaren tachtig genoeg terminale aidspatiënten meegemaakt, dus ik weet wel hoe dat zit. Shit. Wat is het leven soms toch klote. Kom hier, dan schenk ik je nog eens in. Weet je, ik denk dat pappa heel goed wist wat hij deed, met dat testamentgedoe. Hij wilde niet dat die loser van een Neil met zijn fikken bij zijn geld kon komen. En wat mij betreft: hij heeft nooit iets gezien in Guillermo en mij. Of in mijn werk. Ondanks mijn járenlange massagetrainingen en al die aanvullende therapieopleidingen. Maar pappa heeft er nooit iets over gezegd. In al die eindeloos lange brieven die hij vanuit de gevangenis schreef, had hij het nooit over míjn leven.'

Greg probeerde met moeite overeind te komen.

'Trouwens, Mill, het is ook weer niet zo dat hij mij en Mhari helemaal niks heeft nagelaten. Wij krijgen behoorlijk wat geld en aandelen. Ik weet wel dat zij er razend over is, maar mij kan het niet schelen. Ik had liever dat hij nog leefde dan dat ik zijn centen had. Trouwens, weet je wat ik vind? Dat je niet de boel moet verkopen en in drieën moet splitsen. Als je wil verkopen, ga je gang, het is nu allemaal van jou. Maar hou dat geld maar. Die parasiet van een Neil gaat Mhari's aandeel toch maar over de balk smijten, dan koopt hij een nog groter huis en een nog groter atelier, omgekeerd evenredig met zijn artistieke capaciteiten. En ik heb dat geld helemaal niet nodig. Guillermo verdient toch bakken met geld, dus ik parasiteer wel op hem!'

Miller schudde zijn hoofd terwijl Greg nonchalant een sloot wijn knoeide op zijn zo te zien walgelijk dure overhemd, achteroverleunde en zijn ogen dichtdeed. Deze keer had hij echt meer dan genoeg gehad.

'Greg, jochie, je kunt nog steeds niet tegen drank.'

Miller liep naar hem toe, pakte voorzichtig het wijnglas uit zijn hand en zette het weg. Toen legde hij hem in de stabiele zijligging, met zijn hoofd een beetje naar beneden. Geen reactie. Totaal van de wereld. Hij pakte een plaid van een van de leunstoelen en spreidde die over het lange, magere lichaam van zijn broer uit. Toen haalde hij een glas water en een emmer uit de keuken en zette die bij Gregs hoofd op de grond. Jezus christus. Hoe vaak had hij dit nu al voor Greg gedaan? Het kleine-broertje-met-grote-broer-verantwoordelijkheidssyndroom. Maar ja, Greg was nu eenmaal Greg, die veranderde nooit. In tegenstelling tot Mhari wist je altijd precies wat je aan Greg had. Heel geruststellend was dat.

Miller deed de lampen uit en liep met de fles wijn terug naar de tafel bij het raam. Hij kon nog even doordrinken, nu Mhari in bed lag en Greg van de wereld was. Hij leunde achterover en luisterde naar het perfect geregisseerde gehuil van de wind en het ritmische gebeuk van de golven in de diepte. Zoals altijd knipperde de vuurtoren van Fidra zijn eeuwige waarschuwing.

Alles bij elkaar was het een afschuwelijke dag geweest, maar het had nog erger kunnen zijn. Russell Sinclair had op wonderbaarlijke wijze gevoeld dat hij zijn broer en zus nog niet op de hoogte had gebracht van de inhoud van het testament. Miller was zelfs zogenaamd verbaasd en geschokt geweest door de onthulling. Ze hadden zonder dat het was afgesproken een zeer overtuigend toneelstuk opgevoerd, hij en Sinclair. Mhari en Greg waren geen van beiden stom of traag van begrip, maar toch had Mhari gevraagd of de belangrijkste punten nog een keer voorgelezen konden worden.

'Meent u dat, meneer Sinclair? Wanneer heeft mijn vader deze... flauwekul opgesteld? Ik kan niet geloven dat hij dat bij zijn volle verstand heeft gedaan. Dat wil er bij mij gewoon niet in.'

Greg had kennelijk besloten om er het zwijgen toe te doen, maar om zijn lippen speelde het begin van een grijns.

De oude Russell Sinclair begreep precies waar Mhari heen wilde, en hij deed zijn best om haar te overtuigen.

'Uw vader, en ik neem aan dat u weet dat ik hem al vele jaren kende, was zeer goed op de hoogte van wat hij deed. Het overlijden van jullie moeder was voor mij de aanleiding om hem zover te krijgen dat hij eindelijk wat dingen ging regelen. Tot dat moment was jullie moeder zijn enige erfgenaam; hij ging ervan uit dat hij als eerste zou komen te overlijden, en daar had hij zeker gegronde redenen voor. Vergeet niet dat jullie vader er niet op rekende vervroegd te zullen worden vrijgelaten, althans niet voordat hij helemaal kinds was. Afgezien van mogelijke andere overwegingen heeft de aanhoudende weigering van jullie vader om schuld te bekennen ervoor gezorgd dat de autoriteiten hem achter slot en grendel hielden. Jullie vader was kort gezegd verre van overtuigd dat hij de gevangenis ooit nog levend zou verlaten. Hij nam aan dat jullie moeder hem zou overleven en dat zij, op haar beurt, jullie nalatenschap zou regelen. Maar daar is verandering in gekomen door het plotselinge overlijden van jullie moeder.'

Mhari's gezicht stond furieus en ze probeerde hem te onderbreken, maar Sinclair stak zijn beverige hand op om haar het zwijgen op te leggen.

'Ik kan daarover melden dat jullie vader na haar overlijden grondig heeft nagedacht over zijn testament, en dat wij daar tijdens mijn maandelijkse bezoeken aan hem in de gevangenis van Peterhead uitgebreid over hebben gesproken. Wij waren inmiddels in plaats van advocaat en cliënt goede vrienden geworden. Wat jullie ook van zijn beslissing denken, en misschien is die inderdaad niet eenvoudig te begrijpen: ik kan jullie verzekeren, en vat dat alstublieft niet aanmatigend op, dat hij van jullie allemaal hield, dat hij jullie alle drie aanbad.'

Op dat punt had de oude man even niet meer verder kunnen gaan. Dacht hij aan zijn eigen kinderen, die hem binnenkort zouden verliezen? Of kwam het door de herinnering aan die maandelijkse gesprekken met hun vader waardoor hij werd herinnerd aan zijn falen als advocaat en als vriend?

Het was typerend voor Mhari dat zij niet merkte dat de oude man geëmotioneerd was.

'Maar waarom Miller? Sorry hoor, Miller, niet persoonlijk bedoeld, maar jij hebt pappa meteen na zijn arrestatie als een baksteen laten vallen. Terwijl Greg en ik hem altijd zijn blijven steunen. Altijd. Waarom heeft hij dit dan in vredesnaam gedaan? Dat is toch verraad, het allerergste verraad dat je je maar kunt voorstellen? Het gaat niet om het geld, dat is voor ons allemaal prima geregeld, maar om het principe. Het symbóól! De huizen, het eiland, dat zijn toch dingen waar je op gesteld bent. Jezus, dat is allemaal al ontzettend lang in de familie. Generaties! Sorry hoor, Miller, maar ik vind het echt schandalig.'

'Luister, Mhari.' Miller kon zich op dat moment niet meer inhouden. 'Je moet dat landheergedoe niet overdrijven, je doet verdomme net of wij van adel zijn! Je weet best dat een van onze voorvaderen, die gewoon een lokale middenstander was, Fidra bij het kaarten heeft gewonnen. En het is nog veel treuriger dat het eiland honderden jaren eerder is gestolen van de monniken die het oorspronkelijk in bezit hadden. Door mensen met geld, die het later weer als onderpand hebben verkwanseld. Eigenlijk is het een grof schandaal. En wat betreft de situatie: ik zorg er heus wel voor dat jij en Greg niet achter het net vissen. Ik ga de boel verkopen en dan krijg jij ook jouw deel.'

Ze leek niet op andere gedachten gebracht te zijn door zijn aanbod, maar hij negeerde haar onverschillige schouderophalen en ging door.

'Ik verkoop alles. De twee huizen en Fidra. Het zijn toch duivelse plekken. Ik kan me trouwens niet voorstellen wie dat roteiland onder deze omstandigheden zou willen kopen. Ik weet wel dat jij er altijd nog naartoe bent gegaan, Mhari, met je kinderen, maar ik snap nog steeds niet waarom mamma niet met ons allemaal naar Edinburgh is verhuisd, of nog verder weg. Misschien gewoon koppigheid. We weten allemaal dat zij vastbesloten was om zich niet te laten wegjagen van de plek waar zij, en wij, zo dol op waren. Maar nu ga ik dat toch doen, en ik zal de opbrengst keurig in drieën splitsen.'

Miller schrok op uit zijn overpeinzingen toen Greg met een dronken kreun een been onder zijn deken uit stak. Hij stond op en controleerde of zijn broer nog steeds in een veilige houding lag.

Na het gesprek met de advocaat hadden ze nauwelijks meer met elkaar gesproken. Mhari had ijzig gezegd dat ze zelf terug zou gaan maar eerst nog wilde gaan winkelen in Edinburgh. Hij was met Greg naar het Café Royal gegaan, waar ze een paar whisky's hadden genomen, net zoals vroeger, voordat ze naar Waverley waren gestrompeld en de trein hadden genomen. Greg had eigenlijk niet veel meer over het testament gezegd. Hij vond zelf dat hij redelijk ver van zijn vader verwijderd was geraakt, al had hij hem met grote, maar wel regelmatige tussenpozen geschreven, en bezocht hij hem meestal als hij in het land was. Dat was ongeveer om de twee of drie jaar, als hij met de kerst naar mamma ging.

De rest van de avond hadden ze vooral bijgekletst. Over Gregs vrolijke en gelukkige leven, en zijn leven, dat verre van gelukkig was. Hij had wel het gevoel gehad dat Greg nog heel wat te zeggen had over het testament. Maar vanavond was dat voor hen beiden niet het geschikte moment. Misschien had Mhari dat gevoel ook wel, en had ze zich daarom teruggetrokken in pappa's oude studeerkamer en was ze vroeg naar bed gegaan.

Miller keek naar de zee en het weer. Een onbewuste en geruststellende gewoonte. Als kind al vond hij het heerlijk om hier bij dit raam te zitten, of bij het raam in zijn slaapkamer, of bij de ramen in het huis op Fidra, en uit te kijken over 'zijn' zee, 'zijn' weer, 'zijn' kasteel. Tantallon was in het donker niet te zien, behalve als er een uitzonderlijk felle maan stond. Dan kon hij het sombere silhouet met zijn verrekijker zien. Op de vensterbank lag de oude verrekijker van zijn moeder. In beide huizen lag er altijd wel ergens een verrekijker, om naar de vogels te kijken, naar de zee, het weer, of om gewoon maar wat te kijken naar de ondoordringbare zeemist. Vanavond was er niet veel te zien, maar hij zette de verrekijker toch aan zijn ogen. Alleen een paar stipjes van schepen in de verte, op de Firth of Forth.

Hij zag enorm op tegen morgen. De begrafenis. Afschuwelijk. En dan ook nog wat Mhari dreigend een 'nader gesprek' had genoemd. Een ruzie dus. Ze was er heel erg goed in om hem kwaad te krijgen, en hij wilde niet kwaad worden. Zijn hele leven werd gekenmerkt door woede, door verwijten. Alles was daarvan doordrenkt, ook al deed hij er alles aan om dat te verbergen en te verdringen. Hij wist niet of hij wel opgewassen was tegen een drama met Mhari. Toch moest hij in elk geval de indruk wekken dat hij tegen haar op kon, dat hij zichzelf onder controle had, ook al was dat absoluut niet het geval.

En het archief? Daar had Russell Sinclair het niet over gehad bij het voorlezen van het testament. Hij had de doos opgeborgen voordat Mhari en Greg hier waren gekomen. Moest hij de boel maar gewoon verbranden? Of alles doornemen, en zijn broer en zus de gelegenheid geven hetzelfde te doen? Hij haalde het inmiddels verkreukelde papier uit zijn broekzak. Hij wist dat hij het antwoord daar toch niet kon vinden, maar hij had de behoefte om zijn woede aan te wakkeren, zijn vastberadenheid te sterken. Waarom dacht hij in godsnaam aan de mogelijkheid om iets anders te doen dan verkopen en wegwezen?

Uitspraak, rechter Lord McLeish, 15-11-74
'Douglas Cameron McAllister, de Schotse rechtspraak heeft zelden, misschien wel nooit, met iemand zoals u te maken

gekregen. We kunnen daar alleen maar dankbaar voor zijn. De angst en het lijden dat u deze drie jonge vrouwen hebt aangedaan, is niet in woorden uit te drukken. In de drieëntwintig jaar dat ik nu werkzaam ben aan het Schotse hof van justitie, heb ik nooit maar dan ook nooit eerder te maken gehad met dergelijke duivelse daden.

Dat u de autoriteiten zo lang hebt weten te misleiden, en u hebt voorgedaan als een verantwoordelijke burger, een gerespecteerd lid van de financiële wereld van Edinburgh, en, erger nog, als liefhebbende echtgenoot en vader van drie kinderen, is alleen nog maar meer bewijs van uw verdorvenheid. Niet minder dan vier, ja víér gezinnen, zijn in één verpletterende klap verwoest. De familie van uw slachtoffers en uw eigen gezin. Sommige mensen zullen beweren dat u dat hebt verdiend. Ik kan alleen maar diep medelijden voelen met uw echtgenote en uw kinderen. Zij zijn uw laatste slachtoffers. Ik heb uw gezin hier in de rechtszaal meegemaakt en de achtergrondinformatie over hen bestudeerd, en ik moet zeggen dat ik er groot respect voor heb dat uw echtgenote drie zulke geweldige kinderen heeft grootgebracht. Ik hoop dat de lokale bevolking ervan doordrongen is wie de werkelijke schuldige van deze duivelse en afschuwwekkende misdaden is. Alleen u bent daarvoor verantwoordelijk, Douglas McAllister, alléén u.

Wat uw misdaden zo mogelijk nog verergert, is dat u noch in de rechtszaal, noch elders ook maar één greintje berouw hebt getoond of ook maar iets van uw misdaden hebt toegegeven. U bent er in uw verdediging van uitgegaan dat er louter indirect bewijs tegen u was verzameld. Daaruit bestond uw ronduit ongeloofwaardige verdediging, die door de jury unaniem is afgewezen. Het zij zo.

Douglas McAllister, mijn advies is dat u een gevangenisstraf van niet minder dan vijfenveertig jaar krijgt voor het onbeschrijflijke leed dat u hebt berokkend. Vijftien jaar per slachtoffer lijkt wellicht betreurenswaardig weinig, maar uw leeftijd in aanmerking genomen kunnen wij er rustig van uitgaan dat als u ooit nog vrijkomt, de maatschappij in het algemeen en jonge vrouwen in het bijzonder, niets meer van u te vrezen zullen hebben. De veroordeelde kan worden weg-geleid.'

10

Hoeveel minuten, uren, dagen, maanden, jaren zou zij vanuit deze slaapkamer naar Fidra hebben gekeken? Hoe vaak zou ze de vuurtoren hebben zien knipperen? Nu zat ze hier wéer, een negenenveertigjarige echtgenote, moeder, carrièrevrouw, en weer keek ze uit over de mooiste plek ter wereld. De idylle uit haar kindertijd, die zo plotseling en zo wreed was verstoord op die prachtige dag in juni. Daar lag het eiland, als een vervloekte, besmette berg rotsen. Gehaat, beschimpt, gevreesd zelfs. Maar het was altijd prachtig gebleven om naar te kijken, onafhankelijk van het weer, het tijdstip van de dag, of haar stemming.

En wat was haar stemming nu vreemd. Ze voelde zich verschrikkelijk eenzaam vanavond. De vrolijke stemmen van haar broers hoorde ze al een uur niet meer. Ze waren waarschijnlijk half bewusteloos in slaap gevallen. Hoe konden ze nu zo vrolijk doen? Ze gedroegen zich volkomen ongepast. Net als vroeger. Geen discipline. Pappa en mamma waren altijd veel te toegeeflijk voor ze geweest. Miller kon alles doen wat hij wilde. O, wat vonden de meeste mensen die wilde kwajongenscharme van hem toch hartveroverend. En Greg was gemakkelijk en vooral onopgemerkt door zijn jeugd gezeild, meestal zonder de aandacht te trekken van pappa en mamma. De onzichtbare Greg. Maar de jongens waren twee handen op één buik en ze sloten haar altijd buiten. Daar was nog geen verandering in gekomen.

Ondanks zijn protesten was Miller misschien toch wel in feeststemming. Hij had zoveel gekregen, en zo onverwachts! Het pleitte voor hem dat hij had aangeboden de boel te verkopen en de opbrengst te verdelen, maar dat was toch niet meer dan rechtvaardig? Trouwens, daar ging het helemaal niet om. Bovendien zou het verkeerd zijn om het eiland en de huizen te verkopen, want daarvoor was het bezit al te lang in de familie. Natuurlijk hadden ze er allemaal nare herinneringen aan, vooral aan het eiland, maar iedereen probeerde daar nu al bijna dertig jaar overheen te komen. Zij was verdorie zelfs jaar in jaar uit 's zomers met de kinderen naar Fidra gegaan om dat te bewijzen. Mamma had nooit meer een voet op het eiland willen zetten, maar ze had wel het lef gehad om hier te blijven wonen en haar kinderen hier in alle rust en bescherming op te voeden. Of dat nu koppigheid was geweest – een eigenschap die haar moeder bepaald niet vreemd was – of opstandigheid, of vastberadenheid, of misschien zelfs alle drie tegelijk: Greg en Miller hadden veel aan mamma te danken. Net zoals aan hun grote zus. Vooral Miller, naar nu bleek, omdat zij na het overlijden van hun moeder erg veel tijd had besteed aan het onderhouden van hun ouderlijk huis. Niet dat er hier sinds hun jeugd veel was veranderd; het leek wel een museum van hun kindertijd. Zelfs tijdens de rituele herinrichting om de paar jaar was er niet iets wezenlijks veranderd: het gedateerde behang, de donkere tapijten, de saaie meubels: alles was er nog. Conservatief jaren zeventig. Heel anders dan de strakke lijnen en de frisse kleuren van het eilandhuis, dat haar altijd aan een Grieks vissersdorpje deed denken. Hoe verschillend was de invloed die de twee huizen op hen allemaal had gehad.

Op zich was het huis aan de wal niet deprimerend. Het was heel conventioneel, sober, en netjes. Een beetje zoals het imago van pappa op de bank. Het huis was ongetwijfeld tot leven gekomen door drie onstuimige kinderen, en had daardoor de vitaliteit gekregen die het eilandhuis vanzelf al had. Maar hoe het hier voor mamma geweest moest zijn op de lange dagen waarop haar broers en zij in Edinburgh op school zaten, kon ze zich bijna niet indenken. Het huis lag vlak buiten North Berwick, een mooi, victoriaans kustplaatsje met een paar duizend inwoners, destijds waarschijnlijk veel minder. Een plaatsje waar het 's zomers afgeladen druk maar niet onplezierig vol was. De belofte van zo veel plezier vlak naast de deur. Maar de rustige, slaperige winterperiode, als de kinderen op school waren en haar vader hard aan het werk was, moest toch heel eenzaam zijn geweest. Misschien was dat wel de reden waarom hun moeder zo veel tijd had besteed aan haar liefdadigheidswerk.

Mamma moest zo haar eigen redenen hebben gehad het huis aan de wal te laten zoals het was. Een psycholoog van de koude grond zou meteen aan een ontkenningsstrategie denken. Dat ze het had gedaan in de hoop dat alles ooit weer gewoon zou worden. Belachelijk. Maar wel begrijpelijk, want welke vrouw en moeder zou nu niet zo snel mogelijk uit een dergelijke nachtmerrie willen ontwaken? Toch vroeg ze zich af waarom zíj, Mhari, wat dat betreft in de voetsporen van haar moeder was getreden. Na het overlijden van haar moeder had ze twee jaar de tijd gehad om de boel te moderniseren en op te knappen. Pappa had zelfs een keer, kort na de dood van haar moeder, toen ze bij hem op bezoek was in de gevangenis, gezegd dat ze 'iets leuks' met het huis aan de wal moest doen. En toch had ze dat niet gedaan. Nu ze het analyseerde, herkende ze wel de signalen van haar eigen ontkenning. Diep in haar hart had ze misschien gedacht, net als mamma, dat alles inderdaad precies zo kon blijven bestaan, in een soort tijdskromme, totdat pappa weer vrij zou komen. Maar ze wisten allemaal hoe onwaarschijnlijk dat was. Nee, het was eigenlijk heel simpel. Sinds de dood van mamma wilde ze niet meer zo veel met dat huis te maken hebben. De herinneringen waren te pijnlijk. Zolang het gebruikt kon worden, min of meer, als een soort vakantiehuis voor haar, Neil en de kinderen, vond ze het wel goed. En nu was het de verantwoordelijkheid van Miller. Ze voelde een onverklaarbare opluchting bij dat vooruitzicht. Maar ook woede.

Ze kon niet ontkennen dat het ook uit eigenbelang was geweest dat ze dit huis bewoonbaar had gehouden na de dood van haar moeder. Als oudste, en duidelijk meest verantwoordelijke van de drie kinderen, was ze ervan overtuigd geweest dat zij het huis zou erven, in elk geval de helft, samen met Greg. Dat was een extra reden geweest om goed voor het huis te zorgen. Datzelfde gold voor het huis op Fidra, waar overigens nauwelijks iets aan hoefde te worden gedaan. Dat huis kon overal tegen. Een likje verf zo af en toe, dat was alles wat eraan moest gebeuren. Dat had zij een poosje geleden nog laten doen. Zie je wel, dat was een mooi voorbeeld. Zij nam altijd de verantwoordelijkheid op zich. Het was

haar tweede natuur. Dat was al zo aan het begin van de nachtmerrie.

Ze moest toegeven dat het voor haar gemakkelijker was geweest omdat ze al op de universiteit zat voordat de rechtszaak zelfs
maar was begonnen. Maar ze had er wel op gestaan om mee te
gaan naar de zittingen, en ze had tijdens die helse drie weken geprobeerd haar moeder te steunen, wat niet gemakkelijk was door
de driftbuien van Miller en de zogenaamde onverschilligheid van
Greg. Ze had zich later wel eens afgevraagd of het eigenlijk wel
zo verstandig was geweest van haar moeder om Miller mee te nemen. Ze had er nota bene speciaal toestemming voor moeten vragen omdat hij nog zo jong was. Ze had die toestemming wel gekregen, behalve voor de dagen waarop gruwelijke details werden
besproken. Toch had Mhari altijd gedacht dat het een verkeerde
beslissing was geweest, vooral omdat Miller van hen drieën het
ergst had geleden onder de arrestatie en de veroordeling van hun
vader. Op zich was dat niet verbazingwekkend, want hij was de
jongste, en de oogappel van hun vader. Miller was ook heel erg
dol op zijn vader, waardoor het nog moeilijker te begrijpen was
waarom hij zich zo tegen hem had gekeerd. Vóór de arrestatie had
Miller hem beschouwd als een reus die niet klein te krijgen was.
Zijn opperbeschermer in het leven. Waarom was Miller, ondanks
de schokkende gebeurtenissen, pappa niet trouw gebleven? Iedereen was er meteen van overtuigd geweest dat het allemaal een afschuwelijke vergissing was, en iedereen was, toen de zaak was
geëscaleerd, in zijn onschuld blijven geloven. Behalve Miller. Het
was alsof zijn vader in één klap van een heilige in een duivel was
veranderd.

Pappa had dat natuurlijk geweten, en hij was er kapot van. Jezus, die scène toen in de gevangenis! En dan al die andere zorg-
wekkende incidenten: nachtmerries, bedplassen, angsten, driftbuien zo nu en dan, waarvoor Miller uiteindelijk naar een
kinderpsycholoog gestuurd was. Mhari legde haar voorhoofd tegen het koude glas van het slaapkamerraam. Wat hadden ze het
met Miller te stellen gehad. Zijn verdriet en ellende had het hele gezin bijna even erg bedrukt als de veroordeling van hun vader.
Ze keek vermoeid weer op om nog eens naar Fidra te kijken en

dacht terug aan de moeite die de familie en de therapeuten allemaal aan haar jongste broer hadden besteed.

Die treurige telefoongesprekken elke zondagavond vanuit haar kamer op de universiteit met haar moeder, die haar uitgebreid op de hoogte bracht van de bevindingen van de psycholoog. Hij probeerde Miller weer in contact te brengen met zijn liefde voor zijn vader. Het was de bedoeling om de angst en de haat uit te bannen, en zo mogelijk een nieuw vertrouwen in zijn vader te kweken, of althans een soort middenweg te vinden. Maar Miller, die als kind al zeer extreem was in zijn emoties, net als nu, had zich hevig verzet tegen dat deel van de therapie.

Er was wel enig succes geboekt in het weer op de rails krijgen van Millers dagelijkse leven. Hij kon na een tijdje ook weer gewoon naar school. Hij leek weer van het leven te genieten en groeide uit, althans oppervlakkig gezien, tot een redelijk stabiele puber en jongvolwassene. Hun moeder was enorm opgelucht geweest, al had de psycholoog gewaarschuwd dat de emotionele wond van haar jongste zoon heel diep ging. Het leek erop dat Miller een soort selectief geheugenverlies had ontwikkeld. Hij wist natuurlijk nog wel wat er met zijn vader was gebeurd, maar hij was erg veel details vergeten en kon zich niet meer herinneren hoe hij zich had gevoeld. De psycholoog had gezegd dat dit een heel normale reactie op een traumatische gebeurtenis was, een soort zelfbescherming, en hij had er een voor de hand liggende waarschuwing aan toegevoegd: 'De kans is niet denkbeeldig dat dit in de toekomst moeilijkheden kan veroorzaken. Als hij volwassen is. Het is een emotionele, psychologische tijdbom. Maar of die bom zal ontploffen, is gewoon een kwestie van afwachten.'

En toen kwam het dieptepunt. De jarenlange therapie had Miller ongetwijfeld geholpen om een succesvol leven op te bouwen, maar hij was nooit écht de confrontatie aangegaan met het vat emoties over zijn vader. Als je je niet meer kon herinneren wat je precies bij een traumatische gebeurtenis had gevoeld, kon je immers ook niet goed de gevolgen daarvan behandelen. In dat opzicht had de therapie gefaald. Miller had pappa vanaf het begin resoluut de rug toegekeerd. Voorgoed. De scène bij de crematie van hun moeder, nog maar twee jaar geleden, had hen allemaal weer herinnerd aan de diepte van de emotionele kloof tussen Miller en zijn vader. Ze kon zich bijna nog woord voor woord herinneren wat zij daarover aan haar rouwtherapeut had verteld.

'... *Miller was die dag net een vulkaan. En hij is al zo sterk en gespierd. Hij is zo'n grote vent waarvan je denkt: die zou iemand met zijn blote handen kunnen vermoorden! Nu was hij spierwit, echt spierwit van woede. Hij kwam bij me in de keuken van mijn moeder en deed de deur achter zich dicht zodat we met z'n tweeën waren. Hij was razend. "Ik snap niet waarom ze hem eruit laten. Ik wil hem niet bij me in de buurt hebben en al helemaal niet in de buurt van Callum en Emma! Ze weten verdomme niet eens dat hij bestaat! Jezus, wat een afschuwelijke toestand, afschuwelijk!"*

Maar Miller kreeg geen gelijk. Het was helemaal geen kwelling. Alleen maar heel verdrietig. Verdrietig en ontroerend, maar vreemd genoeg ook vertroostend. Het was een prachtige mis. Mamma was katholiek en ze kreeg een prachtig requiem. Maar toen begon de ellende. Na de mis, bedoel ik. Ze waren namelijk op het laatste moment met pappa de kerk binnengekomen; hij was met handboeien vastgeketend aan een gevangenbewaker. Alsof een man van 73 jaar een of andere Houdinitruc zou uithalen. Hij moest tijdens de mis achterin blijven, terwijl wij, de naaste familie, voorin zaten. Pappa mocht na afloop niet mee naar de crematie. Misschien kwam het daar wel door. Hij was heel erg in de war. Ga maar na, je verliest je vrouw na zoveel jaren, waarvan je ook nog een groot deel in de gevangenis hebt doorgebracht, en dan mag je niet eens mee naar het laatste afscheid. Dat is toch barbaars! Hij begon vreselijk te huilen, en Greg en ik moesten ook huilen en we omhelsden hem stevig. Toen voelde ik dat hij verkrampte. Hij keek over mijn schouder. Hij had Miller gezien. Mill was bezig om zijn vrouw en kinderen naar de auto te manoeuvreren: zij zouden vooruitgaan en wij, de kinderen, zouden mamma's kist naar het crematorium begeleiden.

Volgens mij kwam het doordat hij Millers kinderen zag. Pappa wist natuurlijk wel dat Miller getrouwd was en twee kinde-

ren had, van wie de jongste nog maar een baby was. Mamma en ik hielden hem altijd overal van op de hoogte, we namen foto's mee, dat soort dingen. Maar nu hij zijn kleinkinderen voor het eerst in levenden lijve zag, en dat ook nog op zo'n emotionele dag, raakte hij echt overstuur. Hij riep: "Miller! Miller, mijn lieve zoon, kom alsjeblieft even hier, laat me je van dichtbij bekijken, laat me je kinderen zien! Alsjeblieft!"

Ik probeerde hem stil te krijgen. De bewakers waren al bezig om hem heel ruw van Greg los te trekken. Miller sloeg het autoportier dicht en zijn vrouw reed met piepende banden weg. Hij rende naar pappa toe en greep hem bij de keel vast. En hij smeet hem, let wel, hij sméét een man van 73 jaar, tegen de kerkmuur, ook al probeerden de twee bewakers en Greg hem tegen te houden. Maar Miller was gewoon te sterk. Hij beet pappa toe: "Hoe durf je! Ik bén je zoon niet meer, en dat zijn zeker niet jouw kleinkinderen! En jij... jij bent niks. Of wel, je bent walgelijk! Een verachtelijke moordenaar, een verkrachter! Walgelijk! Jij had in die kist moeten liggen, niet mamma! Smerige klootzak!"'

Ze liet zich achterovervallen op het oncomfortabele bed en veegde de tranen uit haar ogen. 'Een moordenaar en een verkrachter...' Haar vader. Geen denken aan. Maar waarom had haar vader nu juist de enige beloond die hem nooit had gesteund?

'Waarom, pappa? Waarom?'

Langzaam draaide ze zich op haar zij. Ze nam niet meer de moeite om de tranen weg te vegen.

'Gregor, jongen, kom eens even hiermee helpen.'

'Pappa? Waar ben je? Ik zie je niet!'

'Hier! Vlak bij de ruïne van de kapel!'

'Waar? Het is veel te donker, pap. Alleen het licht van de vuurtoren. En dat reikt niet helemaal tot de ruïne. Kom nou hier, pap! Alsjeblieft!'

'Oké, jongen, ik kom!'

'Dat was heel eng, pap, dat moet je niet weer... Wat heb je daar?'

'O, iets, Greg. Niks bijzonders.'

'Maar… Is dat Mhari? Is ze niet lekker? Het lijkt wel alsof ze slaapt! O nee, dat is Mhari niet. O, jezus, pappa, wie is dat! Kijk! Kijk haar keel nou! Die is helemaal rood, je moet iets doen! Help haar, pap, help…'

'Wat? *Jezus!*'

Hij schrok wakker van de knal waarmee een extreem hoge golf tegen de rotsen in de diepte sloeg. Hij sprong van de bank af, maar bleef met zijn benen in de deken verstrikt zitten. Hij zag de emmer en het glas water naast de bank op de grond staan. Miller. Wat een engel. Greg liet zich op de bank vallen, zuchtte diep en probeerde wat te kalmeren. Het was niet zozeer de gemene kater die zijn hart tekeer liet gaan. Het kwam door die droom. Die verbaasde hem, want hij droomde zelden als hij dronken was, hij herinnerde zich zijn dromen in elk geval nooit. Vooral niet die droom over zijn vader. De droom die Miller jaren geleden in zijn hoofd had geplant.

'Jezus!'

Hij ging zitten, nam een slok water en schopte de deken op de grond. De zee klonk vannacht heel vreemd. Te hard. Hij keek op zijn horloge. Shit, tien voor halfvier. Hij herinnerde zich nog dat hij die laatste fles rode wijn had opengemaakt. Daarna wist hij niets meer. Hij strompelde naar het tafeltje bij het raam, met het glas water in de hand. Er was niet veel te zien buiten: alleen het vage silhouet van het klif, en daar Fidra, aan de overkant van de lawaaiige maar onzichtbare zee. Althans de vuurtoren, die zijn miljardste, biljardste, triljoenste waarschuwende knipoog gaf. Dat spelletje van vroeger! Mamma's oude verrekijker lag op de vensterbank. Er was niet veel te zien. De regen dompelde alles onder in een inktzwart duister.

Hij legde de verrekijker neer en wreef met beide handen over zijn gezicht. Hij kon zich totaal niet meer herinneren wanneer hij daar, als volwassene, voor het laatst was geweest. Misschien een middagje, samen met Mhari en haar kroost? Gek dat hij zich dat niet meer kon herinneren. Fidra was altijd een prachtig eiland geweest, een perfecte speeltuin voor kinderen, maar toch was hij er nooit zo idolaat van geweest als Miller en zijn vader. Het had zeker iets speciaals, misschien door de geïsoleerde ligging. Niemand kon je daar bereiken. Maar juist die geïsoleerde ligging begon hem soms na een paar dagen op zijn zenuwen te werken. Dan voelde hij zich claustrofobisch en gestrand. Alsof hij op een boot zat waar hij niet af kon. Bovendien hield hij van drukte en gezelligheid. Hij vond het vroeger leuk na school door het centrum van Edinburgh te lopen, en hij genoot van de drukte in de stad waar hij nu woonde. Fidra was wel heel kalmerend en vredig, maar misschien een beetje te. Vroeger al, maar nu zeker.

Hij zou het liefste weer in zijn appartement in Bilbao zitten. Ontspannen, comfortabel, maar midden in het leven. Je liep de deur uit en je zat midden in de beschaving. Maar nee, het was goed dat hij hier was. Mamma zou dat zo gewild hebben. Hij wist alleen niet hoe lang hij Mhari nog kon verdragen. Het was overduidelijk dat ze woedend was over het testament. Dat ging niet echt om het geld: als Miller inderdaad serieus van plan was om de boel te verkopen, dan zou hij de opbrengst heus wel delen. Mhari wist dat Miller deed wat hij beloofde. Nee, de reden waarom ze de hele avond in pappa's oude studeerkamer zat, had te maken met macht. Ze kon voor één keer eens niet de baas spelen, al had ze bij die advocaat wel pogingen in die richting ondernomen. Wat een brutaliteit. Ze had ook enorm onbeschoft gedaan tegen Miller, die zich wonderbaarlijk goed had weten in te houden. Maar een testament was een testament, en de wet was de wet, en die oude advocaat had haar netjes op haar nummer gezet. Kostelijk! Haar bazige gedrag was wat Miller betrof afgelopen. En wat hem betrof ook. Ze kon niet meer als oudste de baas over hen spelen, die tijd was allang voorbij.

Maar het was wel verrassend, dat besluit van hun vader. Voor zover hij er al over had nagedacht, had hij verwacht dat pappa de erfenis gelijk zou verdelen. In tegenstelling tot Mhari, die had verwacht dat zij álles zou krijgen, of het misschien met hem zou moeten delen. En dat zij als executeur-testamentair zou worden benoemd. Ja, hij had gedacht dat pappa's rechtvaardigheidsgevoel hem anders zou hebben doen besluiten...

Toen hij een jaar of tien was, was er een keer ruzie geweest en had zijn vader hem op zijn donder gegeven. Een halfuur later was hij bij hem gekomen in de televisiekamer, waar hij zat te huilen omdat hij vond dat hij onrechtvaardig was behandeld. Toen had zijn vader tegen hem gezegd: 'Ik hou van al mijn kinderen evenveel.' Die woorden waren hem altijd bijgebleven. Hij geloofde toen, en dat geloofde hij nog steeds, dat zijn vader dat meende. Maar was dat eigenlijk wel echt zo? Hij betwijfelde het. Miller was altijd pappa's oogappel geweest. En Mhari de oogappel van mamma? Misschien. Totdat Mhari ouder werd. En hij zat als middelste kind tussen wal en schip. In een emotioneel niemandsland. Klassieke situatie.

Misschien kwam het daardoor dat hij de veroordeling van zijn vader beter kon accepteren dan Mhari en Miller. Miller had zijn vader op een voetstuk geplaatst en Mhari maakte zich vreselijk veel zorgen over hun moeder. Jezus, en hij had zich meer zorgen gemaakt over Miller dan over zijn vader. De arrestatie was voor Miller het einde van de wereld geweest. Hij was er nooit echt overheen gekomen. Hij voelde enorm veel liefde voor zijn vader, maar het leek of hij het vertrouwen miste dat daarbij hoorde. Hij was gewoon te jong. Of zijn vader nu wel of niet schuldig was: het navrantste neveneffect was geweest dat Millers ideale wereld was ingestort.

Maar Greg had niet, zoals Miller, de neiging om te idealiseren; waarschijnlijk was dat een van de redenen waarom Miller zich zo tegen zijn vader had gekeerd. Een ingestort idool is nu eenmaal niet zo gemakkelijk weer op zijn voetstuk te zetten. Pappa was een goede, zorgzame vader geweest. Maar hij was niet perfect. Hij kon soms heel autoritair doen, bijvoorbeeld met al die waarschuwingen en regels als ze naar Fidra gingen. Niet in de buurt van het klif of de ruïne komen, of Bella daar los laten lopen. Bovendien kon hij soms solitair, in zichzelf gekeerd en onbereikbaar zijn. Eigenlijk, nu hij erover nadacht, een beetje zoals Miller. Pappa bracht altijd veel tijd alleen door; aan de boten werken, naar het eiland gaan, lange wandelingen maken met Bella. En hij en mamma waren nooit het toonbeeld van een verliefd jong stel geweest. Maar die tekortkomingen van pappa waren vrij normaal voor de gemiddelde huisvader. Hij was zeker geen moordenaar. Hij was het slachtoffer van een rampzalige samenloop van omstandigheden.

Het rare was dat die hele toestand voor Greg eigenlijk wel een positieve uitwerking had gehad. Hij had zichzelf voorgenomen om een zo gelukkig mogelijk leven te leiden. En daar voelde hij zich niet schuldig over, hij was juist dankbaar dat hij die les had kunnen trekken uit het leven van zijn vader. Wat hem wél een schuldgevoel bezorgde, was dat Miller dat blijkbaar niet kon. In dat opzicht waren ze tegengestelden. Godzijdank hoefde hij niet het leven van Miller te leiden.

Greg dronk het water op, wierp nog een laatste blik op de vuurtoren en liep zacht door het huis naar bed, terwijl hij nadacht over de onverklaarbare onrust die zich van hem meester maakte.

Miller, die ongezien boven aan de trap stond, knikte, liet de houten balustrade los, ging naar zijn slaapkamer en deed de deur zacht achter zich dicht.

II

Juni 1973

'Als we gepakt worden, zwaait er wat, Miller, dat kan ik je wel vertellen. Ik heb mamma beloofd dat ik met jou in de oostbaai zou gaan zwemmen en dat je mocht kijken als ik misschien nog bij de punt ga vissen. Maar we mochten onder geen enkele voorwaarde naar de westkant en al helemaal niet met de boot. Die is veel te groot voor ons.'

Miller haalde onverschillig zijn schouders op. 'Nou, ik ga toch, Greg, en ik neem de rubberboot met de buitenboordmotor, niet de zeilboot natuurlijk. Die kan ik heus wel zelf besturen. Het maakt mij niet uit als je niet meegaat. Niemand zal ons trouwens zo vroeg zien, mamma is naar Edinburgh gegaan en Mhari gaat volgens mij uitslapen. Ik ga. Voordat ze komen.'

Hij liep in de richting van het haventje, op de hielen gevolgd door Bella. Greg volgde op een afstandje. Terwijl hij afwachtte tot zijn oudere broer de knoop zou doorhakken, dacht hij terug aan het gesprek tussen Mhari en Greg dat hij de vorige avond had afgeluisterd. Ze hadden heel zacht met elkaar gesproken, maar hij had het toch kunnen verstaan.

'... Miller is denk ik nu wel over die toestand in de gevangenis heen. Ik vind hem veel vrolijker, vind je niet? Maar volgens mij was het geen goed idee van mamma om hem mee naar de gevangenis te nemen, daar is hij veel te jong voor. Ik denk trouwens niet dat hij zich echt zo tegen pappa heeft gekeerd, dat kan toch bijna niet? Hij zal gewoon wel erg geschrokken zijn van die gevangenis. En ik weet bijna zeker dat hij dat verhaal in de krant niet goed heeft begrepen. Dat had je hem nooit mogen laten zien, Greg.'

'Waarom niet?'

Mhari raakte geïrriteerd.

'Ja, sukkel, omdat hij daardoor met allerlei vragen blijft zitten. Je weet toch hoe nieuwsgierig hij is? Hoe hij altijd overal over nadenkt en je het hemd van het lijf vraagt? In elk geval vind ik dat hij nu wel weer normaal doet. Voor zover mogelijk dan, bij Miller.'

Maar Greg had het voor hem opgenomen.

'Het geeft toch niks dat hij zo nieuwsgierig is? Dat komt gewoon omdat hij zo slim is, dat zeggen alle onderwijzers. Miller is gewoon een beetje anders. Je hebt wat één ding betreft trouwens wel gelijk. Het is maar goed dat hij niet helemaal zichzelf was, anders zou hij veel te veel vragen stellen.'

Mhari had diep gezucht. 'Jezus, wat een puinzooi is het toch. Het is nu echt uit de hand aan het lopen. Ik snap bijvoorbeeld niet dat de politie nog steeds niet inziet dat ze zich vergissen. Dat is toch raar? En dat ze morgen het eiland gaan afzoeken, dat is zo… zo overdréven…'

Miller was inmiddels bij de verlaten haven aangekomen. 'Zie je wel, Greg, ik zei toch dat er niemand zou zijn? Logisch, op zondag. De politie heeft tegen mamma gezegd dat ze er om een uur of elf naartoe gaan, dus dan hebben wij nog tijd zat om daar te komen. We leggen de boot gewoon aan de andere kant van het eiland.'

'Maar dan zien ze de boot toch, en hoe zit het met het tij?'

'Nee, natuurlijk zien ze de boot niet. En ik heb toch gezegd dat ik het tij heb opgezocht. We kunnen de rubberboot in de inham aan de noordkant leggen tot het hoogwater wordt, maar dat duurt nog uren. De politie gaat toch niet aan die kant van het eiland zoeken. Ik heb mamma tegen Mhari horen zeggen dat ze vooral geïnteresseerd zijn in het huis.'

Hij liep naar het bootje. Bella, die de opgewonden sfeer had opgemerkt, rende voor hem uit. Maar Greg schudde zijn hoofd.

'Hoor eens, Mill, als mamma terugkomt of als Mhari iets vermoedt, zeg ik dat je aan het zwemmen of aan het vogelkijken bent. Zodat ze je niet gaat zoeken.'

Miller bleef staan en draaide zich om. Hij keek Greg zwijgend aan. Teleurgesteld. 'Oké. Help me dan in elk geval om het boot-je los te maken, en je moet mij en Bella ook uitzwaaien. Het brengt ongeluk als je dat niet doet.'

Het verbaasde hem eigenlijk niet dat Greg een lafaard was. Zijn 'grote' broer liet hem veel vaker in de steek. Dit was daar maar een klein voorbeeldje van. De oversteek naar het eilandje stelde niets voor, hij had dat al twee keer eerder in z'n eentje gedaan om vogels te gaan kijken. Zijn vader had dat één keer ontdekt en was woedend geworden, al dacht Miller dat hij stiekem ook wel een beetje trots op hem was geweest.

Miller trok het lichte rubberbootje op het zand en bond het vast aan een groot rotsblok in de inham. Niemand kon het daar zien. Hij deed Bella aan de riem en ze liepen uit de beschutte in-ham de zon in. Hij had geen idee waarom ze dachten dat die meis-jes hier op het eiland waren, maar hij wilde pappa helpen. Voor-al na die toestand in de gevangenis. Dat was alleen maar gebeurd omdat hij zo bang was... En omdat pappa er zo raar uitzag. Hij wilde er nooit meer naartoe. Maar hij moest pappa wel helpen. Als de politie dacht dat die meisjes echt op Fidra waren, moest hij ze als eerste gaan zoeken. Hij kende het eiland tenslotte beter dan die agenten. Maar hij dacht niet dat ze gelijk hadden, al was het natuurlijk wel mogelijk dat een van die meisjes hier was. Die ene, die het laatste was verdwenen. De andere twee waren al eeu-wen weg. Misschien gewoon van huis weggelopen, dat kwam wel vaker voor. Als dat laatste meisje echt op het eiland zat, al snap-te hij niet hoe ze daar dan gekomen zou moeten zijn, zou hij haar als eerste vinden en dan zou alles weer goed komen. Waarschijn-lijk vond ze het daar alleen maar heel leuk en had ze gewoon geen zin terug te gaan. Of misschien lag ze ergens te zonnebaden op het mos. Dat kon je haar moeilijk kwalijk nemen. Ze wilde daar vast voor altijd blijven, net als hij.

Hij ging rechtstreeks naar het huis. Het was nooit op slot. Toen hij eenmaal binnen was, liet hij Bella los en keek in alle kamers. Er was niemand. Net wat hij al dacht.

'Kom mee, meissie, dan gaan we buiten zoeken. Je hoeft niet aan de riem, maar je moet wel bij me blijven.'

Wat een tijdverspilling. Het had hem nog geen halfuur gekost om het eiland af te schuimen. Niks. Alleen vogels. Dan zou de politie dus ook niets vinden. Dat meisje was hier niet. Hij ging op een stuk zacht gras zitten, leunde naar achteren en ging liggen. Hij stak zijn handen uit naar de zon.

'Kom, Bella, ga maar even liggen. Het is zulk mooi weer. Ik ga vogels tellen.'

Hij deed zijn ogen dicht en luisterde naar het zachte gefluister van de warme bries en de roep van de verschillende vogels.

Twintig minuten later lag hij op zijn buik, met Bella naast zich, en zocht door de verrekijker het landschap af. Hij wachtte ongeduldig op de komst van de indringers. Nu had hij eindelijk geluk. Hij richtte zijn verrekijker op een boot die kalm door het diepblauwe water gleed. Daar waren ze. Een, twee, drie...

'Ze zijn met z'n áchten, Bella! Acht agenten! Waarom zo veel?'

Dat kon nog wel eens lastig worden. Hij moest met Bella op het hoogste punt blijven, vlak bij de vuurtoren, omdat hij anders niet kon zien wat ze allemaal deden. Hij telde de agenten nog eens toen ze van de boot kwamen, en zag plotseling een negende man, die eerst niet aan dek was geweest. Hij had een grote, zwarte koffer in zijn hand en droeg een feloranje fluorescerend jack. Op de rug stond in zwarte letters: POLITIEARTS. Toen de man zich omdraaide, viel Millers mond open van verbazing. Hij herkende die man. En die pijp in zijn mond.

'Dokter Buchan!'

Wat deed die hier nou, en wat betekende dat, 'politiearts'? Dokter Buchan was hun huisarts, wat had hij nou met de politie te maken? Hij dook weg, trok Bella naast zich op de grond en klemde zijn arm stevig om haar hals.

'Laten we hier maar blijven zitten. Tot ze klaar zijn.'

Op een bepaald moment zouden ze vast deze kant op komen, want ze wilden natuurlijk ook de vuurtoren doorzoeken. O nee, dat kon niet, die zat altijd op slot. Twee keer per jaar kwamen er een paar mannen met een eigen boot om de vuurtoren te controleren. Verder kwam daar nooit iemand. De vuurtoren was net zo verboden als de ruïne van de oude kapel. Maar misschien hadden die agenten wel een sleutel van de vuurtoren? In dat geval kwamen ze zéker hierheen. Daar moest hij goed op letten, want hij moest zorgen dat hij zich dan met Bella ergens anders ging verstoppen. Hij had zich dit bespioneren wel anders voorgesteld. Hij had verwacht dat er maar een paar agenten zouden zijn, niet ácht, plus dokter Buchan. Straks zouden ze zich over het hele eiland verspreiden!

Hij kreeg met de minuut meer het gevoel dat hij in de val zat, en dat ze op hem jaagden. Hij moest zijn uiterste best doen om Bella rustig en stil te houden, vooral toen ze dokter Buchan herkende, en ook toen er een paar meeuwen in de buurt neerstreken die ze natuurlijk wilde opjagen. Hij deed haar de riem weer aan en trok haar mee om de twee agenten te ontwijken die naar de vuurtoren liepen. Gelukkig zagen ze hen niet.

Maar er was iets anders waar hij zich zorgen over begon te maken. Hij had door zijn verrekijker gezien dat een van de agenten in de richting van de inham liep. Als hij daar echt naartoe ging, zou hij meteen zijn bootje zien. Die agenten gingen veel grondiger te werk dan hij had verwacht. Hij kroop samen met Bella weg achter een bemost rotsblok, met Bella's riem stevig om zijn pols, en keek door zijn verrekijker naar de agent die in de richting van de inham klauterde. Hij was er nog maar een paar meter vandaan toen hij bleef staan en zich omdraaide. Millers hart stond bijna stil, want het leek alsof de agent hem had gezien, en recht in zijn verrekijker keek. Toen hoorde hij iets wat hij de eerste keer blijkbaar had gemist. Een schreeuw. Bella probeerde zich opgewonden los te wurmen. Miller keek met de verrekijker naar links en zag twee agenten, die de anderen wenkten. Hij zag dokter Buchan ook, die zeer somber keek. Binnen een paar minuten kwamen de andere agenten uit alle hoeken van het eiland naar de plek waar dokter Buchan stond.

'Kom mee, Bella.' Miller liep gebukt heel voorzichtig dichterbij. Hij kon niet horen wat de agenten zeiden, dat werd onmogelijk gemaakt door de wind en de krijsende meeuwen. Maar hij kon nu wel met het blote oog hun gezichten zien.

'Blijf even hier, meisje. Braaf zijn.'

Hij bond Bella aan de stam van een stevige bremstruik, aaide

haar een paar keer en hield zijn vinger op zijn lippen. 'Ssst, stil!'
Ze wist wel wat dat betekende. Hij liep voorzichtig over de helling verder naar beneden. Hij zag waar ze nu waren, in de buurt
van de ruïne van de oude kapel, op een plek waar hij van zijn vader niet mocht komen omdat het er te gevaarlijk was. Misschien
was er iemand in de ruïne gevallen. Maar dokter Buchan zou de
agenten daar wel voor gewaarschuwd hebben. Toch zag het er
ernstig uit.

Nu was hij op een paar meter afstand. Hij moest zorgen dat ze
hem niet zagen. Iedereen was bij de oude kapel, behalve dokter
Buchan, die een eindje achter was gebleven. Het leek alsof hij ergens op wachtte. Plotseling week de groep agenten uiteen, als een
erewacht. De agent die de leiding had, en die vreemd genoeg een
groot, wit laken bij zich had, wenkte dokter Buchan.

Hij moest nog iets dichterbij zien te komen. Ja, daar lag iets.
Een wit been, een beetje gedraaid. Van een meisje. Hij ging nog
iets naar rechts, en toen zag hij het. Ze lag helemaal niet te soe-
zen in de zon. Of te zonnebaden. Ze lag op haar rug. Zonder kleren aan. Overal plekken op haar lichaam.

En een gapende, rood-zwarte wond in haar hals.

12

Eind september 2005

Millers ogen waren strak op de doodskist gericht. Het was godsonmogelijk dat deze dag, en deze plaats, hem niet deden denken aan de laatste keer dat hij hier had gestaan. Het was hetzelfde crematorium waar ze afscheid hadden genomen van hun moeder. Toen had hij er alles voor over om bij haar laatste afscheid te kunnen zijn. Nu had hij spijt dat hij was gekomen. En was hij zelfs bijna niet gegaan. Nog maar een paar uur eerder had hij tijdens het ontbijt vreselijk ruzie gekregen met Mhari omdat hij eronderuit probeerde te komen.

'Ik ga niet mee, Mhari, punt uit.'

Ze was paars geworden van woede, niet alleen vanwege zijn besluit te elfder ure om niet naar de uitvaart te gaan. Nu had ze eindelijk de kans om tegen hem uit te varen over het testament. Na een avond aan de telefoon met de saaie maar giftige Neil was haar woede alleen maar heviger geworden.

'Dat kun je gewoon niet maken! De crematie van onze vader! De vader die jij in de steek hebt gelaten, maar die jou een vermogen heeft nagelaten, niet alleen materieel, maar ook symbolisch! Dat is toch ongelofelijk hypocriet! En wie is degene die alles weer heeft moeten regelen en organiseren, omdat jij je nergens mee bemoeit en je nergens voor schijnt te interesseren? Terwijl je broer in Spanje verdomme een spelletje uit-het-oog-uit-het-hart zit te spelen, en zich pas op het laatste moment verwaardigt te komen? Ik! Ik was weer degene die allerlei ingewikkelde regelingen met het crematorium heeft moeten afspreken om het publiek en die klotejournalisten weg te houden van pappa's begrafenis, terwijl ik er ook voor moest zorgen dat iedereen die pappa zijn leven lang is blijven steunen wel de kans zou krijgen om hem de laatste eer te bewijzen. Dus het mínste wat jij kunt doen, het absolute minimaalste is hem, en mij, en iedereen een uurtje van je kostbare tijd te gunnen. Ongelofelijk, wat een... klootzak ben je toch.'

En ze was snikkend de kamer uit gevlucht. Greg, wiens aanwezigheid hij helemaal was vergeten, dronk zijn koffie op.

'Ze heeft gelijk, Mill. Over één ding. Er zijn allerlei mensen die ons in de loop der jaren enorm hebben geholpen. Mamma heeft altijd contact met ze gehouden. Sommigen waren op mamma's crematie, al heb je die niet ontmoet door... nou ja, door dat gedoe met pappa.'

Greg liep naar hem toe en legde zijn hand op zijn schouder.

'Denk er nog even over na. Deze crematie was voor hetzelfde geld uitgelopen op een fiasco. Ik zie de krantenkoppen al voor me: "Psychopaat eindelijk dood". Zoiets. Het is Mhari heel goed gelukt om het zo discreet te organiseren. Wij hebben je daar nodig. Je moet echt meegaan. Alsjeblieft, Mill.'

En nu stond hij vooraan in de rij met de belangrijkste nabestaanden. Mhari moest huilen toen de kist, met daarop een eenvoudig boeket witte lelies, naar beneden zakte. Greg, die naast hem zat, drukte een zakdoek tegen zijn ogen. Zijn schouders trilden een beetje. De hartverscheurende klanken van het 'Sanctus/Benedictus' van Palestrina – de subtiele keus van Greg – klonken uit de luidsprekers. Miller dacht na over zijn eigen emoties. Alleen een gevoelloos monster zou niet geroerd zijn door de rituelen van een crematie of een begrafenis. Van wie dan ook. Maar hij voelde zich vooral claustrofobisch. Hij wilde hier zo snel mogelijk weg. Dat gevoel was zelfs zo hevig dat hij overwoog om op te springen en naar de deur te rennen. Maar hij deed het niet, en bleef onbeweeglijk staan. In tegenstelling tot zijn broer en zus had hij niet achteromgekeken om te zien hoeveel mensen er waren. Hij had dat Mhari een aantal keren zien doen, waarbij ze geluidloos overdreven articulerend hallo of dankjewel zei. Greg had ook een paar keer voorzichtig over zijn schouder gekeken, met een uitdrukkingsloos gezicht. De situatie kwam hem enigszins bekend voor, en Miller werd met een schok teruggevoerd naar het verre verleden. Toen hadden ze bij een andere formele gelegenheid ook zo met z'n drieën naast elkaar gezeten. Mhari was flink en nam de leiding, Greg was ondoorgrondelijk. En hij? Vandaag? Daarin zat hem het verschil. Hij was niet meer nieuwsgierig. Of onderzoekend. Hij verdroeg het onverdraaglijke.

Toen de beproeving voorbij was, moest Miller toegeven dat Mhari alles perfect geregeld had. Na de crematie was er een bijeenkomst in een hotel aan de kust tussen North Berwick en Edinburgh; niet ver, maar ook niet zo dichtbij dat ze bekenden tegen konden komen. Mhari had gereserveerd onder Neils achternaam. De eigenaren dachten dat het gewoon een dure receptie was.

Hij stond in de tuin met zijn eerste drankje en keek uit over Gullane Bay. Hij had zich door Mhari laten overhalen om zich onder de mensen te begeven; hij had zich flink gehouden, maar was bij de eerste de beste gelegenheid ontsnapt. Hij was misselijk en gedeprimeerd en hij werd overmand door vermoeidheid.

'Een beetje koud buiten, of niet? Voor mij in elk geval wel.'

Miller draaide zich om en zag dat Russell Sinclair achter hem stond. Hij zag er bleker en magerder uit dan de vorige keer dat hij hem zag, zelfs in die te grote jas, die hem ongetwijfeld ooit als gegoten had gezeten.

De oude man kwam aarzelend op hem af. 'Kan ik je even spreken? Ergens binnen?'

Twee minuten later was Miller opnieuw bezig zijn standpunt te verdedigen, hopelijk voor de laatste keer. Hij merkte dat zijn irritatie, die grensde aan woede, buiten proporties was. Deze zieke oude man verdiende toch zeker meer respect. Miller zuchtte onhoorbaar. Het lukte hem gewoon niet om de irritatie uit zijn stem te houden. Dat hij vooral in de stemming was om in een hoekje te gaan zitten huilen om alles, maakte zijn gedrag alleen nog maar erger, omdat hij zijn wanhoop probeerde te maskeren.

'Ik heb u toch verteld, meneer Sinclair, dat ik het archief heb doorgenomen. Ik heb de samenvatting van de rechter twee keer doorgelezen. Er staat niets in wat mij van gedachten kan doen veranderen. Ik ben dan wel geen strafpleiter meer, maar ik ben en blijf advocaat; ik weet exact hoe het zit met procedures, bewijsvoering en dergelijke. De bewijzen waren indirect, maar wel overtuigend. Het hof beschikte toen natuurlijk nog niet over de modernste forensische technieken, maar ze hadden wel het volgende.'

Hij begon de punten op zijn vingers af te tellen om ze meer nadruk te geven. 'Ten eerste, mijn alibiloze vader gaat "een eindje wandelen" op het moment waarop het derde meisje verdwijnt, zónder zijn hond Bella. Absoluut ongehoord. Die twee waren onafscheidelijk. Het was echt onmogelijk dat het zelfs maar in zijn hoofd op zou komen zonder haar te gaan wandelen. Bovendien bleef hij uitzonderlijk lang weg, voor iemand die gewoon een eind gaat lopen. Hij schijnt pas te zijn teruggekomen toen ik allang in bed lag. Mijn moeder moet ontzettend bezorgd zijn geweest. Heel vreemd, en dat is nog zacht uitgedrukt. Ten tweede. Er zijn twee respectabele, geloofwaardige ooggetuigen die mijn vader hebben gezien in de buurt van de locus van de derde verdwijning. Ten derde. De hondenriem. Gevonden in ónze tuin. Zonder zijn vingerafdrukken. Er zijn trouwens nergens vingerafdrukken aangetroffen, maar dat vond de jury destijds geen bezwaar en ik denk dat dat nog steeds geen bezwaar zou zijn. Het was duidelijk dat alles was schoongemaakt, inclusief de plek waar de lichamen zijn gevonden. Wat de jury wel zorgen baarde was dat er geen redelijke verklaring was hoe die hondenriem in onze tuin terecht is gekomen. Geen enkele. Ten vierde. Het onteerde lichaam van Eileen Ritchie is gevonden op het eiland van mijn vader, en de lichamen van de twee andere stakkers daar in de buurt. Ze waren vastgebonden met een fokkenval, touw dat veel door zeilers wordt gebruikt, zeilers zoals mijn vader. En dan nog iets wat tijdens de rechtszaak niet aan de orde is gekomen, door de overvloed aan bewijzen die er al waren, maar wat naar mijn mening even overtuigend is als al het andere. En dat is dat er geen soortgelijke ontvoeringen, verdwijningen of verkrachtingen meer zijn geweest ná de arrestatie van mijn vader. Neem me niet kwalijk, meneer Sinclair, maar ik ben het oneens met u. Ik ben ervan overtuigd dat mijn vader ook tegenwoordig schuldig zou zijn bevonden.'

Miller wachtte op de hartstochtelijke verdediging die de zwakke oude man tegenover hem nu ongetwijfeld zou gaan voeren. Maar hij zweeg. Miller hoorde de geluiden van de bijeenkomst in de aangrenzende ruimte, Mhari's luide getetter dat doorklonk in de stille zijkamer waar ze zaten. Pas na lange tijd begon Russell Sinclair te praten.

'Ik had ook niet verwacht dat je die verslagen zou doorlezen en op wonderbaarlijke wijze een uitweg zou vinden die iedereen over het hoofd had gezien. Ik veronderstel dat ik hoopte... Ja, wat eigenlijk? Dat ik een soort van connectie, ja, een connectie kon bewerkstelligen tussen jouw professionele vakkundigheid en belangstelling enerzijds en mogelijke gevoelens die je nog voor je vader zou kunnen hebben anderzijds. Jouw vader had een goede reden waarom hij die avond alleen wilde zijn. Hij had namelijk te maken gekregen met moeilijkheden waar jij nooit iets van hebt geweten. Die getuigenverklaringen zijn bespottelijk. Twee getuigen, die elkaar hebben gesproken, die elkaar goed kenden, en het naar alle waarschijnlijkheid talloze keren met elkaar over de kwestie hebben gehad, beweren iets te hebben gezien vanaf een aanzienlijke afstand *in de schemering*. Wat betreft die hondenriem, die móét daar wel met opzet zijn neergelegd. En de lichamen? Denk daar nou eens goed over na. Waarom zou jouw vader zo... zo dóm zijn geweest om zich van die lichamen te ontdoen op zijn eigen eiland, de speeltuin van de familie zogezegd. Je vader was toch niet gek? Dan dat scheepstouw, dat is van een zeer algemeen voorkomend type, maar men heeft het nooit in verband kunnen brengen met touw op de zeilboot van je vader, al heeft de politie, zoals je weet, wel geprobeerd om daar munt uit te slaan.'

Sinclair zuchtte diep. Hij maakte een uitgeputte indruk.

'Tot slot: het feit dat er geen latere ontvoeringen en moorden meer hebben plaatsgevonden, is niet zonder precedent. Er zijn wereldwijd talloze gevallen bekend waarin een moordenaar er plotseling mee is gestopt. De echte moordenaar in deze zaak kan zijn overleden, wat gezien de tijdsspanne heel goed mogelijk is, of anders is hij, dankbaar voor de veroordeling van jouw vader, zijn perverse genot ergens anders gaan zoeken. Nee, het is lang niet zo overtuigend als jij het doet voorkomen. Het zijn aanwijzingen, geen bewijzen. Denk er nu nog eens goed over na, Miller. Alsjeblieft.'

De oude man zweeg om een slokje thee te nemen, en zette het kopje met een beverige hand terug op het schoteltje. 'We zullen nooit meer kunnen achterhalen wat er precies is gebeurd. Ik hoop alleen, en dat zou ik voor je vader graag willen, dat je er nog eens heel goed over nadenkt. Ik moet nu gaan.'

Hij aarzelde nog even. Miller fronste zijn wenkbrauwen toen de oude man met enige moeite iets uit de zak van zijn jasje haalde.

'Ik heb je vader beloofd dat ik je dit zou geven... na zijn overlijden. Dat had ik meteen de eerste keer dat we elkaar spraken moeten doen, maar ik hoopte dat je wat milder gestemd zou zijn als je alles nog eens zou hebben doorgenomen. Daarom heb ik hier nog even mee gewacht.' Hij keek naar de envelop. 'Dit zijn echt de laatste woorden van iemand die op sterven ligt, en daarom verdienen ze het dat er aandachtig naar wordt geluisterd. Dag, Miller, ik kom er zelf wel uit.'

Met een enigszins beschaamd gevoel liet Miller de oude man vertrekken, zelfs zonder hem een hand te geven. De deur viel zacht achter hem dicht. Hij voelde aan de envelop. Het handschrift van zijn vader was nog min of meer hetzelfde, al leek het iets beveriger geworden. Dat sierlijke handschrift kwam uit een ander tijdperk. De twee woorden die op de envelop stonden, 'Voor Miller', riepen allerlei herinneringen in hem op aan verjaardagskaarten, stickers op kerstcadeautjes, kleine cadeautjes als hij het goed had gedaan op school. 'Voor Miller'. En aan de talloze ongeopende brieven die hij via Mhari of zijn moeder had gekregen. Ongetwijfeld stonden daar hoopvolle maar vergeefse verzoeken in om hem te komen opzoeken. Hij kon nauwelijks de verleiding weerstaan om hiermee hetzelfde te doen wat hij met die dertig jaar aan brieven had gedaan. Hij pakte de envelop met twee handen vast en trok met elke hand in een tegengestelde richting. Nog een beetje meer kracht en hij zou in tweeën scheuren.

'*Miller? Mill?*'

De deur vloog open en klapte weer terug naar degene die daar binnenkwam. Miller sprong op, geschrokken van het plotselinge en onverwachte kabaal. Hij wist niet precies hoe lang hij hier had gezeten sinds het vertrek van Russell Sinclair. Hij was na het gesprek in een vage, deprimerende dagdroom verzeild geraakt, en hij probeerde uit alle macht niet te denken aan wat er was besproken. Maar dat lukte niet.

'Aha, dus hier heb je je verstopt, Miller. Mhari is op oorlogspad; ze wil dat je erbij komt en wat drinkt met de gasten en zo.'

Greg, het onvermijdelijke glas rode wijn in de hand, keek hem met een blozend gezicht vriendelijk aan. Miller stond op. Hij wilde hier weg, hij wilde ontsnappen aan alles en iedereen.

'Kom op, Mill, het is hier best oké, en er is bovendien iemand die je even moet begroeten.'

Greg had de deur nu helemaal geopend. Achter hem stond een lange, aantrekkelijke vrouw. Ze keek vragend, en een beetje onzeker.

'Miller?' Een aarzelende stem.

'O, *kom op, Mill!*' Greg was licht aangeschoten, en dan gedroeg hij zich altijd jongensachtig overdreven. Miller deinsde achteruit toen zijn broer een arm om zijn schouder sloeg en hem meetroonde naar de vrouw.

'Toe, Greg, ik moet echt...'

De vrouw deed een stapje naar voren. 'Neem me niet kwalijk, Miller, het is mijn schuld. Ik heb me net aan Greg voorgesteld.'

Toen lachte ze.

'Ik ben Catriona. Catriona Buchan.'

13

'Het is zo gek dat een paar kilometer verderop langs de kust alles ineens zo anders kan zijn. Alles, de topografie, de sfeer, zelfs de geuren!'

Hij keek naar haar, half van opzij, terwijl ze op het grote, open gazon van het hotel stond met een koffiekopje in haar hand en uitkeek over Gullane Bay. Haar hoofd was een beetje schuin omhooggedraaid, als een hond die een geur ruikt. De bries woei door haar haar. Hoewel Miller zich Catriona als kind nog kon herinneren als de dag van gisteren, waren zijn herinneringen aan haar als oudere tiener minder duidelijk. Na de veroordeling van zijn vader zag hij haar niet meer zo vaak, minder vaak dan andere mensen buiten het gezin. Toen was ze naar de universiteit gegaan en was het helemaal afgelopen. Hij zou zo langs haar heen gelopen zijn als hij haar op straat was tegengekomen, zonder haar te herkennen. Misschien had hij het aan haar lengte kunnen zien; ze was vroeger ook al zo lang. Ze was ook nog even donker, bijna mediterraan, net zoals hij. Maar verder? Nog in geen honderd jaar. Ze droeg haar haar nu kort, in een bestudeerd rommelig en ongetwijfeld duur kapsel. Dat zou voor veel vrouwen die niet meer zo jong waren een riskante keuze zijn, maar zij kon het met haar sterke, sensuele gelaatstrekken goed hebben. En ze zag er ook nog jong en energiek uit, terwijl ze een paar jaar ouder was dan hij. Ze zorgde blijkbaar goed voor zichzelf.

Als hij haar niet kende, zou hij bij een eerste ontmoeting waarschijnlijk een beetje op zijn hoede zijn geweest, ondanks haar spontane warmte en openheid. Ze had het opvallende maar ook wat intimiderende uiterlijk van een superefficiënte vrouw: hyperalert, aanwezig, nooit-iets-verpestend. Een beetje zoals de meeste vrouwelijke collega's die hij in Londen had gehad, maar dan zonder de harde lichtgeraaktheid die hen zo onuitstaanbaar maakten. Of zag hij haar door een zachtere lens doordat hij haar wél had gekend, en wél een kalverliefde voor haar had gekoesterd?

'*Shit.*'

Hij schrok van haar onverwachte uitroep. 'Pardon?'

Ze draaide zich lachend om en haalde een mobieltje uit haar jaszak. 'Stomme trilfunctie. Sorry.'

Ze drentelde naar de rand van het gazon. Hij keek naar haar terwijl ze een kort gesprek voerde waarbij ze af en toe knikte en voortdurend naar de zee bleef kijken. Binnen twee minuten kwam ze weer terug. 'Neem me niet kwalijk. Mijn werk. Ik moet meteen naar een patiënt toe. Dacht al dat er zoiets zou gebeuren, ik heb namelijk dienst vandaag, maar ik wilde je vader de laatste eer bewijzen.'

Hij voelde dat ze even uit haar evenwicht gebracht werd, al vertoonde ze daar geen enkel uiterlijk kenmerk van. Ze was natuurlijk op de hoogte van zijn standpunt en ze dacht misschien dat ze een blunder had begaan door het over 'eer bewijzen' te hebben. Maar ze hernam zich binnen een milliseconde, zette haar kopje neer op een tuintafel en rammelde met haar autosleutels.

'Misschien kunnen we een andere keer bijpraten? Je zei dus dat je hier nog een tijdje blijft?'

Hij knikte. 'Eh, ja. Ik moet allerlei dingen uitzoeken en zo.'

'Goed. Dan bel ik wel, ik heb het nummer van je huis. Je weet waarschijnlijk wel dat je moeder en ik elkaar af en toe nog zagen? Nou, dag!'

Dat wist hij niet. Best mogelijk dat zijn moeder hem dat ooit had verteld, maar hij had in de loop der jaren zo vaak niet geluisterd tijdens hun telefoongesprekken, omdat hij het niet meer kon verdragen als ze het over 'je arme vader' had. Maar los daarvan hoopte hij van harte dat zijn moeder het prettig had gevonden om Catriona af en toe te zien. Om met iemand te praten. Dingen mee te delen.

Hij keek haar na terwijl ze haastig naar haar auto liep, de motor startte op een verrassend coureursachtige manier, en wegreed. Hij liep naar de plek waar ze haar telefoongesprek had gevoerd.

De zee was zo glad als een spiegel, wat ongewoon was in deze tijd van het jaar. Maar wel grijs. Zo grijs als een marineschip. Hij dronk zijn glas leeg. Ze mocht dan op allerlei manieren zijn veranderd, er was wel één ding hetzelfde gebleven aan Catriona Buchan.

Als ze wegging, dan voelde je dat.

14

Ze reed met een opgelucht gevoel bij het hotel weg. Miller McAllister was niet veel anders dan ze zich hem in levenden lijve had voorgesteld. Zijn trotse moeder had haar genoeg foto's van hem laten zien, van zijn kindertijd tot nu. Bovendien had ze hem nog gezien bij de crematie van Ailsa een paar jaar geleden, al had ze hem toen niet gesproken door dat incident met zijn vader. Ja, hij was inderdaad een knappe man geworden. Vroeger zag hij er trouwens ook niet verkeerd uit. Ze glimlachte. Wel een nerd qua gedrag, maar als kind had hij al zo'n wilde uitstraling. Bijna dierlijk soms. Hij met zijn hond, Bella, die meestal aan zijn zijde te vinden was. Met zijn liefde voor de vogels, voor het eiland, de natuur. En die andere eigenschap van hem, waar je soms nerveus van werd: die oplettendheid, die waakzaamheid, dat zwijgende observeren van hem. Hij leek veel wijzer dan bij zijn leeftijd paste. Een goedaardige Midwich Cuckoo.

Dat was het. Dat was de reden waarom ze opgelucht was dat ze weg kon. Hij wekte nog steeds de indruk dat hij alles zag. Alsof er zich in zijn hoofd veel meer afspeelde dan je oppervlakkig gezien zou denken. Net zoals toen hij jong was. Alsof zijn hersens in een hoge versnelling werkten. Ze wist dat hij in zijn jeugd soms last had gehad van driftbuien en sombere periodes, vooral na de arrestatie van zijn vader. En later, toen hij volwassen was? Wat zou hij nu doen met al die heftige verstandelijke en emotionele energie? Hij was vroeger een vreemde jongen, en voor sommige vrouwen moest hij wel een vreemde, maar intrigerende man zijn. Ook voor haar? Dat vond ze moeilijk te zeggen. Ze herinnerde zich hem vooral als een vreemd, kwetsbaar klein jongetje…

'... Denk je dat hij er wel overheen komt? Dat met die meeuw, bedoel ik?'

Ze keek naar Greg, die op zijn bed zat met de verrekijker tegen zijn ogen gedrukt. 'Hé, Cattie! Je kunt het huis aan de wal vanavond heel goed zien! Honderd procent zicht! Ik kan mamma bijna zien eten koken!'

Dat was typisch Greg. Nooit direct antwoord geven. Ze moest geduld hebben.

Hij was gefascineerd door wat hij buiten zag en praatte tegen het raam zodat hij niet om hoefde te kijken. 'Dat met die meeuw was wel rot. Ik vind het stom wat Mhari heeft gedaan. En mijn vader volgens mij ook, al zou hij dat nooit tegen jouw vader zeggen. Jouw vader is dokter, en dokters zijn... nou ja, die zijn anders. Meer gewend aan de dood.'

Daar moest ze om lachen. 'Niet hoor! Mijn vader zou een behoorlijk waardeloze dokter zijn als hij eraan gewend was dat zijn patiënten doodgingen! Maar hij is natuurlijk wel realistisch. Miller is erg gevoelig, vind je niet? Hij lijkt helemaal niet op jullie. Van de ene kant is hij heel jong voor zijn leeftijd, en van de andere kant weer niet. Heel gek.'

Greg praatte nog steeds tegen het raam en keek haar niet aan. 'Hij is verliefd op je. Dat heb je toch wel gemerkt?'

'Doe niet zo raar. Daar is hij veel te jong voor. Miller is alleen geïnteresseerd in vogels, boten, en dit eiland. Over die drie dingen weet hij alles.'

Ze moest inwendig lachen om wat Greg had gezegd. Ze wist wel dat Miller haar leuk vond, maar daar had ze verder weinig aandacht aan geschonken. Hij was veel te jong. En Greg? Die was bijna net zo oud als zij, maar toch ook nog veel te jong.

De deur vloog open, zonder dat er werd aangeklopt. Mhari. Keek net zo chagrijnig als altijd.

'Wat doen jullie hier? Pappa zoekt je, Greg, je moet helpen afwassen. Nu meteen.'

Jezus, het laatste waar ze zin in had was alleen zijn met Mhari. Ze stond op om achter Greg aan te lopen, maar Mhari hield haar tegen. Ze moest dus wel blijven staan. Mhari was veel ouder, veel sterker, en ze keek alsof ze ruzie zocht.

'Wat zei je onder het eten nou tegen Miller, over die meeuw? Ik moest dat wel doen, er was geen andere mogelijkheid. Mill moet maar eens wat volwassener worden, want na de zomer gaat hij naar de middelbare school. Dan moet hij echt een beetje stoerder leren doen.'

Dat nam ze niet. 'Luister goed, Mhari, jij vindt het leuk om de baas te spelen, maar daarvoor ben je bij mij aan het verkeerde adres. Ik heb tegen Miller gezegd dat ik het naar vond van die meeuw. Ik bedoelde dat ik het naar vond dat hij erbij was, niet dat jij die meeuw hebt gedood. Het ging mij erom dat je het deed waar hij bij was. Hartstikke gevoelloos van je. Je weet toch hoe dol hij op die vogels is.'

Mhari keek woedend. 'Hij was er niet bij, hij was weggerend. Dat is precies wat ik bedoel, dat hij wat flinker moet worden. Ik ga binnenkort studeren, dus dan ben ik niet in de buurt om hem te helpen, en van Greg hoef je wat dat betreft niets te verwachten. Het is toch niet de bedoeling dat hij elke keer wegloopt als een zeikerige tweedeklasser hem zit te pesten, of wel soms?'

Mhari zwaaide met haar wijsvinger. 'Weet je wat ik denk? Volgens mij vind jij het wel leuk dat die maffe kleine Miller verliefd op je is. Terwijl je jaren ouder bent! En hij nog te jong is om te weten wat verliefdheid precies is!'

Ze wilde weglopen, maar Mhari draaide zich al om en liep zelf de kamer uit. Maar niet voordat ze nog een laatste opmerking had gemaakt.

'Elke keer dat jij er bent of dat je naam wordt genoemd, begint hij smoorverliefd te kijken. Het is gewoon zielig. Je moet hem niet aanmoedigen. Volgens mij vind je het leuk om hem aan te moedigen, maar ik verzeker je dat daar niks goeds van kan komen. Nu niet en nooit niet!'

15

Hij was onuitsprekelijk opgelucht dat hij eindelijk weer alleen was. Hij stopte de laatste spullen in zijn rugzak, pakte de archiefdoos en liep naar de deur. Hij was van plan om lopend naar de haven te gaan. De gewoonte van vroeger om zich zo weinig mogelijk lopend in het dorp te begeven, moest hij maar niet voortzetten. Dat was dertig jaar geleden. Nu zou hij niet meer worden nagewezen en ging hij niet meer over de tong, zoals vroeger. Niemand wist trouwens wie hij was. Bovendien was de zomer voorbij en was het veel rustiger geworden. Er zou heus geen schreeuwende massa op hem staan te wachten om hem te lynchen. Als zijn moeder zich hier over straat durfde te begeven, en dat had ze dertig jaar lang gedaan, dan moest hij dat ook kunnen. De paar mensen die hij tot nu toe was tegengekomen op straat of in de winkels, hadden nauwelijks aandacht aan hem geschonken. De meesten hadden hem vriendelijk gegroet. De dorpelingen kenden het huis, wisten dat de familie daar nog regelmatig kwam, maar niemand kende hem. Hij moest ophouden met zich te verbergen.

Toen hij naar de haven liep, dacht hij hoofdschuddend aan Mhari's gedrag, dat steeds irritanter werd. Terwijl het zo goed was begonnen. Hij had het aanbod gedaan. Niet welgemeend, maar toch.

'Ik ga een paar dagen naar het eiland. Ik weet niet wat jullie plannen zijn, maar als jullie zin hebben om mee te komen: ik wilde rond twaalf uur vertrekken. Maar denk wel aan het tij, in deze tijd van het jaar kunnen we pas eind morgenmiddag terug.'

'Waarom ga je naar het eiland? Waarom nu? Ben je soms iets van plan, Miller? Komt er soms een taxateur of zo? Want in dat geval vind ik dat je het ons wel moet vertellen.'

Hij was langs haar heen gelopen met de ontbijtborden. 'Doe niet zo belachelijk. Jezus, het lijkt wel alsof je aan achtervolgingswaanzin lijdt, Mhari!'

'Ik hoop alleen dat je eerlijk bent tegen ons. Ik wil het wel graag weten als er iets verandert aan onze eerdere afspraken. Ik heb heus wel gezien dat je in die kamer verdween met Russell Sinclair. Wat hebben jullie daar voor geheims besproken?'

'Er is helemaal geen geheim, Mhari. Er is niets veranderd. Die oude man is ziek en hij wilde me graag even spreken. Dat is alles. Maar bij nader inzien geloof ik dat je toch maar niet mee moet gaan. Probeer eerst maar eens te kalmeren, en een beetje afstand te nemen. Ik ga er alleen naartoe omdat ik daar zin in heb. Dat is alles.'

Het was zo vermoeiend dat ze hem steeds weer kwaad wist te krijgen. Zijn gevoel werd er voor een groot deel door opgeslokt. Was zijn woede eigenlijk niet een beetje buiten proporties, net als zijn boze gedrag jegens Russell Sinclair? Hij liet zich maar al te gemakkelijk kwaad maken, maar eerlijk gezegd bleef er door die woede weinig ruimte over voor andere gevoelens. Wat hem op zich niet eens slecht uitkwam. Toch moest hij zichzelf onder controle zien te krijgen. Woede was zo destructief, voor anderen en voor hemzelf. Hoewel Mhari je soms wel echt tot het uiterste kon drijven.

Gelukkig ging ze niet mee. Als ze van plan was om hem nog verder lastig te vallen, dan had ze pech: op Fidra was geen telefoonverbinding en als ze hem op zijn mobiel belde, nam hij gewoon niet op. Ze zou hem trouwens waarschijnlijk toch een paar dagen met rust laten. Ze had hem duidelijk gemaakt dat ze nodig terug moest naar haar kinderen en haar werk, waarmee ze suggereerde dat hij zich ook weer met zijn gezin moest gaan bezighouden. Bemoeizuchtige trut! Greg had als afleidingsmanoeuvre gevraagd of ze hem naar het vliegveld van Edinburgh wilde brengen, waarna het gesprek een andere kant op was gegaan.

De twee dagen na de crematie waren een uitputtingsslag geweest. De stemming werd nog erger toen Mhari had aangekondigd dat ze pappa's kleren wilde opruimen, de kleren die mamma om god mag weten welke reden had bewaard, en dat ze die aan een goed doel wilde geven. Na tien minuten was ze daar huilend mee gestopt. Greg had een kopje thee voor haar gezet en had gezegd dat hij het karwei wel af zou maken, wat hij ook had gedaan.

Maar toen was ze over de volgende obsessie begonnen die ze sinds de crematie had ontwikkeld.

'... ik snap nog steeds niet waarom je zo lang in de tuin was met Catriona Buchan, terwijl het ook nog ijskoud was. Waarom waren jullie niet gewoon binnen, bij de anderen? Eerst een privégesprekje met die Russell Sinclair en dan ook nog onder vier ogen met dokter Catriona Buchan. Ze heeft je zeker haar levensverhaal verteld, of niet? Ik heb nooit gesnapt wat mamma in haar zag. Ze is precies zo geworden als ik had verwacht, afstandelijk en arrogant. Maar ze is er wel goed in om iemand voor de gek te houden. Mamma en pappa waren allebei dol op haar.'

Op dat moment was Greg zich er op felle toon mee gaan bemoeien, wat niets voor hem was. Het was duidelijk dat hij genoeg van haar had. 'Mhari, misschien kwam dat wel omdat ze het gevoel hadden dat ze bij haar en haar vader in het krijt stonden. Je weet heel goed dat Forbes Buchan heeft geholpen met het regelen van het onderhoud van Fidra. Zelfs toen hij al ziek was, en zelfs tot vlak voor zijn dood. Gewoon uit vriendschap. Hij wist dat mamma nooit meer een voet op het eiland zou zetten, maar dat iemand daar toch een oogje in het zeil moest houden. En Forbes vroeg daar niets voor. Ik denk niet dat een van de andere dorpelingen die taak graag op zich had genomen. Mamma, en dus ook pappa, hadden maar weinig goede vrienden hier die ze konden vertrouwen. Forbes behoorde daar zeker toe, en Cattie Buchan ook, toen ze weer hier was komen wonen. En dat weet jij best, Mhari. Ik weet niet wat je tegen Catriona hebt, of misschien weet ik dat ook wel. Volgens mij ben je gewoon jaloers, net als vroeger...'

Gregs gepassioneerde pleidooi voor Catriona en haar vader bracht Miller nogal van zijn stuk. Dat Greg zo van leer kon trekken, vond hij indrukwekkend en verrassend.

Gelukkig was de ruzie uiteindelijk toch gesust en waren ze redelijk normaal uit elkaar gegaan. Miller zuchtte toen de haven in zicht kwam. Voordat hij de anderen had uitgewuifd, had hij nog eens beloofd dat hij geen 'onherroepelijke stappen' zou nemen zonder eerst met hen beiden te overleggen. Het plan om alle bezittingen in één klap te verkopen, had hij even uitgesteld. Voorlopig. Dat was zijn enige leugen geweest van die ochtend. Er was wél iets veranderd. Misschien.

Hij voer de haven uit, zette koers naar Fidra, en leunde achterover, blij dat het wat kalmer weer geworden was. De overtocht zou toch nog onstuimig zijn, maar dat kon hem niet schelen. Hij zeilde nog steeds veel in zijn vrije tijd, vaak bij nog ruwere zee dan nu. Het was een mooie, heldere dag, de temperatuur leek zelfs een beetje op te lopen, maar dat zou aan het eind van de middag snel veranderen.

Hij deed zijn best om het niet toe te geven, maar het vooruitzicht om weer naar Fidra te gaan, liet hem niet meer los. Voor het eerst maakte hij deze tocht weer, maar nu alleen, zonder Bella, zonder de hoop dat meisje te vinden en te redden. Hij schudde zijn hoofd bij die herinnering. Typerend voor hem als jongetje, die naïviteit. De prijs die hij daarvoor had betaald, en nog steeds betaalde, begon astronomisch te worden.

Hij keek op. Het zicht was uitstekend vandaag. Daar lag Fidra! Vreemd, zo bedrieglijk dichtbij en tegelijk zo ver weg. Een van de vormen van gezichtsbedrog op zee. Hij voelde zich altijd een stuk onbezorgder als hij op open water kwam, zelfs hier, in de buurt van Fidra. Hij was hier voor het laatst na de crematie van zijn moeder geweest, toen hij er even tussenuit had gemoeten om te kunnen ademen en zich vrij te voelen. Hij had toen de boten van zijn moeder verleidelijk en uitnodigend in de haven zien dobberen en was volkomen overrompeld door het gevoel dat hem had bekropen, na al zijn bezwaren en bedenkingen om hier terug te komen. Hij had zich zelfs nauwelijks kunnen beheersen om in de sloep te springen en naar het eiland te racen. Tot het beeld van het asgrauwe gezicht van zijn vader die daar op de kade in elkaar zakte dat verlangen had doen verdwijnen. Hij had zich omgedraaid, was teruggerend naar huis en was zijn spullen gaan pakken voor de terugreis naar Londen.

Nu ging zijn hart sneller kloppen. De steiger kwam in zicht. Het zag er nog precies hetzelfde uit! Hij had half verwacht dat er alleen nog een hoop verrotte planken van zou zijn overgebleven, nauwelijks geschikt om aan te leggen, maar alles was prima in orde. De vuurtoren was ook nog precies hetzelfde, die veranderde nooit. En daar was het huis! Met zijn heldere witte lijnen, hoog op het klif, was het een geruststellende herinnering aan de gelukkige keren dat hij hier vroeger was geweest.

Wat een moment! De eerste keer na tweeëndertig jaar dat hij voet zette op het eiland. Er was een waterig zonnetje tevoorschijn gekomen en de bries die de overtocht onstuimig had gemaakt, wakkerde aan tot een stevige wind. Maar dat vond hij wel aangenaam. Het geschreeuw van de meeuwen die al lang voordat hij aanlegde boven zijn hoofd vlogen, was oorverdovend. Hij legde het bootje vast, hees zijn tas op zijn schouder en ging aan wal. Het vierkante huis was zelfs in het zwakke zonlicht felwit. De grote ramen en het metalen observatieplateau, dat ook felwit geschilderd was, zagen er nog precies hetzelfde uit, al droeg het ontbreken van een lachend gezicht of een wuivende hand bij aan de verlaten, lege indruk.

Hij zou kunnen zweren dat de voordeur nog exact dezelfde tint blauw had als ruim dertig jaar geleden. De metalen deurklopper die de vorm had van een dikke vissenkop met uitpuilende ogen was nog even afzichtelijk. Hij had zich trouwens altijd afgevraagd waarom er überhaupt een deurklopper nodig was, want er kwam toch nooit zomaar iemand langs. Het was een ietwat truttig detail, dat uit de toon viel bij de eenvoud van de rest van de inrichting. Misschien had iemand dat ding ooit eens cadeau gedaan. Forbes Buchan misschien, of die buurvrouw van mamma, mevrouw Watt. In elk geval had dat ding iets sinisters. Hij zou hem zo snel mogelijk eraf halen.

Hij haalde de grote, robuuste sleutel tevoorschijn die Mhari hem die ochtend met veel tegenzin en aarzeling had gegeven – nog een reden voor haar slechte humeur? – en deed de deur open. De geur in het tochtportaal bracht hem in één klap terug naar die laatste dag. Het huis had een heel eigen geur. Zeegeur, voor een groot deel. Het rook er wonderlijk genoeg nooit bedompt of vochtig. Het licht deed het en hij zag dat er een sterke lamp aan het plafond van het tochtportaal hing. Hij deed de lamp meteen weer uit. Nog niet nodig. Er stroomde genoeg daglicht naar binnen. De deur naar de woonkamer stond open. Het was alsof hij weer buiten kwam, alleen nu uit de wind en zonder het klagende geschreeuw van de meeuwen. De kamer leek helemaal van glas. Lucht, zee en vogels vormden één wervelend geheel. Hij zag het meteen. Hetzelfde spartaanse meubilair, dezelfde oude radio, en zo te zien dezelfde verrekijker aan het haakje aan de muur. Nog een museum. Hij schudde verbijsterd zijn hoofd. Hij wilde het niet toegeven, absoluut niet, maar hij kon niet ontkomen aan wat hij voelde.

Hij was thuisgekomen.

16

Zoals Mhari had gezegd, was er voldoende hout in huis. Het duurde niet lang voordat hij het vuur aan had. Zo nu en dan hoestte de schoorsteen een wolk rook en roet naar beneden, dankzij de koude wind. De heupfles beloofde hem vanbinnen warm te houden, en hij installeerde zich met de archiefdoos en de brief binnen handbereik.

Zijn hand bleef even boven de envelop hangen. Hij nam een teug uit de fles, legde de envelop op de salontafel en maakte de doos open. Hij kende de inhoud ervan inmiddels vanbuiten en hij wist precies wat hij wilde bekijken. Hij voelde zich niet schuldig tegenover Mhari of Greg dat hij hun niet over het archief had verteld. Het laatste wat hij wilde was dat Mhari zich ermee ging bemoeien, en tegen hem zou gaan tetteren over een gerechtelijke dwaling. Hij had tijd nodig om rustig na te denken. Het gefotokopieerde A3-papier lag op zijn schoot. Wat moesten zijn moeder, en anderen, veel moeite hebben gedaan om te voorkomen dat hij en Greg dit onder ogen zouden krijgen. Het was de voorpagina van *The Scotsman* van zaterdag 16 november 1974. Zijn vader staarde hem aan vanaf een foto, zo te zien een officiële foto die was gemaakt voor de bank. Het hoofd was iets naar links gedraaid, hij lachte niet maar keek wel vriendelijk. Een degelijke, betrouwbare man – maar niet heus – met een keurige das, een hagelwit overhemd en een net pak.

Topmanager bank schuldig aan drievoudige moord en verkrachting
Rechter: 'Onbeschrijflijk veel angst en leed veroorzaakt.'

De jacht die al vijf jaar wordt gehouden op de moordenaar en vermoedelijke verkrachter van drie meisjes uit East Lothian kwam gisteren in het Edinburgh High Court tot een dramatisch einde toen de dader werd veroordeeld tot een celstraf van 45 jaar.

Lord McLeish, een van de hoogste rechters van Schotland, velde het vonnis in ongewoon scherpe bewoordingen. Tegen de moordenaar, Douglas Cameron McAllister, 44 jaar, bankmanager, getrouwd en vader van drie kinderen, inwoner van North Berwick aan de kust van East Lothian, zei hij: 'In de drieëntwintig jaar dat ik nu werkzaam ben aan het Schotse hof van justitie, heb ik nooit maar dan ook nooit eerder te maken gehad met dergelijke duivelse daden.' Vervolgens sprak hij het vonnis uit van 45 jaar celstraf en verklaarde dat hij 15 jaar per slachtoffer rekende.

De nabestaanden van de slachtoffers – Eileen Ritchie, 15 jaar; Jacqueline Galbraith, 14 jaar; en Alison Bailey, 15 jaar oud – zaten tijdens de uitspraak op de publieke tribune. Sommigen juichten, anderen huilden. De ouders waren, volgens vrienden, 'opgelucht en zeer tevreden' over het proces en het buitengewoon strenge vonnis.

Na de derde ontvoering werd uit betrouwbare bronnen binnen de politie vernomen dat er een gevoel van 'wanhoop' heerste in het rechercheteam, dat 'verwoed' naar een doorbraak zocht. Na de eerdere ontvoeringen werden verschillende theorieën in overweging genomen, waaronder de mogelijkheid dat er meer dan één dader, misschien zelfs een bende, bij betrokken was. Maar alle sporen, inclusief lijnen die in de Schotse onderwereld werden uitgezet, leidden tot niets. Pas na de ontvoering van Eileen Ritchie boekte de politie al vrij snel succes met de vondst van belastend bewijsmateriaal tegen McAllister.

Het bewijs

De jury had minder dan een dag nodig om alles in overweging te nemen en er volgde een unanieme schuldigverklaring. De openbare aanklager baseerde de bewijsvoering tegen McAllister op vier hoofdpunten.

De hondenriem: gevonden in tuin

De zaak houdt de politie al bezig sinds november 1969, toen Alison Baily verdween nadat ze haar hond was gaan uitlaten op het strand bij Yellowcraigs; vervolgens verdween in februari 1972 Jacqueline Galbraith, die ook haar hond uitliet, in de buurt van Dirleton. Tot slot verdween Eileen Ritchie in juni 1973 terwijl ze haar hond uitliet vlak bij het dorp Garvald. De drie honden werden gevonden of kwamen zelf naar huis, maar vreemd genoeg werden de hondenriemen nooit teruggevonden. De eerste aanwijzing voor de betrokkenheid van McAllister kwam op de dag na Eileens verdwijning. De politie maakte al snel melding van de vermiste riem en op de avond na haar verdwijning maakte een toerist melding van een riem die aan de beschrijving voldeed en zich in de tuin van meneer McAllister bevond. De politie kon vaststellen dat de riem toebehoorde aan Eileen, waarop een onderzoek werd ingesteld naar de achtergrond van meneer McAllister.

Alibi: 'Ik ging een eindje wandelen'

De politie ontdekte dat het gedrag van meneer McAllister op de avond van de verdwijning van Eileen nogal ongebruikelijk was. Hij verklaarde tegenover het hof dat hij 's avonds was thuisgekomen van zijn werk, had gemerkt dat zijn vrouw en kinderen niet thuis waren, en dat hij vervolgens had besloten om 'naar Tantallon Castle en Dunbar te rijden om een luchtje te scheppen en een eindje te wandelen'. Uitputtend recherchewerk naar eventuele getuigen die meneer McAllister onderweg daarheen zouden hebben gezien, leverde niets op. Toen hem werd gevraagd waarom hij zo ongewoon lang was weggebleven, verklaarde meneer McAllister dat hij de tijd was vergeten, maar gaf hij toe dat hij 'een paar uur' weg moest zijn geweest omdat hij pas na het invallen van de duisternis was teruggekeerd. Verder werd aangevoerd dat het hoogst ongebruikelijk was dat meneer McAllister ging wandelen zonder zijn chololadebruine labrador, Bella. Hij gaf toe dat Bella wel thuis was toen hij die avond van zijn werk kwam, maar dat hij 'voor één keer helemaal alleen wilde zijn'. De openbare aanklager hield vol dat McAllister meer dan genoeg tijd had om Eileen te ontvoeren en haar naar Fidra te brengen.

Er werd verder onderzoek gedaan naar de bezigheden van McAllister op de avond waarop Alison Bailey en Jacqueline Galbraith verdwenen. Het hof kreeg nog meer ongebruikelijks te horen. Er werd onthuld dat meneer McAllister op beide dagen, in 1969 en 1972, met de auto naar zijn werk in Edinburgh was gegaan. Dit kon worden nagegaan aan de hand van de administratie van de parkeerplaatsen van de bank. Het kenteken van de auto van meneer McAllister stond op beide dagen vermeld. Toen McAllister hierover werd ondervraagd, gaf hij toe dat hij 'meestal' met de trein naar zijn werk ging, maar dat hij 'waarschijnlijk met de auto was gegaan omdat het winter was en de trein misschien vertraging had'. Uit nader onderzoek bleek dat meneer McAllister tijdens die winters maar enkele keren met de trein was gegaan.

Ooggetuige: 'Ik weet zeker dat ik hem heb gezien'
Een jong stel uit de omgeving heeft verklaard McAllister te hebben gezien aan de rand van de Lammermuir Hills bij het dorp Garvald, in de buurt van de plaats waar Eileen waarschijnlijk is verdwenen. Lena Stewart, die nu 20 jaar is, en Andrew Blackford, nu 27, waren die avond in de buurt en passeerden een man die volgens hen McAllister was. Ze verklaarden dat hij iets hoger op de heuvel was en in de richting van een paar bomen liep. Meneer Blackford, die bij plaatselijke kustwacht werkt, kent meneer McAllister. Hij verklaarde: 'Ik weet zeker dat ik hem heb gezien. Het was Douglas McAllister.'

Fidra: 'Een gruwelkabinet'

Het vierde en meest doorslaggevende bewijs werd ontdekt op het eiland Fidra, vlak voor de kust van East Lothian. Het eiland is al sinds generaties in bezit van de familie McAllister; de familie verblijft daar tijdens de zomermaanden regelmatig, met de kinderen en met vrienden.

Het eiland, waar verder nog een vuurtoren en de ruïne van een oude kapel te vinden zijn, staat bekend om de vele meeuwen en papegaaiduikers die er voorkomen. Maar op dit schijnbaar idyllische eiland trof de politie iets aan wat door een van de rechercheurs die het team leidde 'een gruwelkabinet' werd genoemd.

Eerst werd het lichaam van Eileen Ritchie gevonden. Dit leidde tot een verdere zoektocht, waarbij de verdere bewijsstukken werden aangetroffen. Het lichaam van Eileen werd gevonden op een verboden gedeelte van het eiland in de buurt van een oude kapel. Dit terrein werd afgegraven en hier werden de resten van zowel Alison Bailey als Jacqueline Galbraith aangetroffen. Volgens de leider van het rechercheteam en de plaatselijke politiearts waren de overblijfselen 'op vakkundige wijze begraven' en zouden ze daar 'voor altijd' onontdekt zijn gebleven. Schrijnend voor de nabestaanden was het detail dat de hondenriem van de slachtoffers naast hen begraven was. Verder werd in de rechtszaal verklaard dat de slachtoffers pas met zekerheid konden worden geïdentificeerd aan de hand van hun gebitsgegevens.

Verkrachting: 'Sterke aanwijzingen voor seksueel geweld, waarschijnlijk verkrachting'

Uit medisch onderzoek aangedragen door de openbare aanklager bleek dat Eileen Ritchie was onderworpen aan 'seksueel geweld, waarschijnlijk verkrachting'. De jury beschouwde dit als overtuigend bewijs en bevond McAllister schuldig aan de verkrachting van Eileen Ritchie, naast de drievoudige moord. Op de stoffelijke resten van de overige twee slachtoffers konden geen bewijzen meer worden aangetroffen van verkrachting of seksueel geweld.

Ondanks deze bewijzen bleef McAllister tijdens het gehele proces elke beschuldiging ontkennen en hield vol dat er alleen 'indirecte' bewijzen waren. Lord McLeish wees deze bezwaren van de hand en noemde ze 'ronduit ongeloofwaardig'. Hij merkte op dat McAllister door zijn verwijdering uit de maatschappij nooit meer een bedreiging kon vormen voor jonge vrouwen. Lord McLeish riep de lokale gemeenschap in ongewoon dringende bewoordingen op om het gezin van McAllister niet op te zadelen met de schuld.

Miller stond zichzelf nog een teug uit de heupfles toe. De envelop keek hem vanuit zijn ooghoeken treiterend aan. Hij legde het krantenknipsel neer. De tegenargumenten zaten in die verkreukelde maar niet gescheurde stevige envelop. Dit was niet de eerste keer dat hij ze de afgelopen achtenveertig uur had gelezen. Integendeel.

Het daglicht was bijna weg, maar hij wilde nog geen lamp aandoen. Hij pakte de heupfles en de brief en liep naar de glazen schuifdeur die naar het grote observatieplatform leidde. Buiten had hij een onbelemmerd uitzicht op de kust vanaf Tantallon Castle links, dat even trots als altijd op het klif stond, hun huis op de wal, en in de verte de oogverblindende gouden strook, het zandstrand van het natuurgebied Yellowcraigs. Hij zou graag buiten op het platform willen zitten, maar bij dit weer zou hij bevriezen of omverwaaien. Hij schoof een gemakkelijke stoel naar het raam en ging zitten.

17

Hospice St. Baldred, 17 september 2005

Mijn lieve Miller

Mijn goede vriend Russell Sinclair, die jarenlang mijn advocaat is geweest, heeft je deze brief zo snel mogelijk na mijn dood overhandigd. Wees niet verbaasd over het handschrift, dat is niet het mijne. Alleen wat op de envelop en boven aan en onder aan deze brief staat, heb ik zelf geschreven. Omdat ik nu erg zwak ben, heb ik iemand van de verpleging van de hospice gevraagd om op te schrijven wat ik haar dicteer, een lieve verpleegkundige die Lizzie heet. Lizzie en de andere leden van het personeel zijn de afgelopen weken mijn redding geweest. Het is heel gek, maar dat dicteren doet me denken aan mijn werk voor de bank, toen ik eindeloos veel brieven aan mijn oude vertrouwde secretaresse dicteerde. Wat is dat nu lang geleden. Het zal wel een paar dagen duren voordat deze brief klaar is, want ik kan me niet meer zo lang concentreren.

De gedachte is in me opgekomen dat je na het bericht over mijn dood alle banden met de familie zou verbreken. Dat je niets meer te maken wilde hebben met de dingen waar we allemaal ooit mee te maken krijgen: testamenten, begrafenissen, enzovoort. Maar dat had je twee jaar geleden, na de dood van je moeder, ook al kunnen doen, en heb je niet gedaan. Je hebt contact gehouden met je broer en zus, en volgens hen ben je een goede, zij het wat afstandelijke, broer voor hen. Zelfs die harde leermeesteres, Mhari, erkent jouw aangeboren fatsoenlijkheid en ze zegt dat je een goede oom bent voor haar kinderen. Hetgeen een bewonderenswaardige prestatie is, want ik heb van wijlen je moeder (en van Greg) begrepen dat haar kinderen nogal 'moeilijk' kunnen zijn.

En jij en Greg? Het was voor mij en je moeder altijd een enorme bron van vreugde om te zien hoe hecht de band vroeger tussen jullie was. Greg leek, hoewel hij natuurlijk ouder is, toch altijd aan jou te hangen alsof jij de oudere broer was. Ik weet niet of jij dat destijds ook hebt gemerkt, maar ik weet dat Greg erkent dat hij veel aan jou verschuldigd is. Hij houdt van je. Dat maakt me bijzonder gelukkig, vooral nu.

Ik ben er vrijwel zeker van, door wat Mhari me heeft verteld, dat je de brief die ik je heb gestuurd na de rampzalige diagnose, nog maar een paar maanden geleden, niet hebt gelezen. Mijn eerste, of misschien mijn tweede, gedachte nadat ik die diagnose te horen kreeg was dat ik jullie elk een brief wilde schrijven, elk van mijn geliefde kinderen. Ik moet toegeven dat ik het een verdrietige gedachte vond dat jij mijn laatste liefdevolle woorden hebt verscheurd of verbrand. Maar nu, drie maanden later, nu ik bijna aan het einde ben gekomen, voel ik dergelijke pijn niet meer. Ik sta daar nu heel ver vanaf. In zekere zin heb ik het gevoel dat ik deze wereld al heb verlaten.

Om te beginnen wil ik iets vertellen over mijn testament, waar Russell jullie over heeft verteld en waar je ongetwijfeld van bent geschrokken. Er zijn gegronde, praktische redenen voor mijn keuze en die wil ik je graag uitleggen. Hoeveel ik ook van Mhari houd: de keuze van haar echtgenoot heeft me altijd dwarsgezeten. Je moeder en ik waren het daar aanvankelijk niet over eens, maar na verloop van tijd kreeg ook zij daar grote twijfels over. Mhari is wat je tegenwoordig meen ik een 'supervrouw' noemt: ze heeft een topcarrière, ze is een topmoeder, topechtgenote en topkostwinner. Dat is het probleem. Neil zou de erfenis ongetwijfeld verkwisten, hoe dan ook. Ik heb voldoende geld beschikbaar voor

Mhari en haar kinderen, spaargeld en beleggingen. Haar kinderen kunnen hun aandeel pas krijgen als ze ouder zijn. Misschien, met een beetje geluk, zijn Neil en Mhari tegen die tijd gescheiden. Greg krijgt hetzelfde bedrag. Die lieve, zachte Greg. Ik heb altijd het gevoel gehad dat hij een wat afgezonderd deel van het gezin was. Maar ik heb begrepen dat hij heel gelukkig is en dat het hem goed gaat. Daar kan ik alleen maar blij om zijn. Verder heb je gezien dat ik een groot bedrag heb nagelaten aan de hospice. Dat is het minste wat ik kan doen na de afgelopen weken.

Het onroerend goed van mijn nalatenschap vertrouw ik jou toe, omdat ik weet hoeveel je hield van ons huis en vooral van ons prachtige eiland. Ik heb nooit een ander kind gekend dat zo gevoelig is voor zijn omgeving en voor de natuur, en dat vanaf zo'n jonge leeftijd. Jij bént Fidra, jij bént de zee, jij bént de vogels. Je bent altijd zo één geweest met de omgeving dat ik wel eens heb gedacht dat je misschien nog eens vogelwachter zou worden, misschien zelfs op een nog veel afgelegener eiland dan Fidra!

Mijn dierbare Fidra. Het heeft me onbeschrijflijk veel goed gedaan hier te mogen verblijven, en uit te kunnen kijken op dat prachtige kleine eilandje. We hebben hier vanuit de hospice zo'n fantastisch uitzicht. Adembenemend! Ik weet niet of het door de medicijnen komt, maar soms stelde ik me voor dat ik erheen vloog, als een oude zilvermeeuw of een papegaaiduiker, en dan over het hele eiland vloog en alles in me opnam. Soms lijkt het alsof ik meer daar ben dan hier, in dit oude lichaam dat me in de steek laat.

Ondanks de gebeurtenissen die het later hebben verpest, ben ik ervan overtuigd dat jij Fidra écht kunt heroveren. Mhari, die schat, heeft dat geprobeerd door er vaak met haar gezin naartoe te gaan. Je moeder wilde er nooit meer heen, waar ik echt heel verdrietig om ben. Maar zij was, net als iedereen, beperkt in wat ze aankon.

En jij, zoon van me? Ik heb al je successen gevolgd, in je werk en je privéleven, en ik heb er plaatsvervangend van genoten. Dat je een vrouw en twee kinderen hebt, maakt me gelukkiger dan ik je kan vertellen. Dit is misschien het moment om mijn verontschuldigingen aan te bieden voor mijn hysterische gedrag na afloop van de uitvaart van je moeder. Ik heb al uitgebreid mijn excuses daarvoor aangeboden via je broer en zus, maar nu doe ik dat nog eens rechtstreeks. Verder kan ik er alleen maar over zeggen dat het een afschuwelijke dag was, in elk opzicht.

Als je dit nog steeds leest, ben ik daar zeer dankbaar voor. Nu ben ik aanbeland bij het moeilijkste deel van deze brief, en ik vraag je om te blijven lezen.

Mijn veroordeling. In tegenstelling tot je moeder heb ik nooit zo'n krachtige, onwrikbare geloofsovertuiging gehad. Tijdens mijn gevangenschap van de afgelopen dertig jaar heb ik in het gezelschap verkeerd van velen die zichzelf als religieus beschouwen. Gevangenispredikanten, pas bekeerde godsdienstfanaten, echte gelovigen, mensen die zichzelf voor de gek houden, en de echte oplichters. Maar hier, in deze hospice, dit vredige oord waar diepgelovigen het zwaarste werk verrichten, begin ik het 'andere' een beetje te begrijpen en te vóélen.

Er wordt wel eens gezegd dat mensen die op sterven liggen de waarheid spreken. Om de Schepper gunstig te stemmen? Misschien. Maar volgens mij is er ook nog een andere reden. Het is volstrekt nutteloos geworden om te liegen. Wat heeft het nog voor zin om de moeite te nemen te liegen als je al zo veel moeite moet doen om de volgende minuut door te komen, het volgende uur?

Ik zeg het je nu recht voor z'n raap. Ik ben vals beschuldigd. Misschien heeft dat zo moeten zijn. Ik ben niet de eerste en ik zal zeker niet de laatste zijn die onschuldig vastzit. Ik heb lang geleden de hoop op eerherstel opgegeven. Daar is het nu gewoon te laat voor. Maar het is mijn laatste wens dat jij in mijn onschuld gelooft. Ik heb het geluk gehad de afgelopen dertig jaar te kunnen rekenen op de niet-aflatende steun van alle andere familieleden. Behalve van jou, mijn kleine Miller. Gek, dat ik me jou vooral zo herinner, ook al ben je nu ouder. Mijn kleine Miller, het mooiste kind ter wereld, met dat wilde, dat ongetemde. Het is hartverscheurend dat jij denkt dat ik een monster ben. Ik wil een laatste poging doen om het jou duidelijk te maken, en dat doe ik door nog eens de bewijzen door te nemen, en je een paar dingen te vertellen die je als kind niet kon weten, die ik je later niet kon vertellen omdat je nooit meer met me hebt gesproken en niet wilde dat ik contact zocht met jou. Ik zal ze je nu vertellen.

Nu je zelf vader bent, weet je natuurlijk wat een ouder er allemaal voor over heeft om zijn kind te beschermen tegen verdriet, onzekerheid en zorgen. Die avond in de vroege zomer van 1973 kwam ik verdrietig en bezorgd thuis. Ik had al verwacht dat je moeder niet thuis was, omdat ze veel weg moest voor haar vrijwilligerswerk voor de kerk, maar ik had gehoopt dat mijn geweldige kinderen er wel zouden zijn. Helaas was er niemand om me welkom te heten met een lach of een fronsende blik (Mhari's specialiteit in die periode). Beide had ik graag gezien, maar jullie waren allemaal weg, en genoten van de eerste zomerse dag. Bella was er natuurlijk wel. Ze wist me met haar uitzinnige begroeting een beetje op te vrolijken. Ik weet niet meer waarom Greg of jij haar niet had meegenomen.

Maar toen ik merkte dat ik dus alleen thuis was, nam ik een besluit. Ik wilde ook even uitwaaien na een lange dag en iets proeven van die eerste zomeravond. Ik zette mijn tas in de vestibule, zei tegen Bella dat ze het me voor één keer moest vergeven dat ik haar niet meenam, en reed met de auto langs de kust. In mijn achteruitkijkspiegel zag ik Fidra, Lamb, Craigleith, al die kleine eilandjes die zo vredig in de avondschemering lagen, en daarachter de gouden lucht, waaraan je kon zien dat de zomer in aantocht was. Wat hield ik toch veel van dat stuk van de kust, net zoals jij. Maar toch voelde ik me verre van rustig.

Ik reed naar Tantallon, zette de auto op de parkeerplaats en stapte uit om mijn benen te strekken. Het kasteel was dicht, maar ik klom over het hek en liep naar de plek waar wij altijd zo van het fantastische uitzicht genoten over de

Firth en Bass Rock. Als wij daar samen waren, en jij zo kinderlijk opgewonden en uitgelaten was over dat prachtige uitzicht, iets wat ik erg van mezelf herkende, dan sprongen de tranen me soms in de ogen. Dat gebeurde toen ook, net zoals al die keren dat ik de afgelopen dertig jaar aan die avond heb teruggedacht. Ik ging op het bankje zitten en keek uit over zee tot de zon onderging. Ik dacht na over de toekomst van ons gezin, een toekomst waar ik al dagenlang over had lopen piekeren.

Sinds het moment waarop je moeder mij vertelde dat ze van plan was om bij me weg te gaan, om ons allemaal te verlaten.

18

De laatste slok uit de heupfles schoot in Millers verkeerde keel-
gat, en hij kwam hoestend en kokhalzend overeind. Dat, in combinatie met zijn hevige vermoeidheid, bezorgde hem een barstende
koppijn. Hij schoof de deur naar het observatieplatform open. Het
geluid van de wind die door de kamer woei en de papieren op de
salontafel deed opwervelen, was plotseling oorverdovend. Hij
greep de rest van de brief, ging naar buiten, schoof de deur achter zich dicht en liep over de metalen vloer, wat een ratelend geluid maakte. Nu hoorde hij behalve de wind ook nog het geraas
van de zee, maar hij vond die kakofonie wel prettig. Dat had hij
altijd al gevonden. Hij voelde zich meteen beter, zijn hoofd en
longen voelden verfrist en helder.

Hij liep naar een beschut gedeelte waar hij bij het licht dat van
binnen kwam de rest van de brief kon lezen. Hij wist al wat erin
stond. Hij las de brief nu al voor de vijfde keer. Hij voelde niet
meer de steen op zijn maag, zoals bij de eerste keer. Hij keek nog
eens goedkeurend naar de twinkelende lichtjes op het vasteland
en las verder. De wind trok aan de bladzijden, dreigde ze in het
kolkende water te gooien dat zo duizelingwekkend diep beneden
hem lag.

Ik heb altijd van je moeder gehouden. Zij was in het begin
verbaasd en vereerd dat ik van haar hield. Misschien kwam
dat doordat ik zo mijn best heb gedaan om haar te verove-
ren, tegen de zin van mijn ouders in. Zij wilden liever dat
ik iemand koos die op een hogere sport van de maatschap-
pelijke ladder stond. Ze hebben zich erbij neergelegd, maar
er ontstond wel een kloof tussen mijn ouders en mij die niet

te overbruggen was. Nee, er is voor mij nooit iemand anders geweest dan je moeder, dus toen ze me dit vertelde, stortte mijn wereld in. We weten allemaal dat ze soms heel moeilijk, opvliegend en ongeduldig kon zijn, maar ze had een tomeloze fysieke en emotionele energie waar ze een uitlaatklep voor nodig had. Misschien zou ze tegenwoordig een eigen carrière hebben gehad, zoals Mhari. Maar in die tijd, en in de wereld waarin we toen leefden, was het gebruikelijk dat een vrouw alleen echtgenote en moeder was. Misschien dat ze daarom zoveel vrijwilligerswerk en andere dingen deed. En ik weet ook wel dat ik haar soms ergerde met mijn enthousiasme over de boten en over Fidra. Maar ik dacht dat ze gelukkig was. Dat ze haar levensvervulling had gevonden. Kennelijk had ik het mis.

Eerst dacht ik dat er een andere man in het spel was. Dat zou al verschrikkelijk genoeg zijn. Maar nee, het was nog veel erger. Er was niet tegen te vechten. Ze vertelde me dat ze na een jaar piekeren had besloten om bij ons weg te gaan. Ze wilde afscheid nemen van haar vroegere leven en zich aansluiten bij een religieuze orde.

De consequenties daarvan begon ik pas te overzien nadat ik van de eerste schrik bekomen was. We hadden afgesproken dat we zouden bespreken hoe het allemaal zou moeten, wat we tegen jullie moesten zeggen, en wat het voor haar en voor mij zou betekenen. We wilden dat het weekend daarna doen, op de zondag dat ik met jullie terugkwam van Fidra. Gek genoeg werd ik door het uitstapje naar Fidra een stuk rustiger. Ik was van plan er met mijn beste vriend, Forbes Buchan, over te spreken. Ik wist dat ik hem kon vertrouwen en dat hij me goede raad zou geven. Maar bij nader inzien besloot ik dat het beter was om te wachten tot je moeder en ik er verder over hadden gesproken.

En toen werd ik als een donderslag bij heldere hemel gearresteerd. Tijdens mijn voorlopige hechtenis werd ik door twee gevangenen in elkaar geslagen. Ik was flink gewond en het proces moest zelfs uitgesteld worden. Maar ik herstelde snel en toen ik weer op de been was, hebben je moeder en ik ons gesprek toch nog gehad. Ze vertelde me dat ze mijn arrestatie opvatte als een teken dat haar besluit verkeerd was, en dat ze toch bij haar gezin moest blijven. Ik denk dat ze in die periode heel erg in de war was. Ik kon haar niet helpen. Ik was zelf volkomen verbijsterd over wat mij overkwam. Maar ik weet wel dat ze het zich op de een of andere manier kwalijk heeft genomen en dat ze daar altijd een soort schuldgevoel aan over heeft gehouden. Als zij het niet tegen mij had gezegd, had ik me dan die bewuste avond anders gedragen? Misschien. En zou dat zo veel verschil hebben gemaakt? Ik weet het niet, maar ik vraag me dat nu al tweeëndertig jaar af.

Je weet dat je moeder altijd diepgelovig is geweest. Ik twijfel er geen moment aan dat zij het jaar daarvoor verscheurd werd door de vraag of ze bij ons moest blijven of ons moest verlaten. Ik denk ook dat zij door haar geloof soms op zeer vreemde gedachten is gekomen. Haar schuldgevoel over haar besluit om bij ons weg te gaan is zelfs zo geëscaleerd dat zij begon te denken dat mijn veroordeling een soort straf was, voor haar, en voor degenen van wie ze hield. Dat zij werd gestraft voor haar zondige trots, voor haar gedachte dat zij goed genoeg was om bij een kloosterorde te kunnen gaan. Ik vond haar overtuigingen heel zelfdestructief en verdrietig. Maar je moeder is me de rest van haar leven trouw gebleven en is op haar manier van me blijven houden. Meer had ik niet van haar kunnen verlangen.

Dat was dus de situatie die avond waarop dat arme meisje verdween. Van Tantallon ben ik nog naar Dunbar gereden, en daarna ben ik weer naar huis gegaan. Maar ik ben absoluut níét in de buurt van Garvald of Lammermuir geweest.

En de twee mensen die hebben verklaard dat ze me daar hebben gezien? Die hebben zich simpelweg vergist of erger. Ik weet dat Russell al het mogelijke heeft ondernomen om die getuigen later nogmaals te ondervragen. Hij had een theorie dat een van die twee, Andy Blackford, die ik vaag kende, door zijn baan bij de kustwacht nauwe banden had met de politie en daarom zijn getuigenverklaring een beetje heeft overdreven, of misschien zelfs gewoon heeft verzonnen. Russell dacht ook dat zijn verloofde, Lena Stewart, door hem of door iemand anders was beïnvloed. (Russell vond het trouwens interessant dat die twee nooit met elkaar zijn getrouwd en kort na afloop van de rechtszaak uit elkaar zijn gegaan.) Ik vond zijn theorieën allemaal erg vergezocht.

Over die hondenriem heb ik geen enkele theorie of verklaring. Hij kan in de tuin zijn gegooid in de korte tijd tussen de verdwijning van het meisje en het telefoontje over de riem naar de politie. Maar bovendien, stél nou dat ik het wel had gedaan, waarom zou ik dan in godsnaam zo'n belastend bewijsstuk uitgerekend in onze tuin leggen? Waarom zou ik die riem niet hebben meegenomen naar Fidra en in de Firth of Forth hebben gegooid toen ik dat lijk zogenaamd naar het eiland vervoerde? Of het als een soort trofee hebben gehouden, en net als die andere twee riemen hebben begraven? Als het een paniekreactie was, zoals sommigen beweerden, dan was dat wel behoorlijk stom voor iemand die koelbloedig genoeg was om in de afgelopen vier jaar niet één maar liefst drie lijken te begraven op het eiland.

Ik heb het ergste voor het laatst bewaard. Ik heb geen enkele verklaring voor het feit dat die arme meisjes daar begraven waren. Het idee dat die eerste twee daar al zo lang op het eiland waren, terwijl jullie – Mhari, Greg en jij – daar speelden, bezorgt me nog steeds koude rillingen. Mijn verdediging heeft geprobeerd daar iets tegen in te brengen. Want iedereen kon op Fidra komen. Wij woonden daar niet permanent. Iedereen kon daar ongezien naartoe varen, zeker als je in de noordelijke baai zou aanleggen. Die meisjes zijn op vakkundige wijze begraven en degene die dat heeft gedaan, moet gereedschap bij zich hebben gehad om het graf te delven en weer dicht te maken. Dat moet tijd hebben gekost. En dan het lichaam van dat arme derde kind, dat daar zomaar lag? Volgens de openbare aanklager heeft ze daar in de afgesloten ruïne gelegen terwijl wij daar tijdens het weekend hebben gepicknickt. Ongetwijfeld was dat een van de dingen waardoor de jury mede tot haar oordeel is gekomen. Maar als ik het had gedaan, zou ik dan zo'n groot risico hebben genomen? Een uitstapje maken naar het eiland terwijl dat lijk daar lag? Bovendien, hoe en wanneer had ik haar dan willen begraven? Op een eiland vol mensen? De waarheid was dat je moeder en ik hadden afgesproken dat we even een adempauze zouden nemen. Dat was wel nodig na wat er in die week was gebeurd, en een uitstapje naar het eiland leek me daarvoor het beste. Ik belde op zaterdagochtend naar Buchan om te vragen of zij mee wilden gaan, zodat het ook voor jou en je broer en zus een vrolijk uitstapje zou worden en jullie veel plezier konden maken. En niets zouden merken van mijn neerslachtige humeur. Op zich was dat ook een goed idee, als het tenminste niet na onze terugkeer zo was afgelopen. Als we ons 'alleen maar' zorgen hadden hoeven maken over ons huwelijk, niet over mijn arrestatie wegens drievoudige moord.

Volgens de openbare aanklager heb ik het lichaam vrijdag na zonsondergang naar het eiland gebracht. Mijn plan was blijkbaar om zondag, als we alweer aan de wal waren, met een smoesje terug te keren naar het eiland en haar dan te begraven. Ze beweerden dat ik wel vaker in mijn eentje naar Fidra ging om iets te 'controleren' of om iets te 'repareren' (met allerlei bouwmaterialen) en daar dan 's nachts alleen bleef. Daarmee suggererend dat ik me op die manier van die lijken ontdeed. Het is inderdaad waar dat ik vaak naar Fidra ging. Zo'n huis zorgt echt niet voor zichzelf. Vaak kon ik door het getij niet dezelfde dag terugkeren, en soms had ik gewoon zin om daar even alleen te zijn. Jij, die net zo dol was op het eiland als ik, moet dat toch kunnen begrijpen? Fidra was een deel van me, en is dat nog steeds. Ik voelde me er instinctief toe aangetrokken, net zoals jij vroeger, en hopelijk ook in de toekomst.

Zelfs nu nog lopen de rillingen over mijn rug als ik eraan denk dat jij daar ook was, die dag waarop ze het eiland hebben afgezocht, dat je zo dapper en stoer en avontuurlijk was om er in je eentje naartoe te varen met de bedoeling mij te helpen. Dat je het vermiste meisje wilde helpen zoeken dat daar misschien veilig en wel op het eiland was. En dat je dát toen hebt gezien. Mijn arme, kleine jongen. Forbes heeft me verteld dat hij en een agent jou moesten vasthouden, en dat jij maar gilde, aan één stuk door gilde. Dat hij en je moeder in de weken en maanden daarna hulp hebben gezocht voor je. Volgens de psycholoog reageerde je redelijk goed op de behandeling, tot op zekere hoogte. Maar ik vraag me af of dat wel zo was. Hoe kun je ooit zo'n ervaring te boven komen? Ik denk dat door dat incident het idee over mijn 'schuld' bij jou heeft postgevat. Alle anderen bleven me stoïcijns steunen, en niemand, echt niémand heeft ooit geloofd dat ik echt schuldig was. Behalve jij. Misschien was het allemaal te veel voor je. Jij had natuurlijk het gevoel dat ik jou op een afschuwelijke manier had verraden. Ik had voorgoed jouw toevluchtsoord, jouw heiligdom, jouw speelplaats, jouw eiland verpest. Dan is het misschien geen wonder dat je voorgoed overtuigd bent geraakt van mijn schuld.

Nu heb ik mijn halve leven in de gevangenis doorgebracht. Ontelbare malen heb ik alles overdacht. Tot ik er gek van werd. Ik kreeg soms hoop, als Russell een bepaalde theorie probeerde uit te zoeken, maar die hoop werd dan toch weer de bodem ingeslagen. Nu is het al heel lang te laat. Het hoger beroep is op niets uitgelopen, en eventuele bewijzen zijn al eeuwen geleden verdwenen of vernietigd. Er was trouwens helemaal geen fysiek bewijsmateriaal waar de moderne wetenschap iets mee zou kunnen. Alleen maar indirecte bewijzen. Het was onmogelijk om daartegen te vechten.

Ik heb me al jaren en jaren geleden met tegenzin bij de situatie neergelegd. Op een bepaald moment heb ik moeten accepteren dat ik nooit meer zou worden vrijgelaten. Dat ik altijd ben blijven ontkennen, heeft mijn lot bezegeld, en heeft de autoriteiten ertoe bewogen om mij de rest van mijn leven vast te houden. De wetenschap dat het jullie moeder en mijn drie fantastische kinderen goed ging, heeft ervoor gezorgd dat ik mijn verstand niet ben kwijtgeraakt. Ik heb mijn leven geleid door júllie, iets wat natuurlijk voor elke liefhebbende ouder geldt.

Maar naast de dood van jullie lieve moeder, ben jíj het, Miller, die mij de meeste pijn bezorgt. Als ik had geweten dat jij in mij geloofde, zou mijn hel zoveel gemakkelijker te verdragen zijn geweest. Meer kan ik daarover niet zeggen.

Ik dicteer de laatste woorden van deze brief in het besef dat ik je nooit meer zal zien. Mijn enige hoop is dat je ooit, hoe dan ook, nog eens op andere gedachten zult komen.

Wat je uiteindelijk ook over mij zult denken, onthoud dit.

Ik hou van je. Ik heb altijd van je gehouden.

Ik ben en blijf,

Aye je liefhebbende vader

Aye je liefhebbende vader. Die archaïsche Schotse liefkozende woorden stonden altijd op de briefjes en de kaarten die hij als kind van zijn vader had gekregen. Ze kwamen rechtstreeks uit een ander tijdperk. Soms stond er alleen maar: '*Aye* de jouwe'. Altijd de jouwe. Een scherp contrast met het nette, goed leesbare handschrift van de verpleegkundige aan wie hij de brief had gedicteerd. Hij herinnerde zich maar weinig van haar. Lizzie heette ze. Andere, afschuwelijke herinneringen aan zijn bezoek aan de hospice die nacht hadden het beeld van haar overschaduwd. Maar hij wist nog wel dat ze heel vriendelijk was geweest tegen hem. En ongetwijfeld ook tegen zijn vader.

Miller legde zijn wijsvinger op het laatste vel en merkte opnieuw op dat de laatste woorden waren opgeschreven in het bibberige, inderdaad nauwelijks herkenbare handschrift van zijn vader, net als de aanhef: 'Mijn lieve Miller.'

Aye je liefhebbende vader. Zou dat het laatste zijn dat hij ooit had geschreven? Waarschijnlijk wel.

Hij merkte dat het donkerder werd en dat hij het koud had. Hij voelde aan zijn wang. Tranen. Hij stond op en liep ineengedoken tegen de wind terug naar de warmte van de woonkamer, sloot de deur tegen de wind en het geraas van de zee, en keek nog één keer naar buiten voordat de lampen straks alleen de kamer en zijn spiegelbeeld zouden weerkaatsen. Toen zag hij het. Er kwam een boot aan! Snel liep hij het huis uit naar de aanlegsteiger. Verdomme! Wie het ook was die daar naderde: het zou een heidens karwei worden om aan te leggen. Erger nog, hij of zij zou hier tot morgenochtend vastzitten! Wie wás dat? Hij herkende de boot niet, dus het kon Greg of Mhari niet zijn, al kon hij zich toch al niet voorstellen dat een van beiden van gedachten was veranderd. Hij was de verrekijker vergeten die altijd aan het haakje naast de voordeur hing, maar als hij nog even wachtte, kon hij zo wel zien wie het was.

Hij tuurde door het schemerige licht. Het was één persoon, die rechtop stond, een beetje voorovergeleund als een boegbeeld dat uitkijkt naar land. Maar wacht eens, nee toch! Dat kon toch niet waar zijn? Hij keek ingespannen toe terwijl de wind de kleren van de man deed opbollen, als een extra zeil. Die kleren, die kap die steeds bijna van het hoofd dreigde te waaien, en dan het gezicht zou prijsgeven dat daaronder schuilging. Er was geen twijfel mogelijk. Die man droeg een monnikspij.

De rillingen liepen Miller over de rug. De bezoeker maakte een griezelige indruk, en als het niet zo'n moderne boot was geweest, zou Miller hebben gedacht dat hij een beeld zag van achthonderd jaar geleden, toen de middeleeuwse monniken dit eiland en de kapel in hun bezit hadden. Allerlei spookverhalen van vroeger over 'De duistere monnik van Fidra' kwamen in zijn hoofd op terwijl hij naar de snel naderende boot keek. Was het echt wat hij daar zag?

Plotseling kwam de figuur tot leven en gebaarde met zijn hand, die gewoon van vlees en bloed leek, dat hij hulp nodig had bij het aanleggen.

Even later had Miller de touwen vastgelegd. Hij greep de uitgestoken hand van de man vast en hielp hem aan wal. De bezoeker deed zijn kap af. Hij was kaalgeschoren en had een vriendelijk, maar verweerd gezicht. Het was onmogelijk zijn leeftijd te schatten zonder er vijftien jaar naast te zitten.

Hij stak zijn grote hand uit. 'Mijn excuses dat ik je rust en vrede hier kom verstoren, maar ik wilde je zien. Ik ben Duncan. Broeder Duncan Alexander. Ik weet niet of je je mij nog herinnert. Het is bijna dertig jaar geleden dat wij elkaar voor het laatst hebben gesproken.'

19

'... en zoals ik al bij mijn aankomst vertelde, hoorde ik dat je terug was. Het is maar een klein dorp hier, en zulke dingen zijn snel
bekend. Ik kan niet vaak genoeg zeggen hoe jammer ik het vind
dat ik niet bij de begrafenis van je vader kon zijn. Ik was tot gisteren in retraite. Het spijt me van het tij, het was stom van me
om daar niet aan te denken. Ik had het even moeten nakijken.
Maar ik zag ongeveer een uur geleden jullie boot hierheen varen
en ik nam aan, ik hóópte, dat jij het zou zijn. Ik besloot om meteen naar je toe te gaan.'

Miller keek hem nog eens onderzoekend aan. *'Dunc-the-monk.'*
Hij glimlachte. Greg, zoals altijd de grapjas, had die bijnaam bedacht. En die bijnaam was blijven hangen. De man in monnikspij, die zo nu en dan een kopje thee kwam drinken bij zijn moeder, vonden ze vroeger alle drie zeer fascinerend. Hij was exotisch
en een beetje sinister, anders dan iedereen die ze kenden, en hij
nam altijd iets lekkers voor hen mee. Een chocoladereep, zakken
toffees, een boek over een interessant onderwerp: vogels of de natuur voor Miller, sport of wetenschap voor Greg, plantenstekjes
uit de kloostertuin voor hun vader. Ze mochten hem allemaal
graag. Hun vader, die altijd en eeuwig beleefd was tegen bezoekers, was dolgelukkig met wat Duncan meenam voor de tuin. De
serieuze en betweterige Mhari, die destijds nog te jong was om
het allemaal precies te snappen, wist Greg en Miller te vertellen
dat dit een veelbetekenend feit was.

'... Je weet toch dat pappa de pest heeft aan de katholieke Kerk?
"Het toppunt van hypocrisie" noemde hij die een keer. Ze heb-
ben heel wat geruzied toen mamma haar geloof had "hervonden".
Maar dat is nu geloof ik allemaal weer goed, en pappa kan het

uitstekend vinden met Dunc-the-monk. Soms drinken ze stiekem een glas whisky in pappa's studeerkamer, en wist je dat Dunc een boek over Fidra wil schrijven? Daar vraagt hij pappa steeds van alles over, wat pappa natuurlijk hartstikke leuk vindt, en hij heeft ook gevraagd of hij er af en toe naartoe mag...'

Hoewel Duncan dikker, kaler en dertig jaar ouder was geworden, kon Miller toch nog sporen van de vroegere enthousiaste, frisse monnik in hem terugzien. Hoe oud zou hij toen zijn geweest? Moeilijk te zeggen. Ergens in de twintig? Ouder waarschijnlijk. Hij was lang, zeker in de ogen van een kind van elf, goedgebouwd, en – wat heel schokkend was in die tijd – hij mocht haar hebben! Geen geschoren hoofd, geen bloempotkapsel met tonsuur. Nee, hij droeg 'blits', redelijk lang jaren-zeventig-haar. Daar was nu niets meer van over. Maar die stem herkende hij nog goed. Het rijke, volle accent van de Borders.

Wat zou hij hier komen doen? Hoe verrast Miller ook was, hij had aanvankelijk zijn irritatie niet kunnen onderdrukken. Hij had nu pas in de gaten hoe hij ernaar had verlangd om hier alleen te zijn. Maar de warmte die de man uitstraalde, in combinatie met de dringende reden waarom hij hier scheen te zijn, had hem gedwongen zijn irritatie aan de kant te zetten en zich – voor het eerst in eeuwen, leek het – beschaafd en gastvrij te gedragen. Dat gevoel was eigenlijk wel prettig.

'Nee, toe, broeder Duncan. Het is echt niet nodig om nogmaals met excuses te komen. Zoals je weet, komen we geen logeerkamers tekort. Zal ik nog eens wat whisky bijschenken? Bedankt trouwens dat je die fles hebt meegebracht. Blij te horen dat jullie wel een neutje mogen drinken.'

Duncan had geprobeerd de vinger te leggen op wat er veranderd was aan die jongste van McAllister, zoals hij hem in gedachten nog steeds noemde. In de loop der jaren had Ailsa hem allerlei foto's laten zien, waarop hij zijn ontwikkeling van jongen naar man had kunnen volgen. De laatste foto's die hij had gezien, waren nog maar van een paar jaar geleden. Ze had meermalen gezegd dat hij zo'n fanatiek sporter was. Miller was als volwassen man het toonbeeld van een superfitte gezonde man. Verder had

Ailsa in de afgelopen jaren talloze uren uitgewijd over het verdrietige feit dat haar jongste zoon zijn vader niet wilde bezoeken en zelfs zijn brieven niet wilde lezen. Later had ze het niet veel meer over Miller gehad, maar Duncan wist dat hij een blijvende bron van zorg en verdriet was voor haar.

Hij liet zich bijschenken en bekeek Miller eens goed. Sprekend zijn vader. En jong voor zijn leeftijd. Geen streepje grijs te zien in dat zwarte haar. Maar hij zag er doodmoe uit; hij had donkere kringen onder zijn ogen en was ziekelijk bleek. Het was duidelijk dat hij last had van stress en verdriet. Duncan had in het gastenverblijf van het klooster genoeg bezoekers geobserveerd, met al hun zorgen en verdriet, om de signalen daarvan te kunnen herkennen. Het was tijd om die te verlichten, of juist te verzwaren, afhankelijk van hoe je het zag.

'Ik maak er zeker geen gewoonte van om de rust van andere mensen te verstoren, maar toen ik hoorde dat je vader was overleden en dat jij hier was, móést ik gewoon even met je praten. Ik heb er ook over gedacht om na het overlijden van je moeder contact met je op te nemen om te zien hoe het met je ging, maar dat is toen helaas niet gelukt; ik was toen toevallig ook in retraite.'

Hij nam nog een slok, wachtte even voordat hij verder ging en schraapte luidruchtig zijn keel. Dit was lastiger dan hij had gedacht. Maar nu kon hij niet meer terugkrabbelen.

'Ik heb je vader zo nu en dan bezocht toen hij in Peterhead zat. Ik heb het altijd zeer onredelijk gevonden dat hij zo ver van jullie huis gevangenzat. Ik weet dat Russell Sinclair er alles aan heeft gedaan om hem overgeplaatst te krijgen naar Edinburgh, maar nee. Ze zeiden altijd dat deze categorie gevangenen zwaarbeveiligd moest worden en dat ze hem daarom niet konden overplaatsen. Het is een wonder dat ze hem uiteindelijk toestemming hebben gegeven om naar St. Baldred te gaan. Dat is trouwens de reden dat ik hier ben.'

Hij keek naar Miller, die naar zijn glas staarde. Hij bad dat de jongen goed zou reageren op wat hij hem ging vertellen.

'Onze kloosterorde heeft namelijk nauwe banden met de hospice. Veel mensen die daar werken, komen zo nu en dan in ons gastenverblijf om bij te komen en de batterij opnieuw op te laden.

Ook de verpleegkundige die je daar hebt ontmoet toen je vader net was overleden, Lizzie Henderson. Daardoor, en doordat ik zelf in de hospice heb gewerkt, heb ik haar vrij goed leren kennen. We hebben vaak gesproken over wat ik je nu ga vertellen. En ik heb meteen contact opgenomen met Lizzie toen ik uit retraite kwam. Toen ik haar zag, was ze erg van streek. Om je de waarheid te zeggen: ze was, en is nog steeds, wanhopig. Mag ik je vragen of je die brief van je vader hebt ontvangen? De brief die Lizzie voor hem heeft opgeschreven?'

Miller knikte verbaasd.

'Lizzie heeft me verteld hoe zij het heeft ervaren dat hij haar die brief dicteerde. Ze vertelde me dat ze dit heel ontroerend, maar ook heel verontrustend heeft gevonden. Een paar weken daarvoor heeft ze een crisis doorgemaakt. Voordat jouw vader werd opgenomen in de hospice, is dat uitvoerig besproken in de teamvergadering. Iedereen was het erover eens dat zijn verleden van geen enkele invloed mocht zijn op de behandeling, maar voor Lizzie lag dat een beetje anders. Zij heeft een gesprek gevoerd onder vier ogen met de directeur van de hospice, die een belangrijke rol heeft gespeeld in het overhalen van de autoriteiten om je vader om humanitaire redenen op te laten nemen, iets waar velen buiten de hospice fel op tegen waren. Toen bekend werd dat je vader hier zou komen, is daar vanuit de omgeving nogal wat verzet tegen gekomen, en bovendien waren de autoriteiten aanvankelijk heel onverzettelijk, waardoor het bijna niet doorging. De directeur heeft er door zijn uitstekende connecties toch voor gezorgd dat je vader werd opgenomen in St. Baldred, en daar werd hij als elke andere gewone patiënt behandeld. Maar voor Lizzie was hij niet zomaar een patiënt. Zij had een bepaalde connectie met je vader. Of in elk geval met zijn veroordeling.'

Hij zag dat Miller aandachtig luisterde, en ging verder.

'De tante van Lizzie heet Lena Stewart. Lena Stewart, dat herinner je je ongetwijfeld nog wel, was een van de kroongetuigen. Zij heeft destijds verklaard dat ze jouw vader heeft gezien in de buurt van de plaats waar het derde slachtoffer is verdwenen, op die avond in juni 1973. Lizzie heeft in de loop der jaren in de familie heel wat verhalen gehoord over je vader en ze vroeg zich af of het wel gepast was dat zij in de hospice bleef werken terwijl hij daar opgenomen was. De hospice is vrij klein en het personeel krijgt met alle patiënten te maken. Ze dacht erover om een tijd verlof op te nemen tot het onvermijdelijke overlijden van je vader. Maar na een diepgaand gesprek met de directeur besloot Lizzie dat ze zou blijven.

In de weken daarna kreeg Lizzie te maken met iets wat alleen maar een overweldigende transformerende ervaring genoemd kan worden. Ze raakte nauw betrokken bij de dagelijkse verzorging van je vader, en hij heeft haar uiteindelijk gevraagd of ze zijn laatste brief aan jou voor hem wilde opschrijven. Die brief is en blijft iets vertrouwelijks tussen jou en je vader. Ik wil niet de indruk wekken dat zij over de inhoud daarvan iets heeft verteld, want dat is niet zo. Ik kan denk ik wel vertellen dat hij in de weken daarvoor bij stukjes en beetjes aan Lizzie heeft verteld wat hem is overkomen. Toen hij steeds zieker en zwakker werd, kreeg hij de behoefte met iemand te praten. Het belangrijkste onderwerp, dat hem echt nog steeds heel erg dwarszat, was natuurlijk zijn veroordeling. Lizzie raakte daardoor overtuigd van de onschuld van je vader. Ik moet erbij zeggen dat Lizzie nooit heeft onthuld dat Lena Stewart haar tante was. Ze had terecht het gevoel dat dat onnodig belastend voor hem zou zijn, vooral omdat hij op sterven lag. Maar ze heeft wel veel nagedacht over haar steeds sterkere geloof in zijn onschuld. Op een bepaald moment is ze daar met haar tante over gaan praten. Daarmee schond ze niet haar ethische beroepscode, want zoals ik zei was het algemeen bekend dat jouw vader patiënt was in St. Baldred.

Lizzie en Lena hebben een aantal keren over je vader gesproken, totdat haar tante uiteindelijk heeft toegegeven dat zij voor de rechtbank een valse verklaring heeft afgelegd. Ze dacht destijds dat ze goede redenen had om te denken dat je vader schuldig was, maar ze heeft hem op die noodlottige avond niet gezien. Kortom, ze heeft gelogen.'

'Een gruwelkabinet'

Na de veroordeling van Douglas McAllister, heeft het eiland in de ogen van de bewoners voorgoed een gedaanteverandering ondergaan. Zoals al eerder gezegd werd het predikaat dat het eiland in de rechtbank kreeg – een gruwelkabinet – nu algemeen bekend. Tot op de dag van vandaag, een paar jaar na de gruwelijke ontdekkingen, verkeert de plaatselijke bevolking nog steeds in een permanente staat van ongeloof. Sommigen zeggen dat ze het liefste zouden willen dat het eiland in zee verdween. Anderen geven er de voorkeur aan zich in het openbaar niet uit te laten over de gebeurtenissen, waarmee ze consideratie tonen voor de familie McAllister.

Wat de familie betreft: de periode direct na de veroordeling was voor hen verre van gelukkig. Ailsa McAllister zwoer nooit meer naar Fidra terug te gaan, al bleef het eiland wel eigendom van de familie. Een goede vriend nam de verantwoordelijkheid op zich voor het onderhoud en de organisatie van de noodzakelijke werkzaamheden. Maar Ailsa had zich wel voorgenomen om in de streek te blijven wonen waar zij en haar kinderen zo veel van hielden, en ze hoopte dat het leven althans aan de oppervlakte weer normaal zou worden. Intussen kregen de kinderen hulp om over de schok heen te komen. De oudste, Mhari, ging studeren aan de universiteit, en de twee jongens, Miller en Gregor, gingen weer naar school in Edinburgh.

Ailsa zette haar vrijwilligerswerk voort, maar haar diensten waren niet meer overal welkom. De priester van de plaatselijke kerk bleef haar welkom heten, maar veel parochianen meden haar. Af en toe ging ze in retraite in een nabijgelegen klooster, dat over een gastenverblijf beschikte voor mannelijke en vrouwelijke bezoekers.

Dit klooster, Whitekirk Abbey (de broedergemeenschap waar schrijver dezes toe behoort) ligt aan de kust in de buurt van Tantallon Castle, op de plek waar in de elfde eeuw al een klooster heeft gestaan. Dit was het klooster dat in de middeleeuwen een kapel en een ziekenhuis voor pestlijders stichtte op Fidra. Het was dus enigszins ironisch dat Ailsa McAllister juist hier een regelmatige gast werd.

Fragment uit *Fidra – geschiedenis van een eiland* van Duncan Alexander, Whitekirk Publishing, eerste druk, 1978.

20

Januari 1975
Volgens de postbode lagen er op de A198 sneeuwhopen van zestig centimeter hoog. De sneeuwschuivers hadden de weg vrijgemaakt, maar het gasthuis kreeg toch de ene na de andere telefonische annulering.

'Broeder Duncan? Ik heb vijf kamers in orde gemaakt op de mannenafdeling en een op de vrouwenafdeling. Dat is toch goed? Iedereen die komt is er al, behalve die mevrouw.'

Duncan Alexander keek op van zijn papieren en knikte toen de huishoudster door de voordeur verdween. Hij was eindelijk alleen. De telefoon rinkelde niet meer. Wat een opluchting! Hij ging staan, draaide even met zijn gespannen schouders en liep naar buiten.

Het was een spectaculaire namiddag. De lage zon wierp een glinsterende schittering van goud en purper op het eerder nog zo verblindend witte sneeuwlandschap. Vijftig meter verderop, waar het land ophield, lag de Firth of Forth als een diep, voortdurend verschuivend mauve. Rechts van hem zag hij de met sneeuw bedekte kantelen van Tantallon Castle, die geruststellend massieve aanwezigheid, in het eerste avondlicht. Achter hem, heel ver weg, zonden de zachte pieken van de Lammermuir Hills een glinsterende avondgroet de wereld in voordat ze door het duister werden omhuld. Een gezonde wandeling daarheen zat er nu helaas niet meer in. Het was te laat, te koud, en er lag te veel sneeuw.

Hij wreef vermoeid in zijn ogen. Hij had de hele middag getelefoneerd, annuleringen genoteerd, boekingen gewijzigd. Hij kon net zo goed bij een reisbureau werken! Niet echt, natuurlijk. Het verbaasde hem soms dat er zo veel mensen waren die hier graag kwamen. Dat was niet vanwege het comfort. Het nogal primitief verbouwde oude ziekenhuisgebouw voldeed niet bepaald aan de eisen waaraan het gemiddelde hotel tegenwoordig moest voldoen, al was het veel minder oud dan het oorspronkelijke klooster een eindje verderop. Maar de mensen die hier graag kwamen, trokken zich daar niets van aan.

Duncan had erg te doen met de arme stakkers die zo'n behoefte hadden aan de afzondering van een retraiteoord maar nu, door het weer, niet konden komen. In de periode na Kerstmis en oudjaar was het altijd erg druk in het gastenverblijf. In die tijd waren veel mensen blijkbaar gedeprimeerd. Mensen die te uitgeblust waren om zich nog op te kunnen trekken aan goede voornemens, die weer in de sleur van hun treurige alledaagse leven zaten, of die een van de grote gebeurtenissen des levens hadden meegemaakt en het daardoor niet meer zagen zitten. Nee, het gastenverblijf had een zeer belangrijke functie. Het enige wat van de mensen die hier kwamen werd verwacht, was dat ze hielpen met de huishoudelijke taken en dat ze elke avond gezamenlijk de maaltijd gebruikten. Maar zelfs daarin stond hij uitzonderingen toe. De gasten waren niet verplicht om bij de gebeden en de missen aanwezig te zijn. Er werden zelfs geen vragen gesteld over hun geloof. De enige regel die absoluut niet mocht worden overtreden was dat gasten geen alcohol mochten meenemen. Dat zou een te grote verleiding vormen voor de alcoholisten die hier soms verbleven in het laatste stadium van hun strijd tegen de drank. En het werkte goed. Meestal. Whitekirk Abbey had een uitstekende reputatie als vredig herstellingsoord. En als hij heel eerlijk was, moest hij toegeven dat dat alleen maar gunstig was voor de financiële mogelijkheden van het klooster, omdat de beter bedeelde gasten vaak zeer genereus waren in hun schenkingen en nalatenschappen. Daarmee kon het klooster dan weer andere werkzaamheden bekostigen.

Hij sloeg zijn armen om zich heen tegen de bijtende kou. Hij voelde zich totaal uitgeput. Ernstiger vermoeid dan door de drukte van de afgelopen paar uren kon zijn veroorzaakt. Maar was dat niet altijd zo als hij in retraite was geweest? Dat vreemde gevoel dat hij weer een dikke huid moest kweken? Een verdediging tegen het contact, welk contact dan ook, met de buitenwereld? Het gold ook voor de afgeschermde wereld van het klooster, want zelfs hier moest hij zich na zo'n stilteperiode weer aanpassen, wat hem vaak erg veel moeite kostte. Toch was het deze keer anders. Deze keer had hij het erg prettig gevonden om weer terug te kunnen gaan naar zijn eigen klooster, naar de ruimte buiten de eenzame kloostercel waarin hij zich tijdens zijn retraite had opgesloten. Maar de vele sneeuw die vandaag gevallen was, hoe mooi ook, bracht ook een dreigende teleurstelling. Hij wist dat veel gasten daar niet doorheen zouden kunnen komen, zeker niet als ze verder dan enkele kilometers moesten reizen. En dat gold voor de meesten. Sommigen kwamen uit de omgeving van Edinburgh, dat normaal gesproken minder dan een uur rijden was. De drie die uit de Borders kwamen, konden hier helemaal niet meer komen en hadden afgebeld zonder op weg te gaan, net als de mensen uit Fife.

Maisie, de jack russell van de huishoudster, hoorde het als eerste: ze begon te blaffen als een gek en rende rakelings langs de zoom van zijn habijt. Hij tuurde door de schemering en de duisternis van de volgende sneeuwbui. De vlokken vielen al op zijn gezicht en prikten op zijn wang. Hij trok zijn kap over zijn hoofd en zijn ogen. Twee vage koplampen en het geknerp van wielen op de sneeuw. De Mini baande zich voorzichtig een weg over de met een laag ijs bedekte oprit. Hij zuchtte van opluchting.

Ze had het gehaald.

Op de bovenste verdieping van de afdeling voor vrouwelijke gasten was het donker. Er brandde alleen een zwak lampje aan het plafond op de gang. Aan weerszijden van de hal waren drie slaapkamers, waarvan de deuren openstonden; in de kamers stonden dezelfde ijzeren ledikanten met een eenpersoonsmatras en een eenvoudig nachtkastje ernaast. Door de ramen zag hij dat het hard sneeuwde: de buitenlamp van het klooster bescheen de dwarrelende vlokken. Zo nu en dan werd het rustige patroon onderbroken door een windvlaag, die een werveling in de sneeuwvlokken teweegbracht en het gebouw deed kraken op zijn grondvesten.

Terwijl hij naar de laatste kamer liep, was hij zich van twee overtredingen bewust. Ten eerste dat hij hier was terwijl er vrouwelijke gasten waren, en ten tweede dat hij een fles drank bij zich had. Een lekkere malt whisky. Soms mocht een voorschrift wel overtreden worden. Niet alle zonden waren doodzonden.

De deur van de zevende slaapkamer was dicht. Hij klopte zacht met de fles op de deur. Er werd meteen opengedaan.

'Klein slaapmutsje, Ailsa?'

Ze zag er magerder uit dan ooit. Als het zo doorging, zou haar lange lichaam al snel uitgemergeld zijn. Volgens hem had ze aan tafel nauwelijks twee happen gegeten. Hoewel ze een stuk ouder was dan hij, had ze altijd iets energieks en jeugdigs gehouden, maar dat was snel aan het verdwijnen.

Haar gezicht stond ernstig. 'Je mag hier helemaal niet komen, Duncan.' Het was niet bepaald een hartelijk welkom, maar ze deed de deur toch voor hem open. 'Ik kan inderdaad wel wat gezelschap gebruiken. En een neutje ook wel, daar slaap ik misschien beter op dan ik de laatste tijd doe. Kom maar binnen.'

Hij bood haar de enige stoel aan in de kamer, maar ze schudde haar hoofd, geïrriteerd leek het wel, en gebaarde dat hij moest gaan zitten. Ze scharrelde even rond en kwam toen met twee verschillende glazen tevoorschijn, die ze op het nachtkastje zette. Daarnaast brandden twee offerkaarsen, de enige lichtbron in de kamer. Het was hier bijna nog donkerder dan op de gang. Ze ging op het randje van het smalle bed zitten en wierp een steelse blik op de sneeuwvlokken buiten. Toen de wind het venster deed rammelen, dook ze heel even ineen. Ze was eerder nerveus dan geïrriteerd.

Hij probeerde wat gemakkelijker te gaan zitten in de oncomfortabele, te kleine stoel. 'Hoe gaat het met je, Ailsa?' Hij hief zijn vinger alvast op tegen een te haastig antwoord: 'Ik bedoel, hoe gaat het écht? Ik hoef niet te horen wat je de mensen in de kerk voorhoudt, en de andere fatsoenlijke mensen die nog met je praten. En zeg niet dat het prima gaat. Ik zie heus wel dat je hebt gehuild.'

Ze boog haar hoofd en staarde naar haar handen. Ze nam het glas whisky van hem aan zonder op te kijken. Het kaarslicht speelde in haar loshangende haar en wierp lange schaduwen over haar gezicht, waardoor hij onmogelijk haar gezichtsuitdrukking kon zien. Haar stem klonk zacht, fluisterend bijna.

'Ik heb Douglas gisteren gesproken. Het gaat helemaal niet goed met hem. Hij ziet er heel beroerd uit, hij slaapt slecht en hij krijgt veel te verduren, lichamelijk. Ze slaan hem, hoewel dat nog zacht uitgedrukt is. Het is niet zo erg als dat incident in voorlopige hechtenis, maar hij wordt ernstig bedreigd door de andere gevangenen. En Douglas is wáárdeloos met dat soort dingen. Hij weet totaal niet hoe hij voor zichzelf op moet komen. Hij zei altijd tegen de kinderen dat ze gewoon weg moesten lopen als ze bij een vechtpartij betrokken raakten, maar in de gevangenis valt er natuurlijk weinig weg te lopen. Een paar bewakers zijn ook al bezig geweest. Eentje heeft hem in zijn cel te pakken genomen. Hij heeft hem tegen zijn nieren en zijn maag getrapt en hij heeft tegen hem gezegd dat hij de ouders van een van die meisjes kent en dat zijn dagen in de gevangenis geteld zijn. Waarschijnlijk gaan de autoriteiten hem trouwens overplaatsen van Edinburgh naar Peterhead, omdat Saughton niet geschikt zou zijn. Peterhead heeft een speciale extra bewaakte vleugel, en daar zou hij opgesloten zitten met andere… andere beruchte gehate gevangenen. Dus misschien is dat wel een geluk bij een ongeluk.'

Hij schudde zijn hoofd toen hij dit hoorde. 'Péterhead? Maar dat is zeker tweehonderdvijftig kilometer ver! Hoe denken ze dan dat jij daar met de kinderen op bezoek moet komen?'

Ze keek op. 'Daar maken de autoriteiten zich heus niet druk om. Hij is gewoon een nummer voor ze. Ze vragen zich alleen maar af hoe ze zo weinig mogelijk last van hem hebben.'

'Wat vreselijk, Ailsa, ik vind het ook voor jou zo erg. Hoe gaat het met de kinderen?'

Ze nam een slokje en haar gezicht vertrok: ze vond het kennelijk niet lekker. 'Mhari is al aardig gewend aan het leven op de universiteit. St. Andrews bevalt haar heel goed. Ze zit nog steeds aan zee, ze vindt de studie boeiend, en ze krijgt ook al wat vrienden. Ik weet niet precies wat ze over zichzelf heeft verteld, en of ze misschien haar naam hebben herkend. Ze heeft het wel vaak over een bepaalde jongen, dus dat lijkt me een goed teken. Ze heeft thuis nog nooit een echte vriend gehad, ze had op dat gebied nooit zoveel zelfvertrouwen. Ze vond de andere meisjes altijd veel knapper. Kortom, ik denk en hoop dat het met Mhari allemaal goed gaat.'

'En de jongens? Hoe gaat het met de kleine Miller?'

Hij keek naar de frons die heel even op haar voorhoofd verscheen, voordat ze hem weer verborg door weer het hoofd te buigen. Ze liet de whisky ronddraaien in het glas, alsof het een oud, middeleeuws ritueel was. Het kaarslicht maakte gouden vonken in de bewegende vloeistof.

'Wat hem betreft zit ik werkelijk met mijn handen in het haar, Duncan. Met Greg gaat het wel goed. Hij doet het prima op school, al heb ik wel een paar gesprekken met de docenten gehad om te bespreken wat onder deze omstandigheden het beste voor hem is. Maar Greg gedraagt zich vrij kalm, een beetje onverschillig eigenlijk. Dat was vroeger ook al zo. Maar hij houdt ontzettend veel van zijn jongere broer, ook al laat hij dat niet altijd merken.'

Hij vroeg het nog eens, want hij merkte dat ze aarzelde om hem een echt antwoord te geven. 'En Miller?'

Ze zette haar glas op de tafel en verborg haar gezicht in haar handen. 'Hij wil aldoor in een bootje over de Firth varen. In zijn eentje, alleen met Bella. Het is net een of andere nachtmerrie, of een griezelig sprookje! Hij zegt dat hij alleen wil zijn met Bella, zijn zee en zijn vogels. Zo zegt hij dat, zíjn vogels. Ik heb de havenmeester gevraagd om onze twee boten aan de ketting te leggen en die van Forbes ook, anders gaat Miller ervandoor. Hij is al een keer in onze kleine sloep weggevaren.'

Ze slikte haar tranen weg. Haar prikkelbare manier van doen begon langzaam te verdwijnen. 'Volgens mij is Miller... Ik denk dat hij erg in de war is. Ik heb er met Forbes Buchan over gesproken, onze huisarts, ken je hem? Forbes heeft met een bevriende arts overlegd en binnenkort gaan we met Miller naar iemand toe. Een specialist op het gebied van kinderen die in de war zijn. Maar ik weet het niet, hoor. Ik weet zo weinig van zulke dingen af. Op dit moment hou ik hem thuis van school. In september is hij naar de middelbare school gegaan, waar Greg ook zit, en dat leek heel goed te gaan. Maar toen kwam het proces, en je weet zelf wat voor nachtmerrie dat is geworden. Daarna nog

Kerstmis, zo deprimerend, en nu die obsessie van hem dat hij in zijn eentje de zee op wil.'

Hij vulde zijn glas bij, maar bood haar niet nog meer aan. Haar glas was nog halfvol.

'O, Duncan, het is echt vreselijk. Ik bedoel... wie kan begrijpen wat er in zo'n kind omgaat? En zeker Miller, dat is altijd al zo'n bijzondere jongen geweest. Heel slim. Veel geïnteresseerder in dieren en de natuur dan in mensen. Wat dat betreft, lijkt hij erg op zijn vader. Ik heb wel eens gedacht dat Doug het gelukkigst zou zijn als hij dag en nacht in zijn zeilboot kon zitten. Helemaal in zijn eentje, behalve dan met zijn eeuwige metgezel Bella. Gekke vent!' Er kwam even een bezorgde blik in haar ogen. 'En het is wel duidelijk dat Miller dat heeft geërfd, dus god sta ons bij.'

Ze zuchtte diep. Ze stond weer bijna op het punt om in tranen uit te barsten. 'Ik kan niet echt contact krijgen met Miller, maar Greg is wel heel goed met hem. Met kerst was hij ook al zo fantastisch met zijn kleine broertje. Hij deed alles voor hem. Mhari vond hem geloof ik vooral lastig, die kan vaak zo bazig doen. En ze zit hem altijd op stang te jagen. Ik denk dat ze een beetje jaloers is op zijn hersens, want ze had graag zelf de slimste willen zijn. Maar de laatste tijd was dat juist wat minder aan het worden, nu ze echt volwassener aan het worden is. Alleen kon ze het nu niet zo goed verdragen dat Miller zo zwijgzaam was, zo somber, dat hij soms uren naar de zee keek door de verrekijker. Ze had trouwens wel een goed idee, want ze stelde voor om Catriona Buchan uit te nodigen. Miller is dol op haar, en het is ook een leuke meid. En dus hebben we Catriona en Forbes over de vloer gehad met kerst. Ik geloof dat Miller daar wel wat van opknapte, ook al hadden we één vreselijke avond... Maar over het algemeen heeft het hem wel goed gedaan, dacht ik.'

Ze zweeg plotseling en keek hem weifelend en angstig aan.

'Tenminste, ik bid maar dat dat zo is.'

21

24 december 1974

'Tantallon is in dit jaargetijde niet open, Miller. Het is echt tijdverspilling. We hadden beter thuis kunnen blijven bij jouw moeder en mijn vader en Monopoly spelen of zoiets. In de warme kamer. Met warme chocolademelk.' Catriona klonk zeer geërgerd.

Maar Greg gaf hem een knipoog achter haar rug om terwijl ze
de fietsen tegen het hek van de parkeerplaats zetten. 'Jawel, maar
Miller weet een geheime ingang. Of niet, Mill? Kom, laat maar
eens zien!'

Miller haalde zijn schouders op. 'Zo geheim is het helemaal
niet. Gewoon een kwestie van slim zijn.' Hij liep voorop naar het
hek dat de hele winter gesloten was, en klom er lenig overheen.

Hij keek naar Catriona, die hoofdschuddend aan de andere
kant van het hek stond, met haar handen in de zij. 'Hè? Is dat alles? Even over dat hek klimmen? Dat is ook niet erg spannend,
ik had toch minstens op een geheime tunnel gerekend.'

Maar hij had zich al omgedraaid en liep over het gras, dat kraakte door de nachtvorst en het dunne laagje sneeuw. Hij was blij om
er even uit te zijn. Blij dat Catriona er was. En Greg. Al had hij
het vermoeden dat ze allebei liever niet waren meegegaan. Als het
aan hem lag, bleef hij de hele dag buiten. Achter zich hoorde hij
de andere twee zacht met elkaar praten. Waarschijnlijk hadden ze
het over hem.

Hij liep de helling op en kwam op het enorme open grasveld,
met aan de overkant de ruïne van het kasteel. Het vroor, maar het
was zo'n stille winterdag met een strakblauwe hemel. Geen wind.
Perfect voor een klim naar de kantelen! En daar was hij voor gekomen. Hij versnelde zijn pas, liet de anderen nog verder achter

zich, en ging de kasteelpoort door, die hij altijd een beetje donker en claustrofobisch vond. Aan de andere kant van de ruïne was nog een enorm grasveld dat The Close genoemd werd. Nu had hij een panoramisch uitzicht op de Firth of Forth, en op de bleke, met zeevogelmest bedekte Bass Rock, iets links van het midden. Hoe vaak hij hier ook was geweest: het moment waarop hij door de poort kwam en dan het spectaculaire uitzicht zag, was elke keer weer adembenemend. Hij liep naar het houten bankje dat aan de rand van The Close stond, op de plek waar het land ophield en het klif begon.

In de stilte hoorde hij Gregs stem al voordat hij door de kasteelpoort kwam. 'Hé, Mill! Heb je haast?'

Een halve minuut later waren Greg en Catriona bij hem. Catriona keek tevreden.

'Meesterlijk, om hier een keer alleen te zijn. Ik ben hier wel eens met pappa geweest, maar dat was meestal 's zomers, als het stikte van de toeristen. Het is hier heel anders met die stilte.'

Hij was opgelucht dat ze het toch wel de moeite waard vond. En het leukste kwam nog. 'Heb je zin om naar de kantelen te klimmen? Helemaal bovenin?'

Ze keken alle drie omhoog.

Greg gaf als eerste antwoord. 'Nee, ik ga liever naar de kerkers. Misschien kom ik straks nog wel even.'

Hij liep weg. Miller keek hem na. Greg had een beetje last van hoogtevrees, maar dat wilde hij natuurlijk niet tegen Catriona zeggen. 'Hij bedoelt de gevangenisput, in de kelder van die toren daar, ben je daar wel eens geweest? Ik vind er niks aan. Kom, dan gaan wij naar boven. De trap aan de westkant is altijd open.'

Het duurde een paar minuten om de wenteltrap te beklimmen, waarbij ze zich op het laatste, steilste stuk vasthielden aan het touw dat langs de muur gespannen was. Toen waren ze er. Hij liet Catriona voorgaan en keek naar haar verwonderde gezicht.

'Fantastisch zeg! Ik ben hier in jaren niet meer geweest. Hier zie je pas hoe slim ze dit kasteel hebben gebouwd. Kijk, we staan recht boven het klif. De zee ligt misschien wel... wat zou het zijn, tachtig meter in de diepte. Ongelofelijk!'

Ze ging op de stenen vloer zitten en gebaarde dat hij hetzelfde moest doen. Hij voelde de kou door zijn spijkerbroek, maar dat kon hem niet schelen. Hij was verbaasd toen ze een pakje sigaretten tevoorschijn haalde, en schudde zijn hoofd toen ze hem er een aanbood.

'Als je het maar niet tegen mijn vader zegt, want die zou helemaal over de rooie gaan. Maar vertel eens iets, over deze plek. Ga je hier wel vaker naartoe? Ik had gedacht dat het veel moeilijker was hier na sluitingstijd binnen te komen.'

Hij zat te dicht bij haar en schoof een beetje op naar rechts. 'Ik kwam hier wel eens met mijn vader, hij vond het hier geweldig. Je kunt hier prachtige foto's maken van de zonsondergang, met van die mooie kleuren, weet je wel? En met de verrekijker kun je de jan-van-genten zien op Bass Rock. We kwamen…'

Zijn keel kneep dicht en hij voelde de tranen komen. Hij trok zijn wollen muts verder over zijn voorhoofd, want hij wilde niet dat ze zijn ogen zag. Maar het was al te laat. Ze gooide haar half opgerookte sigaret over de kantelen en schoof wat naar hem toe.

'Sorry, Mill, dat was niet de bedoeling… Ben je pas nog bij hem geweest? Met je moeder?'

'Ik wil niet naar hem toe.'

'Waarom niet?'

'Dat wil ik gewoon niet.'

Shit, dat had ze mooi verknald. Hij had al vijf minuten niks gezegd. Ze had helemaal geen zin gehad om hierheen te gaan – op de fiets nog wel! – met die twee jongens. Maar haar vader had erop aangedrongen. Ze vond het stom dat Mhari niet mee hoefde. Die had toch ook nog wel ergens een fiets staan in de schuur? Het was vooral zo irritant omdat het Mhari's idee was geweest om naar Tantallon te gaan. Iedereen hoopte dat Miller daardoor 'uit zijn schulp' zou kruipen.

Maar dat ging mooi niet gebeuren. Hij zat daar maar naast haar, in de vrieskou, naar de zee te staren. Het was gewoon griezelig. Het leek zelfs wel alsof hij niet eens ademde. Alleen aan de kleine stoomwolkjes die uit zijn neus kwamen, kon ze zien dat dat wel zo was. Toch wilde ze weten wat er in hem omging.

'Mill? Doe nou niet zo tegen me, Miller. Zeg alsjeblieft iets tegen me. Vertel me eens wat je denkt. Over je vader, bedoel ik. Denk je… denk jij dat-ie het gedaan heeft? Komt het daardoor? Want je moeder en Greg en Mhari denken van niet. Net als heel veel andere mensen. Dunc-the-monk. Mrs. Watt. En nog een paar.'

Geen reactie.

Ze probeerde het nog eens. 'Nou? Wat denk je?'

Ze schrok van zijn reactie. Hij sprong op, sprintte naar het einde van de kantelen en rende keihard tegen het metalen hek aan. Dat moest behoorlijk pijnlijk zijn, maar ze zou kunnen zweren dat hij het expres deed.

Ze liep naar hem toe. 'Wat doe je nou? Míller!'

Hij negeerde haar. Hij keek alleen maar over het hek naar beneden, naar de zee die daar tientallen meters in de diepte schuimend tegen het klif sloeg. Toen keek hij haar aan. Zijn gezicht stak lijkbleek af tegen de donkere steen van de toren.

'Natuurlijk heeft mijn vader het gedaan! Wie kan het anders gedaan hebben? Ik háát hem!'

Plotseling sprong hij tegen het hek aan, greep het vast en schraapte met de punten van zijn laarzen tegen de spijlen om houvast te vinden.

'Miller! Hou op! Hou daarmee op! Pak hem vast, Catriona!'

Ze draaide zich razendsnel om. Greg kwam aangerend, gleed uit over een stuk ijs, maar wist op wonderbaarlijke wijze op de been te blijven. Hij kwam ook met een klap tegen het hek aan en greep Miller vast bij de capuchon van zijn duffelse jas.

'Help me dan, Catriona! Trek hem naar beneden!'

Miller, die kleiner en lichter was dan zij allebei, schopte hevig naar hen en wist zijn ene been over het hek te krijgen. Ze zag dat Greg naar de rotsen en de zee in de diepte keek en zijn ogen dichtkneep. Hij was hartstikke bang, maar hij bleef zijn broer vasthouden.

Uiteindelijk lukte het om hem naar beneden te trekken, en met z'n drieën vielen ze op de grond. Greg kwam als eerste op de harde steen terecht en de lucht werd met een raar geluid uit zijn longen geslagen. Ze probeerde zich los te maken van de menselijke kluwen. Toen hoorde ze een zacht, dierlijk gekreun. Miller schommelde heen en weer, terwijl Greg hem vasthield, met zijn armen stevig om hem heen en zijn hoofd tegen hem aan. Hij praatte zacht in zijn oor.

'Het is al goed, Miller, 't is al goed.' Greg keek naar haar op. 'Wat is er verdomme gebeurd? Waarom deed hij dat? Waar hadden jullie het over, Cattie?'

'Ik… ik wou alleen… Ik had het over je vader, wat de mensen denken, wat hij zélf denkt. Ik dacht dat het goed zou zijn als hij eens zijn hart zou luchten. Als hij er eens over zou praten. Sorry, het spijt me…'

Maar Greg leek niet boos op haar. Eerder verbaasd. 'Wat zei hij dan?'

'Hij zei dat hij dacht dat jullie vader het wel heeft gedaan. En dat hij hem haat.'

22

Januari 1975
'Weet je zeker dat je het wel prettig vindt? Om hier te wandelen?'

Duncan wachtte terwijl Ailsa het laatste stukje beklom. Hij ging op de stronk van een lang geleden gevelde boom zitten en haalde een thermosfles uit zijn proviandtas. 'Zullen we hier even het uitzicht bewonderen en een kopje van die heerlijke soep van broeder Francis nemen? Die man zou buiten het klooster een top-kok zijn geweest. Ik denk wel eens dat er daarom zoveel mensen naar ons retraiteoord komen. Vanwege het eten.' Hij zag dat ze glimlachte. Haar humeur leek wat opgeklaard vergeleken met de laatste tijd. Met enige opluchting stelde hij zijn vraag nog eens.

'Gaat het wel, Ailsa? Vind je het moeilijk om hier te zijn?'

'Ja, het gaat wel, Duncan, dank je. Het is ook niet precies op deze plek, waar ze is verdwenen. In mijn eentje zou ik trouwens nooit hier in de heuvels gaan wandelen. Niet alleen door wat er is gebeurd, maar... ik zou liever niet iemand tegenkomen die weet wie ik ben. Ik bedoel, het is nu al anderhalf jaar geleden dat ze Douglas hebben gearresteerd, dus ik ben inmiddels wel gewend aan opmerkingen en vreemde blikken, maar ik vind het nog steeds niet prettig om alleen te zijn. Ik kan prima in North Berwick in mijn eentje over straat lopen, maar op zo'n eenzame plek doe ik dat liever niet.'

Ze zweeg. Hij zag dat er een bezorgde blik in haar ogen kwam.

'Het ergste was toen ik een keer Bella uitliet, een heel eind voorbij de West Sands, bijna bij Yellowcraigs. Meestal ga ik niet zover, maar ik was in gedachten verzonken en een beetje down, en ik lette niet goed op. Later kon ik me herinneren dat ik iemand over het pad bij de golfbaan had zien rennen en dat ik me toen nog afvroeg waarom die persoon zo hard liep. Het was niet iemand in zo'n joggingpak die een eind aan het hardlopen was. Het was een grote man in een donkere jas en met een pet over zijn ogen.

Een eindje verderop kwam hij achter een paar rotsblokken vandaan het strand op en hurkte alsof hij Bella wilde aanhalen. Nou, je kent Bella, echt een allemansvriendje, dus ze rende enthousiast naar hem toe. Maar na een paar seconden, toen ik dichterbij kwam, hoorde ik dat Bella begon te piepen en te janken en te kokhalzen. Het duurde even voor het tot me doordrong wat er aan de hand was. Ik kon mijn ogen bijna niet geloven! Hij hield haar vast bij haar halsband en draaide die om, zodat ze bijna stikte! Het was afschuwelijk… En toen duwde hij Bella van zich af en kwam ze jankend naar mij toe.

Ik vroeg hem waarom hij dat deed. Hij zei dat hij Jacquie's familie kende, dus de familie van Jacqueline Galbraith, en dat ze door een hel gingen. Dat ik beter goed kon opletten dat er niets met míjn kinderen gebeurde. Ik was inmiddels volledig van de kaart en doodsbang. Hij kwam op me af, maar er kwamen een paar mensen met honden aan, en toen liep hij weg. Sindsdien probeer ik altijd te vermijden om helemaal alleen te zijn ergens.'

Hij zag dat haar hand beefde terwijl ze de beker dampende soep van hem aannam.

'Heb je de politie gewaarschuwd?'

Ze keek hem aan. 'Kom op, Duncan, denk je echt dat die zich daar ook maar één seconde druk over zouden maken? Waarschijnlijk zouden ze die pestkop in stilte alleen maar toejuichen. Nee, dat zou geen enkele zin hebben. Ik heb de kinderen gewaarschuwd dat ze nooit ergens alleen naartoe mogen. Ik heb ze uiteraard niet verteld wat er precies is voorgevallen, want ik wil ze niet bang maken. Maar ik hou goed in de gaten waar ze naartoe gaan en met wie.'

Ze zou de volgende dag alweer naar huis gaan. Hij ging verzitten, want de ruwe boomstronk voelde ongemakkelijk aan.

'Luister, Ailsa… Ik wil je dit al heel lang vragen, maar het leek me beter om daar nog een tijdje mee te wachten. Ik maak me zorgen om je. En om die jongens van je, vooral Miller. Het komt misschien doordat je nooit echt over de veroordeling van Douglas hebt gesproken. Ik… ik vraag me eerlijk gezegd af hoe je nu werkelijk denkt over alles.'

Ze gaf hem de nog volle beker terug, stond op, liep een paar stappen weg en keek naar de heuvels en het akkerland dat zich uitstrekte tot de zee. 'Hoe bedoel je, hoe ik er nu wérkelijk over denk? Of ik eigenlijk denk dat Douglas schuldig is? Is dat wat je bedoelt, Duncan?'

Wat een blunder, om haar dat te vragen. Haar humeur veranderde, en de gebruikelijke geïrriteerde, defensieve toon kwam weer terug. Hij wilde zich verontschuldigen voor zijn onhandigheid, maar het leek hem beter er het zwijgen toe te doen.

Na een tijdje draaide ze zich naar hem om. Wat was dat voor blik in haar ogen? Keek ze beschuldigend? Boos? Angstig misschien? 'Het is eigenlijk heel simpel, Duncan. Ik móét wel geloven dat Douglas onschuldig is. Hoe zou ik anders door kunnen gaan? Leg mij dat nou eens uit. Hoe moet ik anders verder?'

Haar uitbarsting was bijna hysterisch en ze deed geen moeite om haar tranen te verbergen. Maar na een paar seconden vermande ze zich en stond ze daar alleen nog maar, geluidloos snikkend, met haar armen slap langs haar tengere lichaam. Woede, angst, verwarring en machteloosheid, dat ging er allemaal door haar heen. Hij liet haar maar even met rust. Ze had even tijd nodig om tot zichzelf te komen. Ze ging een eindje verderop op een rotsblok zitten, met haar rug naar hem toe.

'Ik zou dit aan niemand anders durven toegeven. Er is niemand die ik daar genoeg voor vertrouw. Alles wat ze tegen Douglas hebben aangevoerd, zelfs de vondst van die lichamen van die arme meisjes… Ik kan alles verklaren als het werk van iemand anders. Behalve dat alibi. Die jongen die bij de kustwacht werkt, Andy Blackford, kende Douglas goed, en mij groette hij altijd. Zijn verloofde trouwens ook. Maar Douglas en Andy groetten elkaar niet alleen: zij kenden elkaar beter. Ik weet nog dat Doug een paar jaar geleden heeft overwogen om een boot van hem te kopen. We kwamen Andy vaak tegen als hij patrouilleerde op de Firth, en wij naar het eiland voeren of terugkeerden. Hij heeft Miller zelfs een keer gevraagd of hij een stukje mee wilde varen op de patrouilleboot, dat was kort voordat Douglas werd gearresteerd. Maar toch gooide de advocaat van Douglas het erop dat ze elkaar nauwelijks kenden. Dat vond ik heel beangstigend omdat ik wist dat het een leugen was. Ik kon in de rechtszaal aan Andy merken dat het hem ook ergerde. En ik was woedend op Doug en zijn advocaten. Ik vond het heel stom van ze.'

'Dus jij denkt dat die Andy Blackford heeft gelogen? Of het een beetje heeft aangedikt wat hij heeft gezien?'

Ze schudde heftig het hoofd. 'Nee, dat doet iemand in zijn positie niet. Iemand die bij de kustwacht werkt, moet wel heel verantwoordelijk en betrouwbaar zijn. Dat is het hem nu juist. Als Andy denkt dat hij Douglas heeft gezien…' Ze begon aan de vinger van haar handschoen te frunniken. 'Maar toch moet ik wel geloven dat hij zich heeft vergist. Ik moet Douglas geloven, ik kán niet anders. Ik ben het aan hem verplicht. Ik kan je alleen wel vertellen, Duncan, dat dat soms ontzettend moeilijk is.'

Ze hield op met haar gefrunnik en keek hem recht aan, met een uitdagende blik. 'En jij dan, Duncan? Wat denk jij? Wat denk jij nou echt?'

Dat was de vraag die hij al vreesde, maar die hij moeilijk kon ontwijken nu hij haar hetzelfde had gevraagd. Hij zuchtte diep voordat hij antwoord gaf.

'Het kwaad kan soms wel op de meest onverwachte plekken opduiken. Laten we bidden dat het niet in Douglas huist.'

Dat was natuurlijk geen echt antwoord en hij merkte dat ze teleurgesteld was. Maar haar reactie verbaasde hem.

'Bídden? Dan heb je wel geluk, Duncan! Ik kan niet meer bidden sinds de dag waarop Douglas is gearresteerd. Ik ga door een hel!' Ze wierp hem nog een laatste, verbitterde blik toe voordat ze opstond en wegliep.

Hij begon bijna te lachen. Kon hij haar maar vertellen wat voor hel híj doormaakte! Dat hij al veel langer niet meer kon bidden en zich afvroeg of hij dat ooit nog zou kunnen, en hoe lang hij het nog kon verantwoorden dat hij de kleren van een geestelijke droeg. Maar dat was zijn eigen hel.

Uitsluitend de zijne.

23

Eind september 2005

Toen Duncan uit de haven wegreed, dacht hij terug aan de gebeurtenissen van de vorige avond. Hij had samen met die jongen van McAllister bijna een hele fles whisky soldaat gemaakt, wat hem nu parten speelde. Miller had er vanochtend ook al niet zo fris uitgezien. Het was vreemd, die jongen had gisteravond zo... lauw gereageerd. Hij had gedacht dat het nieuws over Lena Stewart veel meer indruk zou maken. Maar Miller had alleen geknikt, een paar vragen gesteld, en had er verder over gezwegen. Dat was alles. Hij moest wel een bovenmenselijke zelfbeheersing hebben, of anders kon het hem gewoon geen barst schelen. Hij kwam er niet achter. Dat joch had iets stuurs, iets sombers over zich. Zou hij depressief zijn? Waarschijnlijk wel. Als kind was Miller ook al zo ondoorgrondelijk geweest. Vooral na de arrestatie van Douglas. Ailsa had heel wat met hem te stellen gehad. Zou dat het zijn? Zou het leven van die jongen in zo'n sombere stilte zijn vergleden? In de laatste twee jaar van haar leven had Ailsa opgebiecht dat ze het had opgegeven te proberen haar jongste kind te begrijpen. Ze had laten doorschemeren dat ze dacht dat het met zijn huwelijk niet zo goed ging, en ook niet met zijn leven in het algemeen, maar daar had ze verder niet over uitgeweid. 'Hij is met de verkeerde vrouw getrouwd en hij heeft in zijn leven veel verkeerde keuzes gemaakt, maar dat is iets waar hij toch alleen maar zelf achter kan komen.'

Dat was niet het hele verhaal. In de loop der jaren had Ailsa uitgebreid haar talloze pogingen beschreven om Miller aan het praten te krijgen over de schuld of onschuld van zijn vader. Ze had hem heel vaak gevraagd of hij toch eens bij zijn vader op bezoek wilde gaan en of hij hem in elk geval eens wilde schrijven, maar dat had hij altijd geweigerd. Ze had Mhari en Greg ingeschakeld om hun broer over te halen, maar ook dat was mislukt. Miller had zijn moeder daarmee ontzaglijk veel pijn gedaan, maar dat zou ze hem nooit laten merken.

En wat Douglas McAllister zelf betrof? Duncan zuchtte. Hij had zijn best gedaan voor Douglas. Hij had als gerespecteerd lid van een religieuze gemeenschap gedaan wat binnen zijn mogelijkheden lag om Douglas wat kleine voordelen te bezorgen, vooral in het begin. Maar na de veroordeling was dat allemaal veranderd. Toen was de afstand ontstaan. Douglas had hem wel ontvangen als Duncan zo nu en dan bij hem op bezoek ging, maar hij had hem niet hartelijk verwelkomd. Niet omdat Duncan pogingen deed hem tot inkeer te brengen. Nee, er waren dieper gevoelde redenen voor zijn afstandelijkheid.

'... Het is verdomme wel ironisch. Zij neemt een monnik meer in vertrouwen dan haar eigen man. Ik ga hier niet mijn denkbeelden over de kerk met jou bespreken, Duncan. Ailsa heeft je daar vast en zeker al uitgebreid verslag van gedaan. Ik geloof heus dat die retraites haar goeddoen. Het is ook niet voor het eerst dat ze in retraite gaat: jij had haar toch ook naar dat klooster aan de kust gestuurd waar ze een paar keer geweest is? Ik heb daar nooit enig bezwaar tegen gemaakt, zolang ze maar gelukkig was. Ik vind het prima als ze in jullie gastenverblijf zit, al was het alleen maar omdat ze dan even verlost is van de starende blikken en de giftige roddels van sommige mensen uit de buurt.'

En toen had hij zich naar voren gebogen en de rand van de tafel vastgeklemd tot zijn knokkels wit werden.

'Maar ik wil je wel een vraag stellen, Duncan. Welke rol heb jij precies gespeeld bij haar besluit? Daar moet jij toch iets mee te maken hebben gehad? Wat heeft ze tegen jou gezegd? Dat ze zó weinig om mij en de kinderen gaf dat ze zomaar zonder aarzelen weg kon gaan? Wat voor God is dat verdomme, die zoiets kan toelaten, zelfs kan aanmoedigen? Vertel me dat maar eens. Jij bent toch de expert? Haar spirituele adviseur? Haar biecht-

vader? Heeft ze het wel eens met jou over ons huwelijk gehad?
Zelfs als dat zo is, wil je dat zeker niet tegen me zeggen. Biecht-
geheim zeker, of niet?'

'Ik neem de biecht niet af, Douglas. Dat weet je wel. Maar
ik ben wél een vriend van Ailsa.'

'En niet de mijne? Ik geloof haar als ze zegt dat ze van ge-
dachten veranderd is. Dat ze me zal bijstaan in deze... deze hel!
Maar laat mij jóú eens in vertrouwen nemen. Ergens heb ik het
gevoel dat dit me niet was overkomen als zij ons huwelijk niet
naar de kloten had geholpen. Als ze er niet voor had gezorgd dat
ik die avond wanhopig was en doelloos was gaan rondrijden en
dwalen. In m'n eentje. Zonder alibi, zonder verweer. Ik probeer
daar niet aan te denken, maar soms kan ik er niets aan doen.
Dan geef ik haar de schuld, of ik wil of niet. Zij moet haar deel
van de schuld ook dragen...'

Het was geen gemakkelijk bezoek geweest en hij was daarna niet
vaak meer naar hem toe gegaan. Pas tegen het einde weer. Hier
in de hospice.

Ze zat in een hoekje van de verlaten koffiekamer. 'Sorry dat ik
te laat ben, Lizzie. Ik kom vandaag niet zo goed op gang.'

Lizzie zag er heel erg moe uit. Uitgeput. Ze haalde haar schouders op. 'Dat hindert niet. Ik kom zelf net uit de nachtdienst. Ik
heb een slechte nacht gehad, twee patiënten zijn er vreselijk aan
toe. Maar vertel eens, heb je hem gesproken?'

Hij knikte. 'Hij was op het eiland. Ik ben erheen gegaan en ik
ben blijven slapen.'

'En? Heb je hem verteld over tante Lena? Want als je dat niet
gedaan hebt, doe ik het zelf, hoor. Ik weet dat je...'

Hij stak zijn hand op om haar tot bedaren te brengen. 'Het is
al goed, ik weet dat jij het hem wel zou hebben verteld, maar ik
denk dat het beter is dat hij het van mij hoorde. Ik ken Miller
tenminste. Ik heb hem inderdaad verteld over Lena. Hij nam het
heel kalm op, als je de omstandigheden in aanmerking neemt. Hij
is trouwens van plan om hier een tijdje te blijven. Ik kreeg het
idee dat hij erg veel aan zijn vader denkt. Het is ook niet niks wat
hij te verstouwen heeft.'

Ze snoof verachtend. 'Een enorm schuldgevoel zeker, omdat hij zijn eigen lieve vader niet heeft bijgestaan.'

Hij legde zijn grote hand over de hare. 'Hoor eens, Lizzie, dat is precies waar ik het eerder over had. Dat je geen voorbarige conclusies moet trekken.'

Ze keek hem met een strijdlustige blik aan. 'Hoezo?'

Hij zuchtte hoofdschuddend. 'Weet je wat, Lizzie? Ga eerst maar eens met Lena praten voordat zij naar Miller gaat. Ik heb het al eerder gezegd en ik zeg het nog eens. Dat Lena heeft gelogen wil nog niet zeggen dat Douglas McAllister onschuldig was.'

24

'Hoe bedoel je, dat je hier blijft? Ik dacht dat je de boel zou laten taxeren en dan de verkoop in gang zou zetten. Wat is er verdomme aan de hand, Miller? Wij hebben je hier nodig, maar je bent al eeuwen weg! De kinderen vragen steeds wanneer je terugkomt, ze missen je.'

'En jij dan, Nikki? Mis jij me ook?'

'Hè? Ja, natuurlijk. Wanneer kom je nou eindelijk?'

Hij wist niet zeker of ze echt even had geaarzeld of dat hij zich dat had verbeeld. Hij dacht dat het allemaal weer goed was tussen hen, maar nu had hij toch het gevoel dat er iets was. Maar wat? Iets met haar toon? Een zekere afstandelijkheid? Nou ja, hoe dan ook, hij had zijn besluit genomen.

'Nikki, ik zou graag willen dat jij en de kinderen hier volgend weekend komen. Op het eiland.'

Deze keer was er geen twijfel mogelijk. De stilte duurde zo lang dat hij even dacht dat ze had opgehangen.

Toen barstte ze los. 'Is dat een grap of zo? Wat is er met jou gebeurd? Ik heb aangeboden om langs te komen, maar toen kreeg ik de wind van voren. Je hebt altijd gezegd dat je Emma en Callum nooit ook maar íéts over je vader zou vertellen. Jezus, dat was al moeilijk genoeg, zeker die doodenkele keer dat ze met de kinderen van Mhari speelden en we in de gaten moesten houden of ze het niet per ongeluk over hun grootouders zouden hebben. Het lijkt trouwens wel een familiekwestie, dat gedoe met grootouders. Jij hebt de jouwe nooit gekend en onze kinderen hebben jouw moeder alleen heel af en toe hier gezien. Godzijdank heb ik wel een normale familie. En nu wil je de kinderen ineens meenemen naar dat eiland? Wat is er aan de hand, Miller? Ben je je verstand verloren of zo? Jezus, alsof ik dat er nog bij kan gebruiken. Ik zit tot mijn nek in het werk voor de zaak, jij bent ervandoor... En hoe zit het eigenlijk met jóúw werk? Jóúw verantwoordelijkheden? Ze zullen je toch op kantoor ook wel een keer terug willen zien. Jezus christus! Je kunt me toch niet zomaar in de steek laten met een kind van twee en een van zes en een volledige baan en dan ook nog denken dat dat allemaal zomaar kan? Hoor eens, Miller, je komt maar mooi naar huis. Meteen!'

Dit korte en heftige telefoongesprek echode nog door zijn hoofd toen hij even later naar het huis op het vasteland stond te kijken. Hij vond zoals gewoonlijk dat ze onredelijk was, dat ze overdreef. Met haar 'eco-reisbureau' ging het uitstekend. Het was klein maar lucratief en het liep allemaal vanzelf. Of, liever gezegd: het liep dankzij de medewerksters, die keihard moesten werken maar daar wonderbaarlijk goedgehumeurd onder bleven, en ondanks de supervisie van een baas als Nikki toch heel efficiënt werkten. Nee, ze deed expres zo onredelijk tegen hem. Ze zat een ruzie uit te lokken. Maar hij had wel gewonnen. Over een paar dagen kwamen zij, de kinderen en de hond hier.

De wind was bijtend koud, maar het was een prachtige heldere dag. Hij moest maar eens gaan doen wat hij al van plan was. Het bezoek van Duncan Alexander had hem erg van streek gemaakt. Als hij eerlijk was, moest hij toegeven dat hij de laatste twee dagen vooral bezig was met het ontkennen van de implicaties van wat Duncan hem had verteld. Maar hij kon niet zomaar negeren wat een monnik, een verpleegkundige van de hospice én een kroongetuige in de rechtszaak met zoveel nadruk beweerden. Bovendien stond er iets in de brief van zijn vader wat aan hem bleef knagen, naast al het andere wat daarin stond. Dat was de overtuiging van zijn vader dat de aanblik van dat dode meisje op die afschuwelijke dag Millers beeld van zijn vader voorgoed had veranderd. Dat was zonder twijfel zo. Een of andere slimme psychiater zou dat vast allemaal keurig voor hem kunnen verklaren, net zoals zijn kinderpsychiater dat ooit had gedaan. Maar nu had hij daar geen behoefte aan. Hij had altijd onderkend dat hij op dat moment overtuigd was geraakt van de schuld van zijn vader, althans dat er toen een einde was gekomen aan zijn idyllische jeugd. En, crucialer nog, aan zijn overtuiging dat zijn vader hem altijd zou kunnen beschermen. Op dat moment had hij het gevoel gehad dat iemand moest boeten voor wat hij zag, en het was het gemakkelijkst geweest om zijn vader de schuld te geven. Zijn wens was uitgekomen en zijn vader was bij hem vandaan gehaald. Voor altijd.

En toch aarzelde hij nog steeds om het los te laten. Hij hield het ergste gedeelte van het rechtszaakarchief in handen. Toen hij het archief net had gekregen van Russell Sinclair, had hij alleen een zeer vluchtige blik op de politiefoto's geworpen. Later had hij ze wat beter bekeken, maar wel met een flinke slok op. Je moest wel erg bot zijn om zulke dingen met droge ogen te kunnen aanzien. Nog voor de onthulling van Duncan hadden de foto's hem helpen overtuigen. Ze hadden hem geholpen bij het echt afscheid nemen en achterlaten van het afgrijselijke verleden van zijn familie. Nu ging hij het nog eens proberen. Nuchter en op klaarlichte dag. Met de kennis die hij nu had.

Het gefluit van de bijtende wind en het gekrijs van de altijd aanwezige zilvermeeuwen maakten hem nog gespannener toen hij het laatste stukje naar de ruïne van de kapel beklom. Even later was het wonderlijk genoeg plotseling bijna helemaal stil, door de beschutting van de heuvels die deze plek afschermden van het weer. De gestapelde muur om de ruïne was nog intact. Zou Buchan of Mhari daar in de loop der jaren voor hebben gezorgd? Dat deed hem ergens aan denken. Hij had het bericht gehoord dat Catriona had ingesproken op het antwoordapparaat van het huis aan de wal. Hij moest haar terugbellen. Hij werd een beetje nerveus toen hij daaraan dacht. Hij zette de gedachte uit zijn hoofd en liep naar een beschut hoekje.

Er was hier niet veel bijzonders meer te zien, niet méér dan vroeger. Niet aan de oppervlakte in elk geval. Alles... alles had zich onder de grond afgespeeld. Waar hij naar zocht, was allang verdwenen, overwoekerd door gras en mos, bedekt met stenen en keien. Hij ging zitten, met zijn rug tegen het muurtje, en haalde het ergste gedeelte van het archief tevoorschijn.

De foto's zaten in een klein mapje. De dikke kartonnen omslag was een beetje beduimeld en er stond met ouderwetse type-letters *Eigendom politie Lothian & Borders* op. Hij had vaak zulke mapjes bekeken tijdens zijn korte carrière als openbare aanklager bij de rechtbank in Edinburgh. Een carrière die hij bewust had gekozen om zijn vader te tarten, en misschien ook om iets goed te maken. Maar na nog geen twee jaar was alles in rook opgegaan. Als iemand aan hem vroeg waarom dat zo was, antwoordde hij steevast: 'Omdat die klootzakken van criminelen steeds vrijkomen.' Zo simpel was het natuurlijk niet, maar als antwoord kon het ermee door. Londen lonkte, evenals een relatief simpele baan als bedrijfsjurist, waarbij hij niet te maken kreeg met extreme menselijke emoties, en waarvoor hij nog goed betaald kreeg ook. Tot op zekere hoogte. Maar al snel had een zeurende en uiteindelijk onontkoombare verveling zich van hem meester gemaakt.

Hij zette die uiterst onwelkome gedachte uit zijn hoofd en voelde aan het mapje dat op zijn schoot lag. Hij probeerde het trillen van zijn hand te negeren. Er zaten ruim twintig foto's in dit mapje, de enige foto's die nog in het archief waren overgebleven. Gelukkig was deze reportage van de hel in zwart-wit. Het verdraaide been en de gapende wond die, zo wist hij nog, donkerrood was geweest, zagen er een beetje onwerkelijk uit. Het had totaal niets te maken met zijn herinnering aan het moment, tweeëndertig jaar geleden, waarop hij naar al die agenten hier op deze plek had gekeken. Vooral naar dat gezicht, dat – wist hij nu – door beginnende ontbinding was vervormd, maar dat er in zijn ogen nog veel erger had uitgezien dan in werkelijkheid het geval was. Die aanblik had een belangrijke rol gespeeld in zijn latere nachtmerries en flashbacks. Nachtmerries die de arme Greg door osmose van hem leek te hebben overgenomen. Waarschijnlijk kwam dat doordat Greg gesprekken tussen zijn moeder en dokter Buchan had afgeluisterd over de gebeurtenissen op het eiland die afschuwelijke dag. Arme Greg. Hij had meerdere malen gevraagd wat er was gebeurd, maar Miller had geweigerd om antwoord te geven, en had beweerd dat hij zich bijna niets meer kon herinneren. Het duurde niet lang voordat hun moeder, en Mhari, en waarschijnlijk ook dokter Buchan, met Greg waren gaan praten en hem hadden verteld dat hij er verder niet meer naar moest vragen. Maar het trauma dat zijn jongere broertje had opgelopen, was waarschijnlijk maar al te goed voelbaar en zichtbaar geweest, waardoor Greg veel aangeslagener was dan hij ooit had willen toegeven.

Misschien was dat het wel. Doordat Greg het niet met eigen ogen had gezien, was zijn fantasie met hem op de loop gegaan en was hij jarenlang achtervolgd door gruwelijke nachtmerries. Net zoals hij. Wat moest hun arme moeder het daar moeilijk mee hebben gehad, en dan ook nog dat bedplassen van hem, vanaf de eerste nacht nadat de lichamen waren gevonden. Wat betreft die episode op de kantelen van Tantallon: hij was er heel goed in geworden die uit zijn geheugen te wissen. Behalve uit zijn nachtmerries.

Vreemd eigenlijk, dat hoewel Nikki getuige was geweest van zo veel nachtmerries, hij haar nooit precies had verteld wat er die dag was gebeurd, wat hij had gezien, waarom hij daar nog stééds over droomde. Ze had hem nooit ergens naar gevraagd, zeker de laatste jaren niet. Nu hij daarover nadacht, was dat heel tekenend voor de emotionele kloof die er altijd tussen hen had bestaan, maar waar hij zich nog maar sinds kort echt bewust van was. Hij had zich wel eens afgevraagd of Mhari het op een bepaald moment op zich had genomen om Nikki in te lichten over de gruwelijke details van zijn jeugdtrauma. Hij had daar geen bewijs voor, maar hij wist dat Mhari en Nikki in een bepaalde periode goede maatjes waren geweest, al was hun band niet heel hecht te noemen.

Hij keek het mapje door en kwam bij de foto's aan het eind. Het was vreemd dat die hem juist het meest schokten, al was er niets op te herkennen van wat hij destijds had gezien. De eerste foto was tamelijk direct. Het was een overzicht van de overblijfselen, in situ. De beide skeletten lagen op hun rechterzij, met de knieën een beetje opgetrokken naar waar hun buik gezeten had, de handen voor het lichaam, op borsthoogte, en de hoofden naar achteren gebogen met de kin omhoog. Als de context niet zo gruwelijk was, zou het een illustratie hebben kunnen zijn in een of ander boek over archeologie.

Maar dat was het niet. De close-ups vertelden een gedetailleerder verhaal, dat in beide gevallen hetzelfde was. Bij de polsen was nog het touw te zien waarmee ze vastgebonden waren geweest: gewoon touw, dat elke zeiler kende. De schedels waren ongewoon ver naar achteren gebogen, achterovergetrokken naar de schouderbladen; de monden vormden een gapend gat en de blootliggende tanden en kiezen droegen bij aan de suggestie van een grimas. Maar door de aanblik van wat zich boven die monden bevond, was zijn maag omgedraaid, de eerste keer dat hij de foto's zag. Hij had in het rechtbankverslag gelezen over dit gruwelijke detail van de misdaden, en ook in de sensationele verslagen die in de pers waren verschenen. Maar het was nog veel erger om het echt te zien. Waar alleen nog oogkassen over konden zijn, zat een blinddoek. Een blinddoek van brede tape, die om de hoofden gewikkeld zat, eindeloos vaak.

Hoewel alle eerdere foto's verslag deden van het verontrustende, het wrede en het walgelijke, waren het de laatste twee foto's die het treurigste beeld gaven van de hel die deze meisjes hadden moeten doormaken. Achter de slachtoffers, naast hun gebogen ruggengraat, lagen de hondenriemen. Simpele voorwerpen, maar zo veelzeggend. Hij klapte het album dicht en legde het in het gras. Had deze bewuste poging om zijn gevoelens te peilen over wat hier was gebeurd enig effect gesorteerd? Hij had de laatste dagen erg goed nagedacht over wat hij allemaal voelde. Al was het maar om zijn besluit te onderbouwen om de boel hier te verkopen en te vertrekken. Maar het was allemaal een stuk minder duidelijk dan hij had verwacht. Aanvankelijk was het volgens verwachting verlopen. In de hospice zijn gevoel van... van wat eigenlijk? Tevredenheid over de dood van zijn vader? Angst voor het doodsoord? En toen woede, razernij zelfs, over het testament. Irritatie over het zelfingenomen gedrag van Mhari. Frustratie over de gebruikelijke onverschilligheid van Greg, en zijn ontwijken van verantwoordelijkheid.

Toen kwam die brief van zijn vader. Toen kwam Duncan Alexander. En toen kwam Catriona.

25

Ze was twintig minuten te laat. Als ze door haar werk was opge-
houden, had ze even kunnen bellen. En ze kon niet zijn verdwaald,
ze wist met haar ogen dicht nog wel hoe ze zijn ouderlijk huis
moest vinden. Hij wilde haar bijna bellen op het mobiele nummer dat ze hem had gegeven om af te zeggen. Maar wat maakte
het eigenlijk uit als ze later kwam? Hij hoefde toch nergens heen.
Misschien had ze zich bedacht over haar bezoek. Miller hurkte
bij de haard, begon driftig het vuur op te stoken met een pook en
gooide er nog een blok op waardoor een kortstondige vonken-
werveling oprees. Het laatste waar hij vanavond behoefte aan had,
was bezoek, dus als ze niet kwam, vond hij het best. De laatste
twee dagen, sinds zijn terugkeer van het eiland, voelde hij zich
leeg en gedeprimeerd. De tegenstrijdige gevoelens, het voortdu-
rende 'stel dat' over zijn vader vormde een gapende kloof in zijn
hoofd die hem dreigde te verzwelgen. Hij probeerde wel om het
uit zijn hoofd te zetten, maar dat lukte niet. Hij werd er gek van,
hij kon er niet van slapen, hij kon zich niet ontspannen, niet tot
rust komen. Hij was bijna wanhopig. En dat hij niemand had met
wie hij erover kon praten, ook al had hij zelf de eenzaamheid opgezocht, vond hij misschien nog wel het ergste van alles.

Om het nog afschuwelijker te maken, had het opruimen en uitzoeken van de spullen van zijn vader en moeder hem dieper geraakt dan hij had verwacht, vooral toen hij de foto's had gevonden uit de tijd voordat zijn vader was gearresteerd. Toen was hij
maar weer gestopt met uitzoeken. Hij had een paar foto's apart
gelegd voor Catriona, want misschien vond zij ze wel grappig. Als
hij naar de foto's keek, zag hij steeds weer die politiefoto's voor
zich. Een verontrustende vergelijking.

Hij stond op en bleef even voor de schoorsteenmantel staan om naar de foto's te kijken die hij daar had neergezet. Zijn moeder had de irritante gewoonte om niet alleen onderschriften onder de foto's in de albums te schrijven, maar ook op de achterkant van de foto's zelf, voor het geval ze zoekraakten. Op de eerste foto die hij uit het album had gehaald, 'Strandschonen', stond een vrolijke, lachende Catriona in een licht zomerjurkje. Ze leunde tegen de kademuur, samen met Mhari, die nors in de lens keek. Misschien genomen aan het begin van een zomers uitstapje naar Fidra? Op een strandfeest? Mhari stond er niet erg flatteus op. Het verbaasde hem dat ze de foto niet al jaren geleden had verscheurd, want dat deed ze altijd met foto's die haar niet aanstonden. Voor zover hij wist deed ze dat zelfs nog steeds.

Hij hoorde bijna niet dat er werd aangeklopt. Hij liet haar binnen, samen met een paar dode, natte bladeren uit de tuin die door een harde windvlaag naar binnen werden gejaagd.

'Gelukkig is het weer een beetje omgeslagen, alleen regent het nu wel. Het stormt al de hele week!' Catriona lachte even en legde haar handen tegen elkaar alsof ze bad. 'Mogen we alstublieft wat beter weer?'

Ze trok haar regenjas uit en keek zoekend om zich heen naar een plek om hem neer te leggen.

Ze hadden het over het weer! Hij was opgelucht. De afstandelijkheid die hij bij de begrafenis had gevoeld, was nu verdwenen. Hij vond dat ze toen een soort oppervlakkige warmte en openheid tentoon had gespreid, alleen maar, vermoedde hij, om zijn gevoelens te sparen, maar nu maakte ze een veel ontspannener indruk. Ze pakte haar tas.

'Hier. Ik zag dat je rode wijn dronk na afloop van de begrafenis. Dat drink ik zelf ook graag. Ik hoop dat je deze lekker vindt.'

Ze dronk heel langzaam omdat ze nog moest rijden, en hij wist dat hij te snel dronk. Haar cadeau, een fles ongetwijfeld zeer dure bourgogne, was al voor driekwart leeg. Hij had het grootste deel ervan opgedronken, plus nog een paar glazen goedkoper spul voordat ze kwam. Vlak na haar aankomst had ze gevraagd of hij haar een rondleiding door het huis wilde geven; ze vertelde dat ze zich het huis nog heel goed kon herinneren, maar dat ze er sinds haar jeugd niet meer was geweest. Dat verbaasde hem. Ze was toch de laatste jaren weer met zijn moeder bevriend geraakt? Catriona vertelde dat haar moeder steevast met haar in de stad afsprak. Om de roddelaars te laten zien dat ze niet bang was om zich in een café of een restaurant te vertonen. Bovendien vond ze de openbare manifestatie van haar vriendschap met een populaire en alom gerespecteerde huisarts een zeer bemoedigende ervaring. Dat verbaasde hem, want het toonde aan dat zijn moeder zich veel strategischer kon opstellen dan hij ooit had gedacht.

Hoewel hij merkte dat hij inmiddels meer dan half aangeschoten was, hoopte hij dat hij zich nog een beetje goed kon houden. Hij liet Catriona voor het grootste deel het woord doen door haar zo veel mogelijk vragen te stellen, maar over haar privéleven vertelde ze maar weinig. Dat waren trouwens ook niet zijn zaken, al moest hij toegeven dat hij best nieuwsgierig was naar wat ze de laatste dertig jaar had gedaan, behalve dokter worden. Was ze getrouwd? Gescheiden? Had ze kinderen? Wat dat betrof, was zij in het voordeel omdat zijn moeder haar natuurlijk alles had verteld over zijn gezinsleven met Nikki, Emma en Callum. Catriona vroeg wel naar zijn kinderen, maar ze vertelde hem geen vergelijkbare dingen over zichzelf. Dat vond hij best. Hij hield het vooral bij onderwerpen waar zij zich volgens hem wel gemakkelijk bij voelde.

'En je vader, dat vond ik echt een leuke vent. Hij was vroeger toen ik klein was altijd zo aardig voor me. Geweldige huisarts ook. Ik hoorde van mijn moeder dat hij een beroerte heeft gehad.'

Ze haalde haar schouders op en nam een slokje van wat nog steeds haar eerste glas was. 'Ja, heel plotseling. Hoewel, mijn vader had natuurlijk niet echt een gezonde levenswijze. Hij dronk, hij rookte pijp, hij bewoog weinig en pakte te vaak de auto. Zoals de meeste artsen van zijn generatie trouwens.' Ze begon te lachen. 'En niet alleen van zijn generatie. Ik heb collega's gehad, die leken wel dood te willen. Mijn vader heeft een aantal beroertes gehad, daardoor moest hij eerder stoppen met werken. Uiteindelijk is hij eraan overleden. De op één na laatste aanval was heel ernstig, daarna kon hij nog maar heel weinig. Ik werkte toen in de Borders, en ik woonde in Peebles. Heel toevallig werd hier een huisarts gevraagd in de periode waarin mijn vader echt heel ziek was. Dat ben ik toen gaan doen. Hij heeft het daarna trouwens niet lang meer uitgehouden, hij kreeg nog een beroerte en toen was het afgelopen.'

Juist. Als ze zo gemakkelijk kon verhuizen, had ze misschien geen gezin waar ze rekening mee moest houden. Hij schonk zichzelf nog eens in en stond op om haar glas bij te vullen, maar ze schudde haar hoofd. Het leek alsof ze even door een herinnering werd meegevoerd; haar gezicht stond onpeilbaar, hoewel ze even een harde trek om haar mond kreeg. Toen keek ze hem weer aan.

'Daarna jouw moeder. Die arme Ailsa. Heel onverwachts, die hartaanval. Ik vond het heel erg voor je. Het zal geen gemakkelijke periode voor je zijn geweest, door... Nou ja, gezien de omstandigheden.'

Het kwam waarschijnlijk voor een deel door de wijn, die hem dapperder maakte dan anders, maar hij besloot om haar te vertellen wat er de laatste tijd was gebeurd.

'Ja, het was een erg verdrietige tijd, maar die periode was eerlijk gezegd in een ander opzicht juist opvallend gemakkelijk. Ik had het gevoel dat ik toen al wees geworden was. Mijn vader probeerde me via Greg en Mhari nog stééds zover te krijgen dat ik bij hem op bezoek ging, of hem schreef. Dat heb ik altijd geweigerd. Je weet vast wel dat er bij de uitvaart van mamma een, eh... een aanvaring was. Daarna was het allemaal zo gemakkelijk. Om door te gaan met mijn leven. Wat mij betrof, had ik geen vader. Die had ik al niet meer sinds mijn elfde. Maar mijn moeder begon steeds weer over hem. Misschien heb je dat al van haar gehoord, maar ik ben hier nooit meer geweest, dat wilde ik niet. Pas toen ze was overleden ben ik hier weer voor het eerst geweest. Meestal kwam zij naar Londen, dan kon ze ook de kinderen zien en zo. Voor Mhari gold hetzelfde, en ook voor Greg, die kwam ook bij mij als hij vrienden in Londen bezocht of op doorreis was. Maar toen hoorden we...'

Hij zweeg en nam een slok wijn.

'Toen kwam de diagnose?' Ze maakte zijn zin voor hem af.

Hij zette zijn glas op tafel. 'Ja. En daardoor veranderde alles.'

'Ben je daarom teruggekomen? Om hem voor de laatste keer te zien?'

Hij kroop dieper weg in de leunstoel. Het gekraak en gesteun van het huis gaf hem een veilig gevoel, alsof het hem bescherm-de. Hij had dat als kind ook altijd al zo fijn gevonden, nog steeds dus, vooral als het hard waaide. Het huis voelde dan zo veilig. Zijn eigen Tantallon Castle. Hij keek naar haar, in het zachte lamp-licht. Ze boog zich naar voren om zijn glas bij te vullen, glim-lachte even, en wachtte tot hij antwoord gaf. Maar hij wist in-middels niet meer welk antwoord hij moest geven op alle vragen die met zijn vader te maken hadden.

'Ik was niet van plan om terug te gaan om hem nog te gaan bezoeken. Je vindt dat misschien hard, maar ik wilde het echt niet. Maar toen dacht ik aan mamma. Wat zij zou denken, en wat zij zou hebben gewild. De druk werd steeds verder opgevoerd. Mha-ri hield me op de hoogte van de situatie en ze probeerde me over te halen om toch te gaan. Greg belde me ook vaak. Hij kwam over uit Spanje en hij ging een paar keer in de hospice bij mijn vader op bezoek. Ik heb het tot het allerlaatst uitgesteld. En toen ben ik in één ruk vanuit Londen hierheen gereden. Ik kan me van die reis niet veel meer herinneren, maar het moet een bizarre toestand geweest zijn. Ik weet alleen nog dat ik hard gereden heb en dat ik midden in de nacht ben aangekomen. Drie kwartier te laat. Maar ik heb hem nog wel gezien. Het was afschuwelijk.'

'De dood is afschuwelijk. Dat is nu eenmaal zo.' Haar stem klonk zacht.

Hij leunde naar voren, met gebogen hoofd, en haalde zijn han-den door zijn haar. Met nog zachtere stem zei ze: 'Ik heb met je te doen, Mill. Het moet wel erg rot zijn voor je. Ik kan nu mis-schien beter gaan.'

Ze stond op, maar hij pakte haar bij haar onderarm vast. 'Nee, alsjeblieft niet. Het is allemaal heel ingewikkeld aan het worden, wat mijn vader betreft. Ik begrijp niet meer wat ik voel, de ene keer dit, de andere keer precies het tegenovergestelde, en dat in zo'n beangstigend korte tijd.'

Hij zweeg, een beetje opgelaten door zijn openhartigheid. 'Het gaat ook allemaal zo snel. Ik kan niet zo goed tegen veranderin-

gen. Ik heb het gevoel dat ik ergens aan ben begonnen waar ik…
Ik weet het niet, ik voel me alsof ik een enorme reis ga maken.
Het is zo vreemd. Ik weet niet waarom, maar het is zo. En ik ben
geloof ik ook een beetje bang.'

26

'Bedankt voor het luisteren. Ik heb het nog nooit eerder zo uitgebreid aan iemand anders verteld. Het heeft me echt goed gedaan. Bedankt.'

Catriona was een bijzonder goede luisteraar. Hij kon zich de
laatste keer niet meer herinneren dat hij het prettig had gevonden om over zijn vader te praten, niet alleen over de feiten die met
zijn veroordeling te maken hadden, maar vooral over de gevoelens die hij voor zijn vader had, en die tussen twee extremen heen
en weer schoten. Dat werd eenvoudiger door de wetenschap dat
Catriona en zijn moeder het bij hun regelmatige ontmoetingen
uitgebreid over hem hadden gehad, over zijn vroegere problemen,
de lange weg naar herstel en zijn ontwikkeling tot de succesvolle,
goed functionerende volwassene die hij nu was. Of die hij nu leek
te zijn, want wat vooral goed functioneerde aan hem was zijn innerlijke afweermechanisme. Zou ze daar iets van merken? Maar
afgezien daarvan: als hij destijds had geweten dat zijn moeder zulke intieme dingen over hem besprak, en dat uitgerekend met Catriona, dan zou hij uit zijn vel zijn gesprongen. Maar nu was hij
er alleen maar dankbaar voor.

Het enige pijnlijke en nog steeds benauwende onderwerp waar
Catriona niet over was begonnen, was dat incident op de borst-
wering van Tantallon en wat daarna was gebeurd, tijdens die afschuwelijke eerste kerst na de veroordeling van zijn vader. Dat was
zijn crisis geweest, zijn schreeuw om hulp, had zijn psycholoog
tegen hem gezegd. Gelukkig was er nooit meer zoiets ernstigs
voorgevallen. Hij was ervan overtuigd dat hij anders in een inrichting zou zijn terechtgekomen. Catriona had het daar in de gesprekken met zijn moeder vast wel over gehad, maar gelukkig was

ze zo fijngevoelig om het vanavond niet ter sprake te brengen.

Hij glimlachte. 'Ik denk dat ik er met jou zo gemakkelijk over praat omdat ik je als een soort erelid van de familie McAllister beschouw, snap je? Je was vroeger zo vaak bij ons, je hebt zo veel met ons gedeeld. Ik vind het heel prettig om het allemaal eens op een rijtje te zetten. Ik denk er trouwens over om toch nog eens met Russell Sinclair te gaan praten. Ik weet dat hij ziek is, maar hij geloofde zo heilig in mijn vader.'

'Sorry, Miller, ik wilde er niet over beginnen toen je het eerder over hem had, maar nu kan ik er niet meer omheen. Bovendien zul je het toch nog wel te horen krijgen. Russell Sinclair is eergisteren overleden. Hij was een patiënt van me. Het is helaas sneller gegaan dan we hadden gedacht. Een zeer plotselinge achteruitgang.'

Miller leunde tegen de muur van de hal. 'Echt? Ik wist wel dat hij ernstig ziek was, maar niet dat het zo erg was. Wat ontzettend jammer. Hè, verdomme, hij zou zo… zo bemoedigd zijn geweest als hij nog had geweten dat ik me er toch in aan het verdiepen ben. Moet je eens kijken.' Hij deed de deur van de oude studeerkamer van zijn vader open waar hij de doos had neergezet. 'Kijk, dat heeft hij me gestuurd. Alles wat hij nog had van het archief van de rechtszaak. Dat doet me er trouwens aan denken, er zitten ook getuigenverklaringen bij, ik zal die van Lena Stewart eruit halen voordat ik haar spreek.'

'Wanneer zie je haar dan?'

'Dat weet ik nog niet. Dunc-the-monk belt me er morgen over op. Hij zou een afspraak maken.'

Hij zag dat ze glimlachte bij het horen van die bijnaam. Riep die bij haar dezelfde herinnering op als bij hem? Aan hun kinderlijke uitgelatenheid als die vreemde en exotische vriend van zijn moeder op bezoek kwam? Aan de simpele, kinderlijke genoegens uit hun jeugd?

Ze had haar regenjas dichtgeknoopt. 'Zeg, als je even laat weten wanneer je haar ziet, dan wil ik wel met je meegaan. Als je het tenminste prettig vindt om samen te gaan, en de mening van iemand anders te horen. Ik doe het graag voor je.'

Hij voelde zich verrassend genoeg erg bemoedigd door dit aan-

bod. Ze hadden het er vanavond over gehad dat een nieuwe verklaring van Lena niet automatisch eerherstel voor zijn vader betekende. Verder had hij gemerkt dat Catriona niet één keer had
gezegd dat ze dacht dat zijn vader onschuldig was, ook al had hij
haar uitgebreid verteld over zijn eigen veranderende ideeën daarover. Hij vroeg zich af hoe zij daarover dacht, maar hij wilde er
niet naar vragen. Nog niet. Hij was veel te bang dat haar antwoord
in overeenstemming was met zijn rotsvaste overtuiging van de afgelopen dertig jaar. Net nu die begon te verschuiven.

'Als je liever hebt dat ik niet meega...' Ze had zijn gezichtsuitdrukking blijkbaar verkeerd geïnterpreteerd.

'Nee, nee, dat wil ik juist graag. Ik vind het een goed idee om
iemand anders te laten meedenken, iemand die objectief is. Ik bel
je wel als ik een afspraak heb gemaakt. Maar zorg eerst maar dat
je veilig thuiskomt. Waar woon je eigenlijk?'

'O, iets verder naar het oosten, aan de kust. Ik heb daar een
cottage, dat is echt mijn toevluchtsoord. Een prachtig natuurste-
nen huis van twee verdiepingen aan Canty Bay. Je weet wel, richting Tantallon Castle.'

Ze zwegen beiden door die andere, minder vrolijke gemeen-
schappelijke herinnering. Catriona sprak als eerste weer. 'Ik moet
nog wel eens denken aan die dag. Ik... ik ben nog steeds blij dat
Greg er toen ook bij was. Ik stond als aan de grond genageld.'

Hij schudde zijn hoofd. 'Ik kan me er eerlijk gezegd niet meer
zo veel van herinneren.' Hij wist niet of deze leugen overtuigend
klonk. Het belangrijkste was dat hij er nu niet over wilde praten.
Misschien zelfs wel nooit. Hij haalde zijn schouders op en glimlachte.

'Ik was wel een raar joch, of niet? Een echte mafkees.'

Ze glimlachte flauwtjes terug. 'Nee, helemaal niet. Je was een
slimme jongen. Met veel verdriet. Vooral in die kersttijd. Dag
Miller.'

Ze gaf hem een kus op zijn wang en was verdwenen voordat
hij iets terug kon zeggen. Hij wuifde nog even en draaide zich
om, een beetje dronken. Toen hij de deur achter zich had dicht-
gedaan en naar de woonkamer liep, knikte hij. Ze had het weer
voor elkaar. Als ze wegging, dan voelde je dat.

Ze was blij dat ze thuis was. Blij met de rust. Zee, rotsen en zand. Jezus, wat had ze het de afgelopen anderhalf uur moeilijk gehad. Het was heel raar, bizar zelfs, om iemand terug te zien die je in een vorig leven zo goed had gekend. Iemand die je ook nog allerlei persoonlijke dingen toevertrouwde die je liever niet wilde horen. Miller was er slecht aan toe. Hij had dapper geprobeerd om zich te beheersen, maar de behoefte om zijn hart te luchten had het gewonnen. In zekere zin had ze het trouwens niet eens zo moeilijk gevonden. Toen ze eenmaal in de gaten had dat hij haar in vertrouwen wilde nemen, en hij een bijna maniakale stortvloed op haar had losgelaten, had ze simpelweg afstand genomen. Alsof hij een patiënt was, die een luisterend oor nodig had. Dat verhaal over het opnieuw onderzoeken van de zaak van zijn vader. Verrassend. Schokkend zelfs. Het was duidelijk dat hij er zelf bijna aan onderdoor ging. En dan dat incident op Tantallon Castle. Ze vroeg zich af hoeveel hij zich daar nu echt van herinnerde. Welke details. Bijvoorbeeld wat ze tegen hem had gezegd: '... *maar het zal wel erg rot zijn als je vader het echt gedaan heeft, hè? Heel moeilijk te accepteren voor iedereen...*' Maar daarmee had ze toch alleen maar hardop gezegd wat hij zelf ook dacht?

Ze trok een fles rode wijn open, opgelucht dat ze zich daaraan te goed kon doen zonder de toeziende blik van Miller of van wie dan ook. Jezus, wat had ze vanavond graag willen drinken zoals hij. Totaal ongeremd, de bofkont. Maar ze moest nog rijden en ze wilde bovendien haar hoofd erbij houden. Het was niet alleen *zijn* verleden dat hij oprakelde, *zijn* gevoelens waarover hij sprak. Voor anderen lag dat net zo gevoelig, bijvoorbeeld voor haar. Ze staarde uit het keukenraam naar het zwarte niets. Ze was gewend aan die duisternis. Ze was hier nooit bang.

Ze trok de la van de tafel open. Het overlijden van Russell Sinclair was moeilijk geweest. Weer zo'n moeilijke dood. Veel pijn en angst op het eind, en geen tijd meer om Millers ommekeer mee te maken. Hij had haar het opnieuw laten beloven. Van die brief. Hij had hem onlangs aan haar gegeven, toen ze een visite bij hem aflegde. Ze knikte. Alles begon zo vreemd synchroon te voelen. En dat bezorgde haar, op haar beurt, een knagend gevoel van onrust.

Beste Catriona,

Ik hoop dat je het niet vervelend vindt dat ik je zo familiair aanspreek, maar het klinkt wat onnatuurlijk als ik je buiten de spreekkamer dokter Buchan noem, zeker omdat ik me jou nog goed herinner als jong meisje. Zoals je weet, heb ik je vader goed gekend; een fijne man, net als zijn beste vriend, Douglas McAllister. Destijds kende ik geen van beiden erg goed, alleen oppervlakkig, maar ik vond ze allebei sympathiek, en ze hadden beiden een leuk gezin.

Ik had nooit kunnen vermoeden dat zulke fijne mensen zo'n tragedie zouden meemaken. Jouw vader moet wel erg wanhopig zijn geweest na het verlies van zijn vrouw, toen jij nog maar zo jong was. Ik heb van Douglas begrepen dat jij en je vader vaak bij de familie McAllister waren, en dat jullie bijna familie van elkaar zijn geworden. Douglas sprak vaak met veel warmte over jullie gezamenlijke activiteiten.

Dat diezelfde groep mensen ook nog het slachtoffer moest worden van een tweede tragedie, is haast niet te geloven. De veroordeling van Douglas is op jullie allemaal van invloed geweest. Douglas is je vader altijd dankbaar geweest omdat hij Ailsa zo goed heeft geholpen. En jou ook, omdat Ailsa na de dood van je vader veel aan jou heeft gehad. Ailsa heeft er zeker troost uit geput dat jullie soms samen gingen lunchen of een kopje koffie gingen drinken, daar ben ik van overtuigd.

Nu wil ik nogmaals je hulp inroepen. Een laatste keer. Je hebt mij (en je lieve vader ongetwijfeld vele malen) vaak met afschuw horen praten over de veroordeling van Douglas McAllister. Ik neem aan dat alle patiënten wel eens met hun zorgen en problemen naar de spreekkamer komen, niet alleen met hun lichamelijke klachten. Ik hoop dat ik je niet te veel heb verveeld als ik het soms over Douglas had. Het besef dat ik hem niet heb kunnen helpen, uit hoofde van mijn beroep en als vriend, heeft me ruim dertig jaar heel erg dwarsgezeten. Hij heeft mij, en dat is heel kenmerkend voor hem, nooit iets kwalijk genomen. Maar zijn dood en mijn eigen ziekte hebben mijn wanhoop nog groter gemaakt. Ik heb geen jonge, toegewijde en idealistische opvolger die zich verder voor Douglas zal gaan inzetten. En helaas is de belangrijkste advocaat uit het team allang overleden, al had hij je niet veel méér kunnen vertellen over de zaak dan ik al heb gedaan. Wat kunnen we nu ook nog ondernemen? Juridisch gezien zijn alle mogelijkheden uitgeput. We hebben ons uiterste best gedaan, neem dat maar van mij aan, maar we hebben gefaald.

Sinds het overlijden van Douglas heb ik gehoopt en gebeden dat ik zijn jongste zoon ervan zou kunnen overtuigen dat zijn vader onterecht is veroordeeld. Door de afwikkeling van de nalatenschap, moest ik contact opnemen met Miller (en zijn broer en zus). Hij staat zeer vijandig tegenover het idee dat zijn vader onschuldig geweest zou kunnen zijn. Hij zal hier echter nog wel een tijdje blijven, omdat hij de familiezaken moet afwikkelen. Daarom wil ik jou om hulp vragen. Ik heb het gevoel dat ik je dit niet rechtstreeks kan vragen, en ook niet in het kader van een medisch consult. Dat zou voor ons allebei niet prettig zijn, denk ik. Maar ik zou je eeuwig dankbaar zijn als je de tijd zou kunnen vinden, en de moed zou willen hebben, om met Miller te gaan praten. Je kunt, als je dat wilt, gerust zeggen dat ik je dat heb gevraagd. Ik vraag me af of het pleidooi van een jonger iemand, en daarbij iemand die hij nog van vroeger kent, Miller ertoe kan bewegen om nog eens goed na te denken.

Ik hoop dat je hierover wilt nadenken en dat je me niet aanmatigend vindt. Ik heb simpelweg niemand anders die ik voldoende vertrouw en respecteer en die de familie kende toen hun dit drama is overkomen.

Mijn hartelijke dank.

Russell Sinclair

Nu ze de brief nog eens doorlas, viel het haar opnieuw op dat Russell Sinclair er blijkbaar van uitging dat zij Douglas McAllister ook als onschuldig beschouwde. Ze dacht terug aan hun korte gesprekje bij de uitvaart. Russell, met een theekopje in zijn bevende, verzwakte hand, had zijn verontschuldigingen aangeboden voor zijn brief. Hij vertelde dat hijzelf, ter plekke, een gesprekje met Miller wilde aanknopen. Ze had geprobeerd hem gerust te stellen: 'Nee, geen enkel probleem, ik wil absoluut niet dat u zich zorgen maakt. Als u er vanmiddag met Miller over wilt spreken, moet u vooral uw gang gaan. Ik zal hem straks even begroeten en dan kijk ik wel hoe het gaat. Maar wees ervan verzekerd dat ik in elk geval toch nog met hem zal gaan praten.'

Jammer dat Russell Sinclair de totale ommezwaai van Miller niet meer had kunnen meemaken. Ze legde de brief terug in de la en schoof de foto naar zich toe. 'Strandschonen.' Haar oog was meteen op deze en de andere foto's gevallen die op de schoorsteenmantel waren uitgestald. Miller had het volgens haar prettig gevonden om het even niet over zijn vader te hebben, en het was inderdaad leuk geweest om de foto's te bekijken en te lachen om de gênantste onderschriften. Hij had haar deze foto gegeven en gezegd dat Mhari hem anders toch zou weggooien. Ze zette de foto rechtop tegen de wijnfles en staarde ernaar tot het beeld voor haar ogen onherkenbaar vervaagde. Ze kon zich die dag niet meer herinneren, of wat ze toen precies hadden gedaan, maar wel de sfeer in die tijd. Hoewel ze zogenaamd vriendinnen waren, was het leeftijdsverschil tussen haar en de drie jaar oudere Mhari een steeds groter probleem geworden. Plus haar jaloezie. Toen ze eenmaal naar de universiteit ging, werd Mhari's arrogante, superieure houding nog veel erger. Maar er was haar veel ontgaan. Voor iemand die zichzelf zo slim vond, had Mhari wel erg veel gemist van wat zich thuis allemaal afspeelde. Vooral tijdens die afschuwelijke kerstdagen. En dat was maar goed ook.

27

24 december 1974

'Moeten we het niet aan iemand vertellen? Aan mijn moeder, of jouw vader? Of misschien aan Mhari?'

'Doe niet zo stom!' Voor de verandering reageerde Greg een keer op wat ze tegen hem zei. Zat hij niet de hele tijd met de verrekijker te spelen, of deed hij niet alsof hij een voetbalstrip las. Wat dan ook, als hij maar niet naar haar hoefde te kijken. Hij was de laatste tijd erg verlegen, maar deed alsof dat niet zo was. De gebeurtenissen van die middag hadden hem erg aangegrepen. Het was een wonder dat de volwassenen onder het eten niet hadden gemerkt dat er iets aan de hand was. Ze hadden gezegd dat Miller onderweg kou had gevat en hij was doorgelopen naar boven zonder dat iemand hem verder nog iets had gevraagd. Nu zat ze met Greg op de vloer van de overloop. De deur van Millers slaapkamer stond op een kier en ze konden zien dat hij nu echt lag te slapen, met zijn arm om Bella heen.

'Maar Cattie, hij is nog maar twaalf jaar en hij heeft geprobeerd om zelfmoord te plegen! Dat móéten we toch wel aan iemand vertellen? Stel dat hij het nog een keer probeert?'

Ze gaf hem een stomp en zei fel maar zacht: 'Wees nou verdomme eens stil! Straks horen ze je beneden nog! Kom mee.'

Ze nam hem mee naar haar comfortabele logeerkamer waar ze de komende twee dagen mocht bivakkeren. Overal lagen kleren, verpakkingen van kerstcadeautjes, rolletjes plakband en glimmende opplakstrikken van goedkoop lint.

'Jezus, Cattie, wat een troep! Zorg maar dat mijn moeder dat niet ziet! Jemig, je bent hier maar een paar dagen, waar heb je dan al die kleren voor nodig?'

Ze begon spullen op te rapen en het cadeaupapier in een tas te proppen. 'Ga maar zitten, daar, op het bed.' Ze keek naar hem terwijl hij gehoorzaam op het voeteneinde van het bed ging zitten en plofte zelf aan het hoofdeinde neer.

'Ik weet ook niet waarom Miller dat gedaan heeft, Greg, maar ik denk echt dat we het aan niemand moeten vertellen. Mill heeft je de hele terugweg gesmeekt om dat niet te doen. Trouwens, we zouden er nog best last mee kunnen krijgen omdat we niet echt goed op hem gelet hebben. Jouw moeder is de laatste dagen in een vreselijk humeur en als ze dit hoort, wordt ze razend. Het heeft trouwens toch geen zin. Ze weten heus wel dat het niet zo goed met hem gaat. Ik heb gehoord dat mijn vader en jouw moeder het erover hadden dat ze hulp moesten zoeken voor Miller. Een of andere "deskundige". Ze sturen hem dus naar een gekkendokter. Beetje eng, maar het zal wel het beste zijn.'

Ze keek bezorgd naar Greg, bang dat hij het toch zou verraden. Het zou echt een ramp zijn als de volwassenen wisten wat Miller had gedaan. Daar zouden veel te veel vragen van komen.

'Weet je, Miller is gewoon niet normaal, dat zie jij toch ook wel. Ik bedoel, hij is sowieso al geen normaal kind. En sinds dat met je vader al helemaal niet. Ik had eerst het idee dat hij er wel overheen zou komen, maar dat denk ik nu niet meer, zeker niet na vandaag. Hij heeft hulp nodig. En je arme moeder kan dat ook niet allemaal aan.'

Greg keek alsof hij bijna begon te huilen. 'Ik snap het ook niet... Ik kan helemaal geen contact meer met hem krijgen. Hij wil niets zeggen over... die dag op het eiland. En al helemáál niet over pappa. Ik liet hem laatst een brief zien die ik aan pappa aan het schrijven was. Ik vroeg of hij er ook een stukje onder wilde zetten, over wat hij allemaal deed, hoe het met Bella ging, dat soort dingen. Maar hij liep gewoon de kamer uit en hij heeft de rest van de dag niks meer tegen me gezegd. Die toestand in de gevangenis is nu al anderhalf jaar geleden. Maar hij wil mijn vader nog steeds niet zien, hij wil hem niet eens schrijven. Mamma wil binnenkort met ons allemaal naar pappa toe. Ze denkt dat Mill wel mee wil als we allemaal gaan. Maar mamma en Mhari hebben er steeds ruzie over.'

Greg keek haar hoofdschuddend en met grote ogen aan.

'Toen Mhari thuiskwam voor de kerstvakantie, hebben ze er echt vreselijk over zitten te bekvechten. Volgens Mhari is het niet goed als hij meegaat naar de gevangenis. Ze zegt dat het te "traumatisch" voor hem is, en dat het daardoor alleen maar "escaleert". Je kent dat wel, zoals Mhari praat, zeker nu ze op de universiteit zit. Je zou bijna denken dat ze zelf psycholoog is. Maar ik denk wel dat ze gelijk heeft. Ik wil er eigenlijk ook niet naartoe. Ik heb zo'n hekel aan de gevangenis, ik vind het er afschuwelijk. Een afschuwelijk gebouw, afschuwelijke mensen. Maar ik moet wel. Het moet van mamma en bovendien wil ik naar pappa, want...'

Hij maakte zijn zin niet af en veegde met een ruw gebaar over zijn ogen. Ze nam het van hem over. 'Ja, nou ja, het klinkt misschien gek, maar ik ben het met Mhari eens en ook met jou. Ik denk dat het voor hem veel te...'

'Auuww! Help, help! Help me, help!'

Ze sprongen allebei van het bed. Greg was het eerst bij de deur. Er klonk glasgerinkel. Wat was er in godsnaam aan de hand? Ze zag haar vader met twee treden tegelijk de trap op rennen, op de voet gevolgd door mevrouw McAllister en Mhari. Bella rende blaffend over de overloop, en Greg viel bijna over haar heen terwijl hij de naastgelegen slaapkamer in stormde.

Mevrouw McAllister schreeuwde: *'Miller! Ik kom eraan, jongen! Forbes, vlug!'*

Catriona deed een stap naar achteren om haar vader en mevrouw McAllister voor te laten gaan. Mhari keek haar bezorgd en vragend aan, maar Catriona haalde haar schouders op en schudde haar hoofd. Ze keken samen naar de chaotische toestand in de slaapkamer. Greg hield Miller vast, bijna op dezelfde manier als enkele uren geleden op het kasteel. Hij wiegde hem en fluisterde geruststellend in zijn oor. Intussen stond zijn moeder hysterisch te gillen, haar handen in paniek voor haar gezicht geslagen.

'O, mijn god, o, Miller! Miller!'

Maar haar vader hield zoals gewoonlijk het hoofd koel. 'Ailsa? *Ailsa!* Je moet me helpen! Geef me dat laken en haal mijn tas uit de auto. Hier zijn de sleutels. *Het komt wel goed, het komt goed!'*

Catriona hoorde dat Mhari naar adem snakte toen ze verbijs-

terd naar het bloed keek dat uit de gapende wond in Millers hand
op het hagelwitte laken droop.

De wind floot door het gat dat Miller in de ruit had geslagen
en waaide door zijn haar, terwijl Greg hem stevig bleef vasthouden.

Een verlaten eiland

Hoewel er op dit moment nog maar enkele jaren zijn verstreken sinds de gruwelijke gebeurtenissen op het eiland, gaat het dagelijkse bestaan op Fidra gewoon door. Twee keer per jaar wordt er onderhoud gepleegd aan de vuurtoren. Dat is van groot belang omdat de vuurtoren de veiligheid moet garanderen van het scheepvaartverkeer op de Firth of Forth. Verder hebben leden van de vogelbescherming toestemming gekregen om onderzoek te doen naar het broedgedrag van de vogels, die daar natuurlijk gewoon mee doorgaan alsof er op het eiland niets is gebeurd.

Maar zelfs dergelijke routineklussen gaan niet meer onopgemerkt. In het eerste jaar na de veroordeling van Douglas McAllister is een aantal sensationele en misleidende berichten bekend geworden over onderhoudsmedewerkers die niet meer naar Fidra zouden willen. In de lokale kranten verschenen allerlei spookverhalen over monteurs die onderling lootjes trokken om te bepalen wie naar het 'gruweleiland' moest, en over de dode meisjes die aan de monteurs waren verschenen. Die verhalen werden later ingetrokken en er werden twee monteurs ontslagen. Maar de kwestie wakkerde de sympathie aan met de nabestaanden van de slachtoffers, en de haat jegens Douglas McAllister. Gelukkig was alles na een paar weken weer vergeten.

Fidra werd echter een verlaten eiland, waar niemand meer uit vrije wil naartoe gaat, en waar alleen nog mensen van de vogelbescherming en monteurs komen. Verder vertoont zich daar geen mens meer. Alleen nog maar de geesten.

Fragment uit *Fidra – geschiedenis van een eiland* van Duncan Alexander, Whitekirk Publishing, eerste druk, 1978.

28

Getuigenverklaring van mevrouw LENA STEWART
Datum: 2 juli 1973
Tijd: 12.05 uur
Rechercheurs: brigadier Johnstone, agent Wallace

Mijn naam is LENA STEWART. Ik ben negentien jaar oud en ik woon met mijn ouders in Aberlady, East Lothian, Coates Gardens 12. Ik ben kleuteronderwijzeres in Haddington.

Op de avond van vrijdag 22 juni 1973 was ik bij mijn verloofde, ANDREW BLACKFORD. We gingen wandelen in de Lammermuir Hills, ten zuiden van het dorp Garvald. Dat doen we wel vaker als het mooi weer is, en het was een mooie avond.

We hebben ongeveer een uur gewandeld, van ca. 19.30 tot 20.30 uur. Daarna hebben we nog ongeveer een halfuur in de auto van Andy zitten kletsen en sigaretten roken.

Tot dat moment hadden we niemand gezien, niet tijdens de wandeling en niet op de afgezonderde plek waar we de auto hadden geparkeerd. Ik heb op een stafkaart de exacte route aangegeven die we hebben gelopen, en de plek waar Andy de auto had geparkeerd. Dat heb ik gedaan in aanwezigheid van de rechercheurs die mij hebben ondervraagd.

Om ongeveer 21.00 uur reden we over een smalle weg die naar de B6370 leidt. Rechts van me zag ik een manspersoon die tussen de varens de heuvel op liep. Dat was ongeveer 20 meter verderop. Volgens mij was dat DOUGLAS MCALLISTER, die aan de rand van North Berwick woont. Ik ken meneer MCALLISTER van gezicht omdat hij Andy kent, en ik heb hem een aantal keren ontmoet in gezelschap van Andy. Ik heb hem ook een keer gedag gezegd toen ik hem tegenkwam in North Berwick terwijl ik daar aan het winkelen was.

Lena Stewart
2/7/73

Getuigenverklaring van de heer ANDREW BLACKFORD
Datum: 2 juli 1973
Tijd: 14.20 uur
Rechercheurs: brigadier Johnstone, agent Wallace

Mijn naam is ANDREW BLACKFORD, maar iedereen noemt
me Andy. Ik ben zesentwintig jaar oud en ik woon met mijn
grootvader in Aberlady, Puffin Cottages 3, East Lothian. Ik
werk bij de Koninklijke Kustwacht.

Op de avond van vrijdag 22 juni 1973 was ik uit met mijn
verloofde, LENA STEWART. Bij mooi weer gaan we vaak wandelen in de Lammermuir Hills, vooral ten zuiden van het
dorp Garvald. Die vrijdag was het ook mooi weer en we reden daar met mijn auto heen.

We hebben een klein uur gewandeld, van 19.25 tot 20.20 uur.
Ik weet dat nog zo precies omdat ik vaak op mijn horloge
kijk. Die gewoonte heb ik door mijn werk gekregen. Mijn
horloge staat exact gelijk en ik kijk regelmatig of het nog
gelijk loopt, dat is ook een gewoonte die met mijn werk te
maken heeft.

Na onze wandeling hebben Lena en ik nog een tijd in de
auto zitten roken en praten. Om 20.35 uur zijn we op weg
gegaan naar Aberlady.

Ik wil benadrukken dat we tot dat moment niemand hebben gezien, niet onder het wandelen en niet toen we in de
auto zaten. Op verzoek van de aanwezige rechercheurs heb
ik op een stafkaart aangegeven waar we precies hebben gewandeld en waar ik mijn auto heb geparkeerd.

Ongeveer vijf minuten nadat we waren vertrokken, reden we over een smalle weg naar de B6370 toen mijn aandacht getrokken werd door iets bewegends aan de rechterkant van de weg. Het was een man die de heuvel op liep. Hij droeg donkere kleren. Ik kon de kleren niet heel precies zien, omdat die door de begroeiing aan het gezicht onttrokken werden.

Toen ik doorreed, kon ik het gezicht en het hoofd van de man beter zien. Het was nog steeds licht, de zon zou pas over een halfuur ondergaan, en het zicht was heel goed. Op het moment dat hij het meest dichtbij was, was de afstand ongeveer 20 meter. Ik denk dat die man DOUGLAS MCALLISTER was, die in North Berwick woont. Ik ken meneer MCALLISTER omdat hij boten heeft en ik hem vaak zie als ik op patrouille ben, dan vaart hij van het vasteland naar Fidra, waar hij een tweede huis heeft, of terug.

Ik ben er zeker van dat de man die ik zag DOUGLAS MCALLISTER was.

Andrew Blackford
2/7/73

Getuigenverklaring van mevrouw LENA STEWART
Datum: 3 juli 1973
Tijd: 15.50 uur
Rechercheurs: brigadier Johnstone, agent Wallace

Als aanvulling op mijn verklaring van 2/7/73 wil ik twee punten verduidelijken.

De tijdstippen die ik in mijn eerdere verklaring heb genoemd, zijn bij benadering. Bij nader inzien herinner ik me dat Andy [ANDREW BLACKFORD] een horloge droeg en dat ik hem daar tijdens ons samenzijn herhaaldelijk op heb zien kijken. Dat was niet ongebruikelijk, want Andy let altijd goed op de tijd.

Ik wil verduidelijken dat de man die ik op de helling heb gezien voor een deel aan het zicht werd onttrokken door de varens, waardoor ik zijn kleding niet goed kon zien. Maar ik kon zijn gezicht wel goed zien.

Ik weet zeker dat de man die ik zag DOUGLAS MCALLISTER was.

Lena Stewart
3/7/73 (getuigenverklaring nr. 2)

29

Eind september 2005

'Ik geloof niet dat ik deze al eens eerder heb gelezen. Die taal, zo
archaïsch. Ontzettend onnatuurlijk!'

Miller knikte na deze opmerking van Duncan Alexander. 'Ja,
dat taalgebruik van de getuigen was vroeger, toen ik nog studeerde, al een grote bron van hilariteit. Bespottelijk. Jij zult dat beter
weten, maar ik wil er iets onder verwedden dat Lena Stewart niet
zo praat, nu niet en vroeger niet.'

Miller was blij met deze vrolijke noot. Hij nam een slokje koffie en keek nog eens om zich heen. Na zijn aankomst in het gastenverblijf van het klooster had Duncan hem naar een groot, hoog
vertrek gebracht dat direct aan de hal grensde. Dit was de 'ochtendkamer' waar de gasten zich na het ontbijt konden terugtrek-
ken om de krant, de Bijbel of een boek te lezen of alleen maar een
kopje koffie te drinken. Er was nu verder niemand. Het zonlicht
stroomde door de hoge ramen naar binnen en verwarmde de kille lucht. Ze zaten in grote, leren fauteuils en keken uit op de diepe tuin, langs de rododendrons naar het grijze water van de Firth
in de verte.

Hij was blij geweest, maar ook nerveus, toen Duncan hem had
gebeld en had verteld dat Lena Stewart met hem wilde praten.
Duncan had benadrukt dat de vrouw het er steeds moeilijker mee
begon te krijgen, en hij had voorgesteld dat ze elkaar diezelfde
avond zouden ontmoeten. Maar hij had ook, met zachte maar onmiskenbare aandrang, gevraagd of Miller eerst nog even in het
gastenverblijf wilde komen om met hem de 'moeilijke ontmoeting' door te nemen.

Duncan veegde wat verdwaalde druppeltjes koffie van de mouw

van zijn wollen habijt. 'Ik weet niet of je je dat herinnert, Miller, maar ik heb het grootste deel van de rechtszaak bijgewoond. Het leek me belangrijk om erbij te zijn, en om je moeder bij te staan als dat nodig mocht zijn. Forbes was meestal verhinderd, omdat hij als getuige-deskundige was opgeroepen; hij heeft een belangrijke rol gespeeld als politiearts op die vreselijke dag. Hij was dan wel een vriend van de familie, maar hij was destijds de enige arts die beschikbaar was om mee te gaan naar het eiland. Dat heeft hij me later verteld.'

Duncan zette zijn kopje op tafel. 'Jij weet daar ongetwijfeld meer van, maar tegenwoordig is het waarschijnlijk een stuk strenger geregeld op dat gebied. Forbes moest gewoon doen wat hem werd opgedragen, hij zat tussen twee vuren. Strikt genomen mocht hij tijdens het proces niet eens contact met jullie onderhouden, dus hij nam een groot risico als hij met jullie sprak. Hij vertelde me dat hij, als ze daar moeilijk over gingen doen, gewoon zou zeggen dat hij zich jullie lot aantrok omdat hij ook jullie huisarts was. Ik vond dat dapper van hem.'

Miller schudde zijn hoofd. 'Vreemd. Er zijn zo veel gaten in mijn herinnering aan die periode. Ik weet nog dat we vaak bij hem gelogeerd hebben. Waarom dat zo was, weet ik niet meer. Misschien zodat mamma wat tot rust kon komen. Ik weet ook nog dat we bij de uitspraak aanwezig mochten zijn, dat zal ik nooit vergeten. Maar verder kan ik me bijna niets meer herinneren. Een psychiater zou waarschijnlijk zeggen dat dat alleen maar zelfbescherming is. Maar even iets anders... die getuigenverklaringen van Lena Stewart en haar verloofde, ik vind dat die zó overduidelijk op elkaar zijn afgestemd, vind jij dat ook?'

Duncan keek hem fronsend aan. 'Op elkaar zijn afgestemd?'

'Ja. Vergeet niet dat dit uit drieënzeventig is. De tijd van de duistere politiepraktijken. Het ligt er zelfs heel dik bovenop. De aanvullende verklaring van Lena is duidelijk bedoeld om haar eerdere uitspraken af te stemmen op die van haar verloofde. Dat lijkt me overduidelijk, en uit de transcriptie van het proces blijkt ook wel dat de advocaten van mijn vader daar bezwaar tegen hebben gemaakt.'

Miller gebaarde naar de papieren die voor hem lagen. 'Maar

zowel Lena als Andy Blackford zijn stug blijven volhouden dat hun verhaal klopt. Het exacte tijdstip was natuurlijk heel belangrijk, want als de oorspronkelijke verklaring van Lena klopt, zou het al bijna zonsondergang zijn geweest en zou je je af kunnen vragen of het nog wel licht genoeg was. Waarschijnlijk zou dat mijn vader niet helemaal hebben vrijgepleit, gezien de overige bewijzen, maar de betrouwbaarheid van hun verklaring zou toch een deuk hebben gekregen.'

Moest je hem zien, zo kalm en zakelijk analyserend, als een echte advocaat. Maar het bezoek van Catriona van de vorige avond had veel gevoelens in hem naar boven gehaald en had hem een erg kwetsbaar gevoel gegeven. Hij wist alleen met veel moeite zo rustig te blijven en dat advocatenpraatje hielp hem daar goed bij.

Hij leunde naar voren en pakte het velletje papier met de verklaring. 'Trouwens, wat is er eigenlijk van die Andy Blackford geworden? Mijn vader schrijft in zijn brief dat die twee nooit zijn getrouwd. En daar staat ook niets over in de aantekeningen van Russell Sinclair.'

Duncan haalde zijn schouders op. 'Ik heb geen idee. Hij schijnt lang geleden te zijn vertrokken. Ik heb Lena ernaar gevraagd, maar ik kreeg de indruk dat ze door de telefoon liever niet over hem wilde praten. Ze wilde trouwens in dat telefoongesprek bijna nergens verder op ingaan. Ik geloof dat ze een erg praktische, nuchtere vrouw is. Ik kan me ook best voorstellen dat ze zulke dingen liever in een persoonlijk gesprek vertelt. Goed, ze verwacht je dus om zeven uur. Ze woont een eindje buiten Haddington, dus daar rij je met de auto zo heen. Zal ik je iets na zessen komen ophalen?'

Miller voelde zich plotseling niet meer zo op zijn gemak. Hier had hij niet op gerekend. Eigenlijk had hij er verder niet bij stilgestaan, maar het was logisch dat Duncan er ook bij wilde zijn. Hij had alles georganiseerd, dus hij wilde natuurlijk precies weten wat Lena Stewart te vertellen had. Duncan had het beste met hem voor. Hij had hem al twee keer gewaarschuwd dat hij niet te snel conclusies moest verbinden aan wat ze zou vertellen. Zelfs als ze met allerlei onthullingen voor de dag zou komen, hoefde dat nog niet te betekenen dat zijn vader onschuldig was.

Duncan had gelijk. Het sprak voor zich. Maar het ging allemaal zo razendsnel dat Miller het soms niet meer kon bijbenen. Daar zat hij, met Dunc-the-monk op de plaats waar zijn moeder haar geestelijke rust had gezocht, misschien wel haar geluk. Het was ongelofelijk dat hij na al die jaren op zoek zou gaan naar bewijzen van de onschuld van zijn vader, dat hij zichzelf ervan móést overtuigen dat zijn vader onschuldig was. Maar hij kon niet meer terug. Hoe langer hij hier was, op deze plek waarvan hij als kind zo veel had gehouden, hoe meer hij zich ervan bewust werd dat hij naar een betere afloop verlangde dan het verhaal waarmee hij de afgelopen tweeëndertig jaar had moeten zien te leven. Het gesprek met Lena Stewart zou nog maar het begin zijn. Hij moest er rekening mee houden dat hem een teleurstelling te wachten stond, maar dat was nu eenmaal zo. Dat risico moest hij maar nemen.

Wat hij niet wilde, was dat daar iemand bij zou zijn. Behalve Catriona. Hij wilde wel graag dat zij haar bijdrage zou leveren. Het leek hem beter niet alleen te zijn als de doos van Pandora geopend zou worden. Hij moest iemand bij zich hebben die even scherpe herinneringen aan die tijd had als hij.

'... is dat goed?'

Duncan wilde weten hoe laat hij wilde vertrekken. 'Eh, Duncan, het spijt me, maar bij nader inzien... Ik hoop dat je het zult begrijpen, maar ik wil Lena Stewart liever onder vier ogen spreken.' Die leugen zou waarschijnlijk al snel uitkomen, want Lena Stewart zou Duncan ongetwijfeld vertellen dat hij Catriona Buchan had meegenomen. Maar dat zou hij dan wel weer oplossen. Hij wilde niet aan Duncan uitleggen wat hij zelf maar nauwelijks begreep. Hij wilde alleen Catriona bij zich hebben op deze reis. Een reis naar het onbekende en het onverwachte. Meer kon hij nu niet zeggen. Hij hoopte dat Duncan dat begreep.

Duncan wuifde Miller met een halfslachtig gevoel uit, liep terug naar de ochtendkamer en begon de koffiekopjes en het schaaltje onaangeroerde koekjes op te ruimen. Terwijl hij daarmee bezig was, hield hij er plotseling weer mee op en ging op de stoel zitten waar Miller in had gezeten. De zon was weg en het was opnieuw kil in de kamer. Er waren meer wolken aan de horizon verschenen. De wind stond landinwaarts vanaf de Firth. Weer een avond waarop ze zich schrap moesten zetten tegen de storm, zoals die avond in januari 1975 toen hij eindelijk de vreselijke waarheid over Miller te weten was gekomen van Ailsa…

… Ze had nog een slokje malt whisky genomen. Uit wanhoop. Haar eerdere afwerende en afstandelijke houding was volledig verdwenen en ze stond op het punt van instorten. Het ware verhaal over het kerstfeest van McAllister/Buchan stond lijnrecht tegenover het vrolijkheid-ondanks-alles-beeld dat ze oorspronkelijk had geschetst. Ailsa kon niet eens tegen zichzelf liegen, zo leek het. Toen ze had verteld dat Miller dat raam had ingeslagen, was ze in tranen uitgebarsten. Het incident had haar blijkbaar enorm van streek gemaakt.

'Godzijdank was Forbes er, want anders had ik Miller direct naar het ziekenhuis moeten brengen. En dan? Vragen. Vermoedens. Kon ik wel goed voor hem zorgen? Dat zou afschuwelijk zijn geweest. Maar Forbes zei dat het wel zou genezen. Dat het lang niet zo erg was als het leek. Hij had zijn hand opengehaald aan het glas, maar er was geen slagader geraakt of zo. Het hoefde niet eens gehecht te worden, alleen goed schoongemaakt en verbonden. O, god, wat gebeurt er toch allemaal met mijn kleine jongetje! En wat doe ik hier eigenlijk? Forbes heeft erop aangedrongen dat ik er een paar dagen tussenuit zou gaan, maar het voelt zo verkeerd om mijn kleine ventje alleen te laten nu hij me juist zo nodig heeft. Maar Forbes zegt dat hij voor hem en de anderen zal zorgen. Hij zegt dat ik echt even afstand moet nemen, dat dat beter is voor mijn gezondheid. Hij heeft me ook pillen aangeboden, maar dat gaat mij te ver. Kon ik maar… O, Duncan, ik kan gewoon niet onder woorden brengen hoe erg ik het voor Miller vind.' Ze zweeg even en snoot haar neus voordat ze verder ging.

'Doug denkt dat Miller zich tegen hem heeft gekeerd door wat hij die dag heeft gezien. Ik heb je al verteld hoe Miller reageerde. Dat Forbes hem iets moest geven om hem rustig te krijgen. Hij heeft het lichaam van dat meisje gezien voordat ze een la-

ken over haar heen konden leggen. Je hoeft ook geen psychiater te zijn om te begrijpen dat zoiets verschrikkelijk is voor een kind, zeker zo'n gevoelig kind als Miller. Maar dat hij zich zo tegen zijn vader heeft gekeerd, dat hij weigert om hem te schrijven, over hem te praten, denk je dat...'

Ze zweeg. Hoewel ze het duidelijk niet lekker vond, dronk ze toch de whisky op, alsof dat een soort braakmiddel was dat het onzegbare uit haar keel kon branden.

'Denk jij dat een gevoelig jong kind kan beseffen, écht kan beseffen hoe slecht iemand anders kan zijn? Kan een kind misschien wéten dat zijn eigen vader een monster is? O god, Duncan, als hij het nou wel gedaan heeft? Stel dat hij het toch heeft gedaan?'

Hij keek weg van die smekende blik van haar. Hij had hier echt geen antwoord op. Hij luisterde naar de wind die de vensters deed rammelen en zweeg.

Voorlopig.

30

Hij was blij dat ze zijn auto hadden genomen omdat die vier-wielaandrijving had. De wegen lagen vol boomtakken en andere rommel en de wind was inmiddels aangewakkerd tot een storm. De jeep hobbelde over weer een obstakel.

'Moet ik even stoppen?'

Ze tuurde bij het licht van een zaklantaarn op een verkreukel-de kaart. 'Nee, dat hoeft niet. Die routebeschrijving die Duncan je heeft gegeven is wel ingewikkeld, maar… Wacht even, volgens mij is het hier ergens rechts… Langshaw House. Daar!'

De ruitenwissers stonden op de snelste stand, maar hij kon nog steeds bijna niets zien. Catriona boog zich over hem heen en wees schuin naar rechts. Toen zag hij het. Aan een paal hing een wit-geverfd houten bord waar LANGSHAW HOUSE op stond. Het bord werd door de rukwinden wild heen en weer geslingerd en dreig-de bijna omver te waaien. De oprit was een moeras en de banden gleden weg en vonden maar moeilijk houvast. Een zwakke bui-tenlamp aan het huis verwelkomde hen, maar toen ze vlakbij wa-ren, sprongen er felle lampen aan die de voorkant van het hoofd-gebouw en de zijkanten van een paar andere gebouwen links beschenen. Vlak bij de ingang stonden twee Land Rovers, een paardentrailer en een kleine personenauto geparkeerd.

De zenuwen begonnen hem nu parten te spelen. Er hing enorm veel van deze ontmoeting af, misschien wel onnoemelijk veel. Het misselijke gevoel kwam weer terug, net als de bijna onweerstaan-bare drang om te vluchten, de jeep te keren en te verdwijnen. Voorgoed. Maar dat deed hij niet, hij bleef zitten en staarde naar de stortvloed.

'Wil je echt dat ik meega?'

Hij knikte, zonder haar aan te kijken. Ze voelde vast iets van wat er in zijn hoofd omging. Zijn aarzeling om door te zetten.

Hij gaf onnodig fel antwoord. 'Ja, natuurlijk. Het is alleen... het voelt een beetje raar. Kom op, dan gaan we.'

Toen hij het portier had dichtgeslagen, hoorde hij een hoge schreeuw. Hij draaide zich snel om. Een kleine gestalte in een regenjas die tot op de enkels viel haastte zich naar hen toe.

'Miller McAllister? Ik ben Lena Stewart. Kom maar mee.'

De stal bood bescherming tegen de regen, maar de ergste rukwinden kwamen er toch nog binnen en veroorzaakten zo nu en dan een luid gehinnik en gesnuif van de drie paarden die er stonden. Lena Stewart had haar hoed afgezet en haar jas uitgetrokken. Ze deed niet moeilijk over de aanwezigheid van Catriona, wees hun allebei een baal hooi om op te zitten en begon de nerveuze schimmel te borstelen.

'Dit is Twilight. Een prachtig paard, maar ontzettend zenuwachtig. Ze heeft gruwelijk de pest aan storm en je krijgt haar alleen rustig door haar veel te borstelen. Die andere twee zijn veel rustiger, die hebben dat niet nodig. Mijn ex was een echte paardenman. Heel besmettelijk, want ik raakte er ook snel verslingerd aan. Een van de redenen dat ik met hem ben getrouwd. De enige goeie reden, als ik erover nadenk. Nu kan ik niet meer zonder die beesten. Op een dag word ik nog eens zo'n raar oud wijfie met d'r paarden. Als ik dat niet al ben.'

Hij zag dat Catriona zuur glimlachte, maar hij vond het niet grappig. Hij merkte aan de kleine vrouw dat ze even nerveus was als hij. Ze verschool zich achter haar paard en kakelde maar door zodat ze niet zelf de eerste zet hoefde te doen.

'Mevrouw Stewart, ik ben...'

Hij zag haar niet, maar haar stem onderbrak hem. 'Zeg maar Lena. Dan noem ik jou Miller.'

'Goed, Lena. Ik ben heel blij dat ik hier langs mag komen... En ook dat u door de gesprekken met uw nicht en broeder Duncan bent gaan nadenken over wat er met mijn vader is gebeurd.'

Er verscheen een kleine hand met daarin de roskam boven de rug van het paard. Ze liet het grote dier een paar stappen naar voren doen, borstelde nog een paar keer en zei: 'Toe maar, meisje, zo is 't weer genoeg. Die wind bijt je heus niet.'

Ze gaf het dier nog een paar klopjes op zijn flank, deed de halve staldeur dicht en ging op de hooibaal tegenover hen zitten, met de roskam in haar beide handen.

'Behalve de periode rond mijn gruwelijke scheiding heb ik nooit zo'n rottijd meegemaakt als de afgelopen weken. Wat een toestand. Toen ik van Lizzie hoorde dat jouw vader opgenomen werd in de hospice, was ik net als veel anderen van mening dat ze daar weg moest gaan, of in elk geval verlof moest opnemen. In mijn ogen was hij het laagste van het laagste. Zo heb ik hem altijd beschouwd. Zo ben ik hem door de omstandigheden gaan zien.'

Ze bleef haar ogen tijdens deze inleidende woorden gericht houden op de roskam, maar nu wierp ze een snelle blik op Miller. Om te zien of hij wel luisterde? Of hoe hij reageerde op deze woorden over zijn vader? Hij glimlachte flauwtjes naar haar en knikte, als teken dat ze door moest gaan. Haar stem klonk nu zachter. Stiller. Ze was bijna niet te verstaan door het harde, bijna klagelijke gekraak van de houten schuur en het gehuil van de wind. Hij ging iets verder naar voren zitten, met zijn hoofd half naar Catriona gedraaid, die stokstijf zat. Het licht, dat toch al zwak was, flakkerde even toen een extra harde rukwind via een openstaande deur aan de andere kant door de stal joeg, samen met een bijtende vlaag regen. De schimmel stampte in de stal en begon zacht maar angstaanjagend te hinniken.

'Ssst, Twilight, stil maar, meissie. Ik vind het achteraf heel goed van Lizzie dat ze toch in die hospice is blijven werken en geen verlof heeft genomen. Anders, nou ja, anders zouden we hier nu niet zitten. Ben je gelovig?'

Deze onlogische gedachtesprong verraste hem. Maar hij kon niet liegen, dus hij schudde zijn hoofd. Ze scheen niet geïnteresseerd te zijn in Catriona's geloof en het gesprek spitste zich steeds meer toe op hem en deze kleine, energieke en gevoelige vrouw. Catriona was een beetje naar achteren opgeschoven, naar het donker, want ze voelde dat dit een intiem gesprek tussen de twee anderen was. Alleen aan de geur van de paarden, hun geadem en de protestgeluiden die ze zo nu en dan maakten, was te merken dat er nog meer levende wezens waren.

Lena keek even achterom naar Twilight en ging verder. 'Ik ben wel religieus. Steeds meer zelfs, naarmate ik ouder word. Misschien is dat bij iedereen wel zo, dat weet ik niet. Ik ben religieus opgevoed, ook al heb ik er nooit veel aan gedaan toen ik jong was. Maar je verandert in de loop van het leven. Ik weet wel dat de verhalen die Lizzie me vertelde over je vader, over zijn lijdensweg, en de gesprekken die hij met haar voerde, mij aan het denken hebben gezet over vroeger.'

De lamp aan het plafond van de stal flikkerde nog een laatste keer en ging toen helemaal uit; Catriona verdween nu uit Millers blikveld en Lena Stewart was alleen nog vaag te zien in het zachtgele licht van de lamp die vlak boven hen hing. Ze scheen het nauwelijks te merken; ze keek alleen heel even omhoog en haalde haar schouders op.

'Over die avond, juni 1973. Ik was negentien jaar, nog maar net. Ik kom uit een arm gezin en mijn ouders werkten hard en waren heel streng. Ik werkte op de kleuterschool, ik was dol op de kinderen, en ik was verloofd met een van de spetters uit het dorp, of eigenlijk de allergrootste spetter van de wijde omtrek. Het leven was mooi. In veel opzichten. Maar Andy Blackford was heel anders dan hij leek. Hij zag er goed uit, hij had een stoere en gerespecteerde baan bij de kustwacht, en hij was heel aardig en charmant tegen mijn ouders, en tegen iedereen. Maar hij dronk. En als hij had gedronken, kon hij zomaar veranderen van de allerliefste jongen in de allervervelendste klier. Achteraf denk ik dat hij manisch-depressief was. Ik heb later wat mensen ontmoet die die ziekte ook hadden en de symptomen deden me er sterk aan denken. Ik dacht toen al niet dat hij echt van plan was om met mij te trouwen. Dat aanzoek, die verloving en die ring, dat was allemaal toen hij een keer half bezopen en manisch was.

Maar goed. Die avond waren we dus in de Lammermuirs. We gingen daar vrij vaak heen. Eerlijk gezegd was dat de enige plek waar we ongestoord konden vrijen. Ik was dan wel jong en heel streng opgevoed, maar ik wilde ook wel een beetje plezier. Ik woonde bij mijn ouders en hij bij zijn grootvader. De Lammermuirs was echt de beste plek om helemaal alleen te zijn. Die avond waren we lang weg en Andy had een paar blikjes bier op. Toen we teruggingen naar de auto, begon het al donker te worden. We rookten een paar sigaretten en Andy nam nog een blik bier. Ik weet nog dat we er ruzie over kregen, want ik wilde niet dat hij onder invloed reed. Ik had toen nog geen rijbewijs, dus als hij zich helemaal klem zoop, kon ik niet terugrijden. Ik mocht trouwens helemaal niet in zijn dierbare auto rijden. Mannen en auto's...

Toen hij zijn bier op had, reden we weg. Hij zou mij bij mijn ouders afzetten en dan naar huis rijden. Ik geloof dat zijn opa die avond op bezoek was bij de buren, dus hij had geen haast om thuis te komen.'

Voor het eerst zweeg ze even, maar sprak toen haastig verder alsof ze de woorden naar buiten probeerde te krijgen voordat ze van gedachten veranderde.

'En... en toen, na een paar dagen, liep alles uit de hand.'

Ze zweeg weer. Hij keek naar haar terwijl ze zat te friemelen aan de roskam en er dikke, grijze haren uit trok. Ze leek nu volkomen in gedachten verzonken en lette zelfs niet meer op haar geliefde dieren, die steeds onrustiger werden nu de storm heviger begon te razen.

'Maar Lena, wat hebben jullie dan precies gezien op de terugweg naar huis?'

Hij schrok door de plotselinge vraag van Catriona. Ze leunde naar voren en de plas licht viel op haar gezicht, dat daardoor onnatuurlijk bleek en groot leek. Hoewel ze het zacht en vriendelijk had gevraagd, keek Lena Stewart toch geschrokken op. Hij vervloekte Catriona, want hij dacht dat ze een blunder maakte. Dat de intieme sfeer was verpest.

Maar hij had het mis. Lena hield op met het gefriemel aan de borstel en keek naar de grond. 'Dat is het 'm nu juist. Ik heb helemaal niet zoveel gezien. Eigenlijk zag ik helemaal niks. En ik weet bijna zeker dat Andy ook bijna niks heeft gezien, ook al zei hij later van wel. Jezus, hij moest al genoeg moeite doen om de auto op de weg te houden. Hij kon helemaal nergens goed naar kijken en bovendien werd het al aardig donker. Ik weet nu wel zeker dat het láter was dan ik oorspronkelijk zei, en in elk geval véél later dan Andy heeft gezegd.

Een paar dagen daarna begon het allemaal. De politie was in

rep en roer. Ze wilden een waterdichte zaak tegen je vader, vooral na wat ze in zijn tuin en op Fidra hadden gevonden. Ze hadden al veel, maar het bleek niet genoeg te zijn. Andy was trouwens dikke maatjes met de politie, hij zat vaak met een paar politieagenten in de kroeg, dat soort dingen. Zo is het begonnen. Hij had laten vallen dat hij in de buurt was geweest van de plek waar dat arme meisje was verdwenen. Toen begonnen ze aan te dringen. Een paar rechercheurs kwamen bij hem langs, en ook bij mij, en... nou ja... Andy zei tegen me dat hij zeker wist dat hij Douglas McAllister die avond op de terugweg had gezien, en of ik me dat niet meer kon herinneren. Ik zei dat dat onzin was, dat we helemaal niemand hadden gezien. Op een middag was ik bij Andy. Ik weet niet meer waar zijn opa was, misschien wel in het ziekenhuis. In elk geval was ik boven toen die rechercheurs langskwamen en herrie begonnen te schoppen. Ik liep naar de deur van de woonkamer om ze af te luisteren. Ze dreigden dat ze aan Andy's baas zouden vertellen dat hij dronk. Dat hij dan zijn baan zou kwijtraken. Dat hij alles zou kwijtraken. Ze waren ervan overtuigd dat Douglas McAllister de dader was. Ze wisten het zeker, zeiden ze. Ze hadden allerlei andere bewijzen, alleen nu hadden ze Andy en mij nodig om... hoe zeiden ze dat ook alweer? O ja, zo was het: om de puntjes op de i te zetten. Zo kwam het. We verzonnen dat verhaal, een simpel verhaal, maar wel aannemelijk.'

Eindelijk keek ze op, recht in zijn ogen.

'Maar onthou één ding goed, Miller. Ik was er net als die agenten vast van overtuigd dat jouw vader schuldig was. Andy ook. En ik moet eerlijk zeggen dat ik er later niet veel last van heb gehad. Ik vond het natuurlijk niet leuk om voor de rechtbank te liegen, maar ik dacht, nou ja, het is voor een goed doel.' Ze liet de roskam op de grond vallen, sloeg haar armen over elkaar en trok haar schouders op, plotseling koud. 'Maar... wie had kunnen denken dat het me nu, na al die jaren, nog zou komen achtervolgen? En terecht. Toen Lizzie me vertelde over die laatste weken van je vader, over dingen die hij had gezegd, toen kreeg ik twijfels. En ik kreeg last van nachtmerries, vreselijke nachtmerries. Ik werd er echt door achtervolgd. Ik wilde iets doen. Ik heb er met Duncan over gesproken, en tegen hem gezegd dat ik je wilde ontmoeten, met je wilde praten, mijn excuses wilde aanbieden. Ik heb iets vre- selijks gedaan. Een excuus kan nooit voldoende zijn. Daar moet ik mee zien te leven.'

Ze zweeg en sloeg haar armen nog steviger om zich heen. Er verscheen een frons op haar voorhoofd. 'Maar ik zou er alles, echt álles voor overhebben om het goed te maken. Want ik ben ervan overtuigd geraakt dat jouw arme vader onschuldig was.'

31

Catriona had aangeboden om te rijden en dat had Miller dankbaar geaccepteerd. Onderweg zat hij onderuitgezakt in de passagiersstoel en zweeg. Ze was zo verstandig en gevoelig om niets te zeggen, waar hij meer dan dankbaar voor was. Ze zouden naar haar cottage rijden om haar af te zetten en daarna wilde hij naar huis om flink wat slaap in te halen.

Hij vroeg zich af of hij zich de lichte tegenzin verbeeldde waarmee Catriona hem uitnodigde om nog iets te komen drinken. Was het gewoon een plichtmatig aanbod uit beleefdheid, en was het niet de bedoeling dat hij het accepteerde? Wilde ze wel gestoord worden in haar privacy? Of maakte ze zich zorgen vanwege zijn sombere zwijgzaamheid en wilde ze een oogje in het zeil houden? Hoe dan ook: toen ze eenmaal binnen waren, leek ze heel ontspannen, en blij dat hij er was. Nu ze voor de haard zaten, kon hij zich ook beter ontspannen, althans de schijn wekken. Hij had op de terugweg nergens anders meer aan kunnen denken dan aan de ontmoeting met Lena Stewart, tot het een kwelling werd.

Hij wist dat hij er verslagen uitzag en zo voelde hij zich ook. Het was waarschijnlijk geen goed idee geweest om een borrel te nemen. Ze had hem maar één glas gegeven, maar hij voelde het meteen. Hij kon een tweede glas beter afslaan, als ze hem dat aanbood, wat hem niet waarschijnlijk leek. Hij sloot zijn ogen en genoot van het warme haardvuur. Ze had gezegd dat ze even naar haar e-mail moest kijken en was naar boven gegaan. Hij legde zijn hoofd tegen de zachte rugleuning en luisterde naar de stormwind die het huis binnen probeerde te dringen, en naar de golven die op maar een steenworp afstand op het strand beukten. Tevergeefs. Dit was een veilig huis, geruststellend…

Hij was bijna weggedoezeld. Verrassend, onder deze omstandigheden, maar wel vergeeflijk, want hij was totaal uitgeput. Toch kon hij dat natuurlijk niet maken. Hij stond op, rekte zich uit en draaide rondjes met zijn hoofd om de spierpijn in zijn nek te verlichten. Zijn oog viel op iets in een donkere hoek van de kamer wat hij, toen hij binnenkwam, niet had gezien. Het was dat oude dressoir. Het viel hier, tussen haar moderne meubels, totaal uit de toon. Hij wist zeker dat dat het dressoir was dat in het huis van haar vader had gestaan. Hij liep erheen om de foto te bekijken die erop stond. Het was een oude zwart-witfoto van Forbes Buchan, in de zomer genomen. De foto kwam hem vaag bekend voor. Waarschijnlijk had hij hem al eens eerder gezien. In die tijd lieten ze elkaar vaak foto's zien, ze ruilden kiekjes, bespraken de nieuwste camera's. Forbes keek met toegeknepen ogen in de lens. Hij droeg een overhemd met korte mouwen en hij lachte scheef, door de pijp die hij zoals altijd in zijn ene mondhoek hield. Hij zag er tevreden uit. Vriendelijk. Precies zoals Miller hem zich herinnerde. Hij zag geen foto's van haar moeder. Misschien was dat te pijnlijk? Toen hij de foto voorzichtig terugzette, zag hij de pijp liggen. Was het dezelfde als op de foto? Waarschijnlijk. Dokter Buchan moest er in zijn leven heel wat hebben gehad, maar het leek precies dezelfde pijp als op de foto. Die had ze dus bewaard. Ontroerend. En toen, in een hoekje, achter de foto, zag hij het. Iets wat hem meteen terugvoerde naar het verleden. Lang voordat pappa was gearresteerd. Hij was bij Catriona thuis, en ze vertelde trots:

'... Het is een uitgave uit 1949. Geïllustreerd door Mervyn Peake. Het is echt zo geweldig om te hebben. Hier, kijk maar eens, maar voorzichtig, hoor!'

Hij pakte het van haar aan. Haar vingers voelde koud op de zijne terwijl ze hem het boek gaf alsof het een voorwerp van het fijnste kristal was.

Een bijzonder cadeau voor mijn bijzonder mooie Catriona. De wereld ligt aan je voeten. Groter dan Schateiland! Je liefhebbende vader
xxx

Grappig. De handtekening leek erg op die van zijn vader. Hij bladerde door het boek. Hij had wel eens over deze tekeningen gehoord. Op school had iemand er dia's van laten zien bij een spreekbeurt. Hij had ze niet mooi gevonden. Op de rode kaft stond ook een tekening. Een mannengezicht. Grove trekken en wild kronkelhaar dat hem aan wormen deed denken.

'Dat is Long John Silver.'

Hij knikte naar haar, maar hield zijn ogen op het boek gericht. 'Dat weet ik.'

'Ik heb het jaren geleden van pappa gekregen. Ik kijk er haast nooit meer in. Ik ben er nu natuurlijk veel te oud voor, maar ik vind het nog steeds bijzonder, vind je niet? Het is een speciale uitgave.'

Hij bladerde door het boek; elke tekening die hij zag, was nog akeliger dan de vorige. Er was een vreselijke bij van Long John Silver met een kapotte fles, een starende, dronken blik en een sabel in zijn hand; een verminkte en lelijke Blind Pew die bijna de arm breekt van Jim Hawkins, waarbij het gezicht van de jongen vertrokken is van pijn; een hele pagina van de geamputeerde Silver, zonder het houten been dat in talloze andere versies wel is afgebeeld. Alleen maar een heel lang been, een stomp, en een eindeloos lange kruk.

Hij kreeg een ongemakkelijk gevoel door die illustraties. Het was net iets uit een nachtmerrie. Hij deed het boek dicht en glimlachte geforceerd. 'Mooi, Cattie. Prachtig.'

Ze nam het boek weer van hem aan en deed het voorzichtig terug in de plastic beschermhoes.

'Ik moet het altijd bewaren, zei pappa.'

Hij glimlachte nogmaals, blij dat zijn vader hem niet zulke gruwelijke boeken gaf...

Hij schudde zijn hoofd. Die slimme Forbes Buchan. Dat was een goed advies, dat ze het boek niet mocht wegdoen. Zou nu wel heel wat waard zijn, ondanks de opdracht die er voorin geschreven was. Echt een klassieker. Adembenemend knap getekend. Maar nog steeds gruwelijk, zeker voor jonge, gevoelige kinderen.

'Fraai, hè?'

Hij had haar niet de kamer horen binnenkomen en deed een stap bij het dressoir vandaan, met het idiote gevoel dat hij was betrapt. 'Eh, ja, mooi...'

Ze nam het boek van hem aan. 'Dit is mijn lievelingsplaat, op bladzijde honderdtweeënzestig. Jim in het bootje. Op de hoge golven. Kijk, vind je dat niet prachtig? Of deze, de kleine Jim die aan de boeg van de *Hispaniola* hangt. Moet je dat kleine gezichtje van hem zien. Kostelijk.'

Hij zou het zelf niet zo omschrijven. De jongen keek doodsbang. Maar er was wel iets opbeurends aan haar plezier om deze schat uit haar kindertijd, iets wat hem een zeldzaam, bijna intiem inzicht in haar gaf.

Ze schonk zijn glas ongevraagd bij. Hij ging zitten, met een ongemakkelijk gevoel, alsof hij stiekem had rondgesnuffeld. Maar ze ging ontspannen in de stoel tegenover hem zitten, trok haar voeten onder zich en hield haar glas wijn met beide handen vast. Heel relaxed. Het leek of ze meer tegen het vuur praatte dan tegen hem.

'Nou, wat vond je van Lena Stewart?'

Hij nam nog een slok, terwijl hij wist dat dat niet verstandig was. Ze moest toch wel snappen hoe hij zich na de ontmoeting van vanavond voelde. Ze had het gevraagd alsof ze het tegen een patiënt had, met een soort afstandelijke reserve. Een beroepsmatige belangstelling. Misschien had ze in de gaten dat hij op het punt van instorten stond en had ze geen zin in nog een avond vol ontboezemingen. Prima. Hij ook niet. Maar hij moest wel al zijn zelfbeheersing in de strijd werpen om een gesprek te voeren over de ontmoeting.

Hij probeerde een overdreven lichte, terloopse toon te treffen. 'Ja, ik heb er de hele terugweg aan gedacht. Wat een vreemd vrouwtje. Maar heel aardig en heel oprecht. Ik bedoel, het is nogal wat, dat ze aanbiedt om een nieuwe verklaring af te leggen, dat ze bereid is om opnieuw met de politie en mensen van de rechtbank te gaan praten. Op zich heeft ze best veel te verliezen. Maar ik wil eerst eens met die Andy Blackford gaan praten. Als Lena Stewart tenminste echt kan achterhalen waar hij nu woont. Ze zei dat hij ergens in de buurt van de Trossachs zit, daar moet ik dan misschien maar eens heen.'

'Waarom? Geloof je niet wat ze zegt?'

'Jawel, juist wel. Ik geloof absoluut wat ze zegt. Ik wil alleen ook zijn kant van het verhaal horen. Als hij tenminste bereid is om erover te praten, en dat is nog een groot vraagteken. Maar als hij zich aan zijn oorspronkelijke versie van het verhaal houdt, is het zijn woord tegen het hare. En ik heb in de papieren van Russell Sinclair gezien dat de rechercheurs die hem destijds hebben ondervraagd, allebei dood zijn. Dat maakt trouwens ook niet uit. Als ze nog wel hadden geleefd, zouden ze volgens mij nooit iets hebben willen toegeven. En de collega's die nog wel in leven zijn ook niet. Maar als Andy iets goed wil maken, denk ik dat ik wel een sterke zaak heb, met of zonder politie. Als twee kroongetuigen meineed toegeven, is dat niet niks. Je hebt de Schotse Justitiële Herzieningscommissie, die oude zaken opnieuw tegen het licht houdt. Maar ik zou mijn kennis omtrent het Schotse appelrecht moeten opfrissen. Ik weet bijvoorbeeld niet hoe het zit met postume zaken.'

Hij wist uit ervaring dat hij soms door extreme vermoeidheid afgesneden was van zijn emoties. En godzijdank was dat vanavond ook zo. Nikki had zich daar vaak genoeg over beklaagd, ze vond het een karakterfout van hem. Hij kon hier rustig zitten praten als een advocaat, denken als een advocaat, zonder te vóélen wat de implicaties waren van wat hij vanavond had ontdekt. Het viel zo langzamerhand niet meer te ontkennen dat hij een volstrekt tegenovergestelde mening over zijn vader had gekregen. De gebeurtenissen van de laatste tijd kon hij niet zomaar onder het vloerkleed schuiven. Maar ging het niet allemaal wat snel? Het idee, of liever gezegd de mogelijkheid, dat zijn vader onschuldig was, was niet genoeg. Hij dacht al aan een mogelijk eerherstel. Liep hij niet veel te hard van stapel? Misschien wel. Maar stel dat zijn vader werkelijk onschuldig was geweest. Al die jaren, die verspilde jaren van zijn vader en van hem. Die diep gevoelde haat…

'… wel goed?'

'Sorry, Catriona, wat zei je?'

Ze keek hem fronsend aan. 'Ik vroeg of het wel goed gaat.'

Hij speelde met zijn glas, draaide het rond en rond op zijn dijbeen. 'Ja. En nee. Ik geloof dat ik nog niet helemaal besef wat dit betekent. Stel dat mijn vader echt onschuldig was... wat moet ik dan met mijn ideeën en mijn besluiten over hem? Als ik eerlijk ben, en dat heb ik laatst ook tegen Duncan gezegd, dan moet ik toegeven dat ik me het grootste deel van mijn jeugd na de arrestatie van mijn vader alleen nog heel vaag of zelfs helemaal niet meer kan herinneren. En ik weet wat psychologen daarover zeggen. Ongelukkige periodes worden uit het geheugen gewist, zodat we verder kunnen met ons leven. Het gekke is dat ik eigenlijk nooit bewust bezig ben geweest met mijn verwarde gevoelens voor mijn vader. Dat ik bijvoorbeeld niet heb geprobeerd om me de lieve, zorgzame vader te herinneren die hij vroeger voor me was. Nee, ik meende dat ik daardoorheen kon kijken, en ik heb die vader al heel lang geleden doelbewust uit mijn leven gezet. Ik heb me voor hem afgesloten, potdicht, einde verhaal. En nu... Nu zit ik hier. Nu komt dit boven water.'

Hij ging rechtop zitten, fronsend, beschaamd dat hij het nu toch weer over zichzelf had, over zijn diepste gevoelens. 'Maar goed, zoals Duncan al zei: wat Lena Stewart ook zegt, het betekent niet a priori dat mijn vader ten onrechte is veroordeeld. Het is daar in elk geval zeker geen garantie voor. Het is erg lang geleden dat ik zelf nog strafpleiter was, maar dat maakt niet uit. Het is inmiddels algemeen bekend dat de politie, vooral in het verleden, zich nogal eens schuldig heeft gemaakt aan het "bewerken" van de bewijzen om de verdachte veroordeeld te krijgen. Voor de zekerheid. En dat scenario zou hier ook zeker van toepassing kunnen zijn. Begrijp je wat ik bedoel? Dat ze zeker wilden weten dat ze de juiste verdachte achter slot en grendel zouden krijgen, hoe dan ook.'

Hij zweeg en wachtte tot ze opkeek van het haardvuur. Het duurde even voordat ze scheen te merken dat er een stilte viel. Hij zag even, in een flits, de oude Catriona, een bijna hooghartige blik die hij herkende van vroeger. Die blik betekende dat ze betrapt was terwijl ze zat te dagdromen, en niet oplette.

'Ik wil je eigenlijk iets vragen,' begon hij aarzelend, 'maar ik durf het niet zo goed. Niet aan Duncan, en ook niet aan jou. Mensen die ons altijd zijn blijven steunen, maar die nooit echt hebben gezegd wat ze over mijn vader denken.' Hij dronk zijn glas leeg.

'Maar ik vraag het toch. Wat dacht jij, of wat dénk jij, over mijn vader? Over zijn veroordeling?'

Hij had meteen spijt van zijn vraag en voelde weer een gevoel van schaamte door zich heen trekken. Maar hij moest er toch een antwoord op hebben, als hij tenminste contact met haar wilde blijven houden, en zeker als hij haar om hulp wilde vragen.

Ze ging rechtop zitten en zette haar glas op de schoorsteenmantel. Ging ze nu haar beste dokterstactiek ten beste geven? Zoals ze ook een slechte diagnose aan een patiënt meedeelde? Haar gezicht was gesloten, ondoorgrondelijk. Maar in elk geval keek ze hem aan.

'Ik neem aan dat je een eerlijk antwoord wilt, Mill? We zijn tenslotte geen kinderen meer.'

Hij knikte langzaam, met een angstig voorgevoel.

Ze schudde eenmaal haar hoofd. 'Ik weet niet wat ik moet zeggen. Behalve dan dat ik het niet weet. Ik heb nooit geweten wat ik ervan moest denken. Ik ben nooit honderd procent overtuigd geweest van zijn schuld, zoals jij. Hoewel ik het idee heb dat dat bij jou eerder een emotionele reactie was op wat je hebt meegemaakt en wat je hebt gezien dan echte overtuiging van zijn schuld. Van de andere kant is hij natuurlijk wel veroordeeld. Ik weet het gewoon niet. Wat ik wel weet is dat ik je hier graag mee wil helpen. Waar ik maar kan. En dat doe ik ook ter nagedachtenis van mijn vader. Hij heeft zijn leven lang je moeder geholpen waar hij maar kon, en daarmee dus ook je vader. Ik weet dat jouw vader echt opgelucht was dat mijn vader, die hij zijn "beste vriend" noemde, de zorg voor allerlei dingen op zich nam.'

Nu ze hem eraan herinnerde wat een redder in de nood Forbes Buchan was geweest, werd hij op een ander gedachtespoor gezet. Vóór de arrestatie was hun gezinsleven heel idyllisch geweest: een fantastisch huis, een eiland als speeltuin, een leuke broer, een oudere zus die vervelend maar toch best oké was, niet veel vrienden, gedeeltelijk doordat ze zo ver van school woonden, maar wel een hechte band met Catriona en haar vader. Oké, voor de buitenwereld was het gezin McAllister waarschijnlijk erg gesloten, te veel naar binnen gericht volgens de moderne psychoanalytische maatstaven, maar zij waren toch leuke kinderen, en ze hadden toch een 'normaal' gezinsleven? Vanaf eind juni 1973 was dat natuurlijk allemaal op losse schroeven komen te staan. Vanaf dat moment was het onzinnig geworden om het gezin volgens de normale maatstaven te analyseren. Het was nog een wonder, na wat ze allemaal hadden meegemaakt, dat hij en zijn broer en zus nog zo goed terecht waren gekomen.

Eigenlijk was Greg van hun drieën nog het meest aangepast. Het was bijna griezelig, als je erover nadacht. Als je hem nu zag, zou je nooit kunnen raden wat voor familiegeschiedenis hij had meegemaakt. De bazige, prestatiegerichte manier van doen van Mhari telde niet mee, want zo was ze vóór de arrestatie ook al. Alleen hij bleef dus over. De kleine, getraumatiseerde Miller, wat was er van hem terechtgekomen? Een man, echtgenoot en vader vol onderdrukte agressie en teleurstelling omdat zijn enige rolmodel hem op zo'n rampzalige manier in de steek had gelaten? Een man die zo in zichzelf leefde dat hij niet eens had gemerkt dat zijn vrouw gedurende bijna een jaar een relatie met iemand anders had.

Wat was hij zelf eigenlijk voor vader? Dat was heel simpel: hij stikte van de tekortkomingen. Hoe vaak had hij de laatste weken bijvoorbeeld aan zijn twee kinderen gedacht? Natuurlijk hield hij van ze, aanbad hij ze, maar wat voor vader was hij voor ze? Als hij eerlijk was, moest hij toegeven dat hij zich soms nauwelijks in staat voelde tot het vaderschap, en dat hij zich diep in zijn hart ook nog steeds een klein kind voelde, in zijn huwelijk en in zijn werk. Als hij 'volwassen' taken moest uitvoeren in de rechtbank, voor cliënten, tijdens vergaderingen. Altijd. Het kwam steeds weer op hetzelfde neer: hij voelde zich een bedrieger. Wat zijn werk en zijn slechte huwelijk betrof, kon hem dat niet eens zoveel schelen, maar de gedachte dat hij als vader een mislukkeling en een bedrieger was, kon hij niet verdragen. Het was ondenkbaar dat hij dat onder ogen zag en wilde toegeven. Misschien was hij er wel bang voor, voor het vaderschap. Bang om zijn best te doen en zijn kinderen toch teleur te stellen. Zoals hij zelf was teleurgesteld…

'… en het spijt me als dit misschien niet is wat je wilde horen.'

Hij schrok op van haar stem. Hij was even helemaal vergeten waar hij was. Opnieuw was hij totaal in zichzelf gekeerd.

'Dat hindert niet, Catriona. Het is een eerlijk antwoord en het is minder erg dan het antwoord dat ik eigenlijk had verwacht.'

'O ja?'

'Ja. Zoals ik al zei, had ik daar bij jou een onzeker gevoel over, net als bij Duncan. Sympathie, maar ook twijfel. En dat is maar al te begrijpelijk. Ik worstel er zelf ook enorm mee, en dat is nog zacht uitgedrukt. Maar ik moet nu weg. Ik moet slapen. Morgen komen Nikki en de kinderen, en ik moet het huis nog in orde maken.'

Het voelde vreemd om het in haar aanwezigheid over zijn vrouw en kinderen te hebben. Toen ze een paar dagen geleden bij hem langs was gekomen, had hij daar geen enkele moeite mee gehad en had hij zelfs het idee gehad dat zij en Nikki elkaar misschien nog wel eens zouden ontmoeten. Toen was de conversatie heel gemakkelijk en soepel verlopen, al had hij zich dan licht gefrustreerd gevoeld omdat ze zo weinig over zichzelf had verteld. Waar kwam die plotselinge ongemakkelijkheid dan vandaan? Waarom vroeg hij haar niet nog eens of ze met zijn vrouw en kinderen wilde kennismaken? Hij wist maar al te goed waarom en hij had het gevoel dat zij dat ook wist, ondanks zijn emotionele onhandigheid, zijn soms bijna autistische manier van doen. Het was eeuwen geleden dat hij verliefd op haar was geweest. Hij zat nu absoluut niet te wachten op verdere complicaties en hij had het gevoel dat Catriona een zekere afstand bewaarde, ondanks haar behulpzaamheid. Hij vond het best.

Toen ze de voordeur voor hem opende, werden ze allebei vol geraakt door de storm en rukte de wind aan hun haar en hun kleren. Ze sloot de storm buiten en leunde tegen de voordeur.

'Jezus, kun je in dit weer wel thuiskomen? Je mag gerust blijven hoor, ruimte zat.'

Hij glimlachte, maar liep toch langs haar heen naar de deur. 'Dat is niet nodig. Zo slecht is het helemaal niet. Trouwens, ik hou wel van ruig weer, weet je dat niet meer?'

Haar lach klonk licht. 'Natuurlijk wel! Dat was een van de vele, innemende kronkels van je. Welterusten, Mill, en rij voorzichtig. Volgens mij heb je niet te veel gedronken.' Hij voelde haar hand op zijn onderarm. 'Weet je, Mill? Ik ben blij dat je terug bent.'

Terwijl hij naar zijn jeep rende, expres zonder om te kijken, maakte zijn ongemakkelijke gevoel plaats voor een vage opwinding, waar hij zich meteen zorgen over begon te maken. Het was zo verleidelijk om te blijven. Wat zou er gebeurd zijn als hij dat had gedaan? Niks. Vast niks. Wat hij ook meende te voelen, zij was alleen maar vriendelijk. Ze wilde aardig zijn, hem steunen. Eén ding was zeker. De band die ze als kind hadden gehad, was er nog steeds. Dat zou een geruststellende gedachte moeten zijn.

Maar hij voelde zich angstiger en eenzamer dan ooit.

32

Catriona kon hem door het geraas van de storm niet horen vertrekken, maar ze keek naar de achterlichten van de auto die zigzaggend over de hobbelige, overstroomde oprit bewogen tot ze om de laatste bocht verdwenen. Toen schoof ze de gordijnen aan de voorkant van de woonkamer dicht, deed het grote licht uit en liep naar het dressoir. Ze legde het boek recht. Miller had vroeger al een hekel gehad aan die illustraties. Dat was nog steeds zo, aan zijn gezicht te zien. Ze pakte het fotolijstje en streek met haar vingers over het glas.

Ze nam de foto en de pijp mee naar de eettafel bij het raam en legde beide voorwerpen op tafel. De kamer werd alleen verlicht door het haardvuur. Een oranje schijnsel flakkerde over het lachende gezicht van haar vader.

'O, pap.'

Buiten was niet veel te zien. Het zwarte water van de Firth was vanavond buitengewoon lawaaiig. Ze vond dat heerlijk: ze wilde er dichterbij komen en liep naar de overdekte veranda die langs de hele westkant van de cottage liep. Ze wist dat Fidra daar in de verte lag, bij de andere eilandjes, maar ze kon het hiervandaan niet zien liggen. Daar was ze blij om. Ze had een veel beschutter uitzicht dan Miller vanaf zijn huis op het vasteland; zij keek uit op Bass Rock, die vriendelijke joekel, die het uitzicht op de glinsterende lampjes aan de kust van de Fife gedeeltelijk belemmerde. Ze knikte. Het was een veilige plek hier. De rest van de wereld werd hier op veilige afstand gehouden. Ze voelde zich onkwetsbaar.

In de verte, links van haar, zag ze de vage lichtjes van Whitekirk Abbey. Vredig, in alle rust. Achter haar, maar niet zichtbaar hiervandaan, lag Tantallon Castle, dat zich schrap zette tegen dit bombardement van de elementen, zoals het dat al eeuwenlang had gedaan. Ze rilde. De glazen wanden van de veranda zorgden ervoor dat je hier overdag zo veel mogelijk van de zon kon genieten, en dat de warmte binnen bleef, maar de laatste tijd was er bitter weinig zon geweest. Met tegenzin liep ze terug naar de eettafel.

Ze pakte de pijp, streek over de kop en dacht aan de voorbije avond. Het gesprek met Lena Stewart was heel onthullend geweest. Wat een toeval. Wie had ooit kunnen denken dat Douglas McAllister werd verpleegd door haar nicht? Ze had nog nooit eerder van Lizzie Henderson gehoord. Ze kende alleen de directeur van de hospice en zijn assistent, een gepensioneerde verpleegkundige die bevriend was geweest met haar vader. En Lizzie had Duncan Alexander leren kennen toen ze als gast in het klooster verbleef.

'... Ik mocht niet met Doug mee. Ze zeiden dat ik hem later op de middag wel mocht bezoeken. Ik ga nu weg, ik heb de kinderen bij mevrouw Watt gebracht, maar kun jij daar even naartoe gaan? En... waar is Cattie? Weet zij wat er aan de hand is?'

'Ze is boven huiswerk aan het maken. Ik vertel het haar straks wel.'

Maar ze was weggelopen bij haar huiswerk en stond boven aan de trap. Ze stonden in de hal, mevrouw McAllister stond hevig te snikken tegen pappa's schouder en zei aldoor: 'O, god, Forbes, wat moet ik nou doen?'

Zo leken ze een eeuwigheid te blijven staan. Tot haar vader de stilte verbrak. 'Ik ben bang dat het er heel slecht uitziet, Ailsa.' Pappa keek bezorgd, ernstig, en hoe nog meer? Bang. Dat gaf haar ook een angstig gevoel. Maar alles zou vast wel goed komen. Toch?

Ze pakte de foto en de pijp en legde ze terug op het dressoir. Daarna liep ze langzaam naar haar slaapkamer. Terwijl ze rustig probeerde te worden en in slaap probeerde te komen, kwamen de beelden in haar hoofd op. Miller als jongen, en als man. Lena Stewart, en die nerveuze paarden van haar. De illustraties van Mervyn Peak. Alles draaide door haar hoofd en vocht om aandacht, terwijl buiten de razende storm dichterbij kwam.

33

'Miller! Hou jij Callum even in de gaten? Ik ga iets te eten maken, samen met Emma, oké?'

'Ja, oké!'

Jezus, hij begreep niet waar Nikki de energie vandaan haalde. Ze had net zeshonderd kilometer gereden met twee kinderen en een bordercollie, ze had een rondleiding gehad over het eiland en door het huis, en nu ging ze ook nog eten koken.

Ze had een beetje koel gedaan toen ze er net was en had zich demonstratief alleen met de kinderen bemoeid, die allebei oververmoeid en door het dolle heen waren, vooral na de boottocht naar het eiland. Maar nu leek ze redelijk goedgehumeurd. Hij was blij dat ze onderweg een gesprekje had gehad met Callum en Emma en had verteld dat ze naar 'pappa's twee nieuwe, geheime huizen' gingen. Dit hadden ze zonder verdere vragen voor kennisgeving aangenomen en ze werden te zeer in beslag genomen door de nieuwe omgeving om zich af te vragen hoe het nu precies zat.

Hij pakte Callum bij zijn handje. Meg rende blij met hen mee en stoof als een echte schaapshond zo nu en dan vooruit en weer terug, en draaide beschermend om hen heen terwijl ze naar een met mos begroeide beschutte kom in het landschap wandelden. Het was bepaald niet warm, maar de zon was tevoorschijn gekomen en de frisse lucht zou hun goed doen. Maar hij had iedereen, inclusief Nikki, verboden om in de buurt van de veel diepere kom te komen bij de ruïne van de kapel. Hij vond het prima om zijn gezin mee te nemen naar Fidra. Het was de eerste stap op weg naar een herovering van zijn eiland. Maar er waren grenzen.

Hij ging zitten. Callum speelde twee meter verderop met zijn lievelingsvrachtwagen en zat lekker in zichzelf te kletsen. Meg zat in het gras te wroeten en keek verlekkerd naar elke meeuw die stom genoeg was om dicht in de buurt te komen. Precies zoals Bella altijd deed...

'... *Kom mee, meissie, tijd om te gaan eten! Kom op, we doen wie het eerst thuis is!'*

Catriona, haar vader en Greg waren al vooruitgegaan om mamma te helpen. Ze hadden met z'n drieën gezwommen bij West Sands, behalve de vader van Catriona. Mamma wilde nooit mee naar West Sands omdat je daar Fidra kon zien liggen, maar dokter Buchan had gezegd dat ze er best heen mochten als ze wilden. Het was een mooie dag geweest. Hij was het zelfs bijna vergeten, van pappa. Soms vergat hij het echt, en dan voelde hij zich goed. Laatst had hij mamma en de vader van Cattie horen fluisteren over 'het proces' en wat een 'beproeving' dat zou worden.

'Kan mij het ook schelen. Kom op, Bella!'

Hij danste tussen de rotsen en het gras, met alleen zijn gymschoenen en een natte zwembroek aan, en de handdoek om zijn nek. Bella haalde hem opgewonden blaffend in, bleef staan en schudde het laatste zeewater uit haar vacht, waardoor hij van top tot teen werd ondergespetterd.

'Hé, dat deed je expres, dondersteen!'

Toen ze thuiskwamen, wuifde zijn moeder naar hem. Ze zag eruit alsof ze in een goed humeur was. Tot zijn opluchting.

'Ik heb boterhammen voor je gesmeerd! Wil je ze hier opeten of in de tuin?'

'Hier graag. Met Bella! Heb je een bot voor haar?'

'Ja hoor. Ik stuur dokter Buchan met jullie lunch!'

Een paar minuten later haalde hij het deksel van het tupperwaredoosje, scheurde de folie van de boterhammen en begon gretig te eten. Dokter Buchan zat voor hem gehurkt en scheurde de papieren zak met Bella's bot open. Ze zat ongeduldig en voortdurend kwispelend om hem heen te draaien.

'Rustig maar, rustig maar, kijk eens!'

Miller grijnsde toen dokter Buchan opstond en even door zijn haar woelde. 'Goed, dan ga ik nu maar. Ik denk dat Cattie en Greg zo ook wel zullen komen. Geef mij die natte gymschoenen en je handdoek maar. Eet smakelijk!'

De sandwiches waren verrukkelijk. Hij had net de eerste op toen hij het hoorde. Een hard, droog geluid. Bella was bij het bot vandaan gelopen en lag hoestend en piepend op de grond.

'Wat is er, meissie? Lust je je eten vandaag niet?'

Maar ze ging op haar zij liggen en het gehoest veranderde in een hard, schrapend geluid. Hij sprong op uit het gras, waarbij het glas melk over zijn been ging. Bella had een raar, schuimend spul op haar bek en haar flank ging heel snel op en neer. Ze hijgde harder dan ze deed wanneer ze de hele dag achter haar bal aangerend had.

'Mam! Mamma! Greg! Kom eens gauw!'

Binnen een paar seconden waren ze er allemaal. Dokter Buchan nam de leiding en boog zich over haar heen.

'De klootzakken! Klootzakken!'

De schok dat hij zulke taal uitsloeg werd nog verhevigd toen zijn moeder zich over Bella heen boog en schreeuwde: 'Wat is er, Forbes? Wat is er aan de hand? O, god...'

Catties vader stond op. Zijn mondhoeken waren omlaag getrokken. 'Iemand heeft haar vergiftigd. Dat bot. De slager zet jouw bestelling toch wel eens bij de achterdeur? Iemand heeft ermee geknoeid. Lafaards! Ze kunnen Douglas niet pakken, dus dan pakken ze zijn arme hond maar. Ik hoop dat we haar nog kunnen redden. Ik zal meteen de dierenarts bellen.'

Hij zat al een poos te trillen, maar hij merkte het nu pas. Catriona liep naar hem toe, trok haar vest uit en legde het over zijn schouders; de warmte − haar warmte − trok meteen door zijn huid.

Een fluistering. 'Sorry, Mill. Ik vind het zo rot.'

Hij kon zich niet herinneren dat hij weg was gerend, of op het glas was getrapt. Toen hij aan het eind van de tuin was, keek hij om naar het verkrampte lijf van Bella, en de anderen die nog steeds om haar heen stonden met geschokte gezichten. Toen voelde hij iets nats op zijn voet. Er zaten twee grote scherven glas in. Het kon hem niet schelen. Alleen Bella kon hem iets schelen.

Pappa's Bella. Zijn Bella. Het gejammer dat uit zijn borstkas
kwam, leek niet van hem te komen.
'Nee, niet Bella! Bella! Waaah!'

'... Waaah!'
'Wat is er, wat...'
'Jezus, Miller, wat doe je, kíjk hem nou!'
Hij draaide zich bliksemsnel om. 'Wat? Wie? Bella? Ik hoor-
de dat ze...'
'Waar heb je het over. Kíjk dan!'
Nikki holde op hem af en trok Emma met zich mee. Meg rende luid blaffend naar hen toe. Twee meter verderop lag Callum
op zijn buik te gillen. Miller sprong naar voren, maar Nikki was
hem te snel af en hees hem overeind. Aan de zijkant van zijn neus
zat een enorme snee doordat hij op een stuk steen gevallen was.
'Lieve hemel! Kom maar, schat van me, mamma brengt je naar
het huis, kom maar mee.'
Miller maakte aanstalten om hem van haar over te nemen, maar
ze keerde hem de rug toe. 'Laat maar. Ik ga die wond schoon-
maken, eerst eens kijken hoe erg het is. Waar was je verdomme
mee bezig? Je zou toch op hem letten? Ga alsjeblieft weg. Emma? Kom maar met mamma mee, schat.'

Hij stond in de deuropening te luisteren naar het gekraak van het
huis, de geselende wind en de zee die meedogenloos op het eiland beukte. Het ritmische geluid was luider dan anders. Het weer
en de zee leken de laatste tijd manisch: de ene dag dit, de andere dag weer dat. Onvoorspelbaar, verontrustend. Volledig in overeenstemming met zijn eigen gevoelens. Maar dat moest hij voor
zich houden, verstoppen voor Nikki en de kinderen. Emma en
Callum waren nog tot morgenochtend onder zeil. De wond op
Callums neusje was lang niet zo erg als het eerst leek. Hij had zich
een verhaaltje laten voorlezen en was toen weggedoezeld.
Nikki lag naakt voor hem, met haar blonde haren als een waai-
er op het hoofdkussen en het dekbed weggeduwd tot aan haar
schenen. Ze sliep. Na hun ruzie, of liever gezegd na de uitbran-
der die ze hem had gegeven, had ze kennelijk geaccepteerd dat hij

niet helemaal zichzelf was. Daarna hadden ze zich ingegraven in een koele afstandelijkheid. Ze had een slaappil genomen, iets waar ze zorgwekkend afhankelijk van was geworden door haar ziekelijke hang naar verjongende schoonheidsslaapjes. Hij legde voorzichtig het dekbed over haar heen en liep daarna weer naar de deur. Het maakte niet uit of hij nu bij haar ging liggen of niet. Ze zou er toch niets van merken. Door de bijna volle maan was het licht genoeg in de kamer om haar goed te kunnen zien. Haar perfecte lichaam, dat nooit ouder leek te worden. Wat ook haar grote doel was: ze was geobsedeerd door haar lichaam, dat niet mocht verouderen. Fitness was hun beider passie geweest, totdat hij een tijdje geleden was gestopt met trainen. Er was meer in het leven dan een mooi lijf. En het op afstand houden van de ouderdom.

Hij wierp nog een laatste blik op haar, draaide zich om en liep de trap af. Meg kwam hem halverwege tegemoet.

'Hallo, meissie, was je daar. Ik dacht dat je bij Callum was. Kom mee.'

Hij ging in de leunstoel bij de glazen deuren zitten. Meg nestelde zich aan zijn voeten. Hij sloot zijn ogen en schudde zijn hoofd. Hij had gehoopt dat een postcoïtale verbondenheid een goed moment zou zijn om een en ander uit te leggen. Hij wilde Nikki's reactie peilen, en haar voorbereiden op zijn nieuwe plannen in verband met zijn vader. Plannen. Wat klonk dat overdreven. En zo georganiseerd. Kon hij niet beter zeggen dat hij voortsukkelde met iets wat hij zelf ook niet begreep? Misschien was het maar beter dat hij nooit met Nikki zou spreken. Dat het beste moment nooit zou komen.

Het vrijen was heel vreemd geweest, voor hen allebei, vond hij. Ze was heel... functioneel geweest. En hij? Hij had een onverklaarbare tegenzin gevoeld, die hem verontrustte en hem deed terugdenken aan hun problemen na haar verhouding. Zou het te maken hebben met dat ongelukje van Callum? Nee, daar had ze na het eten haar hart al over gelucht en dat had ze hem wel vergeven. Of zou er iets mankeren aan zijn verlangen, zijn puur fysieke verlangen naar haar? Dat kon bijna niet. Ze was oogverblindend. Nee, het had te maken met hemzelf, en met iets wat hij bij haar bespeurde. Een zekere afstandelijkheid die maakte dat hij niet in staat was om haar meer over zijn vader te vertellen. En die hem eenzamer maakte dan ooit.

Er waren natuurlijk altijd al bepaalde grenzen geweest aan wat hij Nikki over zijn vader vertelde. Ze was op de hoogte van zijn veroordeling en van hun breuk, maar vreemd genoeg had hij haar verder alleen van de minimaalste details op de hoogte gebracht. De eerste weken, maanden, en zelfs jaren van hun relatie was de kwestie vrijwel onbesproken gebleven, vooral in het openbaar, al was het alleen maar omdat haar welgestelde ouders er nooit mee zouden hebben ingestemd dat hun enige dochter zou trouwen met de zoon van een moordenaar. Miller rilde toen hij terugdacht aan die eerste tijd, aan de bespottelijke vertoning op hun bruiloft toen alleen een paar ingewijden op de hoogte waren van de situatie en waren ingelicht over het officiële verhaal: zijn vader was dood. Nikki's ouders zouden zich gezien hun leeftijd de rechtszaak nog wel kunnen herinneren, maar zijn achternaam deed kennelijk geen belletje bij hen rinkelen. Hij had hun zelfs wijsgemaakt dat hij in Edinburgh was opgegroeid, niet in East Lothian. De hele toestand had zijn bruiloft verpest, ook voor zijn moeder, voor wie het toch een gelukkige dag had moeten zijn. Ze had het spelletje meegespeeld, maar het had hem toch altijd een diep, onuitwisbaar gevoel van schaamte bezorgd. Als hij het over kon doen, zou hij die snobistische ouders van Nikki zonder meer de waarheid vertellen, en als die ze niet aanstond, konden ze wat hem betrof de pot op. Of misschien… Zou het komen omdat hij niet meer zoveel om Nikki gaf als vroeger? Die gedachte zette hij meteen weer uit zijn hoofd. Daar wilde hij nu niet aan denken.

Maar wat hij hier de laatste tijd had gedaan, en wat hij nog van plan was, moest hij natuurlijk wel met Nikki bespreken. Wat hij nu ging doen, was bepalend voor hen beiden, en voor hun gezin. Hij had geen idee hoe ze zou reageren. Hij moest haar vertellen dat hij voorlopig niet thuis zou komen. Hij had al besloten om verlof op te nemen van zijn werk. In deze omstandigheden – overlijden, familiezaken die geregeld moesten worden en dergelijke – zou dat wel kunnen, zeker gezien zijn positie binnen het bedrijf. Eigenlijk zou het hem geen moer kunnen schelen als hij geen verlof kon krijgen. Hij had toch meer dan genoeg van zijn werk. Als Nikki maar niet zou voorstellen, na haar eerste, ongetwijfeld dramatische reactie op zijn plannen, dat ze hier samen met de kinderen twee weken zou komen bivakkeren. Dat zou echt iets voor haar zijn, om met zo'n idee aan te komen zetten, maar het was wel het laatste wat hij wilde. Hij moest dit in zijn eentje opknappen, wat er dan ook maar moest gebeuren. En dat was nog de vraag. Wilde hij eerherstel voor zijn vader? Heropening van de zaak? Of stond hem een blijvende onzekerheid te wachten omdat er geen nieuwe bewijzen meer konden worden gevonden? Die laatste mogelijkheid leek hem verschrikkelijk, maar als dat zou gebeuren, moest hij zich daarbij neerleggen en gewoon doorgaan met ademhalen, alsof er niets was gebeurd. Maar hij hield zichzelf voor de gek. Het idee dat er een mogelijkheid bestond dat zijn vader onschuldig was, had iets van het gevoel in hem losgemaakt dat hij als kind voor zijn vader had gehad. Als hij dat gevoel in alle hevigheid zou laten terugkeren, zou de pijn zó onvoorstelbaar groot zijn... Nee, dat zou hij op dit moment absoluut niet kunnen verdragen. Hij moest rustig doorgaan met waar hij mee bezig was, stap voor stap, zonder er verder veel over na te denken.

En wat was de rol van Catriona Buchan daarin? Ze had haar hulp aangeboden. Ze woonde hier, ze hoorde hier thuis, zoals hij hier ooit ook had thuisgehoord. Net als Greg en Mhari. Moest hij hen trouwens niet nodig inlichten over de aardverschuivingen die hier plaatsvonden? Hij had de afgelopen twee weken vakkundig de bijna dagelijkse telefoontjes van Mhari ontweken en hij had niet gereageerd op de berichten die ze insprak en waarin ze hem vroeg wat hij met de nalatenschap zou gaan doen. Het was maar goed dat ze dat niet wist. Maar hij moest het haar vroeg of laat natuurlijk wel vertellen, al was het alleen maar om te voorkomen dat ze zou komen kijken wat hij uitspookte.

Hij kneep zijn ogen dicht bij die gedachte en glimlachte dapper in het donker. Hij moest aan morgen denken. Vreselijk om de hele dag met Nikki opgescheept te zitten. Misschien konden ze iets leuks gaan doen. Als het redelijk weer was, zou hij met de kinderen naar de wal gaan.

34

Binnen die ene fractie van een seconde waarin het gebeurde, realiseerde Miller zich direct dat het mis was. Hij liep door de drukte op de kermis. Callum, die een vrolijke, felgekleurde pleister op zijn neusje had, zat apetrots op zijn schouders en hield zich vast aan zijn haar. Emma trok hem aan zijn hand mee naar de volgende attractie die ze wilde proberen. De duw kwam op het moment dat hij een paar muntjes uit zijn portemonnee viste. Het geld viel op de grond en hij liet het handje van zijn dochter los om te voorkomen dat hij en Callum zouden vallen. En meteen was ze weg.

'Emma? Emma!'

Zinloos. Luide muziek met een zware bas dreunde uit de boxen van een levensgevaarlijk uitziende attractie een paar meter verderop en overstemde zijn geroep. Maar hij probeerde het nog een keer. Deze keer klonk zijn stem hoger en paniekeriger.

'Emma! Emma!'

Hij draaide zich om. Nog eens. Callum begon te giechelen, want hij dacht dat het een spelletje was. Miller tuurde door de menigte, probeerde over de hoofden te kijken, en hurkte toen op de grond om tussen de benen door een glimp van Emma's kleine beentjes op te vangen. Niets. De draaimolen! Hij wist waar ze naartoe wilde! De grote draaimolen in het midden van het kermisterrein. Hij begon erheen te lopen, duwde mensen opzij en negeerde boze blikken en opmerkingen. Het ongepaste gegiechel van Callum maakte hem nog nerveuzer. Eindelijk kwam hij in het midden van de kermis en greep een van de kermislui bij zijn arm.

'Heb je mijn dochter gezien? Rood jack, donker haar, ze heet Emma.'

'Nee, sorry.'

'Maar ze is weg, man! Ik ben haar kwijt!'

De man keek hem tamelijk onaangedaan aan, wat hem razend maakte. 'Oké, maak je maar geen zorgen, er lopen hier voortdurend kinderen weg. Als je naar die kant van het park loopt, zie je daar een politiewagen, naast de EHBO-post. Ga het daar maar even melden, ze kan nooit ver weg zijn.'

Miller knikte dankbaar. Callum kreeg eindelijk in de gaten dat zijn vader bang was en begon zacht te dreinen. Hij stak zijn hand omhoog en woelde even door Callums zachte haar. 'Niks aan de hand, hoor, we vinden Ems wel terug. Blijf nog maar even lekker op mijn schouders zitten, oké?'

Hij liep zo hard hij kon achter de kraampjes langs naar de politiewagen. Er zat niemand in.

Hij draaide zich te snel om en deed een stap naar achteren om zijn evenwicht te bewaren. Callum hield zich krampachtig aan zijn hoofd vast en het dreinen ging over in zacht gehuil.

Toen Miller terugrende naar de plek waar ze vandaan gekomen waren, voelde hij zich volkomen gedesoriënteerd. Nu was hij weer terug bij die enge attractie. Welke kant was ze op gegaan?

'Heb je haar nog niet gevonden? Je kleine meid?'

Het was de kermisman weer. Zonder een antwoord af te wachten, stak de man een vettige hand op en liet een walkietalkie zien.

'Wacht maar even, ik zal mijn broer eens vragen, die staat aan de andere kant van de kermis.'

Miller klopte bemoedigend op Callums been en probeerde wijs te worden uit de onverstaanbare tekst die de man in zijn walkietalkie riep. 'Kom maar mee,' zei hij toen hij uitgesproken was.

'Hebben jullie haar gevonden? Is ze terecht? Waar is ze dan? Wáár?'

Miller wist dat hij hysterisch klonk, wat erg stom was omdat Callum nu luidkeels begon te brullen. Terwijl Miller hem van zijn schouders tilde, zag hij dat de man zijn hoofd schudde.

'Ik weet het niet zeker. Kom gewoon maar even mee.'

Miller drukte Callum dicht tegen zich aan zodat de jongen met zijn gezichtje tegen zijn hals lag. Na een klein stukje lopen waren ze bij de draaimolen.

'Is dat jouw dochter? Je zei toch dat ze een rood jack aanhad?'

'Ja, ja! Bedankt!'

Miller zag dat Emma naar hem lachte toen ze hem in de gaten kreeg. Ze begon enthousiast te wuiven en zei iets tegen het meisje naast haar, dat ongeveer even oud was.

'Hallo.'

Miller keek om. Er stond een vrouw achter hem, die hem lachend aankeek en even naar de kermisman knikte voordat die weer in de drukte verdween.

'Dat is jouw dochter, daar in de draaimolen?'

Het was een jonge vrouw. Ze zag er moe en een beetje geïrriteerd uit, maar ze bleef lachen en keek naar Emma. 'Niet de eerste die hier op de kermis de benen neemt. Ik zag haar al in haar eentje rondlopen, dus ik heb haar maar in de draaimolen gezet. Die kleine naast haar is van mij, Julie. Ik heb tegen je dochter gezegd dat ik zou proberen of ik haar vader kon vinden. Deze kermis staat hier drie keer per jaar en ik ken de lui die hier werken al redelijk goed. Die vent van de draaimolen was echt top, die kwam meteen in actie toen hij het op de walkietalkie hoorde.'

Ze vertelde dit allemaal terwijl ze intussen naar de draaimolen bleef kijken. Steeds als de meisjes langskwamen, begon ze mechanisch te wuiven. Pas nu keek ze hem en Callum echt aan.

'Is dat je kleine jongen?'

Miller knikte en hees Callum wat hoger op zijn heup. Hij was wat gekalmeerd, maar snikte nog zacht. De vrouw keek hem achterdochtig aan en de glimlach maakte plaats voor een frons.

'Alles in orde verder?'

Miller was zich er ineens van bewust hoe hij eruitzag: over z'n toeren, doodmoe, onverzorgd, met een ongelukkig jongetje met rode ogen van het huilen die ook nog eens een dikke pleister op zijn neus had. Hij begon stamelend een ongevraagde verklaring te geven.

'We zouden, ik bedoel... ik was net geld aan het pakken voor kaartjes toen ik een duw kreeg van een voorbijganger. Ik liet Emma even los en... O, ik ben zó opgelucht dat ik haar terug heb en dat alles goed is.'

De vrouw keek nog eens achterdochtig naar Callums gezicht

en begon in de richting van de draaimolen te lopen, die vaart minderde en tot stilstand kwam.

'O ja, op die manier. Kijk, daar is je kleine Emma. Tot ziens dan maar.'

Zijn gezicht gloeide van schaamte. De vrouw plukte haar dochter uit de draaimolen en maakte zich zo snel mogelijk uit de voeten. *Jezus, nou denkt ze zeker dat ik mijn eigen kinderen mishandel!*

'Wat haal jij je in godsnaam in je hoofd, Miller? Dacht je nou écht dat je zoiets voor mij verborgen kon houden? Of wanneer had je mij dat anders willen vertellen? Het is toch logisch dat Emma zoiets tegen mij zegt? Alsof ze elke dag in handen valt van een of andere vreemde! En heb niet het lef te zeggen dat het "per ongeluk" ging, en dat kinderen altijd zoekraken op de kermis. Ik weet niet waar je zit met je hersens, maar je let gewoon niet op. Ik heb verdomme niks aan jou! Ik weet niet hoe lang het gaat duren voordat Ems hieroverheen is, en Callum trouwens ook, want die is ook erg geschrokken. En dan dat... die ónzin over die rotvader van je! Mijn god, wat een idioot verzinsel. Een verpleegkundige, een raar oud mens met paarden, een monnik en een of andere jeugdvriendin. Die ook nog eens de plaatselijke huisarts blijkt te zijn! Je zou toch denken dat zo iemand beter moest weten en zich niet met dergelijke flauwekul zou inlaten. Wat vindt Mhari er eigenlijk van?'

Nikki had hem tijdens deze hele tirade niet één keer aangekeken, maar had zich demonstratief beziggehouden met het inpakken en dichtritsen van de laatste weekendtas. Ze was zeer ijzig geweest na hun terugkeer van Fidra en was meteen gaan pakken. Het was natuurlijk stom van hem geweest om niet meteen op te biechten wat er op de kermis was gebeurd, maar hij durfde het niet, zeker niet na Nikki's reactie op die valpartij van Callum. Emma had het hele verhaal een paar minuten na hun terugkeer verteld. Nu was hij in Nikki's ogen dubbel schuldig. Ze nam het hem, terecht, kwalijk dat hij had geprobeerd om het voor haar verborgen te houden, en vooral dat hij niet goed op zijn kinderen had gelet. Voor de twééde keer.

'Nik, toe nou, ik heb geprobeerd om je het zo goed mogelijk

208

uit te leggen, maar... verdomme, ik weet ook niet wat er met mij aan de hand is en waarom ik me zo voel. Ik weet alleen dat ik het moet uitzoeken. Ik vind het heel erg dat Callum is gevallen, en ook wat er op de kermis is gebeurd, ik kan je niet vertellen hoe erg ik dat vind. Het spijt me zo.'

'Je moet mij niet je excuses aanbieden, zeg dat maar tegen die twee!' Ze knikte naar de achterbank, waar Emma en Callum veilig in hun autostoeltjes zaten. Ze waren onder het eten allebei verontrustend stil geweest. Callum legde zo nu en dan voorzichtig een vingertje tegen zijn pleister en dan vertrok zijn gezichtje van pijn. Emma zat alleen maar zwijgend met haar eten te spelen.

Nikki sloeg het autoportier dicht en keek hem aan. 'Hoor eens, Miller, doe jij maar wat je wil. Wij gaan naar huis. Zal ik je eens wat zeggen? Ik vind het prima dat je hier blijft, want ik heb het gevoel dat ik je nauwelijks ken. En nu ik erover nadenk, heb ik dat gevoel al heel erg lang. Niet alleen hierdoor. Volgens mij zijn er wel meer dingen die jij eens op een rijtje moet zetten. En ik hoop dat jou dat lukt. Zolang je nog een huis hebt, een baan, en een gezin.'

Ze knikte naar Meg, die in de bosjes zat te snuffelen. 'O, je mag haar trouwens wel hier houden. We krijgen volgende week twee jonge poesjes, dus de kinderen zullen haar vast niet missen. Het is trouwens toch jouw hond. En verder kan ik je adviseren om beter voor jezelf te zorgen. Je ziet er verschrikkelijk uit. Ga je scheren, laat je haar knippen, je lijkt wel een clochard.'

Hij keek de auto verbijsterd na. Geen gewuif van Emma, geen opgewonden gekraai van Callum. Niks. Jezus, wat had hij gedaan?

Hij bleef nog lang op het grind staan terwijl de auto al uit het zicht verdwenen was, en hij kwam pas weer tot zichzelf toen het zacht begon te regenen. Hij ging op het bankje bij de rotsen zitten, negeerde de regen, die steeds harder werd, zijn T-shirt doorweekte, zijn te lange haar natmaakte en over zijn gezicht droop. Meg ging naast hem zitten en hij sloeg dankbaar zijn arm om de hond heen.

Hij voelde zich opgelucht toen eindelijk de tranen kwamen.

Ellende en eenzaamheid

Toen er enige tijd was verstreken na de vreselijke gebeurtenissen, probeerde het gezin McAllister het dagelijkse leven voort te zetten. Dat was geen gemakkelijke taak. Aan het verzoek van de rechter om het gezin met rust te laten, werd geen gehoor gegeven. Een goede vriend van de familie van een van de slachtoffers begon de McAllisters te intimideren. Ailsa werd lastiggevallen en bedreigd en hun geliefde hond, Bella, werd vergiftigd. De wraakactie werd uiteindelijk beëindigd. De dader, een gevangenbewaker, was ook betrokken bij bedreigingen van Douglas. Ailsa herkende de man toen ze hem een keer in de gevangenis zag. Hij gaf de bedreigingen toe en werd ontslagen. De familie diende geen aanklacht in en hoopte dat ze nu met rust zou worden gelaten.

Douglas McAllister kreeg regelmatig bezoek van zijn vrouw en kinderen, behalve de jongste, Miller, die ernstig getraumatiseerd was tijdens het eerste bezoek en weigerde om nog een keer mee te gaan. Dit zou Douglas erg van streek hebben gebracht. Hij kreeg na zijn veroordeling een ernstige depressie, die nog werd verergerd door de wetenschap dat hij zijn jongste kind misschien nooit meer zou zien.

De laatste jaren proberen de overige leden van de familie McAllister om hun leven zo goed mogelijk voort te zetten. Mhari is cum laude afgestudeerd aan de universiteit en werkt aan haar proefschrift. Gregor studeert momenteel aan de universiteit van Dundee, dat dichter bij Peterhead ligt dan Edinburgh, zodat hij zijn vader vaker kan bezoeken. Miller woont nog thuis en Ailsa doet nog steeds vrijwilligerswerk.

Auteur dezes heeft deze eerste periode van herstel van de familie niet direct meegemaakt, omdat hij in die tijd in retraite was.

Hij had toestemming gevraagd om op Fidra te mogen verblijven, in navolging van de kluizenaars die daar in vroeger eeuwen hebben gewoond; hij had de hoop iets van het kwaad te kunnen wegwassen door meditatie en gebed. Douglas McAllister stemde direct met dit verzoek in. Hij is geen diepgelovig man, maar hij is altijd behulpzaam geweest bij het onderzoek van de auteur naar het eiland en heeft talloze trips daarheen mogelijk gemaakt.

Ailsa bleef echter wat aarzelend over deze onderneming; ze was ervan overtuigd dat het eiland voorgoed ontheiligd was. Forbes Buchan, die toezicht hield op Fidra, deelde die twijfel. Naast eventuele andere bezwaren, meende hij dat de inspectie van de vuurtoren, de bezoekjes van mensen van de vogelbescherming en zijn eigen controlebezoeken aan het eiland de isolatie zouden verstoren die een kluizenaar zoekt.

Het idee is daarom niet tot uitvoering gebracht en het eiland bleef in de ogen van de plaatselijke bevolking besmet.

Fragment uit *Fidra – geschiedenis van een eiland* van Duncan Alexander, Whitekirk Publishing, eerste druk, 1978.

35

De eerste zes dagen na Nikki's vertrek verliepen in een wazige roes. Hij kon eindelijk wat beter slapen. Maar het was het gesluimer van iemand die de echte wereld niet onder ogen kon zien, of dat niet durfde. Overdag bewusteloos, pas ontwakend in de schemering, de hele nacht op. Eet- en drinkgewoonten helemaal op z'n kop. Inhoudsloze televisie die menselijk contact en intelligente gedachten verdrong. Na de vierde dag – ongeveer, want hij raakte de tel kwijt – veranderde er iets. Probeerde hij zich aan een laatste strohalm vast te grijpen?

Het bezoek aan een pijnlijk hippe en te dure kapper in Edinburgh had wel een beetje geholpen. Hij had zich hier in de buurt waarschijnlijk voor de helft van dat bedrag kunnen laten knippen, maar hij had zichzelf het uitstapje naar Edinburgh als doel gesteld. En het was hem gelukt, al was het niet zonder slag of stoot gegaan. Zodra de trein het station van North Berwick uitreed, voelde hij een paniek in zich opwellen, de redeloze angst van iemand die aan pleinvrees lijdt. Hij zou het liefst vanuit de rijdende trein weer op het perron zijn gesprongen en naar zijn veilige huis terug zijn gerend, als de conducteur hem daar niet van had weerhouden.

Nu bekeek Miller zichzelf in de spiegel van de badkamer. Hij hield zijn hoofd een beetje scheef, kneep zijn ogen half dicht en keek kritisch naar zijn lichaam. Hij was nog maar een week bezig, maar hopelijk zou hij snel weer in vorm zijn. En dat zou dan niet aan een of ander saai fitnessprogramma te danken zijn. Toen hij in Edinburgh was, had hij een dure maar fantastische wetsuit gekocht waarmee hij nu twee keer per dag de zee in ging, hoe koud het ook was, om met Meg en haar nieuwe bal te spelen. Het was behoorlijk zwaar samen met haar achter de bal aan te rennen, maar het deed hun allebei goed. Het nachtleven dat hij de laatste tijd had geleid, had haar ook van streek gebracht. Het was eigenlijk heel wreed geweest om haar dagelijkse gang van zaken zo in de war te schoppen, want het was een lief beest en ze verdiende beter. Nog meer narigheid waar hij verantwoordelijk voor was. Maar het samen zwemmen en door het water rennen maakte veel goed, dat was in elk geval iets om dankbaar voor te zijn, ook al werden de dagen steeds moeilijker om door te komen. Als hij zijn conditie wat meer op peil had, zou hij misschien eindelijk het gevoel krijgen dat hij in elk geval dat stuk van zijn leven in de hand had.

Hij droogde zich af en kleedde zich aan. Na het vertrek van Nikki had een aanhoudende angstige onrust zich van hem meester gemaakt. Ze had Mhari gebeld, waar hij al bang voor was geweest, en had haar hart uitgestort, met al haar woede, verbijstering en bezorgdheid. Vervolgens had Mhari hem gebeld. Ze had hem op haar bazigste toon toegesproken, waarbij haar stem bijna het irritante hoogste register bereikte.

'Volgens haar ben je je verstand verloren, Miller. Ze was in tranen! Ze vertelde me een onsamenhangend verhaal dat je Emma was kwijtgeraakt op de kermis en dat je Callum bijna van het klif had laten vallen. Ongelofelijk! Daarna probeerde ze me ook nog een ingewikkeld verhaal te vertellen, iets over jou en pappa's proces. Nou ja, ik heb haar maar beloofd dat ik direct naar je toe zal gaan om jou op de been te helpen, en je mag rustig weten dat dat ontzettend slecht uitkomt, niet alleen voor mij, maar ook voor mijn gezin. Wat ben je toch een hopeloze vent!'

Hij keek op zijn horloge. Ze zou hier binnen een uur zijn. En ze was van plan om het weekend te blijven om hem 'op de been te helpen'. Alsof zij dat even kon regelen. Dan moest ze wel een psychiater en een pot antidepressiva meenemen, of misschien was het daar ook al te laat voor. Hij zuchtte diep. Hij wilde helemaal niet dat Mhari hem streng zou gaan toespreken, maar daar was ze toch niet van te weerhouden, dus kon hij zich maar beter vermannen. Hij zou de avond met haar doorbrengen in het huis op het vasteland, maar de volgende dag zou hij ervandoor gaan. Hij kleedde zich verder aan en liep naar beneden, waar hij met een beker koffie bij het grote raam ging zitten. In de korte periode na het vertrek van de boze Nikki had hij eindeloos vaak over de situatie nagedacht. Haar bezoek was rampzalig verlopen. Hij had haar en de kinderen nooit moeten uitnodigen. Zelfs vóór die toestand op de kermis had hij al in de gaten gehad dat er iets mis was, door haar afstandelijke gedrag, die vreemde, onpersoonlijke seks, zijn eigen introspectieve gevoelens en zijn eenzaamheid. Dat Emma en Callum er waren, had hem flink opgevrolijkt, maar als hij nu aan ze dacht, kreeg hij een brok in zijn keel. Alles was zijn fout, hij had het zelf verpest.

Hij had van Nikki sindsdien nog maar twee keer met Callum en Ems mogen praten. De andere keren sliepen ze volgens haar al of waren ze net ergens aan het spelen. Ze had geweigerd om een gesprek met hem te voeren over zijn onoplettendheid of de oorzaken daarvan. Haar toon was eerst afstandelijk en koel, daarna betuttelend, waardoor hij het gevoel kreeg dat hij het derde kind in het gezin was.

Door die paar telefoontjes van de laatste tijd was hij zich ook nog op een andere manier gedeprimeerd en schuldig gaan voelen. Toen hij op een nacht niet kon slapen, en het moment waarop hij Emma was kwijtgeraakt steeds opnieuw door zijn hoofd maalde, was hij in het rechtbankarchief op zoek gegaan naar een brief die Russell Sinclair jaren geleden had gekregen. Het was een brief van een familielid van een van de slachtoffers, die zich had opgewonden over de publiciteit die Sinclair voor zijn vader had geprobeerd te mobiliseren.

... hebt u er ook maar één seconde over nagedacht hoe dat voor de families moet zijn? Om jarenlang in die hel te moeten leven terwijl dat nu allemaal weer wordt opgerakeld? Als u zelf vader bent, meneer Sinclair, probeert u zich dan eens voor te stellen hoe het is om uw kind te verliezen, al is het maar vijf minuten, bijvoorbeeld in een drukke straat. Als u zich dat hebt voorgesteld, vermenigvuldigt u dat dan met een leven lang, en dat maal drie levens...

Miller rilde. Hij wist nog hoe erg zijn moeder, zijn broer en zus en hijzelf het hadden gevonden als de zaak van zijn vader weer eens werd opgerakeld, maar hoe afschuwelijk moest het zijn als de foto van je geliefde kind in elke krant, in elk roddelblad of in elk televisieprogramma te zien was? Dat hij op de kermis niet beter had opgelet, was onvergeeflijk van hem, maar het had hem een glimp getoond van het verwoeste leven van de ouders van die arme meisjes. Achter die boze brief ging een verschrikkelijke waarheid schuil.

Hij had het daar ook met Duncan en met Catriona over gehad. Hij had de behoefte, de drang gehad ze te bellen en ze te vertellen over het incident op de kermis. Gek genoeg waren ze geen van beiden openlijk afkeurend geweest. Hij had een soort masochistisch verlangen gevoeld het ze te vertellen, maar in plaats van kritiek te leveren op hem, gaven ze hem het idee dat ze vonden dat hij degene was voor wie gezorgd moest worden. Maar dat had hij niet nodig en niet verdiend. Het kon hem zelfs weinig schelen wat er met hem gebeurde, maar Catriona en Duncan maakten zich daar wel bezorgd over. Hij kreeg de indruk dat ze het achter zijn rug om over hem hadden gehad. Ze belden hem allebei dagelijks op om te horen hoe het ging en Duncan had hen beiden uitgenodigd om in het klooster te komen eten als ze terugkwamen van het gesprek met Andy Blackford. Gelukkig hadden ze Blackford inmiddels getraceerd. Lena Stewart had zich aan haar belofte gehouden en had twee dagen na hun gesprek gebeld om het adres door te geven. Ze kende een familielid van Andy en die had het haar gegeven. 'Laat ik het er maar op houden dat Andy in de loop der jaren heel wat mensen op de zenuwen heeft gewerkt, soms in zijn naaste omgeving. Veel geluk en laat me snel weten hoe het is gegaan. O ja, doe Andy vooral niet de groeten van mij.' Hij glimlachte toen hij hieraan terugdacht. Het was een vriendelijk mens, die Lena. Hij verheugde zich erop om haar weer te zien.

Hij ging staan en keek nog eens naar buiten. Een grijze motregen hing over alles heen, vervaagde de horizon en liet alleen de hoogste top van Fidra zien, waardoor de griezelige indruk werd gewekt dat het eiland boven het water zweefde.

Het was een sombere en benauwende aanblik.

36

'Even alles op een rijtje: binnen twee of drie weken heb jij je hier
in ons ouderlijk huis gevestigd alsof je er nooit weg bent geweest.
Met je hond. Je bent dikke maatjes met Catriona Buchan en die
rare monnik, je spoort kroongetuigen op van pappa's proces, je
raakt je dochter kwijt op de kermis, waar ze makkelijk door een
of andere psychopaat ontvoerd had kunnen worden, je bent zo
verstrooid dat je je zoon bijna van het klif laat vallen, en je wil een
volledig nieuw onderzoek organiseren om de naam van je vader
te zuiveren. Met dat laatste ben ik erg blij, maar wat is er in godsnaam met jou aan de hand?'

Miller had geen zin om Mhari antwoord te geven. Ze kon nog
wel even wachten. In plaats daarvan keek hij door het eetkamer-
raam naar Fidra, naar het hypnotiserende licht van de vuurtoren
dat hem kalmeerde na de tirade van zijn zus. Mhari had bij het
eten veel meer gedronken dan anders. Ze waren nu al met de tweede fles bezig en ze was behoorlijk aangeschoten aan het worden.
De toenemende verbijstering op haar gezicht over wat hem de afgelopen weken was overkomen, was bijna grappig. Zelfs als ze het
zou proberen, zou ze haar wenkbrauwen niet nog hoger kunnen
optrekken, niet nog harder kunnen tetteren.

Hij kon niet precies zeggen waarover ze nu het meest van streek
was. Misschien stond het haar niet aan dat de kaarten nu zo lagen, en dat de gebruikelijke relatie grote-zus-klein-broertje was
omgedraaid. Hij was relatief nuchter, vergeleken met haar, en hij
had het gevoel dat hij zichzelf goed in de hand had. Meestal gold
dat juist voor haar. Waarom zou ze toch zo van streek zijn? Omdat de 'kleine' Miller niet volgens de regels speelde. Háár regels.
Hij gedroeg zich ongepast. Voor de verandering eens een keer vol-

wassen. Hij wist dat ze hem en Greg altijd als infantiele kleuters had beschouwd en deze nieuwe versie van hem stond haar absoluut niet aan, ook al waren ze na al die jaren toch dichter bij elkaar gekomen wat hun vader betrof. Hij schonk haar nog eens bij. Hij kon maar beter zorgen dat ze een beetje teut bleef terwijl hij haar probeerde duidelijk te maken hoe de zaken ervoor stonden.

'Goed. Ten eerste. Dat ik Emma kwijtraakte, was puur toeval. Het is absoluut flauwekul dat ze wel ontvoerd had kunnen worden. Wat Emma en Callum wel van streek heeft gemaakt, is hoe ik zélf reageerde. Het was inderdaad wel een bijzonder naar, vervelend incident, maar het zal heus niet nog eens gebeuren. En verder was Callum absoluut niet in de buurt van het klif. Ik geef toe dat ik niet goed genoeg heb opgelet, ik was inderdaad verstrooid, maar er is nauwelijks iets gebeurd. Ten tweede: ik ben niet een "volledig nieuw onderzoek" aan het organiseren, zoals jij het noemde. Die rechtszaak van pappa... nou ja, ik heb je toch verteld wat Russell Sinclair me heeft verteld, en wat hij me heeft gegeven.' Hij knikte naar de archiefdoos die op een stoel stond. Een groot deel van de inhoud lag op tafel.

'Luister, Mhari. Mijn beeld van pappa is eindelijk veranderd. Dat is verdomme precies wat jij, Greg en mamma al die jaren hebben gewild! Ik snap het probleem niet. Het is precies waar je op hoopte! Ik ben er nu heel erg mee bezig. Dat ik die getuigen opzoek, en met Duncan en Catriona praat, dat is... Ik probeer ervan overtuigd te raken dat pappa écht onschuldig was. Als me dat echt lukt, dan heeft Russell Sinclair toch iets bereikt. En wat de rest betreft, een nieuwe rechtszaak, wie weet? Daar denk ik wel over na. Als ik ervan overtuigd raak dat pappa écht onschuldig was, dan zou ik best een juridisch gevecht aan willen gaan. Dan zou het zelfs schandalig zijn om niet te proberen zijn naam te zuiveren. En wat de ouders van die arme slachtoffers betreft: die moeten toch ook weten dat hun dochters geen recht is gedaan.'

Tijdens deze monoloog had hij naar zijn onaangeroerde wijn gekeken. Pas toen hij zweeg, hoorde hij haar snikken. Ze huilde. Vrijwel geluidloos. Met een servet tegen haar gezicht gedrukt. Hij stak zijn hand naar haar uit. Zijn boosheid had zijn gedeprimeerde gevoel behoorlijk goed weten te verdringen, maar die boosheid was nu verdwenen. Het was een treurige aanblik, zoals ze daar zat.

'Kom op, Mhari, wat is er nou? Ik dacht dat je juist blij zou zijn.'

Ze keek op, met rode ogen. 'Dat bén ik godverdomme ook wel. Maar het is zo… zo moeilijk te geloven. Zo moeilijk om aan te wennen. Shit! Waarom heeft die sukkel van een Russell Sinclair niet éérder geprobeerd om je zover te krijgen? Voordat pappa ziek werd? Het is zo… Het is gewoon te laat! Had pappa het nog maar geweten, had hij maar één seconde kunnen voelen dat jij misschien weer in hem zou gaan geloven. Het is zo verdomd oneerlijk, zo ontzettend wreed!'

Ze was nu de volledige instorting nabij. Ze steunde met haar hoofd op haar handen, gooide haar glas omver waardoor er een plas rode wijn op het witte tafelkleed kwam. Normaal gesproken zou ze meteen zijn opgesprongen, druk in de weer zijn gegaan, zich uitgebreid verontschuldigend om het kleine ongelukje. Maar nu merkte ze het niet eens. Haar gezicht ging verborgen achter haar servet, haar schouders schokten van het snikken. Hij trok het tafelkleed opzij, weg van haar, ging naast haar zitten en sloeg zijn arm om haar heen. Raar, hoe het verdriet van een ander je eigen verdriet zo kon verdringen. Hij moest nu wel de sterkste zijn. Hij had haar nog nooit zo in de war gezien.

'Kom op, Mhari, toe, het is al goed. Ik heb daar de afgelopen twee weken toch ook vreselijk mee gezeten. Vooral de laatste dagen. Nikki heeft je vast wel verteld dat ze vorig weekend boos is weggegaan. Ik weet dat ik op het moment heel waardeloos doe, maar mijn hoofd barst gewoon van de… verdomme, ik weet het ook niet. De laatste maanden of eigenlijk het laatste jaar, in Londen, ik zal je de details besparen, maar het is echt waardeloos geweest. Niet alleen door Nikki's verhouding.'

Hij zuchtte en schudde zijn hoofd. 'Misschien is het de leeftijd. Misschien komt het door het overlijden van mamma, en heeft het gewoon zoveel tijd gekost. Je weet dat ik hier nooit meer geweest ben, totdat ze stierf, en zelfs toen was ik te laat. Misschien is er daardoor iets in gang gezet. Ik weet het niet. Het is heel gek, maar maanden voordat jij me belde met het bericht dat pappa zou gaan sterven, ging ik weer over hem dromen. Die dromen had ik in geen jaren meer gehad. Misschien heeft het wel te maken met die toestand bij mamma's uitvaart. Ik weet nog dat ik daar toen weken over heb nagedacht. Ik was ontzettend kwaad op pappa, maar uiteindelijk háátte ik het om hem te moeten haten. Daardoor werd ik nog meer aan het denken gezet: misschien hoefde ik hem helemaal niet te haten. Snap je? En dat was een leeg, wanhopig leeg gevoel. Misschien is dit daar allemaal wel mee begonnen. Moet je mij trouwens horen, zit ik mezelf een beetje te analyseren. Nee, wat dat betreft heb ik ongeveer net zoveel inzicht als die ouwe trouwe Meg, of niet? Kijk, ze hoort dat we het over haar hebben, kom maar, meissie, kom maar eens even bij ons.'

Goed dat Meg er was. Hij zag tot zijn opluchting dat Mhari rechtop ging zitten, op haar schoot klopte en Meg probeerde over te halen bij haar te komen. Mhari hield eigenlijk niet zoveel van dieren en ze had zich vroeger nauwelijks met Bella bemoeid. Maar hij wist dat dieren een enorme troost konden zijn. Soms zelfs nog meer dan mensen. Mhari deed een halfslachtige poging om weer wat tot zichzelf te komen. Ze streek haar verwarde haren glad en droogde haar tranen. Ze probeerde weer de grote zus te zijn.

'Sorry, Mill. Voor dit gedoe. Stom van me.'

Hij glimlachte toen Meg haar neus in de hand van zijn zus duwde.

Mhari keek al wat vrolijker. 'Volgens mij mag ze me wel.'

'Nou, dat komt dan goed uit, want waarschijnlijk kom ik morgenavond niet thuis. Ik wilde je vragen of je haar morgen twee keer kunt uitlaten op het strand. Ze vindt het heerlijk om in zee te zwemmen, daar is ze echt dol op. Als je haar niet in de buurt wilt, neem ik haar wel mee, maar het zou handiger zijn als ze hier bleef. Jij blijft nog wel?'

Ze knikte. 'Ja. Maar ik moet morgenavond weg, dus als je dan nog niet terug bent, zal ik ervoor zorgen dat alles hier in orde is voordat ik vertrek. Ik kan eigenlijk ook wel wat rust gebruiken. Ik vind het prima als Meg hier blijft. En ik wil ook graag dat archief bekijken, als je het goedvindt.'

Hij kneep even flink in haar beide schouders en deed een stap naar achteren. 'Natuurlijk. Maar pas op, er zitten gruwelijke dingen in. De rapporten van de patholoog, maar vooral de politie-foto's die ter plekke zijn genomen. Ik kan je niet aanraden die te bekijken.'

Hij boog zich naar voren en wachtte tot ze hem aankeek. 'Dat meen ik, Mhari. Als je niet gewend bent aan zulke foto's, kunnen ze heel schokkend zijn. En die oude krantenknipsels, die rakelen het natuurlijk ook weer op. Doe dus maar kalm aan, en bekijk vooral niet alles in één keer.'

Toen ze was gaan slapen, hoopte hij dat de slaap haar genadig snel zou weten te vinden. Hij kon zich niet één moment uit zijn jeugd herinneren waarop ze zo kwetsbaar was geweest. De avond was heel anders verlopen dan hij zich had voorgesteld.

Hij dronk de rest van de wijn en keek naar de archiefdoos. Hij vond het goed dat Mhari die ook wilde bekijken. Maar er was één ding dat niet in die doos zat, iets wat er eigenlijk wel bij hoorde, maar dat hij nooit aan haar zou laten zien. De laatste brief van zijn vader was alleen voor hem. Bovendien stonden daar een paar mogelijk kwetsende opmerkingen in die Mhari beter niet kon lezen. Om te beginnen sprak uit de toon heel duidelijk dat zijn vader een zekere voorkeur had gehad voor hem, ook al was hij zich daar zelf misschien nauwelijks van bewust geweest. De pagina's dropen gewoon van de vaderliefde. Dat was begrijpelijk omdat zijn vader de brief op zijn sterfbed had gedicteerd, maar anders zou het erg sentimenteel en overdreven zijn geweest. Wat Mhari beter ook niet kon lezen, waren de verrassend scherpe maar ware woorden van zijn vader over haar, haar echtgenoot en haar kinderen.

Miller boog zich over de tafel heen en schoof de getuigenver-klaring van Andy Blackford naar zich toe. Het was riskant om zo-maar, onverwachts, bij hem langs te gaan, maar het leek hem toch het beste. Catriona zou weer met hem meegaan. Die gedachte kalmeerde hem enigszins.

Hij schrok toen zijn mobiele telefoon ging.

Twee minuten later zag hij de koplampen van de auto al op de oprit. Hij liep haastig door de gang naar de voordeur, die hij open-de op het moment dat de auto stopte.

Duncan kwam aangerend door de regen. Het buitenlicht viel op de zorgelijke frons op zijn voorhoofd.

Miller deed een stap naar achteren en liet de grote man binnen. Hij hijgde een beetje. 'Vond je het niet erg dat ik je zo laat nog belde? Ik wilde zeker weten dat je nog op was. Sorry, Miller, maar het gaat om Lena. Lena Stewart.'

'Lena Stewart?'

Duncan deed de voordeur achter zich dicht en leunde ertegenaan, zoekend naar steun.

'Ja, Lena. Ze is dood.'

37

De fles whisky stond tussen hen in.

'Kom, neem er nog een.' Miller fluisterde bijna, want hij was bang dat hij Mhari wakker zou maken. 'Alsjeblieft. Probeer je te ontspannen.'

Voor de tweede keer die avond moest hij iemand troosten. Hij zag dat Duncan een slok nam en voor de zoveelste keer met zijn grote hand over zijn kaalgeschoren hoofd en zijn gezicht streek, waarbij zijn gelaatstrekken strak werden getrokken en zijn ogen wezenloos voor zich uit keken, in de richting van Meg, die lag te slapen bij het vuur.

'Zoals ik al zei, heb ik het ook allemaal maar uit de tweede hand. Lizzie vertelde het me, zij heeft haar gevonden, de arme meid. Ze zou vanavond naar Lena gaan en ze zou het weekend bij haar blijven, maar ze hadden afgesproken dat ze eerst nog even zouden bellen voordat ze vertrok, omdat Lena niet precies wist hoe laat ze thuis zou komen. Ze ging naar een of andere paardenshow in de buurt van Dumfries. Lizzie heeft haar urenlang geprobeerd te bellen, op haar mobiel en op haar gewone nummer, maar ze kreeg haar maar niet te pakken. Om een uur of halfnegen begon ze zich af te vragen of ze het eigenlijk wel goed had begrepen. Ze besloot toch maar gewoon naar Langshaw House te rijden, zoals ze hadden afgesproken.

Het eerste wat Lizzie opviel was dat haar auto's er stonden. Ze móést dus wel thuis zijn. Lizzie ging naar binnen, maar Lena was nergens te bekennen. Er was maar één andere plek waar ze kon zijn: de stallen. Het licht deed het niet, dat is wel eens vaker zo bij slecht weer, maar het duurde dus even voordat haar ogen aan het donker gewend waren. Lizzie vond haar in de stal van haar lievelingspaard, die schimmel waar ze volgens jou bij was toen jullie haar spraken. Twilight. Waarschijnlijk was ze haar aan het borstelen toen het gebeurde. Ze is tegen haar hoofd getrapt, verschillende keren. Ze hebben het dier meteen afgemaakt.'

Duncan nam nog een flinke slok whisky, keek even naar Meg, die bewoog in haar slaap, en schonk nog eens in. 'Het is afschuwelijk, Miller, echt afschuwelijk. Ik vind het vreselijk voor je. Net nu ze had beloofd wat ze voor je zou doen, en voor je vader.'

Miller draaide zich om en keek naar de trap, om te controleren of Mhari niet wakker was geworden en naar beneden kwam. Jezus, wat een bizar verhaal. Hoewel dat paard toen zij er waren ook al vreselijk nerveus was geweest. Wat een afschuwelijke manier om dood te gaan, het arme mens. Haar lievelingspaard nog wel. Maar toch was het vreemd, want hoe nerveus die schimmel ook deed: Lena had zich bij dat dier toch volkomen op haar gemak gevoeld.

Hij keek naar Duncan, die zijn hand voor zijn ogen hield.

'Duncan? Het klinkt misschien gek, maar ik vind het een raar verhaal... Geloof jij echt dat dat een ongeluk was? Niet dat ik denk dat iemand haar kwaad zou willen doen, maar...'

Duncan wreef over zijn gezicht en keek hem aan.

'Bedoel je... Nee, dat kun je wel uit je hoofd zetten. Lizzie heeft met de politie gesproken en die heeft niets vreemds kunnen ontdekken. Het moet echt een ongeluk zijn geweest. Het is afschuwelijk, maar je moet er geen dingen achter gaan zoeken, Miller.'

'Nee, je hebt gelijk. Ik ben niet helemaal mezelf de laatste tijd, daardoor reageer ik waarschijnlijk zo achterdochtig. Ik kan er niks aan doen.'

Hoewel hij het vervelend vond om er op die manier over na te denken, vroeg hij zich toch af welke consequenties Lena's dood voor hem zouden hebben. Nu zij er niet meer was, werd het gesprek dat ze de volgende dag met Andy Blackford zouden voeren plotseling veel belangrijker. Hij schudde zijn hoofd. Net nu hij dichter bij de waarheid over zijn vader kwam, dreigde die weer uit zijn handen te glippen.

Mhari lag boven en voelde nu al het begin van de misselijkheid en de kater die ze de volgende ochtend zou hebben. Ze probeerden zo zacht mogelijk te praten, maar dat hielp niet. Toen ze een auto hoorde aankomen, was ze naar het raam gelopen en had ze iemand in een lange mantel met een capuchon door de regen naar de voordeur zien rennen. Een mannenstem. Die mantel... Was dat een pij? Zou dat Dunc-the-monk zijn? Dat moest bijna wel. Maar waarom, op dit uur van de nacht? Ze had niet meer de energie om naar beneden te gaan en ze te bespioneren – god, wat deed dat haar aan vroeger denken! – of om zich toonbaar te maken en naar de woonkamer te gaan. Het moest wel verdomd belangrijk zijn als hij om halfeen 's nachts op een avond als deze helemaal hierheen kwam. Ze zou het Miller de volgende ochtend wel vragen.

Haar gedachten bleven maar draaien rond het gesprek van vanavond. Ze kon moeilijk wennen aan de nieuwe Miller. Ze was natuurlijk wel blij, of in elk geval opgelucht, maar ze voelde zich er ook vreemd over, bezorgd misschien, al wist ze niet precies waarom. En dan die vreselijke huilbui die ze had gekregen, die had haar volkomen verrast. Nu ze erover nadacht, begreep ze het wel een beetje. Miller had plotseling een nieuwe rol gekregen en daar moest ze aan wennen. Het was al begonnen met dat idiote testament. Wat een schok was dat geweest, vooral omdat ze zich enorm afgewezen had gevoeld en niet had begrepen waarom hun vader dat zo had geregeld. Maar nu, achteraf, begon haar dat langzamerhand duidelijk te worden. Als hun vader dat niet zo had geregeld, was Miller nooit tot dit nieuwe inzicht gekomen. Zou pappa dat hebben voorzien? Zou hij zijn zoon, die hij in ruim dertig jaar niet meer had gezien of gesproken, toch zo goed hebben gekend? Dat zou bijna griezelig zijn.

Ze voelde plotseling een steek van jaloezie. Misschien waren zij toch hechter met elkaar verbonden geweest dan zij ooit voor mogelijk had gehouden, en viel zij, zoals gewoonlijk, buiten de boot. En Greg? Moest die eigenlijk niet weten wat hier allemaal gebeurde? Ze was daar vanavond wel even over begonnen, maar Miller had gezegd dat hij daar voorlopig nog even mee wilde wachten, tot hij goed nieuws had. Misschien had hij wel gelijk.

Greg moest maar rustig zijn vreemde leventje leiden.

En als er inderdaad goed nieuws was? Een volledig, officieel eerherstel? Dat wilde ze toch zo graag? Natuurlijk. Maar wat zou dat voor háár betekenen? En voor Neil? Welke invloed zou dat hebben op haar bohemienachtige vrienden en collega's? Sommigen wisten van pappa en waren gefascineerd en zeer onder de indruk van de manier waarop zij daarmee omging. Haar hele volwassen leven was gevormd door het feit dat zij de dochter van haar vader was. De oudste. Hondstrouw, altijd een grote steun, ook voor haar moeder, bij gebrek aan hulp van de lamlendige, gekmakende middelste zoon en de vervreemde, labiele jongste. Maar dat zou nu gaan veranderen. Het wás al veranderd. De familiegeschiedenis was zich aan het herschrijven en daarmee kwam alles op losse schroeven te staan: niet alleen haar eigen identiteit, maar ook die van het hele gezin. Verdomme, wat raakte ze uitgeput van al dat nadenken, van alle zorgen.

Het kwam allemaal door Miller. Of eigenlijk door hun vader, die over zijn graf heen probeerde te regeren, via zijn lievelingskind. De steek van jaloezie en de irritatie kwamen weer terug. Allerlei familiegeheimen kwamen naar boven. Ook al het werk van hun vader. Miller had haar verteld over zijn laatste brief, maar hij had haar die brief niet laten zien. Desondanks was ze erg in haar nopjes met Millers verbazing over wat zij als enige over haar ouders wist te vertellen.

'Mamma was helemaal niet zo perfect, Mill. Al dat vrijwilligerswerk voor de kerk, daar stond ze wel achter, maar ze had ook een andere kant. Een lichte vorm van godsdienstwaanzin. En ze was heel streng. Daar hadden wij vaak ruzie over, toen ik in de puberteit zat. Ik vond dat ze erg gefrustreerd was, ook al was ze zich daar zelf misschien niet van bewust, en ik had het idee dat ze zonder het te beseffen een beetje jaloers was op wat ik nog voor de boeg had. Ik ben misschien een laatbloeier in de liefde, maar ik had in elk geval een toekomst. Ik was jong. En laten we eerlijk zijn: pappa was natuurlijk een betrouwbare, toegewijde huisvader, maar hij was soms ook wel erg saai. Hij heeft zelf niet zo'n gelukkige jeugd gehad, en hij heeft erg zijn best gedaan om ons die wel te geven. Daar ben ik hem heel dankbaar voor. Maar misschien is hij daar een beetje in doorgeschoten en werd hij te betrouwbaar en te stabiel, en is mamma hem een saaie ploeteraar gaan vinden. Ze was ook vaak zo aan het... hoe noemden jij en Greg dat ook alweer? Snauwen en grauwen. Mamma was gewoon erg gefrustreerd, dat had ik allang in de gaten, nog vóór dat religieuze kloostergedoe. Ik dacht zelfs dat ze een verhouding had, en in zekere zin was dat misschien ook zo. Ze is verliefd geworden op haar geloof. Een soort emotionele opwinding die werd gevoed door de pracht en praal en het esoterisme van de kerk. Het was een vervanging voor datgene wat pappa haar niet kon bieden. Ze heeft me kort na pappa's veroordeling verteld over haar plannen om zich aan te sluiten bij een kloosterorde. Wat natuurlijk heel idioot en gevoelloos was, omdat het een totale afwijzing inhield van ons, haar kinderen en haar man. God boven alles. Zelfs boven je geliefden. Griezelig.'

Dat zij dat al die tijd over hun moeder had geweten, was duidelijk een schok geweest voor Miller. Toen hij de kwestie in de loop van de avond voorzichtig had aangeroerd, had ze schouderophalend gezegd dat ze dat 'natuurlijk allang' wist. Maar ze was wel de enige. Greg had het niet geweten en dat had ze zo gelaten. Omdat haar moeder zich er zo schuldig over voelde, was ze even bang geweest dat het tijdens het proces bekend zou worden, maar dat was niet gebeurd, wat haar op zich ook niet verbaasde. Ze dacht dat haar vader er niet over zou piekeren om het in het proces te gebruiken, omdat hij zoveel van hun moeder hield. Bovendien zou hij er weinig aan hebben gehad door het ooggetuigenverslag dat zijn lot had bezegeld. Hij had toch geen schijn van kans gemaakt.

Ze ging rechtop zitten, stapte met een inmiddels al zwaar bonkend hoofd uit bed en keek naar de vuurtoren die zijn gele baan vanaf Fidra rondstuurde. Al die familiegeheimen, van mensen die er niet meer waren. Geesten. Maar ze konden nog wel invloed hebben op de levenden. Zou het beter zijn geweest als Miller nooit met zijn gegraaf was begonnen?

Ze liep weer naar het bed en ging liggen. De grootste zorg die ze had, kwam in haar hoofd op en beloofde haar de komende uren uit haar slaap te houden. Het was een gedachte die haar in de loop der jaren in wisselende mate had geplaagd, maar die ze meestal goed uit haar hoofd kon zetten.

Miller was nu die getuigen op het spoor gekomen, maar Russell Sinclair had de afgelopen dertig jaar zijn uiterste best gedaan om hun vader vrij te pleiten. Toch waren al zijn pogingen op niets uitgelopen. Dat zei toch wel iets? Al die moeite en energie, zonder enig resultaat. Dat was het probleem. Diep in haar hart was er altijd een spoortje twijfel gebleven over haar vader. Het was toch ook alleen maar menselijk, om te twijfelen? Toch? Het was volkomen irrationeel, maar de twijfel bleef, en werd gevoed door wat kleine onzekerheden die ze bij haar moeder had bespeurd. Haar moeder had daar nooit openlijk iets van laten merken, en misschien was ze zich er zelf niet eens van bewust geweest, maar Mhari had het toch gevoeld, en had haar er uiteindelijk ook iets over horen zeggen in een afgeluisterd onderonsje met Forbes Buchan. Haar twijfels waren ook versterkt door de vaste overtuiging van Miller dat hun vader schuldig was. God, het leek wel een nachtmerrieachtige vicieuze cirkel. Een waarheid, dé waarheid, rond en rond, steeds weer opnieuw hetzelfde kringetje. Ze kon nog steeds niet geloven dat haar vader het echt had gedaan, en dat hij hen nu vanuit zijn graf probeerde te manipuleren. Maar nu dreigde deze plotselinge bekering van Miller haar in de rol van advocaat van de duivel te dwingen. Moest ze nu Miller tegen zichzelf in bescherming nemen en haar eigen twijfels opbiechten? Moest ze tegen hem zeggen dat zijn verwachtingen niet te hoog gespannen moesten zijn? Dat hij niet moest doorgaan met wat misschien wel gekkenwerk zou blijken te zijn? Jezus, wat een afschuwelijke, pijnlijke toestand.

Ze kroop rillend onder de dekens. Ze zag als een berg op tegen de nacht die voor haar lag.

38

'Het spijt me, Miller. Ik kon niet eerder weg. Spoedgeval. Hier, bij wijze van vredespijp. Redden we het nog voor het donker?'

Miller nam het plastic bekertje van Catriona aan. Het laatste waar hij nu zin in had, was koffie. Hij werd opnieuw misselijk van de zenuwen. Hij wachtte tot ze zat en de riem had omgedaan. Hij vond dat Catriona een geïrriteerde indruk maakte. Zou ze haar dag niet hebben? Hij wist niet zeker of hij dat eigenlijk wel wilde weten. Zijn eigen dag was tot nu toe nogal beroerd geweest. Vanochtend was hij met Meg aan het strand gaan spelen terwijl hij daar eigenlijk niet veel zin in had. Toen hij terugkwam, zat een zeer sombere Mhari met een slaperig en opgezet gezicht aan de ontbijttafel de inhoud van de archiefdoos te bekijken. Ze had het verkreukelde en verkleurde krantenknipsel van *The Scotsman* voor zich en hield beide handen op de foto van hun vader, beschermend, alsof ze bad. Het was een deprimerende aanblik. Hij moest haar vragen over het bezoek van Duncan de vorige avond met een paar leugentjes om bestwil afdoen. Hij had geen zin om het daar nu met Mhari over te hebben. Niet nu.

Hij keek op het dashboardklokje en wierp toen een blik op Catriona. Er was al wat spanning van haar gezicht gegleden en ze keek nu vrij uitdrukkingsloos. Hij dwong zichzelf een slok koffie te nemen. 'We komen wel op tijd, als we maar niet in de file komen. Het is ongeveer honderdvijftig kilometer rijden naar Andy Blackford, dus een uurtje of twee, tweeënhalf. Ik weet niet zeker of hij thuis is, maar volgens Lena werkt hij op een landgoed in de buurt, dus als hij niet thuis is, hoeven we waarschijnlijk niet lang te wachten voordat hij terugkomt van zijn werk. Nou ja, we zien wel, we kunnen er toch weinig aan veranderen.' Hij gaf haar het bekertje aan en startte de motor.

Ze dronk haar eigen koffie en keek recht voor zich uit. 'Ik heb Duncan ook nog even gebeld, nadat we elkaar vanmorgen hadden gesproken. Ik wilde weten wat er precies is gebeurd. Wat een drama. Het komt trouwens wel vaker voor, ongelukken met paarden. Maar je zou toch denken dat ze haar eigen dier wel beter zou kennen. Ik vind het voor jou ook heel erg, Miller.'

Hij voelde dat ze naar hem keek. 'Het is rampzalig. Ik vind het natuurlijk in de eerste plaats erg voor haar. Het arme mens. Weet je dat ik het haar niet eens echt kwalijk nam dat ze een valse verklaring heeft afgelegd? Ze was destijds eigenlijk nog maar een kind en ze dacht dat ze juist iets goeds deed. Bovendien werd er onverantwoord veel druk op haar uitgeoefend. Gek eigenlijk, dat we haar door zo'n toeval weer hebben ontmoet. En moet je zien wat haar dat nu heeft opgeleverd. Ik vroeg me namelijk meteen af... het klinkt misschien een beetje raar, maar ik dacht dat het misschien geen ongeluk was. Dat heb ik ook tegen Duncan gezegd, maar hij vond dat onzin.'

Ze gaf hem zijn bekertje koffie weer aan, dat inmiddels een beetje was afgekoeld. 'Ja, zoiets zei Duncan al. Ik begrijp wel waarom je zoiets denkt, want het is ook wel erg toevallig. Maar als je er logisch over nadenkt, blijf je nergens. Ik denk dat Lena heel veel aan haar hoofd had. Volgens Duncan heeft ze heel vaak tegen Lizzie Henderson gezegd dat ze er zo mee zat, met je vader, dat ze het zo erg vond allemaal. Ik denk dat ze niet genoeg aandacht besteedde aan veel dingen in haar leven, bijvoorbeeld aan zo'n nerveus paard. Dat wil natuurlijk helemaal niet zeggen dat het jouw schuld is. Het lot heeft jullie weer samengebracht, en dat heeft jou, ondanks haar dood, toch verder geholpen. Ook in diepere zin. Toch?'

Hij nam een slok koffie en gaf het bekertje terug.

'Ja, het lot heeft me zeker geholpen, maar wat zal ervan terechtkomen? Het heeft een vrouw die niemand kwaad deed al het leven gekost, hoe dan ook. Misschien is dat inderdaad niet mijn schuld, zoals je al zei, maar toch voelt dat wel zo. Ik... nou ja, ik heb je al verteld dat ik een moeilijke periode doormaak. Mhari reageert heel anders dan ik dacht. Nikki ook, maar dat is weer een ander verhaal. Dat gedoe op de kermis, met Emma… nou ja, genoeg hierover. Het is allemaal niet zo gemakkelijk.'

Hij vroeg zich af of ze, nu hij over Nikki begon, misschien in de verleiding zou komen om door te vragen over zijn privéleven, maar ze staarde door het raampje naar de regen en het steeds saaiere landschap. Bij hen leken de stereotiepe rollen wel omgedraaid. Het was toch de man die afstandelijk en ontoeschietelijk moest zijn? En zij moest toch meteen met haar hele levensverhaal op de proppen komen? Misschien niet tot in de intiemste details, maar toch. Over haar huwelijk(en), relatie(s), kinderen, enzovoort? Eigenlijk was ze vroeger ook al gesloten en een beetje stiekem geweest. Misschien kwam dat wel door het leeftijdsverschil. Zij was een bloeiende, goed ontwikkelde tiener, en hij een zonderling die stiekem verliefd op haar was. En later… toen was hij veranderd, in de war geraakt. Hij was depressief en beschadigd, al kon je daar aan de buitenkant niet veel van merken.

En hoe zat het met Catriona's liefdesleven? Als kind had hij zich vaak verlangend afgevraagd wat voor soort jongen ze wilde en had hij erover gefantaseerd dat hij later haar vriend zou kunnen worden. Maar dat had niet lang geduurd. Door de veroordeling van zijn vader was alles in zijn leven verwoest en was hij die verliefdheid grotendeels vergeten.

Bijna helemaal.

Afgezien van de regen verliep de rit prima. Het laatste uur genoot hij van het uitzicht, terwijl zij naast hem in slaap gevallen was. Die aanblik deed hem denken aan de zomervakanties van vroeger, als hij alles maar dan ook alles deed om haar te kunnen bespioneren. Ze lag soms loom en elegant te slapen op het strand van North Berwick, zich als een kat koesterend in de zon. Of tegen een grashelling op Fidra. Hij hoopte dan altijd vurig dat ze echt sliep en niets van zijn nieuwsgierige blikken merkte. Dat zou anders wel gênant zijn geweest. Hij stelde zich voor dat hij de gouden haartjes op haar onderarmen streelde, de zweem transpiratie van haar perfecte huid streek, of heel dicht tegen haar aan ging liggen. Maar die dingen had hij niet gedaan. Natuurlijk niet. Achteraf begreep hij dat het een prepuberale fascinatie was geweest. Wel seksueel, maar onschuldig. Onschadelijk.

Het werd tijd om haar wakker te maken.

'Hé, Catriona. We zijn er bijna.'

Geen reactie. Ze was kennelijk uitgeput van het werken. Hij had spijt dat hij haar had meegenomen. Ze zag eruit alsof ze haar weekenden beter slapend kon doorbrengen in plaats van met hem naar de vochtige Trossachs te scheuren. Hij zuchtte. Hij kon zich niet ook nog voor haar verantwoordelijk gaan voelen. Gisteren had hij Mhari moeten troosten en daarna had hij Duncan moeten opvangen, die zo geschrokken was door de dood van Lena. En zelf had hij natuurlijk ook van de schrik moeten bekomen. Vanmorgen weer dat gesprek met Mhari en nu zat hij met een afgepeigerde Catriona. Hij kon op het moment nauwelijks voor zichzelf zorgen. Maar Catriona had hem zelf haar hulp aangeboden en ze had hem al enorm gesteund. Hij kon dus op z'n minst wat vriendelijker tegen haar doen.

'Catriona? Kijk eens waar we zijn. Balquhidder. Ken je dat? Het is hier prachtig, zelfs 's winters.'

De oogleden bewogen en gingen open, ze strekte haar lange benen en onderdrukte een gaap. 'God, heb ik al die tijd geslapen? Sorry, Miller, maar ik was echt kapot. Ik heb te veel uren gedraaid de laatste tijd. Dat is goed voor mijn patiënten, maar niet voor mijn gezondheid. Balquhidder? Ja, dat ken ik wel. Je hebt daar een prachtig loch.'

'Dat klopt, kijk, daar is het al! Loch Voil. Klein, maar spectaculair mooi. Het lijkt alsof de bomen daar helemaal tot aan het water komen, maar hier, aan deze kant, heb je een strandje. Mooie picknickplaats trouwens.'

Ze lachte. 'Misschien, maar niet met dit weer. Moet ik niet even op de kaart kijken?'

Hij schudde zijn hoofd, boog naar voren en tuurde door de voorruit die niet goed genoeg door de ruitenwissers drooggeveegd werd. 'Nee. Lena heeft me precies uitgelegd waar we moeten zijn. Volgens mij is het de volgende rechts. Hij woont in een cottage, *Calair End*. Hij werkt op een landgoed in de buurt, maar alleen zo nu en dan. Toen hij bij de kustwacht wegging, is hij hier gaan wonen. Kijk, daar is het al.'

Het was groter dan een cottage: ze zagen een groot, witgekalkt huis met twee verdiepingen, een voortuin met bloemenborders en een laag, houten hek eromheen. Hij parkeerde de wagen bij het hek.

Catriona trok haar jas aan. 'Hoe wilde je het aanpakken? Als hij er tenminste is, ik zie nog geen teken van leven. Ik had eigenlijk wel verwacht dat we door een woest blaffende retriever zouden worden begroet.'

'Ja, het ziet er inderdaad erg stil uit. Misschien is hij ergens aan het werk. Ik weet trouwens niet precies op welk landgoed hij werkt, maar dat zal wel ergens in de buurt zijn. Laten we maar aankloppen. Ik wilde het hem eigenlijk gewoon op de man af vragen. Als hij ons er dan uit wil gooien, dan hebben we pech. Wat ik hem in elk geval niet ga vertellen is dat Lena dood is.'

39

'Daar komen jullie wel een beetje laat mee, of niet? Ik heb gelezen dat je vader dood is. Ik snap niet waarom jullie me nu met die flauwekul komen lastigvallen.'

Dit was nu al de derde keer dat Andy Blackford met zijn zware Schotse accent had gezegd dat ze te laat kwamen. Miller kreeg er genoeg van, maar hij was blij dat ze in elk geval binnen mochten komen. Ze zaten aan een ruwhouten tafel in de grote keuken. Ze hadden maar een paar minuten hoeven wachten. Hij was inderdaad aan het werk geweest op het landgoed en hij had inderdaad een blaffende hond bij zich gehad, die nu godzijdank in een andere kamer opgesloten zat. Met opzettelijke onbeschoftheid had Andy alleen voor zichzelf een glas whisky ingeschonken zonder hun iets aan te bieden. Hij dronk veel, te zien aan zijn te blozende gezicht, en hij nam flinke slokken uit zijn glas en schonk zichzelf binnen tien minuten nog eens twee keer bij. Hij leek hun smoes te geloven dat Russell Sinclair zijn adres aan hen had doorgegeven, en dat hij van plan was geweest om nog eens contact met hem op te nemen. Het was niet helemaal gelogen, want uit de aantekeningen van Russell bleek dat hij jaren eerder al eens contact had gezocht met Blackford toen die nog op zijn vorige adres woonde. Blackford had aanvankelijk wel wat afwerend en ongemakkelijk gedaan, maar hij had hen toch binnengevraagd. Maar Miller kreeg de indruk dat ze wel op hun hoede moesten zijn. Iets in zijn sluwe gezichtsuitdrukking vertelde hem dat hij ondanks die drankzucht een zeer oplettend man was.

Miller bekeek hem nog eens goed. Hij leek in niets op de man die hij zich van vroeger herinnerde: een vrolijk lachende, gespierde vent die naar hen wuifde vanuit zijn boot als hij met zijn vader naar Fidra voer, of terug. Hij had ook nog een andere herinnering aan hem, die veel somberder was. Blackford in de rechtszaal terwijl het vonnis werd uitgesproken, een paar dagen nadat hij zijn getuigenverklaring had afgelegd. Hij leek niet op zijn gemak in zijn nette pak, maar hij zag er heel knap en stoer uit, een getemde woesteling in die nette kleren. Een verschil van dag en nacht met nu. Hij was erg mager, ziekelijk mager zelfs. Zijn pikzwarte haar van vroeger, dat in een idiote Elviskuif zat, was nu peper-en-zoutkleurig. Zijn gezicht was rood en pafferig van het drinken, waardoor hij er minstens tien jaar ouder uitzag dan zijn achtenvijftig jaar. Hij leunde achterover in zijn stoel, plantte zijn modderige rubberlaarzen op een andere stoel en keek naar het plafond, overdreven nonchalant en verveeld.

'Wat Lena zegt, kan mij niks schelen. Die stomme trut was vroeger al zo stom dat ze niet eens wist welke dag van de week het was. Jouw vader was die avond op die kloteberg, dat zeg ik je nu voor eens en altijd, oké?'

Miller zuchtte. Zo kwamen ze nergens. Nu Blackford ingespannen naar het plafond staarde, maakte hij van de gelegenheid gebruik om Catriona aan te kijken en geluidloos 'nu jij' tegen haar te zeggen. Ze glimlachte vaag, knikte, en schoof haar stoel een stukje naar voren terwijl Blackford met zijn zegelring tegen zijn whiskyglas tikte, wat zenuwslopend hard klonk in de lege ruimte.

'Meneer Blackford, Lena heeft ons verteld dat ze een keer bij u was toen er een paar rechercheurs op bezoek kwamen. Ze zeiden tegen u dat ze zeker wisten dat meneer McAllister het had gedaan, maar dat ze nog wat meer bewijzen nodig hadden. Ze moesten "de puntjes op de i zetten", zo noemden ze het. Herinnert u zich dat?'

Het was duidelijk dat hij zich dat inderdaad herinnerde. Zijn ogen schoten van het plafond naar Catriona en weer terug. Er viel een stilte. Miller trok zijn wenkbrauwen naar haar op. *Doorgaan!*

'Ziet u, Lena Stewart heeft gezegd dat de politie druk op u heeft uitgeoefend om te zeggen dat jullie meneer McAllister daar die avond hebben gezien, ook al was dat helemaal niet zo.'

Toen ze dat zei, schopte hij de stoel weg waar zijn voeten op lagen en boog zich over de tafel naar haar toe. Zijn adem stonk naar whisky. 'Onzin! Absolute flauwekul! Hoe zouden ze mij dan moeten dwingen? Alsof ik me de wet laat voorschrijven! Niemand dwingt mij om iets te doen, trut! En nou wegwezen, jullie, schiet op, opdonderen!'

Hij schoof zijn stoel op een agressieve manier naar achteren, maar Miller stak zijn hand op.

'Luister, Andy, Lena zei dat de politie jullie chanteerde. Ze zeiden dat jullie moesten zeggen wat zij wilden, en dat ze jou anders je baan, je broodwinning zouden afnemen. Dat ze ervoor zouden zorgen dat je nooit meer een baan met verantwoordelijkheid zou krijgen. Omdat je dronk tijdens het werk. Zij heeft dat gehoord, Andy, en zij gaat nu officieel getuigen hoe het echt is gegaan, dat jij haar onder druk hebt gezet om te liegen voor de rechtbank. Het is maar dat je dat vast weet. Het komt nu allemaal uit. En het is behoorlijk ernstig hoor, liegen voor de rechter, hoe lang geleden het ook was. Meineed. Daarvoor draai je alsnog de bak in.'

Blackford schonk zijn glas nog eens bij. Toen keek hij Miller aan en knikte in de richting van Catriona. 'Zeg dat zij weg moet gaan. Nu. Ik praat alleen als er verder niemand bij is.'

Ze was blij dat ze even bij die neanderthaler uit de buurt was. De regen was overgegaan in een zachte motregen. Ze zou in Millers jeep kunnen wachten, maar ze had frisse lucht nodig. Ze zoog haar longen vol en keek met een dankbaar gevoel naar het prachtige Loch Voil en het daarachter gelegen Strathyre Forest, dat in een snel tempo in de invallende duisternis verdween. Ze liep door het tuinhek en stak de weg over naar een open stuk langs het meer en begon keitjes over het spiegelgladde water te gooien. Wat deed ze hier in godsnaam? Het was toch totaal onzinnig om Miller als een kindermeisje bij deze gesprekken te begeleiden? Nu zeker, dat was wel gebleken. Ze had niet veel uit die domme Blackford kunnen krijgen. Als Miller in hun gesprek als 'mannen onder elkaar' wél iets los zou krijgen, en zelfs als Blackford bereid zou zijn om te getuigen, dan was die verklaring per definitie onbetrouwbaar doordat hij eerder meineed had gepleegd. Dat gold natuurlijk ook voor Lena Stewart, hoewel die over het algemeen een veel betrouwbaardere indruk zou hebben gemaakt. Bovendien sprak het niet in Blackfords voordeel dat hij al jaren alcoholist was. Het was kortom een behoorlijk penibele situatie. Veel minder simpel dan Miller had gedacht, die arme jongen.

Miller. Het leek wel alsof hij bezeten was door de evangelisatiedrang van een pas bekeerde christen. Zou hij ooit te stoppen zijn? Lena's dood was een enorme tegenvaller. Zij had natuurlijk ook gehoord wat Lena had verteld, net als Duncan en Lizzie Henderson. Maar dat zou geen rechtsgeldigheid hebben, hoe betrouwbaar zij ook allemaal waren. Het zou een verklaring uit de tweede hand zijn, niet van de getuige zelf. Maar Miller was niet van plan om te stoppen. Ze wist zeker dat hij koppig en vasthoudend genoeg was om te proberen volledig eerherstel te bereiken als hij er eenmaal vast van overtuigd was geraakt dat zijn vader echt onschuldig was. En dat begon er al flink op te lijken. Ja, hij zou ongetwijfeld zijn uiterste best doen om Blackford te laten toegeven wat er werkelijk was gebeurd én hem zover te krijgen dat hij dat officieel zou willen verklaren. Maar het zou toch allemaal op niets uitlopen. Miller zou door al dit gedoe alleen nog maar meer beschadigd raken dan zoals ze zich hem van vroeger herinnerde. Ze kon hem op geen enkele manier stoppen. Hij moest zijn eigen weg maar gaan en zien waar hem dat bracht. Zij had niet het hele rechtbankarchief gelezen; Miller had tegen haar gezegd dat ze het best een paar dagen mocht lenen om het te bekijken. Ze was natuurlijk geen jurist, maar volgens hem maakte dat niet uit. Misschien zou de frisse blik van een leek wel iets aan het licht brengen wat hij zelf over het hoofd had gezien. Dat leek haar niet waarschijnlijk. Ze wist zeker dat Miller op een mislukking en een enorme teleurstelling afstevende. Maar deze keer waren er andere manieren om hem te troosten. Niet alleen maar een schouderklopje en een kletspraatje over vogels, zoals dertig jaar geleden.

Ze keilde het laatste steentje over het water en keek trots toen het acht keer op het wateroppervlak ketste. Ze hoorde dat hij haar riep. Waarschijnlijk was hij klaar met Blackford. Of, wat waarschijnlijker was, hij met hem. Na een laatste blik op het rimpelende water draaide ze zich met tegenzin om. Er kwam een vaag, angstig gevoel in haar op.

Het werd tijd om Millers teleurstelling onder ogen te zien.

40

'Het ging geloof ik wel goed. Ik denk echt dat ik wel iets bij hem kan bereiken. Hij wil ons, althans mij, morgenochtend weer spreken, maar ik heb liever dat jij er dan ook bij bent. Ik moet maar even bedenken hoe ik hem zover kan krijgen. Als we geluk hebben, is hij dan nuchter.'

Catriona zuchtte. Al sinds het gesprek met Blackford probeerde Miller haar te overtuigen, maar het leek er meer op dat hij het vooral tegen zichzelf had. Ze luisterde niet meer naar hem en keek om zich heen in de eetzaal van het hotel. Het had enige moeite gekost voordat ze in de buurt iets hadden gevonden en ze waren bij verschillende hotels en B&B's geweest. Ondanks de tijd van het jaar en het slechte weer zaten de hotels tjokvol weekendtoeristen. Het eten was wel lekker, maar ze verlangde hevig naar de eenzaamheid van haar eigen huis.

'Hij zei dat hij dingen wist, dingen die niemand anders weet. Dat mijn vader er waarschijnlijk "ingeluisd" is, zoals hij het noemde, maar hij wilde niet met zoveel woorden zeggen dat hij had gelogen. Toch denk ik dat ik hem op de een of andere manier wel zover kan krijgen dat hij dat toegeeft.'

Ze legde haar vork neer en zuchtte. 'Maar Miller, je zei toch dat hij geld wilde. Dat hij dan meer zou vertellen. Ik vind dat zó verdacht. Het ondermijnt juist alles wat hij zegt. Als je tenminste zo stom zou zijn om hem iets te geven. Maar alleen al dat hij dat vraagt, dat maakt toch een zeer onbetrouwbare indruk, vind je niet?'

'Hè? Bedoel je dat je hem helemaal niet meer gelooft? Hij heeft me genoeg verteld om mij ervan te overtuigen dat hij destijds heeft gelogen. Hij heeft mijn vader helemaal niet gezien die nacht. Lena ook niet. Zo simpel is het gewoon, deze keer liegt hij niet!'

Ze boog zich naar voren en legde haar hand op zijn arm. 'Oké, Miller, stil nou maar. Doe een beetje kalm aan, je praat te hard. De andere mensen hebben er last van.'

Ze keek nog eens om zich heen. Er was maar één ander stel in de eetzaal, dat hen aanstaarde en toen begon te fluisteren; ze hielden Millers uitbarsting ongetwijfeld voor een echtelijke ruzie. Ze moest hem zien te kalmeren. Hij zat de hele tijd al tegen haar aan te praten. Ze was doodmoe van de hele dag, en van de zoektocht naar een plaats om te overnachten. Dit hotel, vlak bij het dorpje Callander, had betere tijden gekend, maar er waren gelukkig nog kamers vrij. Het constante geklets van Miller maakte haar nog vermoeider dan ze al was. Het was duidelijk dat het gesprek met Blackford niet zo gemakkelijk was verlopen, maar hij deed net alsof het een daverend succes was geweest en hij al een officiële en getekende getuigenverklaring had waarin Blackford toegaf dat hij meineed had gepleegd. Het feit dat Blackford zijn leugen had toegegeven, sterkte Miller in de overtuiging dat zijn vader onschuldig was. En daar zou hij niet snel weer van af te brengen zijn.

Ze keek naar hem. Hij deed zijn best om weer wat normaler te doen en hief het glas. 'Sorry, Cattie. Je hebt gelijk, ik hou erover op.'

Ze glimlachte naar hem en proostte. 'Goed. Laten we het ergens anders over hebben.'

Na het eten dronk Miller zijn tweede glas cognac leeg en gebaarde naar de ober dat hij er nog een wilde. Catriona was allang vertrokken. Ze had gezegd dat ze erg moe was en dat ze vroeg wilde gaan slapen. Nu zat hij alleen in de verlaten bar naast een enorm raam waarachter niets dan duisternis te zien was. Hij was dronken. Niet heel erg, maar hij was behoorlijk ver heen. Toch voelde hij zich een stuk beter. Die klootzak van een Blackford had gelogen en hij zou wel zorgen dat hij dat kon bewijzen. Hij had het toegegeven toen ze elkaar onder vier ogen hadden gesproken, ook al had hij er meteen aan toegevoegd dat zijn vader het toch gedaan kon hebben. Maar dat had niet echt overtuigend geklonken.

Hij had in Blackfords ogen gezien dat hij zich schuldig voelde. Dat gevoel had hij tenminste.

Hij was blij dat Catriona eindelijk wat openhartiger was geworden. En nu bleek dat ze dus toch heel normaal was, dat zij ook de ups en downs van verschillende relaties had meegemaakt. Maar hij raakte wel steeds geïrriteerder door de softe manier waarop ze het over zijn onderzoek had. Dat kwam natuurlijk doordat ze niet wilde dat hij zijn neus zou stoten; ze was zeker bang dat hij eerst iets hoopvols zou ontdekken, maar uiteindelijk toch tot de conclusie moest komen dat zijn vader desondanks wel schuldig was. Het was overduidelijk dat ze sterk twijfelde aan de onschuld van zijn vader. Misschien liet ze dat niet zo duidelijk merken omdat ze hem wilde sparen. En dat betekende dat ze dus om hem gaf. Wat hij erg prettig vond. Bijzonder prettig zelfs.

Ze was een beetje opgeklaard toen hij onder het eten van gespreksonderwerp was veranderd, en ze had een paar dingen over zichzelf verteld. Nee, ze was nooit getrouwd, maar ze had wel een paar langdurige relaties gehad. Een met een andere huisarts in de Borders; dat was misgelopen toen ze was verhuisd om voor haar zieke vader te gaan zorgen.

Al met al was ze eigenlijk best openhartig geweest over zichzelf. Ze had met enige zelfspot verteld dat ze een waardeloze echtgenote zou zijn omdat ze een workaholic was en het heerlijk vond om alleen te zijn. Lekker in haar eentje in haar cottage aan zee, met alleen de branding en de meeuwen. Ze had zelfs gezegd dat ze, naarmate ze ouder werd, steeds meer op die eenzaamheid gesteld raakte. Hij vroeg zich af waarom dat zo was. Misschien kwam het door de rustige, eenzame jeugd met haar vader; misschien kon ze daardoor niet goed tegen drukte. Ze had ook nog gezegd dat ze best op een plek als Fidra zou willen wonen, weg van de drukte en de mensen. Hij herkende dat gevoel wel.

Miller knikte naar de ober toen die het glas cognac voor hem neerzette. Toen keek hij op zijn horloge. Shit! Hij had Nikki moeten bellen! Daar was het nu te laat voor. Zijn mobiel, die boven op zijn kamer lag, had waarschijnlijk de hele avond roodgloeiend gestaan. Hij had beloofd dat hij haar vanavond zou bellen; Callum en Emma waren het weekend bij haar ouders en ze had dreigend gezegd dat ze nodig over bepaalde dingen moesten praten. *Shit, shit, shit!* Het zou hem niets verbazen als dit genoeg reden was voor Nikki weer naar die zeikerd te gaan met wie ze iets had gehad. Of een ander. Zou godverdomme helemaal fantastisch zijn, nóg een verhouding.

Hij had zich niet zo in beslag moeten laten nemen door het eten en door Catriona. Ze had trouwens toch niet de indruk gewekt dat ze het zo leuk vond, ondanks haar openhartigheid. Was hij te saai geweest? Had hij het te veel over zijn vader en over zichzelf gehad? Op een bepaald moment had het geleken alsof ze helemaal in gedachten verzonken raakte, en in een innerlijke wereld terechtkwam. Ze kon alleen nog maar knikken, mompelde af en toe alleen maar een beleefd: 'Mmm, ja,' en was na enige tijd naar haar kamer gegaan. Hij pakte de bel cognac en sloeg zijn jasje over zijn schouder. Tijd om te gaan.

Boven haalde hij de sleutel uit zijn broekzak, bleef licht zwaaiend op zijn benen voor de deur staan en probeerde de sleutel in het slot te steken, terwijl hij ook nog zijn glas en het jasje vasthield. Het ging niet. Hij draaide zich om en keek naar haar deur. Zo verleidelijk. Misschien een heel zacht klopje? Om te zien of ze nog wakker was? Even welterusten zeggen en zich verontschuldigen voor zijn slechte gezelschap onder het eten? Ze was vlakbij, twee of drie stappen maar. Hij stond voor de deur en wilde net aankloppen toen de deur met een zachte klik werd geopend.

'Ik hoorde je met je sleutels rammelen. Gaat het wel?'

Haar kamer was donker. Ze stond met haar ogen dichtgeknepen tegen het licht op de gang en streek met beide handen haar verwarde haren glad. Haar linkerborst was bijna helemaal zichtbaar omdat haar zijden kamerjas half openhing.

Ze deed een stap naar achteren, hield de deur voor hem open en stond toe dat hij zijn hand op haar slanke, warme heup liet rusten zodat hij niet zijn evenwicht verloor toen hij langs haar heen naar binnen liep.

41

Een hete douche en de smerige poederkoffie hielpen niet veel. Er
kliefde een bijl door zijn hoofd, twee zelfs. Hij zocht in zijn toi-
lettas en vond een strip met twee aspirientjes. Hij sloeg ze achterover met de rest van de vieze koffie, ging op de rand van het
bed zitten en wreef over zijn slapen. Toen probeerde hij zijn schoenen uit te trekken, maar dat kostte hem te veel moeite: hij liet
zich op het bed vallen en draaide zich op zijn zij.

Fuck. Hoe kon hij haar nu nog onder ogen komen? Dat beeld
van haar, halfnaakt in dat zijden gewaad met die ontblote borst
bleef op zijn netvlies gebrand. Net als de andere beelden die hem
de hele nacht in zijn onrustige slaap hadden gestoord.

Haar huid voelde warm onder die zijde toen hij langs haar heen
de donkere kamer in liep. Ze had zonder dat hij het merkte het
glas cognac en zijn jasje van hem afgenomen. Hij hoorde dat de
deur weer met een zachte klik werd gesloten. Hij draaide zich naar
haar om en ging vlak voor haar staan, hield zijn hoofd vlak voor
haar gezicht. Om haar te kussen. En misschien die borst aan te
raken?

'Kom hier.' Ze legde haar handen op zijn borst. Maar niet om
hem te zoenen of hem aan te raken, maar om hem naar de leunstoel in de hoek van de kamer te brengen. Toen deed ze een lamp
aan en was de betovering verbroken.

'Je moet veel water drinken. Ik zal ook een beker koffie voor je
maken.'

Ze dwong hem drie glazen ijskoud kraanwater op te drinken,
nadat ze hem voor de tweede keer het cognacglas afhandig had
gemaakt, net voordat hij de inhoud door zijn keel wilde gieten.

Maar ze was hem te snel af geweest en spoelde voor een kapitaal aan dure cognac door de wc. Hij kon zich niet meer herinneren dat hij de koffie had opgedronken, maar hij voelde nog steeds haar geruststellende stem en zijn grote hand in haar kleinere toen ze hem naar zijn kamer had gebracht.

Nu lag hij met zijn kleren aan op zijn buik in bed. Het was nog steeds donker. Wat had hij zichzelf voor gek gezet. Ze was toch alweer de kamer uit? Het was toch alleen maar zijn koortsige fantasie die hem de hele nacht had lastiggevallen? Hij wist zeker dat het niet echt was geweest, maar hij voelde nog steeds de warmte van die ontblote borst toen ze zich over hem heen boog; hij bleef steeds opnieuw haar stem horen toen ze weer de kamer uit zweefde en tegen hem zei: 'Ik ga niet naar bed met een dronken man. Hoe graag ik het ook zou willen.'

Had ze dat laatste maar niet gezegd. Had ze dat maar niet gedaan...

Wat een fiasco. Toen hij naar beneden liep, probeerde hij daar maar dankbaar voor te zijn. Ook al was Nikki misschien weer van alles aan het uitspoken: dat was nog geen excuus om dat voorbeeld dan maar te volgen. Bovendien was dat waarschijnlijk niet eens zo, alleen in zijn paranoïde fantasie. Maar stel dat er echt iets was gebeurd tussen hem en Catriona. Hij had Nikki nog nooit bedrogen. Nooit. En hij was zelden in de verleiding gekomen. De meeste vrouwen die hij op zijn werk of in de sportschool ontmoette, vond hij te hard, te brutaal. Leken ze misschien te veel op Nikki? Jezus, waar was hij in godsnaam mee bezig? Kon hij niet beter zijn spullen pakken en weggaan? Terug naar Londen? Moest hij maar accepteren dat pappa misschien onschuldig was geweest, maar misschien ook niet? Moest hij de hele boel verkopen, net zoals hij van plan was geweest voordat hij verder in deze ellende verstrikt was geraakt? Hij kon best de rest van zijn leven doen alsof er niets aan de hand was. Zijn vader was dood. Einde verhaal.

Maar dat was niet zo, hij hield zichzelf voor de gek. Hij kon nu niet meer terug. Hij hoopte alleen vurig dat hij Catriona niet tegen zich in het harnas had gejaagd. Maar wat hij ook voor haar voelde, hij moest dat zien te vergeten. Die verliefdheid van vroeger stak de kop weer op. Hij had even gedacht dat zij zich ook tot hem aangetrokken voelde, maar dat was alleen maar zijn dronken fantasie geweest. Voer voor psychologen. Hij was bezig om het verleden van zijn familie uit te pluizen, terwijl hij zijn eigen gezin verwaarloosde. Daar moest hij mee ophouden!

De misselijkmakende geur van eieren met spek joeg hem naar de bar. Daar stond een kan echte koffie op een warmhoudplaatje; hij schonk een kop in, ging met een krant in een rustig hoekje zitten en probeerde het lawaai van de televisie te negeren die achter de bar aan de muur hing en een waardeloze ontbijtshow uitbraakte. Maar hij kon zich niet op zijn krant concentreren. Hij moest proberen te bedenken wat hij straks tegen Catriona moest zeggen. Hoe hij zich moest verontschuldigen.

Hij sloot zijn ogen en leunde met zijn bonkende hoofd tegen de rugleuning. Uit de televisie schalde de afgrijselijke tune van een lokaal nieuwsprogramma. Hij wilde de barman net vragen of het wat zachter mocht toen ze eraan kwam. Ze glimlachte, maar ze deed vrij kordaat.

'Hallo. Kijk, je hebt gisteren je jasje in mijn kamer laten liggen. Heb je al ontbeten? Zo niet, dan zou ik dat maar wel doen als ik jou was. Schiet je wel op, het is al laat. Ik rij je wel naar Blackford, maar dat gesprek moeten jullie maar onder vier ogen voeren. Ik ga liever steentjes keilen bij Loch Voil dan dat ik me in het hol van de leeuw waag. Zullen we gaan?'

Hij moest toegeven dat ze de gênante situatie heel effectief afhandelde.

'Ik was blij dat je even bij me kwam, zodat ik je een beetje kon ontnuchteren. Ik had zelf ook wel last van de wijn, maar gelukkig had ik geen cognac meer genomen. Maar die hoofdpijn heb je waarschijnlijk gekregen van die rotzooi die ze oploskoffie noemen, dat is puur vergif! Ik denk trouwens echt dat je je een stuk beter zult voelen na een stevig ontbijt. Vertrouw maar op mij, ik ben tenslotte arts. Dan kun je ook alle zeilen bijzetten voor dat gesprek. Ik vind die Blackford trouwens echt een lamstraal, Mill, en ik hoop dat hij je niet om de tuin leidt.'

Hij knikte, opnieuw dankbaar voor haar hulp en de tactvolle

244

manier waarop ze de gebeurtenissen van de vorige avond negeerde en overging tot de orde van de dag.

Ze stopte vlak voor het huis, dat een even verlaten indruk maakte als de vorige dag. Miller keek haar aan en haalde zijn schouders op.

'Dan ga ik maar. Tot straks.'

Ze was halverwege het loch en keek al uit naar een paar geschikte, platte keitjes toen ze hem hoorde.

'Catriona! Cattie, wacht even!'

Ze keek om en zag dat hij naar haar toe kwam. Hij had iets wits in zijn hand.

'Kijk. Dit zat op de deur geplakt.'

Het was een stuk ruitjespapier dat zo te zien uit een schoolschrift gescheurd was. Het was dubbelgevouwen en er stond VOOR MCA op gekrabbeld. Ze streek het papier glad. Er stonden blokletters op, vanaf de linkerkant van het papier, vóór de kantlijn, tot helemaal voorbij de rechtermarge. De letters waren dik, alsof hij te hard op de pen had gedrukt, en hier en daar waren er ook nog een paar woorden onderstreept. Het leek het handschrift van een gestoord, woedend kind.

Dacht je nou echt dat ik nog een keer met je wou praten. Wat een <u>lef</u> om hier te komen. Jouw vader heeft het <u>wel</u> gedaan. Hij heeft het <u>wel</u> gedaan. Ik wil <u>nooit</u> meer met je praten. <u>Donder op</u>. Ik ga hier weg en je komt er toch nooit meer achter waar ik ben. <u>Sodemieter op</u>.

Ze keek naar Millers bleke, uitgeputte gezicht. Hij keek alsof hij bijna begon te huilen.

'Wat moet ik nou doen, Cattie? Ik dacht echt dat ik hem bijna zover had. Hij heeft gisteren min of meer toegegeven dat hij heeft gelogen, precies zoals Lena al zei. En nou dit gezeik dat mijn vader het wel heeft gedaan. Waarom? Jézus!'

Hij liet zich op het modderige gras zakken, verborg zijn gezicht in zijn handen en schudde steeds opnieuw zijn hoofd. Ze ging op haar hurken zitten en legde voorzichtig haar handen op zijn knieën.

'Kom op, Miller, dan breng ik je naar huis. Blackford is een klootzak, hij heeft je belazerd.'

Toen ze dat zei, keek Miller op. 'Maar hij heeft het echt gezegd. Dat de politie hem heeft gedwongen. Dat zéí hij!'

'Oké, oké, ik geloof je wel. Lena heeft dat tenslotte ook verteld. Maar ik denk gewoon dat Blackford bang is, ondanks dat stoere voorkomen van hem. Kijk nu eens naar hoe hij hier leeft. Hij kan zich hier in z'n eentje opsluiten en zich elke dag helemaal klem zuipen zonder dat hij aan iemand verantwoording hoeft af te leggen. Het laatste wat hij wil is lastiggevallen worden door zijn verleden. Ik weet niet of hij er echt vandoor is of dat hij 'm tijdelijk is gesmeerd, maar... Ik denk dat hij toch niet zo'n betrouwbare getuige zou zijn geweest als Lena. Ik vind het rot voor je, Mill.'

Ze begon zich zorgen over hem te maken. Hij zat maar op dat modderige gras en staarde over haar schouder schijnbaar zonder iets te zien naar het rustige water van Loch Voil. Hij begon te rillen in de kille, vochtige lucht. Ze moest hem zien thuis te krijgen. Ze probeerde hem voorzichtig overeind te helpen, maar ze kreeg zijn forse lichaam niet in beweging.

'Ik kan het er niet bij laten zitten, Cattie, dat kan ik gewoon niet. Maar zonder Lena kan ik niets beginnen. Helemaal niets.'

Hij wierp haar een verwarde, wanhopige blik toe en keek toen weer naar het water.

'Misschien had Duncan wel gelijk. Het maakt eigenlijk niet uit of die twee hebben gelogen, zelfs niet als ze zijn gedwongen.'

Ze kneep zacht in zijn hand toen de eerste traan over zijn asgrauwe wang gleed. Hij knikte heftig.

'Want zie je, Cattie. Misschien verandert dat helemaal niets aan de waarheid.'

Angst en schuld

De lezers die bekend zijn met de eerste druk van dit boek (1978) zullen zich wellicht de slotwoorden van de rechter nog kunnen herinneren. Als het inderdaad de bedoeling was van rechter Lord McLeish om Douglas McAllister voor de rest van zijn leven achter de tralies te zetten, dan is hij daarin geslaagd. Afgezien dan van het laatste stukje 'vrijheid' waar Douglas van mocht proeven toen hij werd overgedragen aan de zorgen van de hospice St. Baldred, in de buurt van zijn huis in East Lothian. Zelfs deze humanitaire concessie moest echter zwaar bevochten worden door zijn familieleden en vrienden (inclusief auteur dezes), zijn advocaat, en de directeur van de hospice.

Nu, meer dan dertig jaar na dato, heeft Miller McAllister zoals gezegd het familiebezit geërfd en is zijn belangstelling gewekt voor het proces tegen zijn vader. Er wordt in zijn omgeving veel gesproken over wat hij aan het doen is. Zoals in elke kleine plaats gaan geruchten ook hier erg snel, zeker nu het gaat om de beruchtste moordzaak die zich in de regio heeft afgespeeld.

De auteur heeft allerlei standpunten die in de omgeving leven in kaart gebracht. Helaas zijn de meeste mensen die bereid waren hun mening te geven zeer gekrenkt over pogingen om de zaak te heropenen.

Aanvankelijk leek het erop dat Miller alleen zichzelf wilde overtuigen van de onschuld van zijn vader, nadat hij zijn leven lang in diens schuld had geloofd. Maar naarmate hij overtuigder raakte van zijn vaders onschuld, was dat voor hem niet meer voldoende. Een officieel eerherstel en een herziening van het vonnis is voor hem nu de enige bevredigende uitkomst.

Miller heeft laten zien dat hij zich steeds schuldiger voelt over

zijn jarenlange weigering te geloven in de onschuld van zijn vader en hij is onwrikbaar in zijn voornemen om alles te doen wat
binnen zijn vermogen ligt om het vonnis ongedaan te maken. Op
dit moment zijn er echter ook enkele mensen van overtuigd dat
er een grote kans bestaat dat die pogingen tot teleurstelling of erger zullen leiden.

Aantekeningen voor 'Fidra – herziene geschiedenis van een eiland'

42

Duncan controleerde voor de laatste keer de refter en knikte goedkeurend. De tafel zag er mooi uit. Alleen die verlichting; de lampen aan de muur gaven een wat sombere sfeer. Hij knipte de plafondlampen aan. Nee, dat was weer veel te fel. Die lampen waren bedoeld voor als er hier een bijeenkomst of een lezing werd gehouden en de kamer vol mensen zat. Of voor het ontbijt op donkere winterochtenden, zodat de gasten konden zien wat ze aten.

Hij liep naar de deuropening om de ruimte vanaf een ander punt te bekijken. Misschien was het een beetje overdreven om de eetzaal te nemen, want die was eigenlijk te groot. Zelfs de kleine eettafel, die hij bij het knappende haardvuur had gezet en had gedekt met oogverblindend wit linnen, leek te verzuipen in de grote ruimte. Maar hij kon de andere faciliteiten van het klooster niet gebruiken omdat vrouwen daar niet mochten komen. Bovendien bood de refter volledige privacy omdat hij afgezonderd lag van het klooster zelf en er verder op het moment geen gasten waren. Die privacy had hij wel nodig. Als bekend werd dat hij Miller McAllister en diens steun en toeverlaat Catriona Buchan hier had uitgenodigd, zouden sommige mensen in de abdij daar zeker door ontstemd zijn. De vergevingsgezindheid die men volgens het geloof moest nastreven verloor het van de heftige gevoelens die er bij sommige kloosterlingen nog steeds leefden omtrent de zaak-McAllister. De abt kwam daarover niets ter ore, daar waren de kloosterlingen niet dapper genoeg voor. En niet iedereen keurde het af dat hij nog steeds contact onderhield met de familie. Achteraf realiseerde hij zich dat sommige leden van de kloostergemeenschap vroeger een stil protest hadden gevoerd tegen het feit dat Ailsa hier zo nu en dan in retraite kwam. Maar dat was nu lang geleden en eerlijk gezegd kon het hem niet meer schelen.

Hij liep naar de tafel en schonk een klein glas rode wijn in uit een van de twee glazen karaffen, waarbij hij er goed op lette dat hij niet op het maagdelijke tafelkleed morste. Toen schoof hij een stoel bij de tafel weg en zette hem dichter bij de haard. Hij keek op de klok. Ze zouden over twintig minuten hier zijn, als het weer meezat. Alleen de allersterkste windvlagen waren door de dikke muren van het gebouw heen te horen en bliezen zo nu en dan een rookwolk door de schoorsteen naar beneden. Maar de regen sloeg hard tegen de ruiten; het getik irriteerde hem en stoorde hem in zijn gedachten.

Hij staarde in de onrustige vlammen en dacht aan het telefoongesprek van de vorige avond. Catriona had opgenomen. Bij Miller thuis.

'… ja, hallo Duncan, we komen zeker nog. Eh… Miller is er niet, hij is met de hond gaan wandelen. Een uur of halfacht is prima.'

'Hoe ging het bij Blackford, was het een succes? Konden jullie het vinden, heeft Lena het goed uitgelegd?'

Ze klonk vermoeid en hij had het onmiskenbare gevoel dat er toch iemand bij haar was. Miller natuurlijk. Die was helemaal niet met de hond gaan wandelen, maar wilde, of kon, nu niet aan de telefoon komen.

Het duurde eindeloos lang voordat er een antwoord kwam. 'Of we hem hebben gevonden? Ja, ja hoor. Maar luister, morgen zien we elkaar, dan zullen we je er alles over vertellen, oké? Dag.'

Hoewel ze erg moe was, klonk ze nog even zelfverzekerd als altijd. Duncan herinnerde zich haar nog goed van vroeger, toen ze een afstandelijk maar ook opmerkelijk assertief en zelfverzekerd meisje was voor een kind dat vanaf haar vroege jeugd zonder moeder was grootgebracht en de invloed van broers of zussen had moeten missen. Misschien was dat het wel. Forbes had zijn enige kind heel zelfstandig opgevoed, voor een deel uit noodzaak omdat hij veel weg was voor zijn werk. Duncan had Forbes graag gemogen en hij had respect voor hem gehad, maar hij vroeg zich wel af of de zelfstandigheid die hij in zijn dochter had gestimuleerd niet was uitgelopen op arrogantie en verwaandheid. Dat was althans zijn eerste indruk geweest toen hij Catriona na jaren voor het eerst weer had ontmoet.

Duncan glimlachte toen hij daaraan terugdacht. Ailsa was het absoluut niet met hem eens geweest en had hem heel fel tegengesproken. Dat was begrijpelijk, omdat Catriona zo'n goede vriendin voor Ailsa was geworden, de laatste twee jaar van haar leven. Misschien oordeelde hij ook wel te hard. Of zou hij jaloers zijn geweest op de ongecompliceerde vriendschap tussen die twee? Nu was Catriona ook al bevriend met Miller, daar leek het althans sterk op. Ze had een grote invloed op hem, net als vroeger, maar die invloed was nog groter nu hij zo kwetsbaar was. Het was duidelijk dat die knul haar nog steeds fantastisch vond. Duncan vroeg zich af hoe ver Millers affectie ging, of al was gegaan, maar dat was zijn zaak natuurlijk helemaal niet.

De schoorsteen kuchte weer een rookwolk uit, waardoor hij opschrok uit zijn gepeins. Hij schoof zijn stoel naar achteren met een hoog, piepend geluid dat griezelig hard door de refter galmde. Hij voelde zich niet goed, om niet te zeggen hondsberoerd. Hij had nu al twee dagen zware hoofdpijn. Het laatste waar hij zin in had was eten, of eten koken, maar wat verse vis met een salade was nog wel te verdragen. Hij vulde zijn glas nog eens bij. Hij knapte er meestal wel van op als hij genoeg dronk en dan kon hij het wel de hele avond volhouden. Hij was moe en lusteloos door het werk aan de herziene uitgave van zijn boek. Wat een tijdverspilling. Hij schudde zijn hoofd. Zo zinloos! Wat moest hij doen? Hij kon niet slapen, bidden kon hij niet, laat staan biechten en vergeving vragen. Met een vermoeid gebaar stak hij zijn hand in zijn habijt en haalde de verkreukelde, ongefrankeerde envelop tevoorschijn. *Mr. Douglas McAllister, Gevangene SG5567, HMP Peterhead, Aberdeenshire.*

6 februari 1975

Whitekirk Abbey
East Lothian

Beste Douglas,

Tijdens mijn laatste bezoek, een paar maanden geleden, vertelde je dat je nadacht over de bewijzen op grond waarvan je bent veroordeeld. Ik heb dat ook gedaan. Zoals je weet, ben ik bij het grootste deel van het proces aanwezig geweest. Ik was getuige van de overweldigende bewijzen die tegen je werden aangevoerd. Het leek wel een vloedgolf die op jou afkwam. Hoewel Ailsa, en vooral Mhari, destijds hun twijfels hadden over de verdediging, vooral na die dramatische uitspraak, ben ik er altijd van overtuigd geweest dat het advocatenteam dat Russell Sinclair heeft samengesteld niet méér voor jou heeft kunnen doen. Russell was na afloop van het proces de wanhoop nabij, en ik heb geprobeerd hem te kalmeren. Hij heeft zichzelf niets te verwijten.

Ik kan me niet indenken hoe de overplaatsing naar Peterhead voor jou zal zijn. Ailsa vertelde me dat je op een speciale afdeling voor levenslang veroordeelden zit en dat de kans dat je daar wordt lastiggevallen tot haar grote opluchting veel kleiner is. Ailsa heeft het erg moeilijk, wat me veel verdriet doet. Maar ze heeft haar geloof. Waarachtig geloof. Genoeg om sommigen hier in het klooster het schaamrood op de kaken te doen jagen...

Een van de kloosterlingen in het bijzonder.

Het schrille geluid van de bel klonk tweemaal door de refter. Hij vouwde de brief op en stopte hem weg.

Zijn gasten waren er.

43

'Nou, je ziet het zelf, Duncan. Hij is er kapot van. Die Blackford is gewoon een ellendeling. Een agressieve alcoholist, die gretig een spelletje speelde met Millers verlangen om zijn vaders naam te zuiveren. Hij vroeg nota bene om geld! Wat een ongelofelijke opportunist. Als je dat huis zag, had hij het trouwens niet eens nodig. Miller vertelde dat hij aldoor zat op te scheppen over zijn handeltje in boten waarmee hij is begonnen toen hij bij de kustwacht weg was, en waarmee hij "een smak geld" heeft verdiend.'

Ze haalde haar schouders op. 'Misschien heeft hij het allemaal verzopen en probeerde hij Miller zover te krijgen om hem geld te geven. Het gore lef van die vent. En Miller is helemaal van de kaart. Eerst Lena, en nu dit. Hij staat met lege handen, hij kan althans niets meer bewijzen. Lizzie kan natuurlijk nog een verklaring afleggen over wat haar tante haar heeft verteld, en wij kunnen dat ook doen, maar dat is toch iets anders dan een getuigenverklaring onder ede. Arme Mill. Hij zit helemaal stuk... die afschuwelijke Blackford ook!'

Intussen sneed ze vakkundig een zeebaars open en verwijderde de ingewanden. Duncan keek toe. Haar gezicht stond strak van de concentratie en de frustratie over wat ze net over Blackford had verteld. Ze was heel gespannen geweest toen ze arriveerden. Zij liep voorop en Miller drentelde met een gedeprimeerd gezicht achter haar aan. Ze vatte de belangrijkste punten van het gesprek met Blackford samen, inclusief de opgewonden manier waarop Miller daarop had gereageerd. Catriona reageerde haar plaatsvervangende woede af door Duncan te commanderen in zijn eigen keuken en de leiding bij het koken over te nemen. Zijn aanvankelijke reactie was geweest om ze allebei met een aperitief naar de eetzaal te sturen, maar daar wilde ze niets van weten: ze moest kennelijk even haar hart luchten. Zijn tweede tactiek was om rustig naar haar geraas te luisteren.

Hij glimlachte flauwtjes toen hij haar zo met die vis in de weer zag.

'Volgens mij had je beter chirurg kunnen worden.'

Ze glimlachte terug, kennelijk blij dat hij de spanning probeerde te breken. 'Misschien wel. Ik ben nooit zo'n bangerik geweest, ook als kind al niet. Ik viste vroeger ook heel graag. Miller niet, die kon er niet tegen. Hij dacht dat vissen pijn konden voelen. Miller maakte zich altijd wel ergens druk om. En moet je hem nu zien, nog helemaal niets veranderd.'

Duncan veegde het aanrecht af en keek haar aan. 'Ja, dat snap ik. Maar wat vind jij nu van dat verhaal dat Blackford aan Miller heeft verteld?'

Ze had de kraan opengedraaid, spoelde de vis schoon en gooide de bloederige ingewanden in de afvalbak.

'Dat zei ik toch al, ik was er zelf niet bij toen hij dat vertelde. Maar ga maar na, Blackford kon moeilijk ontkennen wat Lena heeft verteld, dus ik denk dat het inderdaad wel klopt dat ze het allemaal uit hun duim hebben gezogen destijds. Alleen zal Miller dat nooit meer kunnen bewijzen. Niet nu Lena er niet meer is.'

Ze wierp Duncan een zorgelijke blik toe.

'Ja, die arme Lena,' zei Duncan, die hoofdschuddend tegen het aanrecht geleund stond. 'Wat een tragedie.'

Catriona trok haar wenkbrauwen op. 'Ja, inderdaad. Maar ik heb dat paard gezien. Ik ben natuurlijk geen paardenexpert, maar het leek me een nerveus dier. Erg nerveus. En dan zit een ongeluk in een klein hoekje.'

Ze knikte in de richting van de eetzaal en droogde haar handen af. 'Misschien moet je me helpen, Duncan, met Miller. Ik maak me zorgen om hem. Ik heb steeds het gevoel... Ik weet het niet, maar iets aan zijn manier van doen doet me denken aan de tijd dat hij vroeger, als kind, zo is ontspoord. Jij hebt dat niet meegemaakt, maar ik wel, ik was erbij.'

Hij knikte. Maar zij was niet de enige die op de hoogte was

van Millers getraumatiseerde jeugd. Hij had daar ook een getui-
genverslag van gehoord. Zeer gedetailleerd. Van Ailsa.

Duncan keek nog eens goed naar Miller. Hij deed steeds stuur-
ser, streek voortdurend zijn haar naar achteren en staarde naar het
tafelblad. Hij sprak langzamer dan gewoonlijk, bijna alsof hij in
trance was.

'Oké. Zelfs als ik Blackford opnieuw kan opsporen, wil hij vast
niets meer zeggen. En wat moet ik dan beginnen? En pappa? Hij
en Lena waren mijn enige hoop, en nu sta ik godverdomme weer
met lege handen.'

Miller keek na die vloek beschaamd op. 'Sorry.'

Duncan stak zijn hand op. 'Schei uit, ik heb heel wat ergere
verwensingen gehoord van mensen die hier logeerden. Maak je
daar nu maar niet druk om. En wat betreft de rest, dat weet ik
ook niet, Miller. Ik weet niet genoeg van de zaak van je vader om
daar iets zinnigs over te kunnen zeggen. Maar misschien zou je
moeten overwegen om tevreden te zijn met wat je gelooft.'

'Wat ik geloof?'

'Ja, en ik weet dat het misschien een beetje goedkoop klinkt
om een verband te leggen met religie, maar misschien moet je je
erbij neerleggen dat je gewoon maar moet gelóven dat je vader
onschuldig was, zonder dat je dat echt kunt bewijzen. Het gaat er
toch om wat je voelt, dat is toch het belangrijkste? Ga maar na
wat een ontwikkeling jouw gevoelens voor je vader in zo'n korte
tijd hebben doorgemaakt. Dat is ongelofelijk! Natuurlijk is het
verkeerd dat je vader zo'n vlek op zijn blazoen heeft, en dat de ouders van die slachtoffers nooit de waarheid zullen kennen...'

Miller schoof zijn glas opzij en gooide bijna de fles port omver. 'En de echte dader dan? De vent die die meisjes wél heeft vermoord? Hoe zit het daar dan mee?'

Duncan voelde dat Catriona's ogen op hem gericht waren voordat ze weer vol medelijden naar Miller keek. Hij stond op het
punt om antwoord te geven, maar zij nam het van hem over, liep
naar Miller toe, legde haar hand troostend op zijn onderarm en
zette onopvallend de fles port buiten zijn bereik. Duncan hoorde
dat ze even zuchtte. Ze wilde geen herhaling van de toestand van

de vorige dag. In zijn huidige emotionele toestand zou er niet veel voor nodig zijn om Miller opnieuw zijn zelfbeheersing te laten verliezen. Duncan zuchtte ook. Het werd tijd om die jongen eens ernstig toe te spreken. En Catriona moest hem daarbij helpen.

Ze ging nog dichter bij Miller zitten en probeerde zijn blik te vangen. 'Luister goed, Miller. Het is niet jouw taak om iemand anders achter de tralies te krijgen. Waar zou je trouwens moeten beginnen? Als je naar de politie wilt gaan om ze te vertellen wat Lena en Blackford hebben gezegd, dan moet je dat zeker doen. Ik vraag me wel af of ze je er dankbaar voor zullen zijn. En ik vraag me helemáál af of ze een nieuw onderzoek zullen gaan houden. Maar wat weet ik daar ook van? Jij bent hier de advocaat, als jij vindt dat je die weg moet bewandelen, dan moet je dat niet laten. Maar als ik eerlijk ben, sta ik helemaal achter wat Duncan net zei. Is het niet genoeg voor je om te gelóven dat je vader onschuldig was? Dat is per slot van rekening precies wat wij, de mensen die hem al die jaren hebben gesteund, altijd hebben gedaan. Denk je niet dat dat voor je vader genoeg zou zijn geweest? Hij wilde alleen maar dat je in hem geloofde. Dat heeft iedereen steeds zo graag gewild.'

Maar hij schudde heftig zijn hoofd. 'Nee, natuurlijk is dat niet genoeg! Na al die jaren, na al die twijfels? Natúúrlijk kan ik me daar niet bij neerleggen!'

Duncan nam een slok en keek hoe Miller mismoedig zijn hoofd op tafel liet rusten. Catriona haalde haar schouders op en keek Duncan vragend aan, alsof ze van hem wilde horen wat ze nu moesten doen.

Maar hij wist het ook niet.

Duncan sloot de deur en draaide zich naar haar om. Ze hadden Miller met z'n tweeën naar een slaapkamer gebracht.

'Kun je niet iets voor hem doen? Heb je geen kalmeringsmiddel of zo?'

Ze fronste haar wenkbrauwen. 'Laten we eerst eens afwachten, misschien is dit juist wel een zegening voor hem. Een manier om zijn verdriet van de afgelopen dertig jaar te verwerken. Maar ik zal hem in de gaten houden en ik zal ook eens met een collega overleggen. We kunnen hem altijd nog tijdelijk laten opnemen als het echt heel erg wordt. Maak je in elk geval geen zorgen.'

Hij knikte kort. 'Goed, bedankt. Als je wilt, mag jij vannacht ook wel blijven logeren. Het is erg slecht weer, dus het zou toch een vervelende terugreis worden. Zie je die deur, daar aan de andere kant van de trap? Dat is de vrouwenafdeling. De slaapkamer aan het eind is opgemaakt en er liggen toiletspullen. Ik ga terug naar het klooster, dan zien we elkaar morgenochtend bij het ontbijt.'

Vijf uur later ging hij het gastenverblijf binnen. Hij sloeg de vijfde tree, die kraakte, over. De deur aan het einde van de gang, van Ailsa's kamer, zoals hij die in gedachten nog steeds noemde, stond open. De wind joeg tegen het raam en floot door de koude schoorsteen.

'Catriona? Hallo? Cat...'

Hij duwde de deur wat verder open, wat een zacht gepiep veroorzaakte dat iemand die in de kamer was zou moeten horen. Maar hij zag of hoorde niemand. Er scheen voldoende licht van de gang de kamer in om te kunnen zien dat het bed wel was beslapen. Het was doodstil, in de kamer en op de hele verdieping.

Hij liep naar de trap en ging door de tussendeur naar de eerste verdieping van de mannenafdeling. Net toen hij de hoek om kwam, hoorde hij de zachte klik van een deur. Ze was op blote voeten, in haar spijkerbroek en een T-shirt. En haar haar zat in de war.

Ze keek hem met een nerveuze blik aan. 'Jé...! O, wat schrok ik! Wat doe je hier, het is nog steeds midden in de nacht! Ik ben even bij hem gaan kijken, hij ligt volkomen uitgeput te slapen. Ik denk dat hij nog wel een paar uur onder zeil blijft. Ik ga weer naar bed, welterusten.'

En weg was ze. Hij legde zijn hand op de deurkruk van Millers kamer maar bedacht zich. Hij bleef even staan en dacht aan hoe ze hier waren binnengekomen. Gespannen, nerveus, vooral Miller. Maar wel samen. Ja, ze hadden de indruk gewekt dat ze geliefden waren. Zou dat echt zo zijn?

Hij liep door de tochtige gang, ineengedoken in zijn wollen

habijt en zijn handen in zijn mouwen. Hij kon het trillen van zijn lichaam niet meer stoppen, maar dat kwam niet alleen van de kou. Hij liep de laatste trap af en spitste zijn oren om te horen of hij een geluid van zijn gasten kon opvangen. Maar dat was niet waarschijnlijk, want Miller was half bewusteloos en Catriona had er ook doodmoe uitgezien en sliep waarschijnlijk alweer.

De deur van de eetzaal stond nog op een kier. Had hij niet die kaarsen laten branden, uren geleden? Waarschijnlijk wel. Hij werd vergeetachtig de laatste tijd. Geen wonder. Hij balde en ontspande zijn rechterhand. Hij voelde klam en koud en het trillen werd steeds erger. Hij duwde de deur verder open en zag dat er inderdaad nog twee kaarsen brandden. Met een vochtig gemaakte duim en wijsvinger doofde hij ze. De scherpe rook kringelde omhoog naar het plafond en prikte in zijn neus. Toen liep hij vermoeid naar de voordeur. Tijd om snel door weer en wind terug te lopen naar het klooster.

En opnieuw vergeefs proberen te bidden.

44

De lucht was felwit en deed zijn ogen tranen. De wolken hingen erg laag, zodat het leek alsof ze hem bijna raakten. Miller lag op zijn rug en werd zo zacht door de golven gewiegd dat hij er bijna van in slaap zou kunnen vallen. Afgezien van de kou, natuurlijk, die door zijn dikke wetsuit beet. Maar dat kon hem geen zak schelen, al voerde het water hem naar de Noordzee, zodat hij Fidra in het voorbijgaan gedag kon zwaaien. Niemand zou dat trouwens iets kunnen schelen. Behalve Meg, natuurlijk. Hij wist dat zij geduldig op het strand op hem wachtte, met de bal voor haar voorpoten, doodmoe, tot ze naar huis zouden gaan om te ontbijten. Nog heel even, meissie, nog even. De laatste dagen had hij alleen met haar doorgebracht, in z'n eentje in zijn ouderlijk huis op het vasteland. Hij had zin om met Meg naar Fidra te gaan en zich daar met haar op te sluiten, weg van alles en iedereen...

Hij deed zijn ogen dicht. Het felle licht probeerde door zijn oogleden te dringen, en hij luisterde met zijn oren onder water naar het geknerp en geknisper van het zand, het zeewier en de kiezels. Hij hield van het geluid onder water. Het was iets uit een andere wereld. Vertroostend. Maar hij begon te rillen en hij haalde diep adem. Als hij hier lang genoeg bleef liggen, zou hij een beginnende onderkoeling krijgen en zou hij slaperig worden. Misschien wegdoezelen. Dat zou hij trouwens zo ook wel kunnen, op die ritmische beweging van de golven. Hij speelde even met het idee om zich door de zee te laten meevoeren. Een favoriet spelletje uit zijn jeugd. Hij liet zich verder en verder wegvoeren van de hijgende en verwarde Bella... o nee, Meg, op het strand. Dan zou hij tussen zijn flippers het topje van Fidra zien en het gedag zwaaien. Als hij niet vermalen zou worden door een schip op de vaarroute in de Firth, zou hij door de stroming de diepten van de Noordzee in gezogen worden. Zijn lichaam zou langs vreemde plaatsen komen die hij verwonderd in de atlas had bekeken. The Long Forties. The Devil's Hole…

Hij opende zijn ogen en knipperde tegen het licht. Met een druipnatte hand veegde hij de tranen weg. Zout water op zout water. Jezus, wat was hij er beroerd aan toe. Er was een bijtende bries opgestoken en hij zag dat de lucht boven hem mistig werd. Er kroop een koude zeemist over het water, die hem nog meer verkilde. Hij bewoog zijn benen een beetje. Hij kreeg het veel te koud, maar hij had geen zin om in beweging te komen. Nee, ontspannen was beter. Ontspannen, rustig blijven drijven, het water houdt je wel vast. Wat leek drijven toch op vliegen. De aantrekkingskracht was zo anders in het water dat het leek alsof hij gewichtloos door de ruimte zweefde. Als hij vroeger snorkelend over een kloof kwam, fantaseerde hij vaak dat hij een astronaut was die over een vreemde, nieuwe planeet wandelde. Wás hij maar op zo'n planeet, weg van alles en iedereen. Hij had er genoeg van. Hij wilde zich alleen nog maar verstoppen. Zou dat kunnen? Waarschijnlijk niet. Er waren al heel wat telefoontjes geweest. Mhari, die hem controleerde. En Greg. 'Ik heb een brief gekregen van Mhari. Ze houdt een heel verhaal over jouw opmerkelijke bekering en ze zegt dat je plotseling het licht hebt gezien, net als Paulus, op weg naar Damascus.' Hij had er samen met Greg smakelijk om gelachen. Maar Greg was gefascineerd door zijn plotselinge ommezwaai en hij wilde het hele verhaal van hem horen. Vooral die getuigenverklaringen van Lena en Blackford interesseerden hem. 'Gewoon pech, Mill. Klote, maar ja, wat doe je eraan.' Dat was echt de goeie, ouwe, nuchtere Greg. Maar tussen de regels door had hij sterk de indruk gekregen dat Greg het liefst zou willen dat het nu voorbij was, en dat alles weer gewoon werd.

Mhari had juist haar tanden erin gezet. Ze had een paar keer nadrukkelijk gevraagd naar de juridische mogelijkheden en of hij echt niets kon verzinnen. Eerlijk gezegd wist hij daar geen antwoord op. Hij had ook al gedroomd van een volledig eerherstel, maar de afgelopen dagen had hij de moed verloren en wist hij niet wat hij moest beginnen. Hij was enorm gedemotiveerd. Hij had zichzelf voor schut gezet bij de politie, tot twee keer toe zelfs. Hij had opgebeld over Blackford, maar hij had niets bereikt. 'Meneer Blackford is een volwassen man en hij mag gaan en staan waar hij wil. Het lijkt me dat hij niet vermist is, want u hebt zelf gezegd dat hij een briefje heeft achtergelaten waarin hij zijn vertrek aankondigt. Als hij nog iets te zeggen heeft over een zaak die allang gesloten is, zullen we daarnaar luisteren, maar zolang dat niet het geval is...'

Daarna was hij naar Edinburgh gegaan, waar hij met een redelijk hoge rechercheur had gesproken. Een oudere man, die zich de zaak nog wel herinnerde. 'Tegenwoordig nemen wij mogelijke gerechtelijke dwalingen zeer serieus, maar ik moet u eerlijk zeggen, meneer McAllister, dat u niets hebt gezegd wat mij motiveert om de zaak verder uit te zoeken, ondanks uw beweringen over de ooggetuigen en uw ernstige maar ongegronde beschuldigingen van de politiemensen van toen...'

Zelfs Lizzie had haar best gedaan en was naar de politie gegaan. Het was zinloos. Het was verdomme totaal zinloos. Misschien moest hij het archief van de rechtszaak nog eens doornemen? Specialistische hulp inschakelen? Maar nee, hij was te moe. Zo moe. En de kinderen? Nikki? Gelukkig praatte ze wel weer met hem en mocht hij ook met Callum en Ems praten. Ze klonken fantastisch. Vroegen wanneer hij weer thuiskwam. Snel. Moest hij maar snel doen. Alles was toch futiel, om Nikki's stopwoord van de laatste tijd te gebruiken. Zijn gezin leed eronder. En waarom zou hij nog meer gezinsleed aanrichten? De ramp die zijn eigen jeugd had verpest, en het idee over zijn eigen vader, dat nu zo verschrikkelijk fout bleek te zijn geweest, kon en mocht de volgende generatie McAllister niet infecteren. Het was genoeg geweest. Hij moest het laten rusten. Of misschien was er nog wel een betere oplossing. Misschien zou het gemakkelijker zijn, en beter voor iedereen, als hij zich door de stroming zou laten meevoeren...

Hij zuchtte, draaide zijn hoofd om en keek naar de zee. Toen hoorde hij het. Het geblaf van Meg. Hij draaide zijn hoofd de andere kant op, naar het strand. Tot zijn schrik zag hij dat zijn morbide wens bijna werkelijkheid geworden was. Hij was te ver uit de kust gedreven. Meg had het in de gaten. Bovendien was de mist veel dikker dan hij eerst dacht. Waar was hij in godsnaam mee bezig? Hij moest terug zien te komen. Hij zag Megs vage silhouet in de verte langs het strand heen en weer rennen, blaffend als een gek, wanhopig om aandacht vragend.

En achter haar marcheerde een lange gestalte op haar af.

45

Hij zette een krachtige borstcrawl in en maaide zo hard als hij kon door de golven, worstelend met de pezige slierten zeewier en vechtend tegen de vermoeidheid in zijn koude, verzwakte spieren. Hij was er verdomme te lang in gebleven. Als hij probeerde zichzelf van kant te maken, dan was hij behoorlijk goed op weg. Hij sleurde zijn lijf met pijnlijk vermoeiende halen door de laatste meters en kwam buiten adem aan land.

De spookachtige figuur was nu beter te zien: tot zijn geruststelling was het Catriona, die in een dikke jas en met modder besmeurde winterlaarzen aan op hem af rende.

'Kom op, Miller! Tijd om eruit te komen. Mijn god, het is nog erger dan ik dacht! Je ziet helemaal blauw van de kou!'

Hij ging staan en probeerde zijn zwemvinnen uit te trekken. Toen hij de ene uit had, werd hij plotseling overmand door een golf van duizeligheid en duwde een hoge golf hem omver. Catriona rende het water in om hem te helpen, zonder te letten op het zeewater dat het onderste gedeelte van haar jas doornat maakte.

'Kom op, Miller! Hou me vast, ik heb je!'

Hij voelde dat Catriona hem met haar verrassend sterke armen omhooghees en hem het strand op trok. Meg rende rondjes om hem heen, helemaal uitzinnig door alle opwinding.

Catriona pakte zijn zwemvin en keek eens goed naar hem. Zijn lichaam begon ongecontroleerd te beven.

'Weet je wel hoe lang je precies in het water gelegen hebt? Kom, dan neem ik je mee naar huis.'

Toen hij eenmaal bij Catriona thuis op de bank lag, en het onder twee dekbedden eindelijk weer een beetje warm kreeg, vertelde ze hem hoe het was gegaan. Het was weekend, maar ze was toch in haar spreekkamer om wat achterstallig werk in te halen. Ze had daar een fraai uitzicht op de Firth of Forth, en ze kon hem elke dag naar het strand zien lopen om te gaan zwemmen. Toen ze klaar was, en wilde vertrekken om thuis te gaan eten, had ze tot haar verbijstering gezien dat hij nog steeds in het water lag en dat Meg nerveus langs het strand heen en weer rende. Ze wist dat het zeewater rond deze tijd van het jaar erg koud was en dat het niet verstandig was om er zo lang in te blijven. Ze was lopend naar haar werk gegaan, dus ze had geen auto bij zich; daarom was ze naar het strand gerend en had hem en Meg zo snel mogelijk in zijn jeep meegenomen naar haar huis.

Ze verwende hem met versterkende hapjes en warme dranken en ze ging zelfs naar zijn huis om schone kleren te halen die hij kon aantrekken na het warme bad dat hij van haar moest nemen. Ze had verder maar niet gevraagd naar de reden waarom hij zo lang in het water was gebleven, maar het was duidelijk dat ze zich niet alleen zorgen maakte om zijn lichamelijke conditie, maar vooral ook om zijn psychische toestand.

Nu lag Miller op haar bank. De lichten waren uit en Meg lag te slapen bij het knappende haardvuur. Hij hoorde dat Catriona boven in de weer was. Hij had een vreemd euforisch gevoel, maar daar liet hij zich niet door foppen. Zo'n gevoel kreeg je vanzelf als je een emotionele of fysieke noodsituatie had meegemaakt. Nee, wat hij vandaag had gedaan, was iets waarover hij zich ernstig zorgen moest maken. Wat het erger maakte, was dat het grotendeels onbewust was gegaan. Hij had wel gefantaseerd dat hij zich zou laten wegdrijven naar de vergetelheid, maar dat was gewoon een obsessieve fantasie. Hij meende daar niets van, al wezen zijn handelingen op het tegendeel. Hij was ontzettend van zichzelf geschrokken. En zijn gezin? Zijn broer en zus? Als hij zo doorging, zou de volgende begrafenis die ze moesten bijwonen die van hem zijn. Wat egocentrisch. En nu had hij Catriona ook al de stuipen op het lijf gejaagd. Nog meer reden om ermee op te houden. Dankbaar te zijn met wat hij had. En dat was toch ook niet niks? Hij kon nu vrede sluiten met zijn vader. Met het verleden. En wie had dat een paar weken geleden voor mogelijk gehouden? Hij hees zichzelf omhoog, stapte van de bank en legde nog een blok hout op het vuur.

Catriona kwam binnen en keek hem met een goedkeurende blik aan.

'Nou, jij ziet er een stuk beter uit dan een paar uur geleden. Al ben je nog niet helemaal jezelf. Hoe voel je je? Je hebt uren geslapen. Jullie allebei.' Ze keek naar Meg.

Hij liep naar een stoel en ging langzaam en voorzichtig zitten. 'Ik voel me goed. Zeg, Cattie, nog bedankt dat je…'

Ze stak haar hand op. 'Alsjeblieft, Mill, laat maar. Maar je moet me wel beloven dat je vanaf nu beter voor jezelf zult zorgen, oké?'

Hij knikte, dankbaar dat ze geen uitgebreid gesprek wilde voeren over wat er was gebeurd, want daar zou hij nu niet tegen kunnen. Hij was haar om meerdere redenen erg dankbaar, vooral vanwege haar tact en haar timing.

Ze liep naar een donkerder gedeelte van de kamer.

'Goed, nu je je wat beter voelt, wil ik je iets laten zien. Kijk.' Ze deed een lamp aan.

Hij liep achter haar aan. De archiefdoos stond op tafel, met daarnaast een dun, blauw notitieschrift. Een van de schriften waarin Sinclair tijdens de rechtszaak aantekeningen had gemaakt.

'Heb je die aantekeningen gelezen? Allemaal?'

Hij knikte. 'Ja, voor het grootste gedeelte, alleen dat handschrift van Sinclair…'

Ze knikte. 'Ja, Russell Sinclair schreef verschrikkelijk onduidelijk. Ik kan me voorstellen dat je niet alles hebt doorgelezen. Maar ik kan het erg goed ontcijferen, ik ben tenslotte niet voor niets arts. Ik heb dit gisteren gelezen, toen ik niet kon slapen en ik iets te doen zocht. Lees maar eens, het is een verslag van de getuigenverklaring en de ondervraging van Blackford. Ik heb dit vergeleken met de transcriptie van de rechtszaak, en ik heb ontdekt dat die niet compleet is. Dat is ook de reden waarom je dit over het hoofd hebt gezien. Russell Sinclair heeft jaren na dato zijn aantekeningen nog eens bekeken en er notities bijgeschreven in de kantlijn, met een andere kleur inkt.'

A Blackford/bbv/kv/nkv
Re: Afzetten Lena Stewart: '... ergens na 21.00 uur, daarna naar huis en vroeg naar bed [nb *niet bevestigd] vanwege vroege dienst kustwacht volgende dag [nb bevestigd]...' [*Niet bevestigd. Inwonende grootvader in deze periode opgenomen in ziekenhuis.]

Daaronder, met blauwe ballpoint in een leesbaarder handschrift:

nb – tijden nagaan re: E Ritchie. Nagaan waar B'ford was rond verdwijning Galbraith en Bailey.

Ze onderbrak zijn gepeins. 'Weet jij wat die afkortingen betekenen, bbv, kv en nkv?'

Hij keek op. 'Belangrijkste bewijsvoering, voor het kruisverhoor van de andere partij. kv betekent kruisverhoor, nkv een nieuw kruisverhoor van de getuige door de advocaat die hem heeft opgeroepen.'

Ze fronste haar wenkbrauwen. 'Goed. Maar snap je wat Sinclair hiermee bedoelde? Hij vroeg zich af of die tijdstippen voor de andere slachtoffers wel klopten. Maar daar heb ik verder niets over kunnen vinden.'

Miller schudde zijn hoofd. 'Maar zou Sinclair... Nee, dat zal wel niet. Ik wilde zeggen dat Sinclair dat spoor toch al veel eerder gevolgd zal hebben, maar dat hoeft natuurlijk niet zo te zijn. Mijn vader schrijft in zijn brief dat Russell Sinclair in de loop der jaren elke mogelijke alternatieve theorie heeft onderzocht, toen bleek dat ze met een hoger beroep niets zouden bereiken. Het onderzoek naar Blackford hoorde daar natuurlijk ook bij. Waarschijnlijk heeft hij alles nog eens onderzocht, maar daarvoor zou ik die schriften nog eens grondig moeten bekijken.'

Ze pakte het schrift, legde het in de archiefdoos en schoof die naar Miller toe.

'Dat heb ik al gedaan. Ik ben er helemaal scheel van geworden, maar ik heb ontdekt dat Sinclair alleen over Blackford dergelijke aantekeningen heeft gemaakt. Ik heb zelf ook wat dingen opgezocht. Blackford was tweeëntwintig toen het eerste meisje verdween. Hij is op z'n eenentwintigste hier bij de kustwacht gegaan en daarvoor zat hij bij de koopvaardij. Dus dat had allemaal te maken met scheepvaart, boten, water... En waarschijnlijk had hij veel vrije tijd, zeker toen hij ging patrouilleren voor de kustwacht. Plus een groot alcoholprobleem. Ik begrijp de redeneertrant van Sinclair dus wel.'

Miller haalde zijn schouders op. 'Ik weet het niet. Als er geen vervolgonderzoek is geweest... Dan was het waarschijnlijk een dood spoor. Maar ik zal er een nachtje over slapen.'

Twintig minuten later had hij zijn laatste hartversterkertje op, pakte de archiefdoos en liep naar de voordeur.

'Ik haal mijn wetsuit en mijn zwemvinnen morgen wel op, is dat goed? Zal ik Meg trouwens ook maar hier laten vannacht? Ze ligt zo lekker te slapen nu. Bovendien zal ze je goed beschermen, want het is een prima waakhond. Soms.' Hij deed de voordeur open, maar ze liep langs hem heen, draaide zich om en duwde de deur met haar rug weer dicht.

'Natuurlijk mag Meg blijven. Jij ook, trouwens.' Ze deed een stap naar voren. 'Je bent tenslotte niet dronken vanavond. Toch?'

Het duurde even voordat het tot hem doordrong. Dit had hij niet durven dromen. Had ze dat écht gezegd?

Ze legde zacht haar koele hand tegen zijn wang. 'Maar... nee, dat zou niet goed zijn. Voor geen van beiden. Ik geloof dat ik wel weet wat je voor me voelt, Mill, en ik begin ook gevoelens in die richting te krijgen, maar daar moeten we maar niks mee doen. Sorry. Ik had misschien beter niets kunnen zeggen, maar ik dacht... God, wat ben ik toch slecht in zulke dingen.'

Hij legde zijn hand op de hare, stomverbaasd dat ze zo openhartig was. Eindelijk. Langzaam deed ze een stap opzij, kneep nog even in zijn hand en deed de deur weer open. Haar stem kreeg weer de wat geforceerd vrolijke klank.

'Ik vind het leuk als Meg hier blijft, maar maak je over mij geen zorgen. Denk jij maar om jezelf. En doe voorzichtig.'

Hij glimlachte met enige moeite, draaide zich om en liep de kou in. De euforie van eerder was allang verdwenen. Dat gevoel van die zachte hand op zijn wang en die gefluisterde woorden hadden hem even opgevrolijkt, maar dat was van korte duur. Hij moest het onder ogen zien, hij was ernstig in de war. Hij werd steeds meer de Miller van vroeger. En daar hoorde een zeer bekend gevoel bij.

Het allesoverheersende gevoel van naderend onheil.

46

Opnieuw een nacht met onstuimig weer. Opnieuw een nacht zonder slaap. Hoewel daar voor Duncan geen oorzakelijk verband tussen bestond. Hij had hier te veel herfststormen meegemaakt en had het grootste deel van zijn leven veel te weinig slaap gekregen door het vroege ochtendgebed. Toch was het maar goed dat het laagseizoen was in het gastenverblijf en hij niet veel te doen had. Want hij functioneerde niet goed. Hij had vreselijk geploeterd om alles in orde te krijgen voordat hij vertrok. Het was bijna drie uur in de ochtend en hier zat hij, in zijn eentje in het gastenverblijf met de onvermijdelijke fles whisky. Dat was zijn toevlucht geworden: de fles en het kantoor. De enige plek waar hij kon denken, werken en schrijven.

De envelop lag voor hem. Opnieuw. *Mr. Douglas McAllister, Gevangene SG5567 HMP Peterhead, Aberdeenshire.* Het begon pas echt op het tweede vel.

Ailsa heeft een groot schuldgevoel dat ze eindeloos met mij heeft besproken. Ze zegt dat ze vergeving van jou heeft gevraagd en dat je haar die hebt geschonken. Ze vraagt ook vergeving aan een hogere autoriteit en ik hoop dat ze die zal krijgen.

Maar wát ze zichzelf ook kwalijk neemt: het is niets vergeleken met wat anderen hebben gedaan. Een schuldgevoel kan in sommige gevallen voldoende straf zijn voor een slechte daad. Een verontschuldiging aan degene die kwaad is aangedaan, en gebed – als dat nog mogelijk is – tot God kan soms verre van voldoende zijn. Maar het is wel een begin.

En ik wil beginnen met jou mijn verontschuldigingen aan te bieden, Douglas.

Hij keek even naar het lege, lichtblauwe vel waar de rest van de brief had moeten staan. De gedachte kwam in hem op om een pen te pakken en de brief af te maken. Tweeëndertig jaar te laat. In plaats daarvan hield hij zijn handen boven de brief gevouwen in een bewuste imitatie van gebed. Hij moest het onder ogen zien. Verder zou hij nooit meer komen. Doen alsof. En die ellendige brief? Zou hij die ooit hebben kunnen afmaken en opsturen? Natuurlijk niet! Toch had hij hem al die jaren bewaard. Om zo nu en dan tevoorschijn te halen en dan weer weg te stoppen. Nu, na de dood van Douglas en de terugkeer van Miller, had hij hem voor een laatste maal tevoorschijn gehaald. Voor het allerlaatst. De zaken naderden hun voltooiing. Daar was geen twijfel over mogelijk. Hij vouwde de brief op, legde hem in zijn bureaula en wilde de la op slot draaien toen hij zich bedacht. Waarom zou hij die la nu nog afsluiten? Hij schoof de laptop naar zich toe. Het werd tijd om aan het werk te gaan, hij had een hoop te doen. Maar de herinneringen bleven hem lastigvallen, herinneringen aan wat zijn laatste bezoek was geworden. Behalve dan de bezoeken in de hospice, een eeuwigheid later. Maar het was wel de laatste echte kans geweest om het goed te maken…

… Hij was met de auto naar Peterhead gegaan. Een koude, mistige, grijze dag. Bij elke kilometer nam zijn angst toe. De voorbereidingen hadden meer tijd in beslag genomen dan anders. Er was personeelstekort, kreeg hij bij de poort te horen. Maar toen hij eenmaal binnen was, werd hij naar een genummerde tafel gebracht. Het ging heel anders dan in Saughton. De beveiliging was hier veel strenger, de sfeer was grimmiger.

Douglas was afgevallen. Om niet te zeggen vermagerd. Duncan was er verbaasd over. Hij wist niet veel van het leven in de gevangenis, maar hij dacht dat de langgestraften door de zware kost en het gebrek aan lichaamsbeweging meestal juist dikker werden. Douglas niet. Of hij at niet veel, of hij viel af door de stress. Misschien wel allebei, dat was het meest waarschijnlijk. En hij kreeg een 'gevangeniskleurtje'. Een ziekelijke bleke huid, die nog angstaanjagender was door het contrast met zijn zwarte haar. Hoewel dat bij de slapen al een beetje grijs begon te wor-

*den. Nog een lichamelijke verandering. Nog een teken van stress.
De veelbetekenende donkere kringen onder zijn ogen maakten
het verhaal compleet.*

*Als hij naar Douglas keek, moest hij bijna overgeven. Hij
greep de zitting van de stoel vast om te verhinderen dat hij plotseling zou opspringen en wegrennen. Weg uit deze ellendige, bedompte kamer, waar maar een paar andere tafels bezet waren
door echtparen die op gedempte toon onsamenhangende gesprekken voerden. Het vooruitzicht hier vijfenveertig jaar te moeten
zitten! Ondraaglijk!*

*'Ailsa heeft me wat spullen gestuurd. Ik heb ze afgegeven bij
de poort. Wat etenswaren, een paar boeken, toiletspullen. Verder
weet ik het niet precies. Red je het een beetje hier?'*

*Tot zijn verbazing had Douglas een blikje met tabak te-
voorschijn gehaald en was een zeer dunne sigaret gaan rollen,
waarbij hij hem bleef aankeken, met zo'n half lachje. 'Ja, Duncan. Nadat ik mijn leven lang deze smerige gewoonte heb afge-
keurd, ben ik er nu zelf mee begonnen. Je moet toch iets doen hier
om de tijd door te komen, en bovendien schept het een band onder de gevangenen. Bovendien is tabak hier een betaalmiddel.
Even waardevol, zo niet waardevoller, als echt geld. Maar hoe
gaat het met Ailsa? En de kinderen?'*

*Douglas had zijn vraag niet beantwoord. Waarom zou hij
ook? Het was toch wel duidelijk hoe het met hem ging. Maar
Duncan vroeg voorlopig maar niet door. 'Ik heb de kinderen niet
veel gezien. Ailsa is in het klooster geweest, op voorschrift van
Forbes. Ze ziet er, net als jij, wat magerder uit. Krijg je hier
niet genoeg te eten, Doug?'*

*Douglas prutste met zijn aansteker en fronste zijn wenk-
brauwen.*

'En Miller? Mijn kleine jongen?'

*De gevreesde vraag. 'Zoals ik al zei, Doug, heb ik de kinde-
ren niet veel gezien, maar ik geloof dat het wel goed met hem
gaat. Toen Ailsa in retraite was bij ons, heeft Forbes voor hem
en Greg gezorgd. Catriona was er natuurlijk ook. Ik zal hem de
groeten van je overbrengen.'*

Hij boog zich naar voren om een geruststellende hand op de

arm van Douglas te leggen, maar hij ving de afkeurende blik
van de bewaker op en leunde weer naar achteren. 'Zeg Doug,
dat jochie van je draait heus wel weer bij. Het is gewoon de schrik
denk ik. Je moet het gewoon even de tijd geven.'

Hij had meteen spijt van dat woord. Tijd! Alsof Doug daar
niet genoeg van had hier! Douglas knikte zwijgend en drukte
langzaam zijn sigaret uit. 'Wat heeft ze jou allemaal verteld het
afgelopen jaar, Duncan? Alles zeker, of niet?'

Dat hij toen had gezwegen, was veelbetekenend genoeg ge-
weest.

'Wat een ironie. Ze vertrouwt een monnik verdomme meer
toe dan haar eigen man...'

Hij voelde nog steeds die blinde woede. Woede die, dat wisten ze allebei, vooral tegen het systeem gericht was, niet tegen een onbegrepen maar nog steeds gepassioneerd beminde vrouw. Hij had vijfenveertig jaar hel voor de boeg. Hoe kon een mens dat accepteren? Hij zou dat niet kunnen, dat wist hij zeker. Hij kon trouwens bijna nergens meer tegen. Wat had hij ook nog om voor te leven? Geen gebed, geen geloof, niet de vreugde van het contact met andere mensen. Alleen maar bedrog, leugens, kwelling. Vroeger, in zijn jeugd, was hij heel anders geweest. Hij had de afgelopen dertig jaar geprobeerd om in het reine te komen met de mensheid. Hij was in het klooster gebleven. Hij had geprobeerd om zo goed mogelijk te leven. Maar hij had nooit om vergeving gevraagd. Als hij dat zou doen, zou hij moeten opbiechten wat hij fout had gedaan. En dat was ondenkbaar geweest. Tot nu toe.

Hij knipte de laptop aan. Tijd om zijn slapeloosheid eens te benutten. Hij rilde. Het verlaten gastenverblijf leek tot leven te komen door de wind die buiten opstak en aan de ramen van de lege, donkere kamers rammelde.

Zoals de wind altijd deed, het ene afschuwelijke jaar na het andere.

Geloof in zekerheid

Hoewel Douglas McAllister elke dag van zijn gevangenschap moet hebben gehoopt op een wonder dat de waarheid aan het licht zou brengen over wat zijn leven zo totaal had veranderd, en daar uiteindelijk misschien wel om heeft gebeden, is dat wonder nooit gekomen. Niet tijdens zijn leven. Het lot, of God, of de duivel, bepaalde dat pas door zijn nare, pijnlijke dood de gebeurtenissen in gang zouden worden gezet die tot de waarheid zouden leiden.

Miller, die nu overtuigd was van de onschuld van zijn vader, had dat pijnlijke en frustrerende punt bereikt waarop hij voelde dat hij de waarheid kende, maar die niet kon bewijzen; dat hij iets voelde wat hij niet kon omzetten in een wéten. Dat lijkt misschien een erg subtiel verschil, dat eerder past in een theoretische filosofische discussie, maar Miller is van jongs af aan al zeer onderzoekend en geïnteresseerd geweest en hij heeft altijd een antwoord verlangd op zijn vragen.

De mensen die hem wilden helpen, hebben geprobeerd om hem zover te krijgen dat hij zou accepteren wat hij voelde en wat hij geloofde, en dat hij de zaak verder zou laten rusten. Want wat Douglas McAllister altijd op de eerste plaats heeft gewild was dat zijn jongste kind in hem geloofde. Zijn laatste, moeilijke dagen in de hospice, waar ik hem bezocht, bracht hij onder invloed van morfine grotendeels sluimerend door. Tijdens zijn heldere momenten was Miller de naam die hem altijd op de lippen lag. En die van Ailsa, zijn vrouw. De twee mensen van wie hij het meeste hield. 'Zorg dat Miller me gelooft. Zorg dat hij de waarheid ontdekt.'

Die woorden, die hij als een mantra herhaalde, achtervolgen me dag en nacht. Inmiddels is Miller gaan geloven in de onschuld van zijn vader. Maar de waarheid kent hij nog niet. En er zijn meerdere waarheden te vertellen over wat zich zo lang geleden heeft afgespeeld.

Aantekeningen voor 'Fidra – herziene geschiedenis van een eiland'

47

LEAVIS, LINDSAY & MCCOLL
ADVOCATEN

7 november 2005

37 St. Andrew's Crescent
Edinburgh
EH1 0PP
Tel: 0131 507 2534

Geachte heer McAllister
Betreft: Wijlen uw vader, de heer Douglas Cameron McAllister

Zoals overeengekomen tijdens ons gesprek van gisteren, leg ik hierbij de resultaten vast van mijn contacten met de relevante autoriteiten aangaande de veroordeling van uw vader, en onze pogingen om te bewerkstelligen dat hem postuum eerherstel wordt verleend.

In aanvulling op wat u mij reeds hebt verteld, heb ik de verklaringen opgenomen van: dokter Catriona Buchan, mevrouw Elizabeth Henderson en broeder Duncan Alexander, met betrekking tot wat mevrouw Lena Stewart hun heeft verteld of in hun bijzijn heeft gezegd over de getuigenverklaring die zij in 1974 onder ede heeft afgelegd. Er zijn enkele details die ik wil verduidelijken en ik zou het bijzonder op prijs stellen als u aan broeder Duncan zou willen vragen om contact met mij op te nemen zodra hij terug is van zijn retraite.

In tegenstelling tot de aanvankelijke positieve houding die ik innam toen ik hoorde over de voorgenomen wijziging die mevrouw Lena Stewart wilde aanbrengen in haar getuigenverklaring, ben ik door haar overlijden veel minder hoopvol gestemd over onze verwachtingen. Dit in combinatie met de weigering van de heer Andrew Blackford om u nogmaals te ontmoeten en zijn briefje waarin hij de bekentenissen intrekt die hij tijdens het gesprek met u heeft gedaan, maken dat de zaak van uw vader er nu wel erg zwak voor staat.

Ik heb de verklaringen doorgegeven aan de betreffende autoriteiten, en na enkele langdurige gesprekken met hen is duidelijk geworden dat zij aarzelen om in dit stadium actie te ondernemen. Het vermoeden zou kunnen ontstaan dat die houding voortkomt uit niets minder dan bestuurlijke onwil, en dat zij zelfs de mogelijkheid dat een gerechtelijke dwaling heeft plaatsgevonden niet willen overwegen. Ik krijg echter de duidelijke indruk dat enkele oudere rechercheurs en politiemensen er vast van overtuigd zijn dat uw vader schuldig was. De mensen die ik heb gesproken zijn op zich wel toeschietelijk, en de gesprekken die ik met hen heb gevoerd waren heel openhartig. Zij hebben mij gezegd dat als er nieuw bewijs zou kunnen worden aangevoerd, bijvoorbeeld als meneer Blackford toch een verklaring onder ede zou willen afleggen waarin hij zijn eerdere getuigenverklaring intrekt, de situatie zeker zou veranderen. Maar ik begrijp van u dat die mogelijkheid onwaarschijnlijk is. Daarbij dient u er ook nog rekening mee te houden dat een nieuwe verklaring van de heer Blackford *op zich* nog niet voldoende zou zijn.

Al met al ziet het er somber uit en lijkt het me verstandig om te bespreken welke verdere stappen u wenst te nemen. Ik wil mijn oorspronkelijke advies, dat ik gisteren met u heb besproken, nogmaals herhalen. Er zijn andere elementen in de bewijsvoering tegen uw vader die heel overtuigend zijn. Het lijkt me niet nodig om die hier te herhalen. Bij een poging om zijn veroordeling aan te vechten, moet daar terdege rekening mee worden gehouden. Het lijkt me duidelijk dat u weinig hoop kunt koesteren dat u uw doel snel en op simpele wijze kunt bereiken, voor zover dat doel al haalbaar zou zijn.

Op uw verzoek stuur ik uw broer Gregor en uw zuster Mhari een afschrift van deze brief.

Hoogachtend,

James McColl

48

Hij stond op het balkon van het huis op het vasteland en keek naar Fidra. Het was ijskoud. De brief lag in een prop aan zijn voeten en de wind dreigde de witte bal tussen de spijlen van het balkon door te blazen.

Catriona raapte de prop op en streek het papier glad op haar dij.

'Mill. Kom mee naar binnen. Alsjeblieft.'

Daar stond hij, met gebalde vuisten. Hij bewoog niet. Catriona stak haar hand uit en wilde zijn rug aanraken, maar trok die weer terug voordat ze contact maakte. Ze had het gevoel dat ze gebeten zou worden, verbrand door de kracht van zijn… wat eigenlijk? Woede? Teleurstelling? Verdriet? Op dit moment kon ze hem niet peilen. Hij was volledig in zichzelf opgesloten. Meg doemde op uit het niets, streek langs zijn benen, ging naast hem zitten en keek met smekende ogen naar hem op. Hij legde zacht zijn hand op haar snoet, hield die daar even, en wees toen dat ze moest gaan liggen.

'We gaan erheen. Naar Fidra. Meg en ik. Met z'n tweeën.'

Hij legde zijn beide handen op het balkonhek, trok zijn schouders op en begon op monotone toon tegen haar te praten, waarbij hij met zijn rug naar haar toe bleef staan.

'Ik weet dat je graag wilt dat ik je meeneem naar Fidra. Dat zal ik ook een keer doen, maar niet nu. Ik heb erover nagedacht, maar het is tijd om de knoop door te hakken. Om een nieuwe start te maken. Ik wil hoe dan ook eindelijk iets met Fidra gaan doen. Ik denk erover om de vogelbescherming ruimer toegang tot het eiland te geven. Ze willen graag vogelobservatiecamera's op het eiland plaatsen, net zoals die camera's op Bass Rock. En over een paar dagen komt er iemand langs van het archeologisch instituut van Edinburgh en iemand van de Scottish Heritage. Ik denk erover om toestemming te geven voor archeologische opgravingen. Ik heb een gedeelte van een briefwisseling gevonden van jaren geleden tussen Russell Sinclair en jouw vader, over de vraag of daar toestemming voor gegeven moest worden. Eerlijk gezegd vond ik dat nogal smakeloos, omdat het nog maar zo kort na de gebeurtenissen was, maar nu wil ik met een schone lei beginnen. Het wordt tijd om het eiland in ere te herstellen. Om het als het ware te reinigen, voordat ik definitief beslis wat ik ermee ga doen. En dat wil ik alleen doen. Ik hoop dat je dat begrijpt.'

Ze antwoordde fluisterend. 'Ja, natuurlijk.' Ze deed een stap naar voren en gaf hem een vluchtig kusje op zijn wang. 'Ik bel je nog wel.'

Zwijgend vertrok ze. Ze liet de verkreukelde brief achter op het tafeltje in de hal.

Hij was bijna klaar met inladen. Hij nam niet veel mee: een weekendtas, de archiefdoos en een tas met hondenbrokken voor Meg. Ze sprong achter hem aan in de boot.

De overtocht zou onrustig en koud worden. Hij vond het best. Dat was precies zoals hij zich voelde. De haven van North Berwick was al snel uit het zicht verdwenen nu de zeemist sneller kwam opzetten dan hij had gedacht. Dat maakte niet uit. Hij zou deze tocht blindelings en zonder instrumenten kunnen maken en met zijn ogen dicht de weg kunnen vinden op het eiland. Daar had hij nog eens een weddenschap over afgesloten met Greg. Idioot eigenlijk, en ze hadden het nooit echt uitgeprobeerd.

Meg kroop weg tegen zijn benen en hij aaide haar zachte oren. Hij was onuitsprekelijk dankbaar voor haar trouwe, geruststellende aanwezigheid. 'Goed zo, kom maar lekker bij me liggen.'

Hij vroeg zich af of hij er nu slechter aan toe was dan de afgelopen twee jaar. Toen hij nog overtuigd was van de schuld van zijn vader, toen Nikki hun huwelijk verpestte, en toen zijn moeder was gestorven. In die tijd had hij van de dokter een licht antidepressivum voorgeschreven gekregen. Dat had hij Nikki nooit verteld, omdat zij dat natuurlijk niet 'holistisch' en zelfs ongezond zou vinden. Het kon hem niet schelen of psychologen van de koude grond het als een lapmiddel beschouwden dat de echte oorzaken van psychische pijn alleen maar verdoezelde. Hij wist verdomme heel goed wat die oorzaken waren. Hij kende ze stuk voor stuk. Hij wilde gewoon wat verlichting, en die hadden de medicijnen zeker geboden. Had hij die pillen nu maar. In plaats van de paar flessen wijn en de heupfles met whisky die hij had meegenomen. Plus een paar onsmakelijke en ongezonde kant-en-klaarmaaltijden voor in de nieuwe magnetron. Hij moest zorgen dat Nikki er niet achter kwam dat hij die troep at en niet goed voor zichzelf zorgde.

'Mondje dicht, hè meissie?'

Zou het Nikki iets kunnen schelen? Ze waren nu verder van elkaar verwijderd dan ooit. Hij dacht niet dat zij het voor mogelijk hield dat er een andere vrouw in het spel was. En die was er ook niet echt. Catriona en hij hadden een soort stilzwijgende overeenkomst: ze voelden iets voor elkaar, hij misschien meer dan zij, maar ze zouden daar verder niets mee doen. Zij was hier om hem door deze hel heen te helpen. Dat had ze met zo veel woorden gezegd. En daarna? Vriendschap? Hij hoopte van wel. Eindelijk had hij iemand die hij zijn zwartste herinneringen kon toevertrouwen.

Maar als hij eerlijk was, had hij Nikki nooit echt de kans gegeven om hem met zijn verleden te helpen. En nu trok ze zich steeds verder terug. Erger nog: ze trok de kinderen met zich mee. Daar moest hij iets aan doen, als alles achter de rug was. Alsof dat nog niet zo was. Na het gesprek op het advocatenkantoor en de brief die McColl hem de volgende dag had gestuurd, was hij radeloos. Hij had het einde van de weg bereikt. Het punt waarop hij er een streep onder moest zetten. Wat een ironie. Na een leven vol ontkenning had hij zijn uiterste best gedaan om iets goed te maken voor zijn vader, voor de hele familie, en nu bleek dat het zinloos was. Niemand scheen naar hem te willen luisteren. In elk geval niemand die belangrijk genoeg was om iets te kunnen veranderen. De politie, de advocaten.

Hij moest het maar onder ogen zien. Er was veel gebeurd sinds die afschuwelijke nacht in de hospice. Hij had enorm zijn best gedaan, maar het was op niets uitgelopen. Verspilde moeite. Hij was een ellendige zoon geweest, die zijn ouders onnoemelijk veel verdriet had gedaan. Hij was een moeilijke, humeurige echtgenoot. Hij was tekortgeschoten als vader.

En nu was alles verpest, dankzij hem. Hij had Blackford totaal verkeerd aangepakt. Hij was veel te hard van stapel gelopen en hij had hem veel te agressief benaderd, waardoor hij hem had afgeschrikt. Zelfs die advocaat, McColl, geloofde er niet meer in en zei min of meer dat zijn vader nog steeds schuldig leek. Wat hij verdomme ook nog steeds kon zijn! Dat was precies wat Catriona en Duncan altijd hadden gedacht, al durfden ze dat niet recht in zijn gezicht te zeggen.

Over Duncan gesproken, zelfs híj had hem in de steek gelaten, nadat hij een kort berichtje op zijn antwoordapparaat had ingesproken om te zeggen dat hij een tijdje in retraite ging. Miller had hem daar nog iets over willen vragen en had geprobeerd hem terug te bellen, na enige aarzeling omdat de monnik vreemd bedrukt had geklonken. Hij begreep soms niet veel van geestelijken, maar hij kreeg de indruk dat Duncan ergens mee zat, en het laatste wat hij nu kon gebruiken was nog een drama. Maar Duncan nam niet op, dus hij sprak op zijn antwoordapparaat in dat hij hoopte dat hij een goede retraite zou hebben, en dat hij het misschien leuk vond te horen dat de ruïne van de kapel door experts zou worden onderzocht. En of dat misschien iets voor zijn volgende boek over Fidra was.

Hij had ook zin om zijn advocaat te bellen en het met hem uit te praten. *'Als u denkt dat mijn vader schuldig was, zeg dat verdomme dan gewoon!'* Maar dat had hij maar niet gedaan. Hij wilde het niet horen. Hij had zich vooral met die getuigenverklaringen beziggehouden, maar die andere bewijzen waren er ook nog. Misschien had hij selectief gekeken en niet het hele beeld gezien. De brief van de advocaat had hem doen beseffen dat er voor het succesvol heropenen van de zaak van zijn vader méér nodig was dan het onderuithalen van twee getuigenverklaringen. Daar had Duncan hem weken geleden al voor gewaarschuwd. Had hij zich maar meer van die wijze woorden aangetrokken. Nog iets wat hij zichzelf kon aantrekken.

'Het is een puinzooi, Meg. Ik heb er een puinzooi van gemaakt.'

De aanlegsteiger kwam in zicht en leek door de zeemist op hem af te drijven. Hij stuurde het bootje erop af.

Het was tijd voor de finale.

'Goed, tot volgende week, en bel maar als die medicijnen niet helpen, ik ben altijd bereikbaar voor een gesprekje.'

Ze liet de oudere vrouw met een glimlach uit, sloot de deur en bad dat de diepe zucht die ze slaakte aan de andere kant van de deur niet hoorbaar was. Ze was blij dat ze de laatste patiënt had gehad. Het was een moeilijk geval, zeker, maar dat was niet de reden. Ze bekeek zichzelf in de kleine spiegel aan de muur en schudde haar hoofd. Ja, dokter Catriona Buchan was uitgeput. Kon niet één aardige glimlach meer op haar gezicht toveren, al zou ze erom gemarteld worden. Gelukkig had ze de rest van de middag niet veel bijzonders. Ze was vandaag vroeg klaar, zodat ze achterstallig werk kon doen: herhalingsrecepten schrijven, dossiers lezen en bijwerken, correspondentie afhandelen, enzovoort. Taken waar ze haar hersens maar voor een deel voor nodig had. En waarbij ze zich niet inlevend en gevoelig hoefde op te stellen, zoals in het contact met de patiënten. Wat een verademing.

Ze keek op haar horloge, liep naar het raam van de spreekkamer en trok de luxaflex open. Ze zag het direct, in de verte. Een klein bootje dat naar Fidra voer. Dat was Miller. Hij had al gezegd dat hij erheen zou gaan. Ze kon net zijn silhouet zien, in elkaar gedoken tegen de wind en het opspattende water. Het was een spookachtig gezicht, zoals hij daar in de zeemist verdween.

Hij was er slecht aan toe. Ondanks zijn juridische achtergrond, had hij een nogal onrealistisch beeld van wat hij voor zijn vader zou kunnen bereiken. Maar zonder Lena Stewart en met alleen een vijandige en nu zelfs een onvindbare Blackford, zag het er hopeloos uit.

Ze keek naar het punt waar hij in de mist was verdwenen en

stelde zich voor dat ze het kielzog van het bootje nog kon zien. Als Miller nog dezelfde karaktertrekken had als in zijn jeugd, dan was het waarschijnlijk, héél waarschijnlijk zelfs, dat hij iets destructiefs zou doen, iets zelfdestructiefs, waar hij later spijt van zou krijgen. Met nog een diepe zucht liep ze van het raam naar haar bureau en ging vermoeid zitten, terwijl ze zich afvroeg hoe ze de middag door moest komen.

Zoals gewoonlijk was ze de laatste die de praktijk verliet. Ze toetste de code van het alarm in en liep over de verlaten parkeerplaats naar haar auto. Ze had een stapel werk meegenomen, want ze had erg veel te lezen. Ze vloekte toen de dossiers en rapporten uit haar handen glipten terwijl ze op zoek ging naar de autosleutels. Het was een vochtige avond. Eigenlijk te koud om hier met die rotdossiers te staan klungelen.

Vanuit zijn in een zijstraat geparkeerde wagen keek Duncan naar haar terwijl ze haar spullen opraapte. Zou ze naar huis gaan? Waarschijnlijk wel, aan die stapel te zien. Werk, waarschijnlijk. Haar remlichten flitsten nog even aan voordat ze om de hoek verdween. Hij leunde achterover en sloot zijn ogen. Hij had gruwelijke hoofdpijn. Al dat reizen, het slaapgebrek, de spanning. Hij had geen idee hoeveel kilometers hij erop had zitten. Helemaal naar Caithness en weer terug. De herinneringen aan de afgelopen dagen vochten om aandacht en verdrongen zich om een plekje vooraan in zijn bewustzijn terwijl hij de ene verschrikkelijke kilometer na de andere aflegde. Hij kneep zijn ogen nog verder dicht alsof die kinderachtige truc ze kon verdrijven, kon uitbannen.

Het verpleeghuis in Caithness lag om onbegrijpelijke redenen midden in het somberste heidegebied dat je je maar kon voorstellen, een paar kilometer buiten Wick, afgezonderd van elke beschaving. Iedereen die hier een familielid naartoe stuurde, verdiende wat hem betrof het eeuwige vagevuur. Zoals viel te verwachten had hij door zijn habijt geen enkele argwaan gewekt; dat teken van religiositeit werd overal waar hij kwam door iedereen geaccepteerd, vooral in dit godvrezende deel van de wereld. Ze was op een paar jaar na honderd, lichamelijk aan het eind, maar nog volledig *compos mentis*, al was haar dialect bijna niet te

284

verstaan. Maar dat hinderde niet. Ze had iets voor hem waarnaar hij had gezocht. Meer, veel meer dan hij had verwacht…

Hij schrok op door de koplampen van een passerende auto. Hij was bijna in slaap gevallen. Het was tijd om te gaan. Tijd om een plan te bedenken.

Ze had gehoopt dat de warme chocolademelk haar wat kinderlijke vertroosting kon bieden. De beker stond binnen onaangeroerd koud te worden terwijl ze op de veranda stond, naar de branding luisterde en het boek tegen haar buik drukte. *'Een speciaal cadeau voor jou, lieverd. Je moet het altijd bewaren.'* Vandaag was weer zo'n dag. Dat ze het afschuwelijk vond om volwassen te zijn. Verantwoordelijkheid te moeten dragen. Bang was voor de toekomst. Ze haalde haar schouders op, draaide zich om en ging weer naar huis. Misschien was ze gewoon aan vakantie toe. Een echte vakantie, naar de andere kant van de wereld. Of misschien moest ze hier maar eens weg. Binnenkort. Ze liep terug naar de woonkamer, zette *Schateiland* terug op het dressoir en knikte naar de foto van haar vader. Niet bang zijn. Morgen wordt het beter.

50

Toen Miller wakker werd op Fidra, was het bewolkt maar droog. Dat klaarde zijn humeur gedeeltelijk op en sterkte hem in zijn besluit over wat hij ging doen. De zeemist van gisteren was opgetrokken, maar nu ging hij zelf een rookgordijn leggen.

Hij had met opzet een hoog punt gekozen voor het vuur. Zodat het licht en de rook van veraf gezien konden worden. Een brandstapel voor een crematie. Bedoeld om alles eens en voor altijd te laten rusten. Zijn kleren waren doortrokken van een scherpe rookgeur en zijn gezicht gloeide van de hitte, die in zijn huid beet door het contrast met de ijzige kou.

Bepaalde dingen bewaarde hij voor het laatst. De politiefoto's had hij al in de vlammen geworpen. De slachtoffers op de foto's werden door de hitte nog verder verminkt. Hij keek toe hoe ze verschrompelden en verdwenen.

'Nog even, meissie.'

Hij keek naar Meg, die iets verderop, uit de rook, op een heuveltje naar hem lag te kijken, alert maar onzeker. Zoals altijd voelde ze zijn humeur feilloos aan en ze wachtte rustig af tot het over was. En dat zou wel gebeuren, net zoals het vuur ten slotte uit zou doven. Nog twee dingen maar. De brieven van Russell Sinclair waren allang weg, plus Millers exemplaar van het testament. Vreemd genoeg vond hij die daad heel onbevredigend, omdat de catharsis waarnaar hij zo had verlangd was uitgebleven. In plaats daarvan had hij een kil gevoel van zinloosheid, en een daarmee gepaard gaande hulpeloosheid.

Nu was dat akelige krantenknipsel aan de beurt. De foto van zijn vader werd meteen door de vlammen gegrepen. Weg! Zwarte asvlokken, meer niet. Nog één ding. De laatste brief van zijn vader, opgeschreven door Lizzie Henderson. Die wilde hij ceremonieel verbranden, bladzijde voor bladzijde. Maar op het laatste moment weifelde hij en smeet de hele brief er in één keer in, met envelop en al, en keek hoe de vlammen tergend lang de tijd namen voor de vernietiging.

Hij wendde zich af van het vuur en begon in een laatste uitbarsting van energie de dikke archiefdoos plat te stampen. Toen hij zich vooroverboog om de grote stukken karton in kleinere stukken te scheuren, voelde hij een plotselinge hitte en daarna een felle pijnscheut ter hoogte van zijn linkerheup. Hij keek om en zag dat de zoom van zijn jas vlam had gevat en dat de vlammen naar zijn middel likten. Hij trok haastig de jas uit, gooide hem van zich af en begon erop te springen om de vlammen te doven.

'*Godver!*'

Hij ging op zijn hurken zitten om de schade te inspecteren. De zoom van de jas was verschroeid. Gelukkig was de jas van dikke denim gemaakt die de vlammen grotendeels had tegengehouden. Hij zag de reden waarom de jas vlam had gevat: er zaten donkere olievlekken rond de verschroeide stof, waarschijnlijk van de boot.

'*Godverdómme!*'

Hij beende terug naar het vuur en smeet de jas in de vlammen.

'*Fik dan maar op, kloteding!*'

Hij deinsde terug voor het vuur, nog steeds met bonzend hart door de schrik. Hij had wel levend kunnen verbranden! Hij schoof zijn T-shirt omhoog en zag dat de huid bij zijn heup rood was, maar niet verbrand. Hij ging op een rotsblok zitten en bedekte zijn gezicht met zijn handen, die stonken naar rook. Er zat een diepe, pijnlijke snee in zijn vinger van een scherpe papierrand; het bloedde, maar hij maakte het niet schoon. De eerste snikken kwamen heftig en snel achter elkaar. Hij drukte zijn vingers tegen zijn ogen om de tranen tegen te houden.

'*Nee, nee, neeeeee! O god, help me. Help me nou!*'

Een zacht gejank van Meg deed hem opkijken. Hij veegde zijn ogen af.

'Oké, meissie, we gaan het afmaken.'

Hij zuchtte diep, sprong op, pakte de stukken karton en gooide ze in kleinere stukken op de vlammen. Toen keek hij voor het laatst naar de brandstapel.

'Zo. Klaar.'

Hij had het nog niet gezegd of Meg sprong op en ging er luid blaffend als een speer vandoor. Ze was nog slimmer dan hij dacht. Een partijtje rennen om het te vieren. Wat een timing. Net nu hij klaar was. Maar al snel kreeg hij in de gaten hoe het werkelijk kwam dat ze zo'n herrie schopte. Ondanks de wind hoorde hij het motorgeluid nu ook. Een boot, al vrij dichtbij. Hij was waarschijnlijk zo in beslag genomen door de brandstapel dat hij het niet eerder had gemerkt. Hij keek nog eens naar het vuur: er zat genoeg ruimte omheen om er veilig even bij weg te kunnen gaan. Hij moest weten wie zijn eenzaamheid kwam verstoren. Catriona kon het niet zijn, want hij had toch uitdrukkelijk gezegd dat hij alleen wilde zijn.

Hij liep de helling af, achter Meg aan, en ging op weg naar de aanlegsteiger. Hij had de man in de stuurhut nooit eerder gezien. Pas toen de boot vlak bij de steiger was, zag Miller nog een hoofd tevoorschijn komen: de passagier, die opstond van een beschutte plaats. Het gezicht ging bijna helemaal verborgen in de capuchon van een grote regenjas.

'Sorry, Miller, ik vind het heel vervelend om je te storen. Ik heb Catriona gebeld en ze zei dat je hier zat en niet gestoord wilde worden. Ik heb geprobeerd om je eerst te bellen, maar je mobiel staat uit. En ik móét je spreken, dat moet écht.'

Haar gezicht stond ernstig en de situatie deed hem sterk denken aan de aankomst van Duncan op Fidra, nog maar een paar weken geleden.

Hij zuchtte. Opnieuw kreeg hij een angstig gevoel terwijl hij zich vooroverboog en haar gehandschoende hand vastgreep.

'Het hindert niet, Lizzie. Kom maar aan wal.'

51

Miller keek naar Lizzie, die haar koffie dronk. Ze zag eruit alsof ze versteend was van de kou.

'… mijn zwager is de zeiler van de familie. Maak je over hem trouwens geen zorgen, hij wilde liever op de boot blijven. De boel in de gaten houden. Het is nogal onstuimig weer. Maar hij brengt me straks wel weer veilig terug, hoor, hij weet alles van het tij.'

Ondanks haar dramatische aankomst, vertelde ze niet waarom ze hier was, maar informeerde in plaats daarvan naar zijn welzijn. Hij wist dat hij er vreselijk uitzag. Hij stonk naar rook, hij zat onder de roetvegen, en de zorgen en de stress stonden nu permanent op zijn gezicht geëtst. Zij zag er trouwens ouder uit dan hij zich herinnerde, maar dat kwam misschien door slaapgebrek, te oordelen naar de donkere kringen onder haar ogen. Rond haar mond zaten duidelijke lijnen van de spanning. Net als bij hem. Ze hadden elkaar nog wel telefonisch gesproken, maar hij had haar niet meer gezien sinds de begrafenis van zijn vader. Ze had zichzelf toen aan hem moeten voorstellen, want hij had haar niet meer herkend buiten de hospice waar hij haar in die afschuwelijke nacht had ontmoet. Hij vroeg zich ineens af waarom hij eigenlijk niet eerder contact had opgenomen met Lizzie. Hij had dat overgelaten aan Duncan, die haar tenslotte beter kende, maar hij had het ook zelf kunnen doen, zeker na het overlijden van Lena. Waarom had hij zich zo afzijdig gehouden? Hij wist eigenlijk wel waarom. Hij zag haar onbewust als de oorzaak van zijn emotionele uitputting en teleurstelling. Wat in feite heel onredelijk was. Het minste wat hij kon doen was haar een kop koffie aanbieden en luisteren naar wat ze te zeggen had.

Hij leunde vermoeid achterover en masseerde zijn slapen. Toen keek hij nog eens naar de brief die ze sinds ze hier was in haar handen hield.

'Vertel eens, wat brengt jou hier?'

Ze verschoof ongemakkelijk en zette haar kopje op tafel. 'Het gaat over Duncan. Ik heb een briefje gekregen van een andere broeder uit het klooster, broeder Michael, een van zijn beste vrienden. Ik heb hem wel eens ontmoet als ik in het gastenverblijf logeerde. Hij kwam me deze brief brengen toen ik in de hospice aan het werk was. Lees maar.'

Beste Lizzie,

Ik maak me al een tijdje zorgen over Duncan, en omdat jij de laatste twee jaar goed bevriend bent met hem, wilde ik jou om raad vragen. Ik weet eigenlijk niet precies wat de exacte aanleiding is om nu actie te ondernemen; misschien is het wel een goddelijke ingeving. Ik neem aan dat Duncan je heeft verteld dat hij in retraite gaat. Hij vertelde me dat verrassend genoeg pas op de ochtend voor zijn vertrek. Ik moet zeggen dat hij toen een stille, zelfs zorgelijke indruk maakte, maar ik heb verder niet gevraagd wat er aan de hand was: ik nam aan dat hij die retraite nodig had voor zijn persoonlijke welvaren.

Toch heb ik hier en daar mijn licht opgestoken en ik ontdekte dat Duncan pas op het laatste moment om verlof heeft gevraagd. Dat werd toegestaan, omdat ons gastenhuis momenteel gesloten is en Duncan het had over een 'urgente spirituele crisis'. Ik heb sindsdien een aantal retraitehuizen gebeld waar Duncan in het verleden is geweest. Daar was hij niet. Maar mijn discrete telefoontjes hebben toch iets opgeleverd. Duncan heeft blijkbaar een nacht gelogeerd in het seminarie van Caithness. Ik weet niet of hij daar in de buurt op familiebezoek is geweest; ik verkeerde eigenlijk in de veronderstelling dat hij geen familie meer heeft, en bovendien komt hij uit de Borders.

Eigenlijk vind ik het een beetje vervelend dat ik Duncans gangen naga, maar ik maak me ernstig zorgen. Duncan heeft de laatste jaren een paar kwalen gehad; ik hoop en bid dat er geen ernstige gezondheidsproblemen zijn waarmee hij worstelt maar waarover hij niet met mij of met anderen wil praten. Dat kan ik natuurlijk helemaal mis hebben, ik hoop het maar. Ik kan Duncan trouwens nergens bereiken. Zijn mobiel van het gastenhuis heeft hij in zijn werkkamer laten liggen.

Maar het ergste van mijn bemoeizuchtige speurtocht moet ik nog onthullen: ik ben in Duncans slaapvertrek en in zijn kantoortje van het gastenhuis op zoek gegaan naar meer aanwijzingen. Ik heb daar wat aantekeningen gevonden die te maken hebben met Douglas McAllister. Duncan schijnt de laatste tijd belangstelling te hebben voor een zekere Andrew Blackford, die volgens mij getuige is geweest in de zaak-McAllister. Je weet misschien wel dat Duncan zich met zijn steun aan McAllister niet bepaald populair heeft gemaakt binnen het klooster, destijds niet en nu nog steeds niet. Ik weet dat jij je ook bij die zaak betrokken voelt, en ik wilde je vragen of jij het idee hebt of dit iets te maken kan hebben met het feit dat Duncan feitelijk is verdwenen.

Ik zal hier voorlopig niets over tegen de anderen zeggen. Maar als Duncan jou in vertrouwen heeft genomen over wat hij aan het doen is, zou ik graag willen dat je me in elk geval laat weten of het hem goed gaat, ook als je er verder niets over kunt onthullen.

Het allerbeste,
Broeder Michael

Miller keek op. 'En? Heeft Duncan jou verteld waar hij naartoe is?'

Ze schudde haar hoofd. 'Nee. Hij heeft alleen op mijn antwoordapparaat ingesproken dat hij een tijdje weg is. Ik maak me ook zorgen, daarom ben ik hier. Als hij achter die Blackford aanzit, zou hij jou dat toch wel hebben verteld?'

Miller fronste zijn wenkbrauwen. 'Nee, daar heeft hij het niet over gehad. Hij heeft alleen aangekondigd dat hij in retraite ging. "Een tijdje," dat is precies wat hij ook tegen mij zei. Ik heb geen idee waar hij nu is, maar als hij echt achter Blackford aanzit, hoop ik dat hij voorzichtig doet. Die vent is niet te vertrouwen.'

Lizzie schoof opnieuw ongemakkelijk in haar stoel. 'Er is nog iets anders.'

Ze stak haar hand in de zak van haar regenjas. 'Ik was zo bezorgd dat ik meteen naar broeder Michael ben gegaan. Hij heeft me Duncans kantoortje in het gastenverblijf laten zien en ik moet bekennen dat ik nog veel brutaler ben geweest dan hij. Wist jij dat Duncan weer een boek over Fidra aan het schrijven is?'

Miller schudde zijn hoofd.

'Nee, ik ook niet. Ik heb een map gevonden met handgeschreven aantekeningen, naast zijn computer. Volgens mij was hij bezig ze in te voeren. "Fidra – herziene geschiedenis van een eiland" stond erop. Herinner je je nog dat er in zijn eerste boekje over Fidra een stukje over jouw vader stond? Verder ging het meer over de geschiedenis van het eiland, het oude klooster, dat soort dingen. Maar waar hij nu mee bezig is, gaat veel dieper in op jouw vader en jullie gezin. Kijk, hij heeft die stukjes behoorlijk dramatische titels gegeven. Deze bijvoorbeeld: "Angst en schuld."'

Ze gaf hem de pagina's. 'Lees maar eens. Het lijkt erop dat die goeie oude Duncan zich ergens vreselijk zorgen over maakt.'

Duncan keek naar Lizzies boot die verdween in de nacht. Hij was blij met de beschermende duisternis, de sneeuw en de huilende wind, want nu kon hij ongemerkt met zijn bootje naar de baai aan de noordkant van het eiland varen. Eerder had hij Lizzie al vanaf een veilige afstand bespioneerd. Hij had door zijn verrekijker gezien dat ze haastig van boord was gegaan en aan wal werd geholpen door Miller. Wat zou ze op Fidra van plan zijn? Hij zou dat snel genoeg ontdekken, maar voorlopig had hij iets anders aan zijn hoofd.

Hij zou tijd genoeg hebben om te doen wat er moest gebeuren. Miller zou zich vanavond vast niet buiten wagen. Niet met dit weer. De natte sneeuw van vanavond was overgegaan in een echte sneeuwbui en het zicht werd al snel minder. Dat was voor hem geen probleem, want hij kende het eiland als zijn broekzak. De bijtend koude sneeuwvlokken striemden op elk onbedekt stukje huid toen hij naar de ruïne van de kapel liep. Als hij daar eenmaal was, zou hij beschut zijn tegen de sneeuwjacht en ook tegen nieuwsgierige blikken, al was er vanavond geen mens in de buurt. Nog een klein stukje, de laatste richel over en dan de afdaling in de luwte, waar het beschut en bedrieglijk stil was. Wat een plek. Dit was waar de elfjarige Miller die gruwelijke vondst had gezien. Duncan liep naar het afgezette stuk en deed zijn rugzak af. Hij had gereedschap bij zich, mocht dat nodig zijn. En zijn camera.

Miller voelde zich schuldig omdat hij Lizzie min of meer van het eiland had weggejaagd. Hoewel hij het waardeerde dat ze langs was gekomen, vond hij het ook een tikje overdreven. Als Duncan weg was gegaan zonder te zeggen waarheen, dan was dat zijn zaak. En als hij van plan was om een nieuwe, sombere en overgedramatiseerde versie van zijn boek te schrijven, dan moest hij dat ook maar zelf weten, al had hij liever gehad dat hij hem dat had verteld. Dat Duncan zo pessimistisch was over zijn vader, was nauwelijks een verrassing, zeker nu. Maar hij vroeg zich wel af of dat pessimisme de werkelijke oorzaak was van zijn vreemde gedrag. Duncan had waarschijnlijk zijn eigen problemen die hij te lijf moest gaan, net als ieder mens.

Hij probeerde Catriona terug te bellen, maar hij kreeg alleen haar voicemail. Hij had nog maar net opgehangen of ze belde hém. Ze vroeg hoe het ging en maakte hem aan het lachen met een gekke mop die ze in de praktijk had gehoord. Dat hij nog kon lachen, was gezien de omstandigheden al heel wat. Hij wilde niet dat ze zich bemoeide met wat hij deed, maar hij vertelde haar toch dat Lizzie was geweest en wat ze hem had verteld. Catriona koos Lizzies kant, wees hem erop dat Lizzie Duncan goed kende en dat ze zich dus waarschijnlijk niet voor niets zorgen maakte. Maar ze zei ook dat dat geen zin had, dat hij het moest vergeten en lekker moest genieten van zijn 'kluizenaarschap'. Wat hem nog verder opvrolijkte.

Toen had Nikki hem gebeld. Wat een nachtmerrie. Het was overduidelijk dat het point of no return tussen hen was bereikt. Nikki, die zijn afstandelijkheid goed aanvoelde, drong erop aan dat hij terug zou komen en ze zei dat ze hem miste. Maar hij wilde alleen maar met Callum en Emma praten, horen hoe het met hen ging, beloven dat ze elkaar snel weer zouden zien. Een belofte die hij zich voornam na te komen.

Toen hij Mhari's nummer op het schermpje zag verschijnen, liet hij de telefoon overgaan tot de voicemail werd ingeschakeld. Het bericht dat ze insprak, was voor haar doen erg kort.

'Miller, ik weet niet waar je bent. Aan de wal wordt niet opgenomen en je mobiel neem je verdomme ook al niet op. Geweldig. Ik ben in staat om daarheen te rijden, maar hier in Fife is het rotweer, sneeuw, minstens dertig centimeter en dat komt jouw kant op. Bel alsjeblieft zodra je dit hoort. O ja, Greg is ook al nergens te vinden, ik wilde hem vragen of hij het eerste vliegtuig hierheen wilde nemen. Shit, wat een familie. Ik snap er niks meer van. Trouwens, ik heb die slappeling van een advocaat gesproken, McColl. We moeten het er niet bij laten zitten, dat kan gewoon niet.'

En beng, ze hing op. Een beleefd afscheid kon er niet af. Typisch Mhari. Kennelijk had ze besloten de rol van hun vaders belangrijkste cheerleader op zich te nemen. Nou, ze deed maar. Hij zou haar later nog wel bellen, als hij daar zin in had. Voorlopig wilde hij hier niet gestoord worden, minstens een dag niet. Hij schudde zijn hoofd om zijn gekmakende zus en liep naar de keuken voor een welverdiende borrel. Het leek weer precies zo'n nacht te worden als de eerste nacht die hij hier na zijn vaders dood had doorgebracht. Wat een kloterig déjà vu.

52

Alles was nu in duisternis gehuld. Alleen het vuur gaf licht; de sneeuwvlokken dwarrelden in de vlammen. Maar de doos werd maar niet leeg. Vel na vel voerde hij aan het vuur, maar de stapel papieren werd op magische wijze steeds opnieuw aangevuld.

'Het raakt maar niet op, Bella. Kijk, die brief van pappa bestaat wel uit een miljoen vellen, nee, een miljard! Een biljard! Evenveel als de keren dat de vuurtoren van Fidra heeft geknipperd. Meer nog. Eindeloos veel bladzijden.'

'Waarom probeer je hem dan te verbranden, jongen? Ik heb mijn leven besteed aan het schrijven van die brief. Een heel leven!'

Hij draaide zich bliksemsnel om. Pappa. Hij stond naast het vuur, in zijn pyjama! Maar... Er was iets met hem aan de hand. Hij was geel, en mager, en oud, en ziek, en stervende, en hij had een rode roos in zijn hand.

'Lizzie heeft er dagen over gedaan om die brief voor me op te schrijven, jochie. Die mag je toch niet verbranden.'

'Nee. Dat mag je niet doen.'

Mamma! Ze kwam uit het donker naar het vuur en ging naast pappa staan. Jong. Gelukkig? Waarom? Wat had ze daar in haar armen? Een grote, witte bundel.

'Wat is dat, mam? Wat...'

Ze kwam nog dichter bij het vuur. De vlammen wierpen een flakkerend licht op haar gezicht. Maar ze zag er ineens oud uit. Verschrompeld. Maar ze glimlachte. Nee, ze grijnsde. Nee, ze huilde. Ze snikte zacht.

'Het vermiste meisje, Miller. Kijk, Eileen Ritchie. Helemaal ingebakerd in een witte deken.'

Ja, het vermiste meisje, kleine Miller. Je hebt haar gevonden.'

Duncan? In habijt. Met de kap op. Hij stapte nu de cirkel in en nam de witte bundel van mamma aan.

'Het vermiste meisje. Jóúw vermiste meisje.'

'Ik heb er ook een.'

Hij draaide zich razendsnel om naar rechts. Catriona! Veertien jaar. Lachend. En zo mooi. In haar 'strandschone' jurk.

'Ja, ik heb er ook een. Een vermist meisje. Jacquie Galbraith.'

Maar wat deed Duncan... En Catriona ook... Wat deden ze toch? Die dekens, ze schoven ze af. Ze zijn helemaal rood. Helderrood!

'Nee!'

Duncan lachte. Hij had zijn kap afgedaan. 'Ja, kleine Miller, veel te veel vermiste meisjes. Nu, Catriona! Nu!'

Perfect getimed werden de twee bloeddoordrenkte bundels omhooggeworpen, hoog boven de vlammen. In slow motion vielen ze langzaam naar beneden, als een helikoptertje uit een esdoorn.

'Nee! Stop!'

'Ja, Miller.' In koor. Allemaal. Pappa, mamma, Duncan, Catriona.

'Bella! Apport, meissie! Apport!' Weer in koor.

En daar was ze, ze stortte zich in de vlammen en haar gesmoorde gejank van de pijn scheurde door het duister.

'Bella!'

'Bella! O god, wat... waar...'

Hij voelde Bella's, nee, Mégs voorpoten op zijn schoot, hoorde háár gejank en daarna een serie korte, scherpe blaffen.

'Shit!'

Zijn voet stootte tegen het halfvolle glas wodka met gesmolten ijs dat hij op de grond had gezet voordat hij van pure uitputting in slaap was gevallen. Hij moest water hebben, meteen. Hij strompelde naar de keuken, nog steeds half in zijn nachtmerrie, en dronk gulzig een groot glas ijskoud kraanwater op. Toen plensde hij handenvol water over zijn gezicht en zijn hals. Meg stond aan zijn voeten en likte de druppels van de vloer.

'Lucht, ik heb frisse lucht nodig, meissie.'

Het observatieplatform was bedekt met een laagje sneeuw, dat hier en daar was opgewaaid tot lage bergjes. Meg liep achter hem aan naar buiten, dook meteen in de sneeuw, maar trok snel haar neus terug, snuivend en schuddend met haar kop. De zee leek vreemd stil hier, maar ze was er wel. Daar, in de diepte, in het zwart. Hij rilde. Hij had alleen een dun T-shirt en een sweater met een capuchon aan. Maar de kou kon hem niet schelen. Hij moest wakker worden. Die droom. Afgrijselijk.

Hij schoof wat sneeuw van de reling en leunde ertegenaan. Het ijskoude gevoel op zijn handpalmen hielp om hem wakkerder te krijgen. Waarom was hij zo rigoureus geweest? Nu kon hij die brief nooit meer terugkrijgen. Nóóit meer! Dat hij de inhoud bijna uit zijn hoofd kende, deed er niet veel toe. Hij had het wéér gedaan: hij had pappa afgewezen, geprobeerd om de herinnering aan hem weg te duwen, te vernietigen, uit te wissen.

'O, god, pappa, pappa!'

Hij pakte een handvol sneeuw en wreef die over zijn gezicht, zijn stoppelige kin. Hij had binnenkort echt een psychiater nodig. Of eigenlijk nu meteen. Alles liep uit de hand, hij had verdomme nergens meer controle over.

'Godverdómme!'

Hij schreeuwde het zo hard over zee als hij kon. Hij schreeuwde de longen uit zijn lijf. Toen rende hij naar binnen, want in een flits dacht hij weer aan het vuur. Helemaal vergeten! De sneeuw zou het wel hebben gedoofd, maar hij moest het zeker weten!

'Oké, we gaan een stuk rennen, Meg. Ik hou het binnen toch niet uit. Kom mee!'

Als het tij het toeliet, zou hij meteen zijn weggevaren, maar hij zat hier tot de ochtend vast. Hij durfde niet meer te gaan slapen, bang om weer zo naar te zullen dromen. Hij zou even controleren of het vuur ùit was en dan met Meg over het eiland rennen tot de zon opkwam. Hij liep de gang door, op de hielen gevolgd door Meg, greep zijn parka, haar riem, een kauwstok en een zaklantaarn. En op het laatste moment ook nog zijn heupfles.

Nu was hij klaar om de rest van de nacht door te komen.

53

Hij was nog geen twee minuten buiten of hij realiseerde zich al dat hij een stommiteit beging. Het vroor niet alleen, maar de ijskoude wind was aangewakkerd tot een sneeuwstorm. Hij keek om naar het gele licht van de buitenlamp. Niet bepaald uitnodigend. Hij wilde niet meer terug naar het huis. Hij voelde zich daar opgesloten.

'Kom op, Meg, we kijken even naar dat vuur en dan doen we meteen een rondje hardlopen. Kom mee!'

Hij lachte toen Meg opgewonden begon te blaffen. Zij wilde er ook uit. Prima. Twee handen op één buik. Ze trokken een sprint naar de plek waar hij het vuur had gestookt. Zoals hij al dacht, was er alleen nog natte, koude as over. Hij had zich geen zorgen hoeven maken, maar toch was het een onvergeeflijke blunder die maar weer eens aantoonde hoe weinig alert hij was, alsof hij dat nog niet wist. Oké, dat was dat, nu was het tijd om een rondje te rennen, met de klok mee. Weg van het huis, linksaf naar het smalste deel van het eiland en dan terug via de vuurtoren. Als het te winderig werd, kon hij altijd even schuilen in de luwte bij de ruïne.

De sneeuw joeg bijna horizontaal in zijn gezicht en de ijzige vlokken beten in zijn wangen. Meg was al een eind vooruit. Zo ging het niet, hij kon geen hand voor ogen zien.

'Die kant op, Meg! Eerst naar de ruïne, daar is het beschut!'

Maar hoe moest hij lopen? Ze waren nu al hoger dan hij dacht. Hij kon het beste via de noordkant van de ruïne gaan. Hij klopte op zijn dij om Meg naast zich te laten lopen en samen baanden ze zich een weg door de sneeuwstorm. Hij probeerde zich te oriënteren aan de hand van het licht van de vuurtoren, maar door de sneeuw was het moeilijk om afstanden te schatten. Ineens drong het tot hem door dat ze al bijna op de rand van het klif waren, vlak bij de beschutte kom. Te dichtbij, veel te dichtbij! Stomme idioot! Hij had beter op moeten letten. Hij liet Meg aan zijn andere kant lopen. Jezus, nog een klein stukje en ze had zo de zee ingeblazen kunnen worden. Hij zou best in de golven willen verdwijnen, maar zij moest gespaard blijven. Hij voelde zijn voeten wegglijden op de losse steentjes onder de laag sneeuw en hij verloor bijna zijn evenwicht. Het was niet vertrouwd om langs deze kant af te dalen, zeker niet nu je niet kon zien wat er onder de sneeuw lag. Ze moesten omlopen, om de kom heen, en dan aan de andere kant weer verder.

Het duurde langer dan hij had gedacht, maar eindelijk waren ze beneden. Nu snel terug, maar dan via een veiliger route. Hij begon driftig te klimmen, maar zijn laarzen gleden weg over de sneeuw die zich in de holtes tussen de rotsen had genesteld. Meg zigzagde naast hem om de moeilijkste stukjes heen. Toen zag hij, door de sneeuwvlagen heen, de rand van de beschutte holle kom tussen de rotsen. Geweldig, daar konden ze even bijkomen, uit de wind. Op adem komen. Van de storm genieten die om hen heen voortraasde. Van zijn vader had hij maar zelden 's winters naar het eiland gemogen, maar als het dan een keer mocht, had hij er des te meer van genoten. Het was er dan fantastisch, vooral bij extreme weersomstandigheden, of het nu storm, donder en bliksem of een hevige sneeuwstorm was. Hij mocht van zijn vader alleen in de buurt van de ruïne komen om beschutting te zoeken. En wat heerlijk was het altijd geweest om op deze beschutte plek in het landschap te zitten met pappa en Bella, of alleen met Bella, en te luisteren naar de wind die daar aan de andere kant tekeerging.

Het enige probleem was nu dat zijn handen bijna bevroren. De kou beet door zijn handschoenen en hij kon zelfs bijna niet meer zijn heupfles vasthouden. Hij bleef staan, zijn hoofd en bovenlijf gebogen tegen de wind, en schroefde de dop van de fles. Een paar snelle slokken om op te warmen, daarna stopte hij de fles weer veilig weg in zijn binnenzak. Nog een paar meter maar, dan waren ze er.

'Daar!'

Hij hees zich onhandig over de rand van de rotsen heen en liet zich voorzichtig naar beneden glijden. Kon hij er maar met een paar handige sprongen veilig naartoe springen, net als Meg! Toen hij beneden was, ging hij tegen de met gras begroeide helling liggen, lachend, met zijn mond open om de sneeuwvlokken te vangen die zich in zijn heiligdom waagden. Zijn humeur klaarde meteen op. Ze waren veilig! Meg begon enthousiast zijn oor te likken en duwde haar ijskoude neus tegen zijn hals.

'Hé, rustig maar, het is ons gelukt! Kom hier jij.'

Hij greep haar bij haar nekvel vast en begon een potje te worstelen, haar lievelingsspelletje. Maar toen wurmde ze zich los uit zijn armen en begon speels en staccato te keffen.

'Oké, jij hebt gewonnen!'

Hij rolde zich op zijn andere kant en ging rechtop zitten. Toen zag hij het. Er was iets veranderd. Hij was nu helemaal aan het donker gewend en hij zag dat het silhouet van het afgezette gedeelte bij de ruïne er anders uitzag. Heel anders zelfs. Hij voelde naar de zaklantaarn en knipte die aan. Er waren een paar stenen verwijderd uit het stapelmuurtje. Heel wat stenen zelfs: ze lagen op een hoop naast de muur. En wat was dat daarachter? Hout. Versplinterd hout. Een deur? Een muur? Meg had gemerkt dat er iets aan de hand was en ze liep langs hem heen naar het muurtje.

'Nee, nee! Meg, naast!'

Ze kwam jankend en opgewonden snuffelend terug.

'Oké.' Hij haalde de riem uit zijn binnenzak en klikte die aan haar halsband. Het andere stuk maakte hij vast aan een uitstekend stuk rots. 'Sorry, meissie, maar ik wil eerst even zelf kijken. Wacht hier maar even. Zit!'

Deze keer gehoorzaamde ze hem. Hij beloonde haar met de kauwstok en een aai over haar kop en draaide zich om naar het versplinterde hout. Toen hij dichterbij kwam, zag hij dat het een deur was. Ja, het was echt een deur.

Hij fronste zijn wenkbrauwen en duwde ertegenaan. De deur schoof bijna een halve meter open. Genoeg om doorheen te gaan. Hij tuurde naar wat hij in het licht van zijn zaklantaarn zag. Trap-

treden! Wat was hier aan de hand? Dit gebied was afgesloten geweest sinds... in elk geval sinds die dag. Dit was precies de plek
waar die lui van de universiteit archeologisch onderzoek wilden
gaan doen. Ze zouden toch niet zomaar al zijn begonnen, zonder
dat hij het wist, en de toegang hebben geforceerd? Nee, dat kon
hij zich bijna niet voorstellen. Hij keek nog eens om naar de
smachtende Meg, glipte naar binnen en liep naar de treden.

54

Het was bijna helemaal stil. De wind klonk hier alleen als een zacht gefluister. De krachtige zaklantaarn bescheen de muren en de sneeuwvlokken die bij de deuropening naar binnen dwarrelden. Hij had er niet bij mogen zijn toen in de rechtbank werd verteld waar de lichamen waren gevonden, maar hij had genoeg opgepikt uit het rechtbankarchief en de correspondentie tussen de mensen van de universiteit, Forbes en Russell Sinclair om te weten wat zich in het 'afgezette gedeelte' bevond. Zelfs vóór de arrestatie van zijn vader was dit al verboden terrein geweest. Een gevaarlijke ruïne. Instortingsgevaar. Zijn vader was daar heel duidelijk over geweest. *Uit de buurt blijven.*

Hij voelde zich vreemd opgewonden. Toen hij vroeger samen met zijn broer een poging had ondernomen om hier een kijkje te gaan nemen, waren ze niet zo ver gekomen. En nu was hij de plek binnengedrongen waar hij nog nooit was geweest, op een eiland dat hij als zijn broekzak kende. Maar hij voelde vooral woede. Er was hier iemand geweest, iemand die zich met hun zaken had bemoeid. Waarom? Wie het ook was: de indringer zou vast niet meer in de buurt zijn, want je moest wel gek zijn om in de vrieskou de hele nacht op Fidra door te brengen. Voorzichtig daalde hij de ongelijkmatige, uit de rots gehakte treden af, maar hij verstapte zich bij de laatste en moest zich aan de ruwe muur vasthouden om niet te vallen. Hij rook een bedompte aardegeur. Toen was hij er.

Was het een kamer? Een hol? Hoe moest je dit noemen? Drie wanden, uiteraard zonder ramen. Klein. Benauwd. Maar niet leeg. In de hoek rechts stond een oude leunstoel, die hem vaag bekend voorkwam. Een smal, metalen bed, ook al zo bekend, stond tegen de tegenoverliggende muur. Naast de stoel stond nog een rechthoekig laag tafeltje, met de langste zijde tegen de muur. Aan de linkerkant van de achterste muur hing een dartbord, en zes rode en gele pijltjes zaten rond de bull's eye. Aan dunne, stalen haken die in de muur bevestigd waren, hingen vier elektrische kampeerlampen. Ze waren oud en deden het natuurlijk niet meer. Maar de vijfde lamp was nieuw en modern. Hij knipte hem aan. Het licht viel op het tafeltje dat eronder stond.

Sommige zaten in albums. Gesloten albums met titels erop. Sommige waren ingelijst. Meestal een serie van vier foto's. De gezichten kwamen hem vreemd bekend voor. Hij meende zelfs heel even dat hij ze kende, van vroeger. Maar het waren gezichten die hij op andere foto's had gezien. In de kranten. Op politiefoto's. Alison Bailey. Jacqueline Galbraith. Eileen Ritchie.

Het wilde nauwelijks tot hem doordringen wat hij daar zag. Hij schudde vol ongeloof zijn hoofd. De precieze klinische uiteenzetting over de verwondingen in het rapport van de patholoog; de beschrijving van wat er waarschijnlijk was gebeurd; het gloedvolle betoog van de openbare aanklager in dat droge rechtbankverslag; de beschrijvingen van het lijden dat ze hadden moeten doorstaan; het deed er niet meer toe. Dit was de waarheid. Dit was wat er werkelijk was gebeurd. Voor hem lag een beeldverslag van de manier waarop de drie meisjes geesten waren geworden.

De geesten van Fidra.

'Catriona'

Hoe ironisch dat Catriona Buchan, vernoemd naar het liefje van de held uit 'Ontvoerd' van R.L. Stevenson en het vervolg daarop, 'Catriona', nu zo goed bevriend is met Miller McAllister. De jonge Miller, die genoot van de boeken van Stevenson, vooral van 'Schateiland' omdat dat verbonden is met het eiland Fidra – heeft nooit kunnen vermoeden hoe de kaarten jaren later verdeeld zouden zijn tussen hem en Catriona.

De diepe wonden die zijn jeugdtrauma heeft geslagen hebben hem doen verlangen naar de steun en het begrip van de mensen die de verschrikkelijke gebeurtenissen van 1973 en 1974 ook hebben meegemaakt. Ik ben ervan overtuigd dat zijn terugkeer naar het verleden hem labiel heeft gemaakt, hem uit balans heeft gebracht. Hij schijnt ook, tijdelijk naar ik mag hopen, afstand te hebben genomen van zijn vrouw en kinderen en hij heeft zich teruggetrokken in een afzondering die doet denken aan zijn geïsoleerde jeugd. Het is nog maar de vraag of hij ooit nog uit die afzondering zal terugkeren.

Hij zal veel hulp nodig hebben om de nabije toekomst door te komen, die naar mijn overtuiging veel pijn en spijt voor hem in petto heeft. Maar ook een ontknoping. Dat staat vast.

En een zekere gerechtigheid. Eindelijk.

Aantekeningen voor 'Fidra – herziene geschiedenis van een eiland'

55

Het was alsof hij uit twee mensen bestond. De koele, rationele, verstandige Miller. Die de stapel albums en het handjevol ingelijste foto's pakte en zelfs de lamp uitdeed. Die met twee treden tegelijk de trap op rende, Megs riem van haar halsband losmaakte zodat ze met hem mee kon rennen terwijl hij door de sneeuwstorm naar huis sprintte.

En de andere. Wiens handen zo beefden dat hij het ene na het andere ijsblokje in de gootsteen liet vallen, naast het glas dat hij had gevuld met de rest uit zijn heupfles. De heupfles die daarna uit zijn handen was geglipt en met een bloedstollende klap op de tegelvloer was gekletterd.

De helse stapel lag op de plek waar hij hem had neergekwakt. In het midden van de eettafel. Onbekeken, behalve wat hij er daar al van had gezien. Hij durfde er niet dichtbij te komen. Meg lag bij de haard en bleef ook op afstand. Van hem. Van de tafel. Zonder dat ze een commando of een aanwijzing nodig had. Ze begreep het. Hij waagde twee stappen naar de tafel en bleef staan. Deed weer een stap naar achteren. Het ijs rinkelde in het glas omdat zijn hand niet ophield met beven. Het vuur knetterde en de wind joeg de sneeuw genadeloos tegen de ramen, de ene vlaag na de andere, en overstemde het geraas van de zee.

Hij dronk zijn glas in één teug leeg; hij moest er bijna van braken en het getril werd nog erger. Hij slikte de misselijkheid weg. Een paar stappen vooruit en hij stond bij de tafel. Hij draaide de ingelijste foto's om, met de voorkant naar onderen, en reikte met trillende hand naar de albums. Precies hun oude fotoalbums. Met een kaft van schotse ruit: allemaal verschillende *tartans*, waarvan de naam linksonder in gouden schrijfletters aangegeven stond. De groene, blauwe en rode ruiten vervloeiden voor zijn ogen. Daar stonden ze, precies in het midden. De beruchte namen. *'Eileen – schoonheid uit Garvald.' 'Jacquie – koningin van Dirleton.' 'Alison – Strandschone van Yellowcraigs.'* Strandschone. Hij dwong zichzelf om het eerste boek te openen. Zwart-wit. Rechthoekige foto's met witte randjes, vier per bladzijde. Elk in vier driehoekige fotohoekjes. Net vakantiekiekjes. Vakantiefoto's uit zijn jeugd. Maar niet heus. Hij bladerde het album door, steeds sneller, tot de beelden in elkaar overliepen als in een rudimentair tekenfilmboekje. Al was er op de foto's geen enkele beweging te zien. Het meisje was dood. Misschien nog niet lang, maar ze was totaal levenloos. Ze poseerde naakt, met uitgespreide armen en benen in een karikaturale postcoïtale gelukzaligheid. De gapende wond op haar hals, het bloed dat in plassen aan weerszijden van de tere nek lag. Het tweede album was precies zo. Maar dan in kleur. Kleuren die in de loop der jaren waren vervaagd en toch nog fel genoeg waren. Het rood was overduidelijk. De angst, de gruwelen, de marteling ook.

'Eileen – Schoonheid uit Garvald.' De laatste. De recentste. Kon hij dit? Hij trok het album naar zich toe. Sloot zijn ogen, voelde met zijn duim en wijsvinger aan het album en deed het ongeveer in het midden open. Eén blik maar. Om het te controleren. Zijn oogleden trilden toen hij ze van elkaar dwong. Vier foto's. Kleur. Zelfde indeling. De gapende halswond staarde hem aan.

Hij gooide het album dicht en schoof het met zo'n kracht van zich af dat het een leeg glas aan de andere kant van de tafel omvergooide. Hij hoorde dat Meg ging zitten, maar na zijn blik weer ging liggen, bij de haard. Hoe had de politie dit kunnen missen? Had hij zich vergist? Herinnerde hij zich niet meer goed waar het was gebeurd? Die kelder was oud, alles wees erop dat er nooit meer iemand was geweest. In tweeëndertig jaar niet meer? Sinds ze zijn vader hadden meegenomen? Maar in dat geval... Dat betekende dat de politie niet goed genoeg had gezocht. Hadden ze dit over het hoofd kunnen zien? *Nee, natuurlijk niet, onmogelijk!* Dat kón toch niet? Maar...

Wat moest hij doen, wat moest hij doen, wat moest hij doen?

Zijn mobiel! Hij klopte op zijn broekzakken. Nee. In zijn parka! Hij begon als een gek in de zakken te voelen, in elke zak twee keer. Nergens. Hij trok de jas uit, smeet hem op een stoel, ging zitten en wreef met beide handen over zijn zere ogen. Hij werd te slordig de laatste tijd. Hij vergat dingen. Hij had zijn mobiel toch in zijn jas gestopt toen hij dat laatste bericht van Mhari had gehoord op de voicemail? Hij wist het bijna zeker, maar nu lag dat ding waarschijnlijk ergens onder een berg sneeuw. Verloren bij dat stomme gestoei met Meg!

Op dat moment blafte Meg één keer: hij keek razendsnel om en kon zijn ogen bijna niet geloven.

56

'Wat is hier in godsnaam aan de hand, Miller? Ik zag dat vuur, dat heeft uren gebrand. Wat was dat eigenlijk? En Lizzie... ze heeft me weer gebeld, op de praktijk. Ze zei dat je... nou ja, dat je er vreselijk uitzag. Zo lief van haar, ze heeft haar zwager gevraagd of hij mij hierheen wilde brengen. Waarom neem je de telefoon niet op? En wat ligt daar op ta...'

'Niks, Niks!'

Hij beschermde de albums met zijn lichaam, als een kind dat zijn werk in de klas afschermt voor de nieuwsgierige blikken van anderen. Gelukkig waren de albums dicht of lagen ze omgekeerd op tafel. Hij ging staan en schoof de stoel zo ruw naar achteren dat hij door het gewicht van de parka omviel. Hij zette hem onhandig overeind, gebaarde vaag met zijn hand en deed met zijn andere hand het licht boven de tafel uit, zodat de gruwelen in duisternis gehuld werden.

'Zullen we, eh... bij de haard gaan zitten? Hup, Meg, schuif eens op, meissie. Ga zitten, Cattie.'

Ze had nog steeds haar natte regenjas aan, maar ging in de leunstoel tegenover hem zitten en keek snel de kamer rond. Om de vroeger zo vertrouwde omgeving opnieuw in zich op te nemen? De plek waar ze gelukkige herinneringen aan had? Zo lang geleden...

'Jezus, Miller, je ziet er vreselijk uit.' Ze stond op, kwam naar hem toe en pakte zijn hoofd vast terwijl ze hem aankeek en in zijn hals voelde. Ze nam zijn hartslag op en ging weer zitten. Ze keek bezorgd.

'Wanneer heb jij voor het laatst geslapen? Echt goed geslapen bedoel ik?'

Hij haalde zijn schouders op. Door haar zachte aanraking stortte hij bijna in. 'Ik weet het niet... Ik wilde eerlijk gezegd net gaan slapen. Sorry, je hebt gelijk, ik voel me niet zo lekker. Morgen gaat het vast een stuk beter. Ik zal je even laten zien waar je kunt slapen, die kleine logeerkamer bovenin. Weet je nog? Sorry dat ik je niet kan terugbrengen nu, morgenochtend pas, maar nou ja, ik denk...'

Ze stak haar hand op om zijn gestamel te stoppen. Ging ze hem nu onderhouden over zijn brutaliteit, zijn overduidelijke verlangen om van haar af te komen? 'Laat maar, Mill, het hindert niet, echt niet. Zullen we maar gewoon vroeg gaan slapen? Volgens mij zijn we allebei erg moe, en Meg ook zo te zien.'

Hij probeerde terug te glimlachen, maar stond op uit zijn stoel, pijnlijk bijna, en ging haar voor naar de trap. 'Weet je die kamer nog te vinden? Twee trappen op. Het bed is opgemaakt en volgens mij ligt er ook wel een handdoek. Zet het kacheltje maar zo hoog als je wilt. Ik ga hier nog even opruimen, tot morgen.'

Hij knikte naar de eerste overloop. 'Ik neem de kamer van mijn ouders, en ik neem Meg ook mee, zodat ze niet aan je deur komt krabben. Dat doet ze soms bij mensen die ze graag mag, dus ik zal haar maar bij me houden. Welterusten.'

Hij keek haar na terwijl ze langzaam naar boven liep, haar regenjas uittrok en nog even verbaasd omkeek. 'Zeg het alsjeblieft als er iets is, Mill, of als ik iets voor je kan doen.'

Meteen toen ze uit het zicht verdwenen was, liep hij terug naar de tafel. Hij pakte de albums, zei fluisterend tegen Meg dat ze mee moest komen, en liep met twee treden tegelijk de trap op naar de slaapkamer. Boven hoorde hij Catriona over de overloop naar de badkamer lopen. Hij legde de albums onder het bed, ging op het bed zitten en leunde met zijn ellebogen op zijn knieën.

Hij moest terug. Hij moest nog eens kijken wat dat nu precies voor plek was. Het archief van de rechtszaak was weg. Verbrand. Hij vervloekte zichzelf erom. In de mappen hadden kaarten en plattegronden gezeten die hij niet goed had bekeken. Nu was alles vernietigd. En de politiefoto's ook. Wat wás dat voor ruimte? Toch niet de plek waar die meisjes waren gevonden? Of wel? Het gruwelkabinet? Maar dat was toch niet mogelijk? Dat zou toch allemaal wel door de politie zijn weggehaald? Wat gebeurde er toch allemaal?

Hij stond met tegenzin op.

'Blijf, meissie, blijf. Ga slapen.'

Hij deed zacht de slaapkamerdeur achter zich dicht en sloop de trap af. Toen greep hij zijn parka en zijn zaklamp en ging door de voordeur naar buiten. Hij keek omhoog naar Catriona's donkere raam voordat hij bijna dubbelgebogen in de sneeuwstorm verdween.

57

Hij bukte zich en klopte uitnodigend op zijn knie. 'Goed zo, Meg, kom maar. Je kent die ouwe Duncan toch nog wel? Kom maar, goed zo.'

Wonderbaarlijk genoeg hield ze zich stil, en reageerde dankbaar op het gekrabbel achter haar oren en op haar borst waarmee hij haar probeerde te paaien. Hij kon goed met honden omgaan.

'Jij bent helemaal geen waakhond, hè? Je bent gewoon een goeie lobbes.'

Zijn oog viel op een hoekje van een van de albums. Hij haalde ze allemaal onder het bed vandaan en ging met zijn rug tegen de muur op de grond zitten. Hij klopte naast zich om Meg over te halen bij hem te komen zitten.

Hij wist al wat daarin stond. Hij koos er een uit en bladerde er snel doorheen, zodat hij de foto's in een flits aan zich voorbij zag trekken. Toen haalde hij uit zijn binnenzak een klein boekje met een vergelijkbare kaft van Schotse ruit. Bladzijde na bladzijde was volgeschreven met een keurig handschrift. Zwarte inkt, hier en daar verbleekt. Hij bladerde erin tot hij vond wat hij zocht.

Strandschone
<u>Woensdag 12 november 1969</u>

Alison had een boxerpuppy. Nog maar acht maanden oud, vertelde ze me. Ze heette Lucy. Alison wist dat ze nog laat op het strand was, later dan verstandig was. Het strand was leeg, afgezien van een paar mensen die zó ver weg waren dat ze kleine poppetjes leken. De winternacht viel terwijl wij daar waren. Ik zei tegen haar dat ik wel even met haar mee wilde lopen naar de weg. Daarvandaan was het niet ver meer naar huis, zei ze.

Lucy kwam aangerend: ze gehoorzaamde Alisons commando's verbazingwekkend goed. Het was een prachtige rashond: een mooi gevlekt lijf, vier witte sokjes. Ik aaide haar en ik vroeg of ik haar een paar chocoladeflikken mocht geven. 'Natuurlijk. Dan is ze voor altijd dol op u.'

Ze deed Lucy aan de riem en we liepen door de duinen en het stekelige gras. Ik wilde haar niet al te ver van de auto de keel dichtdrukken. Ook niet te dichtbij. Voor de zekerheid. Maar het was inmiddels al donker, niemand zou het zien. Ik maakte de riem los van Lucy, die geïnteresseerd was maar niet protesteerde, hees haar bazinnetje over mijn schouder en liet het dier in het zand naar de rest van de chocoladeflikken zoeken. Een paar minuten later, toen ik achter het stuur ging zitten, meende ik even haar gejank te horen in de wind.

Ik kan me mezelf die fout van de eerste keer eigenlijk niet echt aanrekenen, maar dat deed ik toch. Ik dacht dat ik Alison goed had verstopt voor nieuwsgierige blikken voordat ik haar kon meenemen op haar laatste reis naar Fidra, toen ik plotseling een stem hoorde.

Dat was wel de meest onverwachte getuige die daar opdook. Ik moest er maar op vertrouwen dat mijn smoes – 'die mevrouw voelt zich niet goed, ze moet even liggen' – afdoende zou zijn. Dat was ook zo, tot op zekere hoogte, maar vanaf dat moment had ik in feite een handlanger.

Koningin van Dirleton
Donderdag 10 februari 1972

Ze vertelde me zomaar haar naam. Want ze vertrouwde me, dat was wel duidelijk. De hond was een cairnterriër. Vriendelijk. Ik aaide het dier, ik zei dat het zo'n koude avond was en ik vroeg haar waar ze woonde. Jacqueline, of Jacquie zoals ze genoemd wilde worden, zei dat het ongeveer een kwartier lopen was. Maar ze liet Tam altijd uit aan de rand van het dorp Dirleton. Ze zei dat hij dat nodig had, ook al was het maar een kleine hond, en de wandeling van ongeveer drie kilometer vond hij heerlijk. Ik vroeg of ik hem een stukje chocola mocht geven. 'Een klein stukje dan, dank u wel.'

Ik zei dat het wel donker en stil was op zulke winteravonden en of ze dat niet eng vond. Ze haalde haar schouders op en zei: 'Het is heel veilig hier, zeker als je een hond bij je hebt, ook al is het maar een kleintje. Dan denken ze dat die wel zal gaan blaffen of bijten.' Ik moest daar bijna hardop om lachen, vooral toen de hond leek te spotten met haar domme opmerking door kwispelend tegen me op te springen, bedelend om aandacht en nog een aai, waardoor ze zich nog veiliger voelde.

Tam protesteerde niet. Hij deed niets toen ik zijn bewusteloze bazinnetje naar de auto bracht, haar achterin legde en een picknickkleed over haar uitspreidde. Hij stond rustig toe te kijken, een stukje verderop, met gespitste oren en de tong uit de bek. Het was bijna alsof hij naar me lachte. Ik deed de riem los, aaide hem over zijn kleine kop en nam afscheid met nog wat chocola. Toen ik wegreed, keek ik in mijn achteruitkijkspiegel. Daar stond hij, midden op de verlaten weg. Pas op dat moment scheen het tot hem door te dringen. Ik zag aan zijn bek, die open- en dichtging, dat hij begon te blaffen.

Dit keer heb ik alles alleen gedaan, zonder dat één levend wezen ervan wist of iets heeft gezien. Wat een gevoel geeft dat!

Dat was voorlopig wel genoeg. Hij deed het boek voorzichtig dicht. Boven hem hoorde hij Catriona. Meg begon zacht te janken en hij probeerde om haar daarmee te laten ophouden. Ze was net op tijd naar het eiland gegaan, voordat het tij dat onmogelijk maakte. Mooi. Precies wat hij wilde. Hij knikte tevreden en liep naar het raam. Alles was wit. Hij vroeg zich af hoe Miller ooit de weg terug moest vinden. Maar wat hij daar ook deed: hij verknoeide zijn tijd. Hij moest hier zijn.

58

De zaklantaarn was waardeloos. Vijf centimeter, verder kon hij er niet mee kijken. Hij knipte het rotding uit en stopte het in zijn zak. Zijn opschepperij van vroeger, dat hij geblinddoekt nog wel de weg zou kunnen vinden op het eiland, werd vanavond genadeloos op de proef gesteld. Maar hij kon geen risico nemen. Eén misstap en hij zou zijn benen breken of over de rand van het klif verdwijnen. Hij moest terug. Zou hij Catriona wakker maken? Haar vertellen wat hij had gevonden? Nee, dat wilde hij haar niet aandoen. Vanavond niet.

Hij keerde om en drukte zijn hoofd op de borst. De wind trok aan zijn capuchon.

'*Verdomme!*'

De ijzige vlokken bleven maar tegen zijn gezicht striemen, waardoor hij om de stap zijn ogen moest dichtdoen. Maar toen zag hij in de verte het gele licht van de buitenlamp. Heel zwak, maar hij zag het echt. Eindelijk! Hij moest heel zacht doen en hopen dat Meg hem niet zou horen en hem vrolijk blaffend zou verwelkomen.

Hij vocht tegen de wind en deed de deur zo zacht mogelijk dicht. Hij bleef in de vestibule staan luisteren. Niets. Geen Meg die door het dolle heen was. Geen Cattie die met een frons op haar mooie gezicht de trap afkwam. Zuchtend ritste hij zijn parka open en trok zijn laarzen uit. De traptreden waren van beton, dus hij hoefde zich geen zorgen te maken over gekraak. Geruststellend fluisterend deed hij de deur van zijn slaapkamer open.

'Ssst, meissie, ik ben het, stil maar.'

Hij voelde haar afwezigheid meteen. Het was niet eens dat ze hem niet kwam begroeten, of dat hij geen hoog welkomstblafje of zelfs maar een zachte ademhaling hoorde. Hij wist gewoon binnen een fractie van een seconde dat ze er niet was. Het duurde even voordat zijn ogen aan het donker gewend waren, na het licht beneden in de gang, maar toen zag hij het. De albums lagen op het kleed en er waren een paar foto's losgeraakt uit de hoekjes, alsof iemand ze daar had neergegooid. Een album was weg. Catriona!

Haar deur stond open, de dekens waren opengeslagen en het kussen was ingedeukt. Haar regenjas hing over een stoel. Verder geen spoor van haar. Ze was weg!

'*Catriona!*'

Hij rende over de overloop en keek in alle kamers. Niets. De eerste verdieping misschien. Hij rende de trap af, keek in de eerste slaapkamer, tweede slaapkamer, de badkamer, zelfs in de kast. Nergens. Hij sprong van de vierde tree op de grond. Het observatieplatform. Dat kon bijna niet met dit weer, maar hij wilde het toch controleren. De schuifdeuren waren dicht en door het glas zag hij alleen duisternis en sneeuwvlokken. En nog iets. Meg! Hoe kon dat in godsnaam?

Hij schoof de deur open om haar binnen te laten en sloot de storm meteen weer buiten.

'Waar is ze, meissie? Waar?'

Er was nog maar één mogelijkheid. Buiten. Buiten! Hij schoot zijn laarzen weer aan en griste de parka van de vloer. De zaklantaarn! Ja, die zat nog steeds in zijn zak, al had hij er niets aan met dit weer, dat nog steeds slechter leek te worden.

Hij greep de deurkruk vast en zette zich alvast schrap.

'Miller. Wacht even.'

59

De stem behoorde toe aan de man die uit de pikdonkere eethoek opdoemde; een spookachtige figuur in zijn donkere, wollen habijt.

'Wat…? Jezus, Duncan! Wat doe jíj hier? Lizzie maakt zich vreselijk zorgen om je. Ze is zelfs hier geweest, bijna in tranen. Ze zegt dat je helemaal niet in retraite bent. Ze is heel be…'

'Ik weet het, ik heb haar zien weggaan.'

Miller deed instinctief twee stappen naar achteren toen Duncan naderbij kwam. De monnik zag er slecht uit. Ziek, bijna. Hij was magerder geworden in zijn gezicht, dat gespannen en uitgeput stond. 'Hoe bedoel je, dat je haar hebt zien vertrekken? Hoe lang ben je hier dan al? En waarom heb je me dat niet verteld? Blijf daar maar staan.'

Hij voelde dat Meg merkte dat hij steeds banger werd. 'Heb jij Meg naar buiten gelaten, in de sneeuw? Ik kon haar daar door de harde wind niet eens horen. Catriona zou zoiets nooit doen.'

Duncan liep nog steeds op hem af, met beide handen opgeheven. 'Ik moest Meg wel even naar buiten laten, omdat ik…'

Miller liet zijn parka op de grond vallen, zodat hij beide handen vrij had. 'Blijf staan, Duncan! Blijf stáán!'

'Miller, wil je alsjeblieft…'

Hij gaf Duncan niet meer de gelegenheid om nog dichterbij te komen en stortte zich op zijn benen. Door die rugbyaanval belandden ze allebei tegen de haard. Miller stootte keihard zijn rechterschouder, maar hij wist een pook te grijpen en probeerde intussen de zware Duncan van zich af te werpen. Meg was binnen een seconde bij hen en begon om hen heen te springen, vrolijk blaffend om het zogenaamde spelletje. Duncan duwde Miller van zich af en deinsde achteruit, naar de erker. Miller dook opnieuw op hem af. Hij hoorde eerst het glas breken, en merkte toen pas dat ze samen door de ruit vlogen. Hij voelde de scherven door zijn trui in zijn rug en in zijn toch al pijnlijke schouder snijden. Toen kwam hij met een klap op de metalen vloer van het observatieplateau terecht. Meg jankte, allang niet meer vrolijk, en ze liep voorzichtig tussen de glasscherven en de sneeuw door die nu de kamer binnenjoeg. Miller lag als verlamd op de grond. De sneeuw wervelde om zijn neus en zijn mond. Hij probeerde te gaan zitten, maar Duncan stond naast hem. Hij had nu de pook in zijn handen. Miller ging weer liggen en Meg begon de sneeuw van zijn gezicht te likken.

'Nee! Hou op, af!'

Hij duwde haar weg en probeerde opnieuw te gaan zitten. De wind blies de kolkende sneeuw in zijn gezicht, maar de kou verdoofde de pijn en hield hem wakker. Duncan was weer de kamer in gegaan, maar hij bleef hem in de gaten houden. Hij stond langzaam op. De glasscherven knarsten onder zijn voeten. Zijn rug moest wel flink geraakt zijn, misschien wel ernstig opengereten. Hij voelde de warme vochtigheid van bloed. Heel voorzichtig probeerde hij met zijn hand op zijn rug te voelen, maar dat ging bijna niet. Zijn rechterschouder en zijn arm waren stijf van de harde klap. Hij ritste zijn trui open, trok die voorzichtig uit en bekeek de rug; er zaten glasscherven en bloedvlekken in. Hij liet de trui vallen en strompelde op Duncan af, die ook gewond was en als een dronkenlap op zijn benen zwaaide.

Het lawaai waarmee de pook in de haard gesmeten werd, kletterde door de grote kamer.

'Die hebben we niet meer nodig.'

Miller voelde dat Meg zich tegen zijn benen drukte toen hij tegen de deurpost leunde. Het gehuil van de wind en het geraas van de branding klonk veel harder nu de ruit stuk was, maar Duncans zware stem was toch goed te verstaan.

'Je moet nu echt even bedaren, jochie. En dat meen ik. Rustig nou. Je kunt trouwens nauwelijks nog op je benen staan. En je moet naar die snijwonden laten kijken, maar dat kan wel even wachten. Waar staat de whisky? In de keuken?'

Miller negeerde die vraag. 'Waar is Catriona? Waar is ze! Als jij haar iets...'

Duncan stak zijn bebloede hand op. 'Ik heb haar niets gedaan. Ik wilde juist dat ze hier kwam. Ik heb Lizzie gebeld, vlak nadat ze bij jou was vertrokken. Ik vind het vervelend dat ze zich zorgen over me heeft gemaakt, daarom belde ik haar, maar ze vertelde me dat ze Catriona zou bellen om te vragen of ze naar jou wilde gaan. Dat was precies wat ik haar had willen vragen. Ze moet hier komen. Ze zit nu ergens op het eiland, maar ze komt wel weer terug. Ik denk dat ze heeft gemerkt dat je naar buiten bent gegaan en dat ze je is gaan zoeken. Dat had ik eerlijk gezegd niet verwacht, maar zoals ik al zei: ze komt wel terug. Je ziet buiten geen hand voor ogen, dus ver kan ze niet komen.'

Het begon Miller te duizelen. 'Maar... ze kan wel bevriezen, en... o god, nee... ze is in mijn slaapkamer geweest! Die foto's, die albums!'

Maar Duncan schudde zijn hoofd. 'Nee. Dat was ik. Meg zat nogal te piepen, daarom heb ik haar heel even naar buiten gelaten. Ik wilde Catriona niet laten schrikken, want ik wilde niet dat ze al wist dat ik op het eiland was. Ik wilde jou eerst spreken, maar ik moest ook nog iets nagaan hier op het eiland. Ik had niet verwacht dat jij ook naar buiten was gegaan, zeker niet met dit weer. Luister, je moet niet bang voor me zijn. Ik wil alleen maar even met je praten, heel rustig en kalm. Maar waar is verdomme die whisky nou? Ik weet niet hoe het met jou zit, maar ik kan de pijn bijna niet meer verdragen. En ik heb ook een keukenrol nodig, of een theedoek of zoiets.'

Miller voelde dat Duncan hem in de gaten bleef houden toen ze naar de keuken wankelden. Op een plank tussen de gootsteen en de koelkast stonden een paar drankflessen. Zonder iets te zeggen reikte hij Duncan een halve fles whisky aan. Daarna deed hij de deur van het vriesvak open en pakte de wodka.

Duncan had een keukenrol gepakt, wikkelde het papier om zijn bloedende hand heen en liep terug naar de kamer. Miller strompelde achter hem aan. Duncan bleef plotseling staan, midden in de kamer, en keek schichtig naar de voordeur en het observatieplateau. Hoewel Duncan zijn best deed om hem te kalmeren, vond Miller dat hij erg nerveus en hyperalert was.

'Wat is er toch, Duncan? Wie zoek je nou? Of is hier nog iemand? Wie dan, verdomme?'

Duncan gaf geen antwoord maar hinkte naar de hoek van de kamer, waar het nog steeds donker was. Hij knipte de lamp aan en de tafel kwam tot leven. Een van de albums lag op tafel, naast een moderne videocamera, die glom in het zachte licht.

'Ga zitten.'

'Wat is er nou, Duncan...'

'Ga zitten, verdomme!'

Miller schrok van de onverwachte vloek en ging gehoorzaam op een stoel zitten. De zithoek bood enige bescherming tegen de wind en de sneeuw, maar veel was het niet en hij had het ontzettend koud in zijn dunne T-shirt. Hij nam een flinke slok wodka om te proberen wat warmer te worden, en Duncan sloeg tegelijk een enorme hoeveelheid whisky achterover, genoeg om van onder zeil te gaan. Het bloed sijpelde door het stuk goedkope keukenpapier, dat van zijn hand gleed toen hij naar de videocamera reikte.

'Als ik me niet vergis, kunnen we dit gebruiken in de rechtbank. Kijk maar.'

60

Duncan verdraaide het kleine maar heldere LCD-scherm en deed de lamp in de kamer uit. Het blauwachtige licht wierp een spookachtig schijnsel op zijn gezicht, dat vertrok van pijn toen hij ging zitten. Er klonken zachte, gedempte stemmen uit het apparaat. Duncan en nog iemand? Was dat een man of een vrouw? Moeilijk te horen. Op het schermpje was nu alleen nog een groenblauwe waas zichtbaar. Een close-up ergens van. Nu hoorde hij Duncans stem een stuk duidelijker.

'Dank je. Ja, dank je wel. Doe de deur maar dicht.'

Het beeld wiebelde en werd weer rustig. Het was een deken! Er staken twee magere knieën uit. Het beeld werd nu wat hoger gericht, op het uitgemergelde, diep doorgroefde gezicht van een zeer oude vrouw. Nu klonk Duncans stem heel helder...

'... Vandaag is het tien november tweeduizendvijf. Ik neem dit op in het verpleeghuis Achairn te Caithness. Ik ben hier bij Jessie Carmichael die een paar dingen wil zeggen. Jessie?'

Het geluid van een droge hoest klonk uit het apparaat terwijl de keel van de oude vrouw even dicht leek te knijpen en de gerimpelde lange hals bewoog als de hals van een watervogel die triomfantelijk zijn prooi naar binnen werkt. Ze opende haar gesloten oogleden en keek recht in de camera. Het gezicht was oud en gerimpeld, maar die ogen waren nog heel levendig. Miller schoof zijn stoel wat dichter bij het kleine beeldscherm.

'Bedankt, broeder Duncan. In al die lange, donkere jaren van mijn leven heb ik gewacht op iemand zoals jij. Je bent gestuurd *door de Duivel, om mij voor het lapje te houden, of door de Heer zelf. Ik hoop dat Hij daarboven het is. Ik heb mijn best gedaan om een goed leven te leiden, waarachtig waar. Ik hoop dat mij dat gelukt is, behalve dat ene, verschrikkelijke geheim dat ik al die jaren met me mee heb gedragen. Mijn leven lang.'*

Nu volgde nog meer geslik en een schrapende hoest.

'Kort voordat mijn zoon stierf, heeft hij zijn verwijdering tussen ons van meer dan dertig jaar plotseling verbroken. Als een moeder zegt dat ze blij is dat haar kind haar is voorgegaan in de dood, zal dat wel heel duivels klinken. Duivels en slecht, maar in mijn geval is het waar. Wat ik heb gebaard, is uitgegroeid tot een satan van een man. Hij leek sprekend op zijn vader, dat staat vast. En net als de satan was ook hij heel charmant. Een mensenverleider. Maar zo is hij niet altijd geweest. Toen hij klein was, kon ik hem niet tegen zijn vader beschermen. Wat heeft hij veel slaag en vernederingen moeten verdragen. Ik probeerde hem wel te beschermen, ik heb heel wat klappen voor hem opgevangen. Maar toch is mijn zoon voorgoed in zijn schulp gekropen. Hij werd een eenzame jongen.

Daarom was ik niet alleen verdrietig maar ook opgelucht toen hij ging studeren. Ik heb me ontzettend veel zorgen over hem gemaakt; ik wist dat hij eronderdoor kon gaan of er juist weer bovenop kon komen. De grote verandering kwam na twee jaar studie. Hij was aan het begin van de vakantie thuisgekomen, en ik hoorde geschreeuw beneden in de woonkamer. Ik ging naar beneden en zag die bruut van een man van me weggedoken in een hoek van de kamer. Mijn zoon stond over hem heen gebogen met een stuk brandhout in zijn handen! Zijn vader bloedde hevig uit een wond op zijn hoofd en mijn zoon dreigde nog eens toe te slaan, en hem misschien wel een dodelijke klap te geven. Hij schreeuwde: 'Nu ben ik de baas! Nu ben ik de baas! Jouw gebroed keert zich tegen je!' Hij zag er ook anders uit. Ouder en sterker, lichamelijk, maar ook mentaal. Zijn kleren waren anders, veel moderner. Hij leek heel zelfbewust en krachtig geworden. Ik zou eigenlijk opgelucht hebben moeten zijn, maar in plaats daarvan was ik doodsbang.

Hij studeerde heel snel af en begon zijn loopbaan in Edinburgh. Ik dacht dat hij niet zou trouwen, hij had het ook nooit over meisjes, maar toen ontmoette hij ineens iemand uit de buurt. Ze had zelf geen ouders meer en volgens mij was ze op zoek naar iemand om bij te horen. Het was een leuk, rustig meisje, jonger dan mijn zoon, en heel erg gevlijd door zijn aandacht. Ik kreeg weer hoop. Maar zijn vader dacht er heel anders over. Sinds die laatste ruzie was mijn echtgenoot erg stil, maar dat veranderde. Er volgde nog een laatste oorlog tussen vader en zoon, een laatste krachtmeting. En de uitkomst daarvan was geen verrassing.

Zijn enige kind, dat hij met geweld naar zijn beeld had gevormd, maakte hem op zijn beurt kapot. Mijn echtgenoot hield zich nog een jaar aan het leven vast, sloot zich opnieuw op in zijn kamer en sprak nauwelijks een woord tegen mij. Dat ik blij was met zijn dood, is nog zacht uitgedrukt. Mijn zoon heeft in zekere zin zijn vader vermoord en ik was daar dankbaar voor. Het is vreselijk om zoiets te denken, maar het is toch de waarheid.

De verlovingstijd van mijn zoon was erg kort en hij trouwde heel snel. Opnieuw hoopte ik dat dat zijn redding zou zijn. Die hoop nam toe toen ze binnen een jaar een kind kregen. Ik werd voor het eerst grootmoeder. Maar het was maar van korte duur. Ze probeerde het te verbergen, maar ik zag in de ogen van mijn schoondochter hoe bang en ongelukkig ze was. En mijn kleinkind was een ongelukkige, onrustige baby. Onder het oppervlak van dat jonge gezin ging een duistere waarheid schuil. Tot mijn afschuw had mijn zoon de gewoonte van zijn vader overgenomen en mishandelde hij zijn vrouw zoals zijn vader mij had mishandeld. Het was het werk van de duivel. Ik heb...'

'Jessie? Gaat het wel? Wil je een slokje water?'

'Nee, dank je, Duncan. Alleen mijn bril... en dat boek alsjeblieft.'

Miller luisterde ingespannen om het sterke accent van de vrouw te verstaan. Haar grote, schedelachtige hoofd draaide weg van de camera en kwam toen weer in beeld. De ogen waren sterk vergroot door een bril die veel te groot was voor het tengere, benige gezicht.

'Ik ben nu een beetje moe, Duncan, dus ik doe maar wat ik al te-gen je had gezegd. Ik lees je een stukje voor uit het laatste wat mijn zoon me heeft gestuurd. Het laatste contact dat ik met hem heb gehad na bijna dertig jaar... Het gaat wel, dank je. Ik kan nog heel goed voorlezen, ik heb mijn hele leven op de zondags-school gewerkt. Ik doe het het liefste op deze manier. Dat hij op de aarde is gezet, is tenslotte voor een groot deel aan mij te dan-ken. God vergeve het hem, en mij.

Kijk. In dit boek dat ik hier heb, staan allerlei losse stukjes, er is veel doorgestreept en hij heeft veel dingen meerdere keren op-geschreven. Ik zal een stukje voorlezen van wat hij volgens mij het laatst heeft geschreven. Er staat een titel boven. "Het archief van Fidra."'

Ze slikte nog eens en boog haar hoofd over het boek.

"'Als je een kamer hebt vol levendige herinneringen, is dat heel prettig. Een heel eiland tot je beschikking hebben, is fantastisch. Beide tegelijk is het paradijs. Het heeft wel wat organisatie en planning gekost, maar het was het wel waard. Hier heb ik mijn herinneringen. Mijn archief. Meer kan ik me niet wensen. Ik heb mijn meubels, mijn dierbare foto's, mijn aantekeningen. Ik geniet erg van die aantekeningen. Heerlijk om ze steeds weer te lezen. Soms herschrijf ik bepaalde dingen en bekijk ik hoe het ge-heugen in de loop der jaren is veranderd door de tekst te verge-lijken met de oorspronkelijke aantekeningen. Niemand zal dat ooit lezen behalve ik, maar het hoort bij het plezier dat ik eraan beleef. Het houdt mijn geest actief, al is mijn lichaam dat steeds minder. Het houdt de gebeurtenissen levend en scherp, alsof ik ze gisteren heb beleefd. Ik heb de afgelopen week veel nagedacht over mijn jeugd. Ik voel me er een beetje boos over, een beetje mis-noegd. Misschien is het tijd om het allemaal op te schrijven.

Ik heb geprobeerd om veel dingen uit mijn jeugd achter me te laten. Mijn kille, vreugdeloze opvoeding. Ik ben daar al snel aan ontsnapt. Ik kon bijna niet anders. Geen vrienden, geen broers of zussen. Alleen maar huiswerk, studie. En de Bijbel. Dit was de eerste en de enige keer dat ik iets merkte dat vaag op goed-

keuring leek. 'Dus jij wilt naar de universiteit, jongen? Nou, dat moet dan maar.' Toch ging het bijna niet door. Hij wilde me niet laten gaan. Was bang voor de verderfelijke invloed van 'drank en lichtzinnige vrouwen'. Wat een lachertje. Lichtzinnige vrouwen. Hij had me onwaarschijnlijk bang gemaakt voor de andere sekse.

Maar gelukkig waren er verstandige mannen die hem op andere gedachten brachten, zoals de dominee en een paar ouderlingen. De enigen naar wie hij luisterde. En toen mocht ik weg. Mijn moeder bracht me naar de bus naar Edinburgh. De tranen liepen over haar verweerde wangen. Mijn vader stond stokstijf als een stuk graniet naast haar. Thuis zou ze zijn woede nog wel aan den lijve ondervinden. Ze had hem door die vertoning in het openbaar belachelijk gemaakt. Ook al waren we alleen gezien door de buschauffeur en een van de passagiers, een oud mens dat met haar achterlijke kind in de bus zat.

Niet vol te houden. Zo voelde het leven op de universiteit. Ik werd uitgelachen om mijn ouderwetse kleren, mijn sociale onhandigheid. Weer geen vrienden, alleen maar de studie. In de eerste twee jaar schoot ik omhoog naar de top van de klas. Waardoor ik alleen maar minder populair werd.

Maar toen gebeurde er iets. Een assepoesterachtig verhaal, het verhaal van het lelijke jonge eendje. Misschien kwam het wel doordat het met mijn studie zo goed ging. Of misschien doordat ik weg was uit dat vreselijke gezin. Toen ik na mijn tweede jaar thuiskwam, werd dat een kort bezoek. Er kwam al meteen ruzie toen ik had gezegd dat ik niet de hele zomer zou blijven maar dat ik een baantje had. Dat kleine maar belangrijke gevecht won ik. Mijn vader keerde zich in zichzelf. Er volgde een periode van zwijgzaamheid, en de al even zwijgzame lijdzaamheid van mijn moeder.

Ik kan me niet herinneren dat ik me tijdens mijn 'vrijheid' ooit gelukkig heb gevoeld. Wel nerveus, opgewonden, uitgedaagd. Ik had een baantje waarbij ik bier moest afleveren bij pubs. 'Gewoon bestellingen rondbrengen,' had ik mijn vader verteld. Als hij had geweten om wat voor vracht het ging, zou hij me vanuit Edinburgh zijn komen halen en zou ik nooit meer terug heb-

ben gemogen. Een strengere presbyteriaan kun je je niet voor-
stellen. Geen drank, geen plezier, geen vrouwen, niks. Een draai
om je oren konden we van hem krijgen, mijn moeder en ik, har-
de klappen of nog erger. Geen plezier. Alleen voor hem, en alleen
op zaterdagavond, te horen aan zijn dierlijke gegrom dat ik dan
uit de slaapkamer hoorde komen. Ik stelde me voor dat mijn moe-
der tandenknarsend onder zijn zware gewicht lag te bidden dat
het snel voorbij was. Maar ik heb nooit één klacht van haar ge-
hoord en als ik wel eens probeerde om haar kant te kiezen, keer-
de ze zich van me af. Moest ik haar met rust laten. Ze wilde me
niet als bondgenoot. Ze wilde míj niet. Dan maar niet. Nu was
ik dus door iedereen in de steek gelaten.

Dat ik uiteindelijk in opstand kwam, was alleen maar na-
tuurlijk. Maar het bleef niet bij opstand. Ik kan onmogelijk ana-
lyseren wat er in mijn leven is gebeurd, maar ik denk dat ik was
voorgeprogrammeerd voor wat ik later in mijn leven heb ge-
daan. Mijn eerste contacten met vrouwen, 'lichtzinnige' barty-
pes die ik tijdens mijn vakantiebaantje ontmoette, waren treu-
rige toestanden. Die vrouwen bespotten me, beschimpten me om
mijn gebrek aan ervaring, mijn onhandigheid, mijn onwetend-
heid. Toen voelde ik voor het eerst die woede. De woede van mijn
vader misschien wel, want ik voelde hém, het leek alsof ik mijn
vader was als ik mijn gang met ze ging. Na een halfuur met mij
viel er weinig meer te spotten. Zouden ze het niet in hun hoofd
halen om me te verraden. Ik begon te genieten van de angstige
blikken waarmee ze me dan aankeken. Ze wisten dat ik het
meende als ik vergelding zwoer.

Maar aan het eind van die zomer was ik tot de conclusie ge-
komen dat ervaren vrouwen veel te gevaarlijk waren. Niet de
moeite waard. Het was veel gemakkelijker om op zoek te gaan
naar onschuld en onervarenheid. Zo is het begonnen.

En nu kijk ik terug op mijn leven, heb ik mijn herinnerin-
gen, en een paar totems en souvenirs om daar leven aan te ge-
ven.'"

Miller voelde dat Duncans verbonden hand op zijn schouder rust-
te toen hij zich naar voren boog om de band stop te zetten. De

bebloede hand werd toen opgestoken om hem duidelijk te maken dat hij stil moest zijn. Het was nu ijskoud in de kamer en de storm gierde via het kapotte raam door de stilte die na het stopzetten van de film was gevallen. Miller keek naar Duncan, die twee stoelen op elkaar voor de kapotte ruit zette om de wind, de sneeuw en het lawaai een beetje buiten te houden. Hij hinkte met zijn pijnlijke been terug naar de tafel en haalde iets tevoorschijn uit het donker. Duncan knipte het licht weer aan, net voldoende om bij te zien.

'Miller. Ik wil dat je hier even naar kijkt. Hierdoor zul je de rest beter begrijpen. Er staan drie stukjes achterin, kijk daar nu maar even naar. Alsjeblieft, jongen, toe maar.'

Schoonheid uit Garvald
Vrijdag 22 juni 1973

De hond heette Angus. Hij was groter dan de andere. Een golden retriever. Ik vervloekte mezelf erom dat ik geen chocola had meegenomen. Maar ik was die avond ook helemaal niet op zoek. Niet op een zomeravond. Ik was echt een eindje gaan wandelen. Ik had allerlei dingen aan mijn hoofd en ik wilde even uitwaaien. Het was een goede plek om alleen te zijn, al hoorde ik op een bepaald moment wel ergens een auto rijden.

Eileen was nerveuzer dan de anderen. Ze was in het begin achterdochtig, toen ik bijna letterlijk over haar struikelde in die beschutte, dieper gelegen plek. Ik denk dat die zenuwachtigheid vooral kwam doordat ze op onbekend terrein was. Ze zei dat ze anders nooit zo ver met Angus ging lopen, maar dat het zulk mooi weer was en dat ze toen toch helemaal hier terecht was gekomen. Ik ging naast haar zitten, daar voelde ze zich wel bij op haar gemak.

Angus was niet in de buurt toen ik haar aanraakte. Net als bij de anderen kwam er ook bij haar geen geluid over haar lippen. Ik kon haar zo meenemen, bewusteloos maar levend. Ik had de hondenriem stevig vast.

Toen ik die avond terugkeerde van Fidra, merkte ik tot

mijn ontzetting dat ik een fout had gemaakt. Ik was de hondenriem kwijtgeraakt! Zou die nog ergens in het volle zicht op het eiland liggen, en ontdekt worden bij het volgende uitstapje? Of had ik de riem dichter bij huis verloren? Ik zocht alles af. Alles. Tot mijn 'handlanger' mijn zorgen met een paar verpletterende woorden wist te verlichten.

'Het is al in orde, pap. Ik heb dat met die hondenriem al opgelost.'

61

Duncan keek hem nauwlettend aan. Miller was bijna in tranen.
'Gaat het wel, jongen?'
De stukjes informatie kwamen zijn hoofd wel binnen, maar hij kon er geen logisch verhaal van maken. Hij had dat afschuwelijke verlamde gevoel uit een nachtmerrie, als je droomt dat je iets meemaakt maar niet in actie kunt komen. Niet kunt praten, niets kunt doen.
Duncan strekte zijn hand weer uit naar de camera.
'Sorry, nog een klein stukje. Het is belangrijk, heel pijnlijk, maar je móét het horen...'
Opnieuw kwam het scherm tot leven. Een trillende benige hand pakte de bril van haar gezicht en ze keek naast de camera.

Duncan? Zo is het wel genoeg denk ik. Ik hoop dat je hier voldoende aan hebt. Ik vertrouw jou dit boek toe. Ik ben blij dat ik het niet heb weggedaan, al heb ik heel vaak op het punt gestaan om dat wel te doen.

Ik ga zo even liggen, misschien straks even een kopje thee. Ik heb nog maar een paar dingen te zeggen, maar dat zijn wel de belangrijkste. Over dat boek... misschien heeft hij het me gestuurd als een soort uitleg, misschien als een excuus. Als dat zo is, maak ik me er ontzettend kwaad over. Ik schaam me. Maar waar ik me nog veel meer over schaam is dat ik er al die jaren het zwijgen toe heb gedaan. Wat een onrechtvaardigheid, wat een lijdensweg. Als ik al een excuus zou hebben, en dat heb ik niet, dan is het de liefde voor mijn kleinkind.

Het is zo'n treurig verhaal. Mijn schoondochter is na een korte ziekte overleden. Mijn kleinkind was nog heel klein en kwetsbaar. Die ellendige zoon van me zei dat hij het niet aankon. Hij had door zijn werk maar weinig vrije tijd en hij dumpte zijn kind dus vaak bij mij. Ik had gehoopt dat hij, na de dood van zijn vrouw, eindelijk zou veranderen, maar hoe haar overlijden hem heeft beïnvloed, kan ik moeilijk zeggen. We bleven van elkaar vervreemd. Ik kan alleen zeggen dat ik zijn lieve vrouw als een reddende engel, als een martelaar zie. Ik denk dat zij zijn ergste neigingen heeft onderdrukt, maar toen zij er niet meer was, richtte hij zijn blik op de buitenwereld en ging het helemaal mis. Hij raakte op een hellend vlak en hij veranderde in het moordzuchtige monster dat hij uiteindelijk is geworden.'

De oude vrouw moest opnieuw hevig en zo te zien pijnlijk hoesten. Daarna vertelde ze met een hese stem verder.

'Het was mijn grootste angst dat hij mijn kleinkind zou mishandelen, maar dat deed hij geloof ik niet; ik was ook erg bang dat zij zich afgewezen zou voelen door haar vader. Elke dag dat ze aan mijn zorgen was toevertrouwd zei ik tegen haar dat haar vader veel van haar hield, maar dat hij heel druk was met zijn werk, dus dat ze daarom beter zo nu en dan bij mij kon blijven. Ik geloof dat ik daar wel goed aan heb gedaan. Toen ze eenmaal naar school ging, en ze alleen nog in de vakanties bij me kon komen, was ze erg aan haar vader gehecht geraakt. Na verloop van tijd kreeg ik zelfs de indruk dat ik het beter anders had kunnen doen, omdat ze té sterk aan hem gehecht raakte. Mijn zoon was juist wel tevreden over die situatie. Hij had de touwtjes in handen. Ze leidden een geïsoleerd bestaan met z'n tweeën. Er kwam alleen zo nu en dan een oppas, en wat oppervlakkige kennissen uit de buurt. Ze vertelde veel over de McAllisters, hun beste vrienden. Hun enige vrienden zelfs. Wat zij me in 1973, toen ze nog maar veertien was, vertelde over de McAllisters, schokte me diep. Het heeft geleid tot mijn onvergeeflijke zwijgzaamheid en de vervreemding van mijn zoon.

Maar de oorzaak daarvoor is eigenlijk al een paar jaar eerder te vinden. Ze had me al babbelend een paar dingen verteld

waar ik niets achter zocht, waar ik het belang niet van inzag.
Maar in 1973 drong het tot me door. Ik zwoer nooit meer een
woord met mijn zoon te wisselen, al zou mijn kleinkind altijd
welkom blijven. Maar... Broeder Duncan, ik ben nu te moe om
verder te gaan. Ik heb de waarheid gesproken, ik laat het verder
aan jou over. Ik wil alleen nog zeggen dat ik dol was op mijn
kleindochter. Ik heb iets onvergeeflijks gedaan. Maar hoe kon ik
die arme kleine meid in de steek laten?'

Zwijgend zette Duncan de camera uit. Miller voelde een beweging achter zich, nog voordat hij iets hoorde. Of misschien kwam
het wel doordat Meg haar kop optilde van haar voorpoten, of door
Duncans hoorbare, scherpe inademing. Hij draaide zich om en
tuurde in de duisternis; hij zag iemand uit het donker onder aan
de trap naar voren komen en naar de andere kant van de tafel lopen, tussen hem en Duncan in.

'Dat speciale cadeau. Daarom gaf hij me dat. Hij kon niet zeker weten hoeveel een kind van tien jaar in de gaten had, of begreep. Hij gaf me het idee dat het geheim was, maar dat het ook
goed was. Het boek was mijn beloning omdat ik had gezien maar
had gezwegen. Ik weet niet hoe hij haar mee heeft genomen. Dat
eerste meisje, Alison Bailey. In de auto denk ik. Hij betaalde de
oppas, bracht mij naar bed en gaf me een nachtzoen. Ik weet niet
hoe laat ik wakker werd, maar ik voelde dat er iets niet klopte. Ik
liep door het huis, langs de kamer die hij altijd op slot deed. Zijn
doka. Daar mocht je niet komen, weet je dat nog, Miller? Verboden toegang. Gemene chemicaliën. Allerlei andere dingen. Hij
was in de speelkamer beneden. Weet je nog? Dat kleine bed, de
grote leunstoelen, het dartbord.'

Haar lage stem dreunde monotoon door. Ze klonk anders dan
anders. Nu praatte ze alleen tegen Duncan, leek het.

'Ik geloofde hem. Die mevrouw was ziek en daarom was ze bij
de dokter. Ze moest even liggen. Op dat kleine bed. Ja, logisch.
Ik wierp hem een handkusje toe, draaide me om en ging weer slapen. Ik heb de rest van mijn jeugd geslapen of geslaapwandeld.
Totdat hij na het tweede meisje slordig werd, achteloos. Ik kwam
op een dag de doka binnen en zag iets, ik wist niet precies wat,

maar hij zag me en zei weer dat het een zieke vrouw was die lag te slapen. Maar ze was niet ziek en ze sliep niet. Later wist ik hoe ze heette: Jacqueline Galbraith. Hij zei tegen me dat ik me geen zorgen moest maken. Hij wist dat ik het wist… Maar wat wist ik eigenlijk? Alleen dat er iets niet klopte. Terwijl pappa zei dat alles in orde was. Ik geloofde hem weer, althans bijna. Ik moest wel. Ik sloot me overal voor af.'

Haar wezenloze blik richtte zich van Duncan op de muur aan de andere kant van de kamer. Haar stem klonk vlak, stil, bijna onverstaanbaar boven het gefluit van de wind uit.

'Later, in de tijd van dat laatste meisje, liet hij me 's nachts soms alleen, als hij een spoedgeval had of zoiets. Ik had geen oppas meer nodig. Dat vond ik niet erg, ik voelde me veilig in pappa's grote huis. Ik weet niet wat er die avond anders was, misschien was het mijn intuïtie. Mijn kamer lag van alle kamers het verst van de garage. Ik was ergens wakker van geworden. Ik liep zacht door het huis en keek uit het raam van de bovenste overloop. Daar had ik een goed zicht op het stuk bij de garagedeur. Ik zag hem bij de auto. Niks bijzonders, dacht ik. Misschien moest hij een baby halen. Of een acute blindedarmontsteking constateren, de patiënt naar het ziekenhuis sturen en een leven redden. Zulke dingen deed mijn vader. Niemand anders had een vader die dat kon. Niemand. Toen zag ik dat hij haar in de kofferbak stopte en wegreed, de oprit af. Ik liep op mijn tenen de trap af naar de deur tussen de garage en ons huis. De hondenriem lag op het grind in een donker hoekje van de oprit.

Ik zat altijd om een hond te zeuren, maar pappa zei dat hij niet gebonden wilde zijn, hij moest al zo vaak weg om visites te rijden en hij moest ook nog voor mij zorgen. Bovendien, zei hij, kon ik altijd met Bella spelen of wandelen. Bella. Mooie Bella. Zo kwam ik op het idee. Die riem moest weg. Dat moest. Dat wist ik zeker. Maar waar moest ik hem laten? Weg bij ons huis, in elk geval. Ik waste de riem af onder de kraan bij de garage en wikkelde er een vochtige doek omheen. Zo was er geen spoor meer van iemand op te vinden. Toen trok ik mijn jas aan over mijn nachthemd en liep het stukje van, wat zal het geweest zijn, vijf minuten? Naar de McAllisters. Een, twee, huppekee! Daar ging de riem, hun tuin in. Zij hadden een hond. De hond speelde vaak in de tuin. Probleem opgelost.'

Miller had niet eens tijd om te gaan staan. De zurige, bijtende gal van zijn braaksel spatte op de tafel, over de foto's, over het schuine, zwarte handschrift in het aantekeningenboekje. Er zat bijna niets in zijn maag behalve wodka. Hij kon niet meer. Hij hield het niet meer vol. Hij schopte zijn stoel naar achteren en stormde op haar af.

Met beide handen omklemde hij haar dunne schouders, alsof hij ze wilde breken.

'Maar waarom? Waarom? Wááróm?'

Hij voelde een hand op zijn pijnlijke schouders en hij werd neergedrukt in een stoel. Het vertrokken gezicht van Duncan verscheen vlak voor zijn gezicht, vlak bij zijn eigen, zure adem.

'Miller, hou op! Hou je gemak! Nu! En Meg, ga af. Kom op, af!'

Miller voelde het bloed van Duncans hand op zijn wang. Hij keek op. Duncan stónd tussen hem en Catriona in en probeerde het doorweekte stuk keukenpapier weer om zijn hand te doen.

'Zeg maar wat je nog meer te zeggen hebt. Toe dan! Hij heeft er recht op dat te weten.'

Ze liep langzaam naar achteren tot ze tegen de muur stond. Toen deed ze haar beide handen achter haar rug en trok haar ene knie op, alsof ze een filmster was die poseerde voor een foto.

'Ik heb er niet aan gedacht dat het een ander soort riem was dan jullie voor Bella hadden. Echt niet. Ik dacht gewoon dat niemand het zou merken. Ik... Ik dacht dat mijn vader die riem wel weer uit de tuin zou halen als we terugkwamen van het weekend op Fidra. Ik weet dat hij eigenlijk liever niet mee wilde, maar jullie waren zogenaamd zijn beste vrienden en het zou vreemd lijken als hij weigerde. De uitnodiging was op een bepaalde manier ook wel weer handig. Als er andere mensen op het eiland waren, moest hij er eigenlijk ook zijn, omdat dat meisje daar was. Daar had hij zich geen zorgen over hoeven maken, want het was ons ten strengste verboden om op dat gedeelte van het eiland te komen. Maar toen we dat weekend terugkwamen van Fidra... de politie in de haven... Toen wist ik dat het te laat was.'

'Te láát? Dat was alleen nog maar het begin!'

Hij voelde dat Duncans hand weer op zijn zere schouder drukte zodat hij niet kon opstaan.

'Wacht even, Miller.' Hij knikte naar haar. 'Ga maar verder.'

Ze deed haar armen over elkaar en rilde in haar dunne trui.

'Ik kan het niet goed uitleggen. Het is alsof je ergens over liegt, dan kun je ook niet stoppen... O, Duncan, ik kan het niet, ik kán het gewoon niet!'

Ze zakte in slow motion langs de muur naar beneden op de grond, geluidloos huilend. Duncan liep naar haar toe, trok haar ruw overeind en duwde haar in een stoel, zonder zich iets aan te trekken van het gehuil.

'Goed. Blijf zitten, Miller, en luister naar me. Als zíj het je niet wil vertellen, dan doe ik dat wel. Lena Stewart maakte zich erg bezorgd toen jij naar Andrew Blackford ging. Ze had jarenlang geen rechtstreeks contact met hem gehad, maar via zijn familie wist ze dat hij dronk en dan soms gewelddadige uitbarstingen kon krijgen. De dag waarop je naar hem toe zou gaan, belde ze me op. Ik wist niet goed wat ik moest doen. Ik had in het verleden wel met Blackford te maken gehad omdat ik zijn grootvader kende en ik dacht dat Lena wel eens gelijk kon hebben. Van de andere kant wilde ik je niet bellen omdat ik je niet nog bezorgder wilde maken. Ik besloot om zelf naar hem toe te rijden. Jij was toen al weg, maar Blackford was er nog.'

Duncan schudde zijn hoofd toen hij eraan terugdacht. 'Laat ik dit zeggen: jij vond Blackford een agressieve indruk maken, maar toen ik bij hem was, was de sfeer ook enorm gespannen. Door jouw bezoek was hij bang geworden, en hij maakte zich grote zorgen. Het nieuws dat Lena een nieuwe verklaring wilde afleggen, had hem zeer van streek gemaakt. Ik wist hem na een tijdje te kalmeren en toen hebben we een redelijk beschaafd gesprek gevoerd over wat hij zou gaan doen. Tijdens dat gesprek spraken we ook over vroeger, en zei hij *en passant* iets heel opmerkelijks. Hij zei dat hij op de avond waarop Eileen Ritchie verdween, Forbes Buchan had gezien in de Lammermuirs. Niet op de plek waar hij en Lena zogenaamd jouw vader hadden gezien. Op een bepaald moment was Lena voor hem uit teruggelopen naar de auto en toen had hij Forbes in de verte gezien. Blackford had daar verder niet bij stilgestaan, maar hij was er wel over begonnen toen Forbes een tijdje later bij zijn zieke grootvader kwam. Hij zei het zomaar, om een praatje aan te knopen. Hij zocht er verder helemaal niets achter, want Forbes was als de lokale huisarts alom gerespecteerd.

Forbes Buchan was heel slim. Hij moet het gevaar direct onderkend hebben en reageerde er heel snel op. Hij zei dat hij op weg was naar een afspraak met een "dame met wie hij bevriend was", maar dat hij dat geheim wilde houden omdat de dame in kwestie getrouwd was. Op zich zou ik daar niets achter hebben gezocht, maar dat was nog niet alles. Blackford was een beetje te ver gegaan, waarschijnlijk doordat hij behoorlijk veel gedronken had. Hij vertelde dat hij was gaan vissen wie de "dame in kwestie" dan wel was. Om de een of andere reden, kennelijk omdat de twee gezinnen zoveel met elkaar optrokken, suggereerde hij dat het om jouw moeder ging.'

Miller sprong op toen Catriona van haar stoel overeind kwam.

'Néé! Dat was niet waar! Echt niet! Hij had helemaal geen verhouding, dat is flauwekul! Het is gelogen!'

Haar gezicht was nog rood en opgezet door de eerdere huilbui, maar nu kwam er iets heftigers bij, een verontrustende woede. Ze bracht een zacht gekreun uit, alsof ze de instorting nabij was. Maar Duncan sloeg daar geen acht op en drukte haar terug in de stoel voordat hij verder ging.

'Forbes Buchan wekte dus sterk de indruk dat hij een affaire had met jouw moeder. Ik was daar verbijsterd over. Ik moest zelfs aan Blackford vragen of ik van zijn toilet gebruik mocht maken, omdat ik niet goed werd van de schok. Daar stond ik, in dat groezelige toilet mijn hersens af te pijnigen. Forbes kon helemaal geen verhouding hebben met Ailsa. Dat was onmogelijk. Want ik had een verhouding met haar.'

62

Duncan hield hem nog steeds in de stoel gedrukt, maar hij kneep Miller toch bemoedigend in de schouder terwijl hij Catriona dreigend aankeek om haar op haar plaats te houden.

'Sst, Miller, luister nou. Misschien moet ik het geen verhouding noemen, want het was veel minder en tegelijk veel méér, ook al koester ik nog steeds de herinnering aan die ene nacht die we samen hebben doorgebracht. We waren naar een liefdadigheidsbijeenkomst aan de kust geweest. Het was laat geworden, het was erg slecht weer en ze moest blijven logeren. Dat was in de winter voor de arrestatie van je vader. Het was absoluut geen vooropgezet plan, dat kan ik je verzekeren, althans niet van haar kant. We spraken af om het te vergeten en vrienden te blijven, vertrouwelingen... Ik voelde me er heel rot over. Mijn zogenaamde wijze raad en geestelijke bijstand bleek uiteindelijk zeer egocentrisch. Het spijt me, Miller, maar ik hield van je moeder. Ik wilde elke minuut van de dag bij haar zijn. Het was afschuwelijk. Maar ík ben dus degene die verantwoordelijk gehouden kan worden voor de hel waarin jouw vader de rest van zijn leven opgesloten zat, de hel die jullie allemaal hebben moeten doorstaan. Het was míjn schuld! Als ik Ailsa niet had aangemoedigd, haar niet had verleid met de mantel der devotie, dan zouden we hier nu misschien niet hebben gezeten. Wacht, luister nou even. Ik zal het uitleggen. Ailsa was die bewuste avond bij míj, ze besprak met mij haar voornemen om haar gezin te verlaten en zich bij een religieuze orde aan te sluiten. Wat Forbes tegen Blackford zei, verbaasde me dus heel erg. Waarom zou Forbes over zoiets liegen? Waarom? Ik vond het heel vreemd en heel verdacht. Ik begon ook na te denken over andere dingen die ik vreemd van hem vond, maar waar ik niet zo bij had stilgestaan. Waarom had hij bijvoorbeeld meerdere malen heel resoluut mijn aanbod afgeslagen om te helpen bij het onderhoud van het eiland? Waarom was hij zo fel tegen mijn plan om daar een kluizenaarshut in te richten terwijl jouw vader daar juist positief tegenover stond?

Aan het eind van mijn gesprek met Blackford heb ik hem mijn steun aangeboden als de zaak van je vader zou worden heropend en hij op de een of andere manier hulp nodig had. Maar ik heb hem ook aangeraden om een tijdje weg te gaan. En om in elk geval contact met mij te houden, wat hij ook heeft gedaan. Dat hij dat briefje voor jou heeft achtergelaten, en daarmee in feite een spelletje met je speelde, toont aan wat voor soort man het is. Maar toch ben ik ervan overtuigd dat hij echt de waarheid zal vertellen, ook al hebben we hem niet eens meer nodig nu we de verklaring van Jessie hebben.

Het was algemeen bekend dat de moeder van Forbes Buchan nog leefde, en dat ze in Caithness woonde onder haar meisjesnaam, Jessie Carmichael. Die naam had ze weer aangenomen na de dood van haar echtgenoot, die ze hartgrondig haatte. Ik heb haar een paar jaar geleden ontmoet op de begrafenis van Forbes. We hebben elkaar toen kort gesproken. Het was niet moeilijk om haar weer op te sporen. Ik weet niet hoe het met jouw religieuze overtuiging zit, Miller, maar mijn ontmoeting met Jessie zal ik altijd blijven zien als het onbetwistbare bewijs van het bestaan van God, tot de dag dat ik voor mijn Schepper zal staan. Het was net alsof zij en Hij op mijn komst hebben gewacht. Als ik een dag later was geweest... Een paar uur geleden is Jessie overleden.'

'Nee! O, god, nee! Mijn oma!'

Miller voelde dat Duncan zijn schouder losliet en naar Catriona liep. Haar gezicht was vertrokken tot een vreemde grimas terwijl ze overeind probeerde te komen. Miller dacht heel even dat Duncan haar zou gaan slaan, maar in plaats daarvan bleef hij alleen maar voor haar staan en keek haar strak aan. Ze durfde niet op te staan, maar begon Duncan uit alle macht en met wilde bewegingen te stompen waar ze hem maar kon raken.

'Jij... Jij wíst het dus, maar je hebt me niets verteld? Hoe dúrfde je je ermee te bemoeien, met haar, met mijn vader! Je begrijpt er niks van! Niemand kan dat begrijpen! Hoe dúrf je hem te veroordelen, smerige hypocriet die je bent!'

Miller keek naar haar terwijl ze hem maar bleef stompen. Ze was sterk, dus het moest wel pijnlijk zijn. Miller probeerde op te staan om hem te hulp te schieten, maar hij zakte in elkaar. Hij kon bijna niet meer bewegen en het lukte hem niet om iets te zeggen. Toen pakte Duncan Catriona bij haar beide polsen vast en hield die in een zo te zien erg pijnlijke greep omhoog.

Hij schudde zijn hoofd. 'Ik heb het verpleeghuis gevraagd om mij te bellen zodra haar toestand verslechterde. Het ging al heel slecht met haar toen ik twee dagen geleden die opname maakte. Ik heb tegen het hoofd gezegd dat ik het jou zelf wilde vertellen en dat ze jou niet moest bellen. Ik weet niet of je grootmoeder nu vrede heeft gevonden, maar je moet je bedenken dat ze al die jaren heeft gezwegen uit liefde voor jou, Catriona. Toen jij in 1973 eruit flapte wat je met die hondenriem had gedaan, drong de gruwelijke waarheid tot haar door, zeker toen ze het in verband bracht met ogenschijnlijk onschuldige dingen die jij over je vader had verteld.

Toch beloofde ze je vader dat ze erover zou zwijgen, en ze hoopte en bad dat jij het allemaal zou vergeten, Catriona, en dat je er nooit meer iets over zou zeggen. Vlak voor zijn dood, een paar jaar geleden, stuurde hij zijn aantekeningen op van de gruweldaden die hij had verricht en waar hij de rest van zijn leven op is blijven teren. Toen is je oma er toch met jou over gaan praten. Ze kon het niet meer uithouden. Ze wilde naar de politie gaan. En Miller: als ze dat had gedaan, zou jouw vader nog tijdens zijn leven eerherstel hebben kunnen krijgen. Dan zou jouw moeder dat ook nog hebben kunnen meemaken. Nog nét. Maar nee. Catriona wilde het niet. Ze verbood het haar grootmoeder, ze zei dat het daar te laat voor was. Dat er te veel tijd was verstreken en dat niemand daar iets aan zou hebben. Ze probeerde die aantekeningen te pakken te krijgen, maar Jessie wilde ze niet afstaan.'

Duncan liet haar polsen los en deed een stap naar achteren.

'Weet je, Catriona, wat jij in je jeugd hebt gedaan, valt jou misschien niet voor honderd procent aan te rekenen, maar jouw daden als volwassene zijn volkomen egocentrisch en onvergeeflijk.

Ik denk dat het als volgt is gegaan: je hebt vriendschap gesloten met Ailsa om te proberen of je toegang kon krijgen tot Fidra zodat je daar kon rondsnuffelen en die gruwelkamer kon vernietigen. Het wordt uit dat aantekeningenboekje van je vader heel duidelijk waarom hij die spullen heeft bewaard en waarom hij kort na de veroordeling van Douglas die gruwelkamer heeft ingericht. Wat de redenen ook zijn voor de monsterlijke dingen die jouw vader heeft gedaan, en waar zijn drang om onschuldige meisjes te mishandelen en te vermoorden vandaan komt, weet ik niet. Er zijn slimmere mensen voor nodig om dat te begrijpen, ik kan daar niet bij. Maar je vader had op een gegeven moment wel in de gaten dat hij ermee op moest houden. Jezus, die man moet gedacht hebben dat hij negen levens had! Hij zal wel blij zijn geweest toen Doug werd veroordeeld, want nu wist hij dat hij in veiligheid was. Van jou had hij niets te vrezen. Toen je volwassen werd, ben je weliswaar uit zijn leven verdwenen, maar hij wist dat je niets tegen hem zou beginnen. Als je dat deed, zou je ook jezelf schade berokkenen, en je grootmoeder. Nee, jij en je vader zaten vast in jullie eigen *folie à deux*. En na de veroordeling van Douglas had hij Fidra helemaal voor zichzelf alleen. Als hij zijn neigingen niet ten uitvoer kon brengen, kon hij ze in elk geval wel naspelen in zijn schuilplaats op Fidra. Hij heeft dat gruwelkabinet heel geleidelijk aan ingericht, stukje bij beetje. Daarna kon hij er rustig van gaan genieten. Hij kon het daar steeds opnieuw beleven, zo vaak hij wilde. Toen hij op relatief jonge leeftijd last van zijn gezondheid kreeg, had hij daar zelfs nog veel meer tijd voor. Er bestond echter wel een enorm risico dat dat na zijn dood zou worden ontdekt.

Toen de vriendschap met Ailsa jou geen toegang tot Fidra verschafte, probeerde je hetzelfde met Miller, waarbij je gebruikmaakte van het feit dat hij vroeger dol op jou was. Maar toen hij tot grote verbazing van iedereen in de onschuld van zijn vader begon te geloven, en zelfs de ooggetuigen dreigden een nieuwe verklaring te zullen gaan afleggen, heb je een plan gemaakt, terwijl je intussen deed alsof je aan de kant van Miller stond. Je ging met hem mee naar Lena en Blackford, je haalde Miller uit de zee toen hij de instorting nabij was. Nee, je hebt uitstekend van je vader geleerd hoe je de barmhartige samaritaan moet spelen. En dat allemaal om die bewijzen op Fidra te kunnen vernietigen. Want daar ben je uiteindelijk wel geweest, of niet? Die nieuwe lamp aan het plafond heeft je verraden. Toen ik daar kwam, zag ik meteen dat er recentelijk iemand geweest was. Je hebt dat goed verborgen weten te houden, en je hebt de toegang weer netjes dichtgemaakt tot je had besloten wat je met de bewijzen ging doen. Wat was je daar eigenlijk mee van plan? In brand steken? Proberen alles weg te halen voordat Miller het eiland vrijgaf voor onderzoek? Wilde je de meubels in de Firth of Forth gooien? De albums verbranden? Je hebt een risico genomen, een risico dat je eigenlijk wilde vermijden. Je wilde niet dat iemand zag dat je daarheen ging. Miller wilde niet dat je hier kwam voordat hij het verleden had uitgewist. Maar vertel me nu eens, Catriona, wanneer ben jij hier geweest? Zeg het!'

Hoewel haar stem zacht klonk, beet ze hem de woorden toe.

'Jij... Jij hoeft niet over mij te oordelen! Ik hoef jou helemaal niets te vertellen... Maar oké, ik ben hier twee nachten geleden naartoe gegaan. Met de boot van Miller. Ik zag dat het slecht met hem ging, dat hij op instorten stond. Hij had gezegd dat hij de ruïne wilde laten afgraven door archeologen. Ik moést weten wat zich daar allemaal bevond. Ik heb ontzettend lang moeten wachten; Ailsa had het me verboden om naar het eiland te gaan. Ze wilde niet dat ik me daarmee inliet. Ha! Wat een lachertje. Maar ik durfde er niet zomaar naartoe te varen, want ik wist dat ze dag en nacht door haar verrekijker naar de zee zat te turen, dat heeft ze me zelf verteld. Wat dat betreft was ze precies Miller! Stel dat ze me daarheen zou zien varen, dat durfde ik niet te riskeren. En Miller wilde ook al niet dat ik op Fidra kwam, dat is toch ongelofelijk! Na alles wat ik had gedaan, kon ik daar nog steeds niet naartoe. Maar het kon me niet meer schelen. Ik kon me niet meer inhouden, ik moést er gewoon heen om met eigen ogen te zien wat zich in die ruïne bevond. En dat heb ik gedaan. Ik heb dat hol inderdaad weer afgesloten met de bedoeling alles zo snel mogelijk te vernietigen...'

Miller kreeg opnieuw braakneigingen, maar hij wist zich te beheersen.

'Godverdomme, Catriona, wat heb je nog meer gedaan? Zég het!'

De tranen kwamen toen Duncan weer op haar af kwam.

'Ik denk, nee, ik weet zeker dat jij verantwoordelijk bent voor de dood van Lena Stewart. Ik heb uitgebreid gesproken met Lizzie Henderson. Zij kende Lena heel goed en ze wist precies hoe zij met haar dieren omging. In eerste instantie geloofde ze wat de politie zei, dat het een ongeluk was. Maar toen begon ze erover na te denken. Lena was altijd erg op haar gemak bij haar paarden, zelfs bij die nerveuze Twilight. Ze begreep gewoon niet dat zoiets kon gebeuren. En ik ook niet. Ik weet niet wat jij in je jeugd allemaal hebt meegemaakt, maar er is geen enkel excuus voor wat jij nu geworden bent. Ik heb heel wat slechte mensen meegemaakt in de loop der jaren, Catriona, maar ik heb me vanaf het begin zeer ongemakkelijk gevoeld in jouw aanwezigheid. Je hebt Miller voor de gek gehouden, en zijn moeder, en anderen, maar ik heb me nóóit prettig gevoeld bij jou. Miller was zogenaamd het vreemde, ongewone kind, en dat was hij misschien ook wel, maar dan op een innemende manier. Met jou is dat altijd anders geweest. Ik ben geen psycholoog, dus ik weet niet hoe jij zo geworden bent. Misschien door al die eenzame jaren met je vader. Ik weet ook niet waarom je hebt gezwegen. Eerlijk gezegd sta ik volkomen sprakeloos. Maar één ding weet ik wel. Ik geloof geen barst van jouw verhaal dat je die hondenriem in een opwelling in de tuin van de familie McAllister hebt gegooid. Het was toch veel gemakkelijker om hem gewoon in de vuilnisbak te gooien? Waarom heb je de moeite genomen om die riem af te vegen, en in je pyjama naar het huis van de McAllisters te lopen?

Na mijn gesprek met je oma ben ik ervan overtuigd geraakt dat daar nog een reden voor was. Het was juist je bedoeling om problemen te veroorzaken. Je háátte Mhari, en je háátte Ailsa, die allebei veel aandacht van jouw vader kregen. Jij vond het helemaal niet prettig dat jullie zoveel met elkaar omgingen. Ik denk dat je iets heel bezitterigs hebt, een jaloerse aanleg. Waarschijnlijk is dat ontstaan door die ongezonde, gesloten gezinssituatie met je vader, en door het feit dat jij op de hoogte was van zijn afgrijselijke geheim. Die bezitterigheid kwam later ook naar voren in de

340

manier waarop je met Ailsa omging, die je een luisterend oor aanbood, en nog later met Miller, bij wie je hele andere charmes inzette. Nee, die duivelse gedachte om de hondenriem bij hun in de tuin te gooien, was helemaal geen opwelling, zoals je ons probeert te doen geloven.'

Duncan schudde zijn hoofd. 'Jij vond het afschuwelijk dat je vader zoveel aandacht had voor Ailsa en Mhari. Maar hij kon nu eenmaal een heel charmante man zijn. Of het nu die keer was dat Bella werd vergiftigd en hij jullie probeerde op te vrolijken, of toen hij de perfecte huisarts en trouwe vriend speelde in moeilijke tijden. Jij vond dat allemaal maar niks. Uit een kinderachtige jaloezie heb je toen een nachtmerrie in gang gezet waar je zelf geen enkele greep meer op had. Jij hebt die nachtmerrie veroorzaakt, uit jaloezie! Jij bent het laagste van het laagste!'

'Nee! Zo was het helemaal niet! Het was anders, echt!'

Duncan deed een stap naar achteren en stak zijn bebloede hand op om haar tot zwijgen te brengen.

'O nee? Hoe was het dan? Kun je het alleen maar ontkennen, heb je verder niks te zeggen? Tegen mij, die de laatste verlossende uren met jouw grootmoeder heeft doorgebracht? Tegen Miller? Die als jongen en volgens mij ook als man veel voor je voelde? Heb je ons helemaal niets te zeggen? Je bent Miller toch echt een verklaring verschuldigd. Vanaf zijn jeugd tot nu toe heeft hij onuitsprekelijk veel geleden, door jou! En hij is niet de enige! Ik ben van plan om de politie te vragen het lichaam van Russell Sinclair te laten opgraven om erachter te komen waarom hij maanden eerder is gestorven dan werd verwacht. Maar ik ben vooral benieuwd naar hoe dat met Lena is gegaan. En nou ga je ons dat vertellen!'

Millers misselijkheid kwam terug. Hij ving de blik van Duncan op, een haast verontschuldigende, bemoedigende blik. Plotseling schopte Catriona haar stoel naar achteren en liep tot halverwege de kamer, met haar handen in de lucht alsof ze zich overgaf.

'Ik ben teruggegaan om met haar te praten. Ik was bang. Ik wilde haar tegenhouden. Ik wilde vragen of ze Miller niet te veel valse hoop wilde geven. En ik wilde zeggen dat hij er daarmee nog niet was, als die getuigenverklaring werd ingetrokken. Het was een vreselijke avond, het regende en het stormde. Ik had de auto langs de weg geparkeerd en ik keek vanuit de beschutting van wat struiken langs de oprit naar haar huis. Ze was kort na het invallen van de duisternis thuisgekomen. Ik denk dat ze ongeveer een kwartiertje binnen was. Ik was net moed aan het verzamelen om naar haar toe te gaan toen ik zag dat ze uit het huis kwam en naar de stallen liep.

Ze keek bij de drie paarden en ging toen de stal van Twilight binnen. Ik liep naar de stal en riep haar naam: op dat moment viel het licht weer uit. Die twee dingen samen, dat ik eraan kwam en dat het plotseling donker werd, hebben het paard waarschijnlijk aan het schrikken gemaakt. Het dier begon hevig te snuiven en tegen de staldeur te trappen. Lena riep me nog en vroeg of ik haar wilde helpen om uit de stal te komen. Toen kreeg ze een trap tegen haar hoofd. Ze bleef bewusteloos op de grond liggen. Ik deinsde achteruit, want ik kon de stal niet in. Ik wist niet wat ik moest doen, ik was radeloos! Ik hoorde nog een paar doffe klappen en daarna een afschuwelijk krakend geluid! Toen het licht weer aanging, zag ik dat ze dood was. Maar… ik kon niets meer doen. Het was echt een ongeluk, het was mijn schuld niet!'

Het beven van zijn lichaam verergerde. Hij zag dat Duncan bezorgd naar hem keek. Of keek hij nu waarschuwend?

'Rustig maar, Miller, het is al goed.'

'Nee, Duncan! Niet waar!'

Hij duwde met een schrapend geluid zijn stoel naar achteren en ging voor haar staan, trillend op zijn benen. Met een zachte, onvaste stem vroeg hij: 'En Russell Sinclair dan? Die arme man. Hij had dus toch gelijk! Hij heeft al die tijd gelijk gehad!'

Ze schudde zo snel haar hoofd dat het leek alsof ze een toeval kreeg.

'Nee! Hij had veel pijn, daar kon ik niks aan doen. Hij heeft het me gevraagd, hij sméékte het me!'

'Niet jouw schuld? Dus jij kon helemaal nergens iets aan doen, niemand kan jou iets verwijten? Mijn vader niet, Russell niet, Lena niet, ik niet? Godverdomme, door jouw schuld ben ik bijna van Tantallon gesprongen toen ik nog maar zó klein was! Toen al wist je mij te manipuleren, toen al speelde je een spelletje met me. Dus jij kon daar niks aan doen? *Loop naar de hél, klotewijf!'*

De verbaasde blik die hij heel even in haar ogen zag verschijnen toen hij zo tegen haar tekeerging, verdween snel. Ze draaide zich om en rende de kamer uit, naar de voordeur. Ze was in een oogwenk verdwenen. De sneeuw joeg door de deur naar binnen en alles wat ze nog hoorden was het geblaf van Meg, die achter haar aan rende.

63

'Waar kan ze heen zijn?' schreeuwde Duncan boven het gegier van de wind uit.

Miller schudde zijn hoofd. Zijn vingers konden de rits van zijn parka niet dicht krijgen en de pijn in zijn schouder kwam weer in alle hevigheid terug, erger nog dan eerst. Maar de misselijkheid was weg.

Hij liep naar de voordeur en schreeuwde tegen Duncan: 'Ze kan nergens heen! We zitten hier opgesloten op het eiland, het tij keert pas over een paar uur! Misschien is ze naar mijn boot gegaan, maar ze kan er toch niet mee weg. Waar ligt jouw boot, in de baai aan de noordkant?'

'Ja!'

'Daar zit ze met hetzelfde probleem. Meg zal haar wel achternagegaan zijn, zo kunnen we haar wel opsporen. Kom mee. Meg? Meg!'

Maar waar zat ze, als ze toch het eiland niet af kon? Of was ze in paniek weggerend, zomaar in het wilde weg? Wat haar plannen ook waren, ze kon niet ver komen. Het weer was verschrikkelijk. De sneeuwstorm was nog heviger geworden. Vanuit zijn ooghoeken zag hij de lichtbaan van de vuurtoren vanaf de andere kant van het eiland als een vaag, geel licht door de witte sneeuwmuur. Toen hoorde hij boven het geluid van de wind en de zee iets anders. Meg!

'Duncan! Ze is bij de ruïne! Blijf dicht bij me, anders verdwaal je en val je van het klif!'

Dankzij de talloze keren dat hij hier vroeger had rondgedoold – hij kon dus tóch blindelings de weg vinden! – wist hij zonder omwegen naar de ruïne te komen.

Duncan liep een stukje voor hem uit. De wind rukte aan zijn habijt, dat aan de voorkant bedekt werd met een dikke laag sneeuw. Hij zette zijn handen aan zijn mond.

'Catriona! Kom terug naar het huis! Kom nou! Je moet terug-komen!'

Ze verscheen op de noordelijke rand van de beschutte kom, als een nauwelijks herkenbare vage vorm. De wind blies haar haren opzij en trok aan haar dunne pullover, die bedekt was met sneeuw en ijs. Meg liep bij haar weg en kwam naast Miller staan.

Hij zag Catriona's lippen bewegen, alsof ze een antwoord riep. En toen was ze weg.

'Duncan! Blijf hier in de luwte met Meg! Wacht hier!'

Hij klom de besneeuwde helling op. Hij zag haar niet. Op een langzaam, pijnlijk drafje rende hij vooruit. De snijwonden brand-den op zijn rug, en zijn schouder was stijf en onbruikbaar. Bin-nen een fractie van een seconde realiseerde hij zich dat hij de af-stand verkeerd had ingeschat. Hij was opnieuw te dicht bij de rand van het klif, aan de rand van die duizelingwekkend diepe kloof. De zee en de wind maakten een oorverdovend kabaal. Hij draai-de zich om, liep een stuk naar achteren en keek om. Toen zag hij haar! Ze stond met haar armen slap langs haar lichaam uit te kij-ken over zee, gegeseld door de windvlagen, vlak bij de rand van het klif. Ze moest ongeveer op de plek staan waar hij net zelf had gestaan.

'Pak haar, Miller! Grijp haar vast!'

Duncan had genegeerd wat hij zei en kwam voorzichtig glij-dend zijn kant op.

'Nee, Duncan! Blijf daar! Het is gevaarlijk, ik doe het wel!'

Hij liep behoedzaam naar voren. Zijn schoenen gleden bijna weg over de losse steentjes onder de sneeuw. Hij kon dit niet veel langer volhouden met die zere schouder. Nog een klein stukje de helling op en hij zou achter haar staan. Toen ze zich naar hem omdraaide, graaide hij naar haar rechterarm, die hij op een paar millimeter na miste. Door die heftige beweging gleed hij naar ach-teren, de helling af. Hij keek omhoog en tuurde door de sneeuw naar haar terwijl hij opnieuw naar de rand van het klif klom. Nog twee stappen, dan was hij er. Hij keek op. Het leek of ze achterover tegen de wind leunde en even werd vastgehouden in de lucht. Toen stak ze haar linkerarm omhoog. Smekend? In paniek? Als afscheid?

Op het moment dat hij de plek bereikte waar ze had gestaan, had het schuimende water van de Firth haar al in zich opgenomen.

64

Drievoudige moordenaar 'zonder twijfel onschuldig'
'Zware klap voor Schotse rechtspraak'

De gehele Schotse rechterlijke macht was gisteravond in rep en roer toen werd bevestigd dat in een van de beruchtste moordzaken sprake is geweest van een justitiële dwaling.

In 1974 werd de uit East Lothian afkomstige Douglas McAllister veroordeeld voor de moord op drie meisjes, van wie de eerste in 1969 om het leven werd gebracht. De afgelopen maanden heeft de zoon van McAllister, de 44-jarige Miller, advocaat te Londen, de zaak van zijn vader opnieuw onderzocht.

James McColl, een toonaangevende strafpleiter die optrad namens de familie McAllister, zei dat de veroordeling zal worden tenietgedaan doordat 'cruciale nieuwe bewijzen' aan het licht gekomen zijn. Hij zei voorts dat 'Douglas McAllister zonder twijfel onschuldig was. Dit is een zware klap voor de Schotse rechtspraak.'

Een politiewoordvoerder van Lothian en Borders wilde geen commentaar geven, maar zei alleen: 'Het is nog te vroeg om een grondige analyse te geven van wat zich heeft voorgedaan.' Volgens betrouwbare bronnen binnen de politie wordt echter gevreesd voor de 'ernstige consequenties' van deze zaak.

Vervolg pag. 4: Opnieuw gerechtelijke dwaling – het schandaal rond de zaak-Douglas McAllister
Hoofdartikel pag. 24: Crisis in rechtspraak

65

Fidra, juli 2006

'Ik snap niet dat je dat allemaal steeds weer kunt lezen. Ik word er beroerd van, niet alleen van de serieuze kranten, maar ook van de roddelpers. De klootzakken. Ze wilden pappa maar al te graag veroordelen en belasteren toen ze daar de kans voor kregen, maar nu roepen ze om het hardst hoe ontzettend onrechtvaardig hij is behandeld en brullen ze om postuum eerherstel. Klóótzakken!'

Typisch Mhari, om zo woest tekeer te gaan. Hij keek nog eens om zich heen. Het licht stroomde naar binnen door de nieuwe glazen deuren. Gisteravond hadden ze voor het eerst sinds hun jeugd samen op het eiland gegeten. Maar een feestmaal was het niet geweest, daar waren de omstandigheden niet naar. Wat hem betrof, tenminste. Toch was het wel een belangrijk keerpunt. De avond was wonderbaarlijk goed verlopen. Mhari, goedgehumeurd, had gekookt en hij en Greg hadden de tafel gedekt. Ze had hem ook nog even onder vier ogen gesproken.

'Hoe gaat het tussen jou en Nikki? En met de kinderen?'

'Ik weet het niet, Mhari. Nog niet. We hebben wel veel met elkaar gepraat, maar ik voel me nog steeds... Er blijft gewoon een bepaalde afstand. We hebben afgesproken om er rustig de tijd voor te nemen. Ze zit de zomervakantie met Emma en Callum bij haar ouders, daar hebben ze het enorm naar hun zin. Ik ga elke week even bij hen langs, om de kinderen het gevoel te geven dat het allemaal oké is. Ik wil ze geen verdriet doen, ik mis ze ook zo verschrikkelijk. Maar ja, Nikki en ik moeten uiteindelijk toch beslissen wat er moet gebeuren, hoe dan ook. Ik heb haar geprobeerd uit te leggen wat ik heb gedaan, maar ik heb niet de indruk dat ze het goed snapt. Ik begrijp het zelf niet eens. We moeten maar zien.'

Hij hoorde het geluid het eerst en liep meteen naar buiten, naar de aanlegsteiger. Het inmiddels vertrouwde silhouet, scherp afgetekend tegen het zonlicht, een beetje voorovergebogen tegen de wind; de sterke arm die de zijne vastgreep bij het aanleggen: het voerde hem in één klap terug naar die eerste ontmoeting.

'Goed om je te zien, Miller. Mag ik van boord komen?'

Terwijl ze bezig waren om de boot aan te leggen, voelde Miller de ogen van Duncan op zich gericht. Hij keek op.

'Weet je zeker dat het wel een goed idee is dat ik hier ben? Wat vinden de anderen eigenlijk?'

Miller ging op de rand van de steiger zitten. Duncan kwam naast hem zitten. Daar zaten ze, met bungelende benen, en hun voeten bijna in het water.

'Natuurlijk is dat goed. Zonder jou zouden we nergens geweest zijn. Pappa zou je heel dankbaar zijn geweest, en wat mijn moeder betreft... Ja, dat vind ik nog steeds heel rot. Voor jou, bedoel ik. Je hebt zelf niet in de hand op wie je verliefd wordt, en voor jou moet het wel erg pijnlijk geweest zijn, het conflict tussen je geloof en de liefde die je voor mijn moeder voelde. Maar je mag het jezelf niet kwalijk nemen, je moet er geen schuldgevoel over hebben. Bovendien... Ik vind het moeilijk om dit over mijn eigen moeder te zeggen, maar Mhari zei daar iets heel verstandigs over. Ze zei dat ze best had gewild dat jullie een echte verhouding hadden gehad. Mamma zou daar veel gelukkiger van geworden zijn. Ze dacht dat onze moeder zo gefrustreerd was door haar lot, en dat was misschien ook zo. Ik weet het niet. Hoe het ook geweest is, het is toch te laat. We kunnen het niet meer terugdraaien.'

Hij stond op en hielp Duncan overeind. 'Kom, we hebben nog het een en ander voor de boeg, toch?'

'Zijn jullie er klaar voor?'

Ze knikten allebei naar hem. Mhari zag er tien jaar jonger uit: licht gebruind en slank in de katoenen zomerjurk die in de bries om haar benen wapperde. *Strandschone*. Greg leek met zijn linnen pak en zijn sterk spiegelende zonnebril zo uit een modeblad te komen.

'Ben jíj er klaar voor?'

Hij knikte, keek omlaag en aaide Meg even over haar kop. Toen keek hij weer op. De lucht was prachtig blauw en het zicht was kristalhelder. Daar, aan de wal, was Tantallon Castle, imposant maar vriendelijk in het zachte namiddaglicht. Verderop langs de kronkelende kust, voorbij de baaien en de huizen van North Berwick, waarvan de ruiten blikkerden in het zonlicht, lag als een onafzienbaar gouden lint het strand van Yellowcraigs. Het was warm en rustig. Precies zoals al die prachtige zomerse dagen die hij hier had meegemaakt. Vanaf dit hoogste punt op Fidra zag hij de kleurige vloot van zeiljachten en bootjes waarmee het water van de Firth of Forth bezaaid was. Hoog boven hem klonk het klagende geluid van de meeuwen. Of lachten ze vandaag? Misschien. Het was een volmaakte dag.

Hij draaide zich om naar zijn broer en zus, haalde het papier uit de zak van zijn korte broek, streek het glad en hield het stevig vast in de bries.

'Ik heb dit een tijdje geleden geschreven. Het is een brief die ik aan pappa had willen sturen, had móéten sturen, toen hij op sterven lag. Misschien kan hij het nu ook nog horen.'

Hij rechtte zijn rug.

'"Lieve pappa. Er zijn heel veel dingen die ik je wil vertellen. Het belangrijkste is dit. Ik zal er altijd ontzettend trots op zijn dat jij mijn vader was. De…"'

Verder kwam hij niet. Zijn ogen knipperden de tranen weg en hij werd duizelig van het verdriet dat hem overmande.

'Rustig maar, Mill. Kalm aan.' Hij deed zijn ogen open en zag dat Greg zijn sterke hand uitstak en op zijn schouder legde. Mhari streek even met haar koele hand langs zijn wang.

Ze glimlachte. 'Kom op, Mill. Laten we het nu maar doen. Samen, met z'n drieën.'

Zwijgend liepen ze naar de rand van het klif, waar ze in een halve cirkel gingen staan.

'Kom, Duncan, kom jij er ook bij staan.'

Duncan, die wat afzijdig stond met zijn handen losjes ineengevouwen, knikte ernstig en kwam naar voren. Hij bleef op een kleine afstand van de familie staan.

Mhari hield de urn een stukje voor zich uit; haar twee broers kwamen nog dichterbij en pakten de urn ook vast. Miller knikte even. Terwijl de stroom witte as glinsterend de lange reis naar de golven in de diepte aflegde, stak hij zijn hand uit. Als zand gleed de as door zijn vingers; alleen een kalk-witte zweem bleef achter op zijn handpalm. Heel even meende hij het geluid van al die vrolijke, zomerse dagen te kunnen horen. Het gelach. Het plezier.

'Niet vergeten, pappa. *Aye* de jouwe.'

Dankwoord

Ik bedank mijn uitgever, Beverley Cousins, en mijn agent, Teresa Chris, voor hun fantastische werk en hun steun.